BASTEI
LÜBBE

ESTHER FRIESNER

Die Käseburg-Connection

Fantasy-Roman

Ins Deutsche übertragen
von Marcel Bieger

BASTEI
LÜBBE

BASTEI-LÜBBE-TASCHENBUCH
Band 20286

Erste Auflage:
Juli 1996

Deutsche Lizenzausgabe 1996
Bastei-Verlag
Gustav H. Lübbe GmbH & Co.,
Bergisch Gladbach
Originaltitel: Majyk by Design
Lektorat:
Dr. Lutz Steinhoff/Stefan Bauer
Titelbild: André Janout
Umschlaggestaltung:
Quadro Grafik, Bensberg
Satz: Fotosatz Schell, Hagen a.T.W.
Druck und Verarbeitung:
Brodard & Taupin,
La Flèche, Frankreich
Printed in France

ISBN 3-404-20286-4

Der Preis dieses Bandes
versteht sich einschließlich der
gesetzlichen Mehrwertsteuer.

KAPITEL 1

Langsam und überheblich ließ Meister Tancred seinen Blick über die wohlgeformten Rundungen seiner widerspenstigen Gefangenen gleiten. »Nun gut, Mylady«, hauchte er mit einer Stimme wie schwerer Wein, »Ihr scheint also der Ansicht zu sein, Eure Schönheit und Euer Geist seien Schild genug gegen einen Zauberer von meinen Fähigkeiten.«

Angelinetta reckte stolz das Kinn und kämpfte gegen die störende Hitze an, die der gutaussehende junge Zauberer mit seinen glühenden Augen in jeder Faser ihres angespannten und sich wehrenden Körpers zu entfachen schien. Ihre Knie begannen unter dem hauchdünnen seidenen Schutz ihres Nachtgewands zu zittern. Dennoch fand sie noch genug Mut in sich, um ihm entgegenzuschleudern: »Ich fürchte Euch nicht, Meister Tancred, und ich werde das mir rechtmäßig zustehende Erbe auch erhalten!«

»Oh, aber Ihr sollt noch viel mehr als das erhalten, edle Herrin.« Der hübsche junge Zauberer glitt mit der geballten Grazie eines Leoparden auf sie zu. Seine kräftigen, sensiblen Hände umklammerten ihre milchweißen Schultern. Rauh zog er sie an sich und erstickte jeglichen Protest, der über ihre Lippen kommen wollte, mit einem heftigen, alles verschlingenden Kuß. »Noch viel, viel mehr«, murmelte er und hob sie behende hoch, um sie zu betten auf …

»Abfall!« Der Blecheimer, randvoll gefüllt mit Gemüseabfällen und unidentifizierbaren Geflügelteilen, wurde wuchtig vor meinen Füßen abgestellt. Ich sah von meinem Buch auf, um Velma Chefköchin über mir aufragen zu sehen. »Ich habe gerade gefragt, Meister Kendar, was ich Eurer Meinung nach anfangen soll mit diesem Abfall.«

Ich seufzte und legte Raptura Eglantines neuesten erfolgreichen Liebesroman, *Reize nie den Zauberer*, beiseite. Ich gab es zwar nur ungern zu, aber sobald man einmal damit angefangen hatte, kam man von solchen Romanzen nicht mehr los. Trotzdem ging der Abfall vor, besonders in einem Palast von dieser Größe. »Was hast du denn bislang mit dem Unrat angefangen, Velma?« fragte ich sie.

»Ihn in den Burggraben gekippt«, antwortete Velma, »meistens jedenfalls, damit die Schleimmahler ihn verschlingen konnten. Aber darauf müssen wir nun wohl verzichten. Wir haben nämlich bald Maidenpokneifer-Nacht, und zu dieser Zeit ziehen die Schleimmahler immer raus in die Gedrängelhügel zu den uralten Erbstätten, wo sie ihre Vorfahren als Paket verschnürt zur letzten Ruhe gebettet haben. Die Burschen kommen erst zum Tauschlecker-Fest zurück. Und wir können ja schlecht den Abfall bis dahin auf dem Burggraben herumschwimmen lassen. Sieht nämlich weder hübsch aus, noch ist es gesund. Und schon gar nicht ist es ein gutes Beispiel für die Kinder.«

Ich seufzte wieder, diesmal lauter. Die Kinder. Wie könnte ich die Bälger jemals vergessen? Schließlich waren sie der Grund, warum ich, Meister Kendar Gangle, den man einst den Rattenklopper nannte, Hofzauberer Seiner Extremen Hoheit König Steffan des Gutgenugen von Gladderadatsch und Herr des Palastes vom verstorbenen Meister Thengor, mich die meiste Zeit des Tages in der Küche aufhielt, um mich vor ihnen zu verstecken.

»Nun, Velma, was hat Meister Thengor denn zwischen Maidenpokneifer-Nacht und Tauschlecker-Fest mit dem Abfall angefangen?« erkundigte ich mich. Ich weiß, ich hätte das nicht fragen dürfen, aber ich hatte gerade in einem Buch von Raptura Eglantine geschmökert, und davon wird einem der Kopf immer ganz leer.

»Meister Thengor hatte da so seine Methoden«, antwortete die gute Frau, und wir beide wußten, was sie damit meinte.

Magik.

Velma wußte sicher bei weitem nicht so viel über Magik wie ich: Vor allem hielt sie diese Kunst, wenn sie ihr überhaupt irgendeinen Wert beimaß, für *Magie*. Dabei besteht zwischen beidem ein Unterschied, sogar ein ziemlich gewaltiger. Magik befähigt Zauberer wie mich oder meinen verblichenen Lehrer, Meister Thengor, nämlich dazu, all die Dinge zu tun, die Menschen wie Velma für ›Magie‹ nehmen. Und Magik war bei weitem besser als Geld, wenn man etwas erreichen wollte. Magik besaß Substanz und Macht. Magik konnte unsichtbar oder in aller Offenheit auftreten, konnte Gestalt annehmen oder formlos bleiben, konnte sich in fester, flüssiger, gasförmiger Gestalt und allen Mischformen präsentieren. Sie konnte glatt und rauh oder alles gleichzeitig oder nichts davon sein. – Ja, so verhält es sich mit Magik.

Und aus irgendeinem Grund, den nur Velvel, die Göttin des Gelächters Auf Anderer Leute Kosten, kannte, war ich zur Zeit der Mensch mit dem größten individuellen Vorrat an Magik auf dem ganzen Planeten Orbix.

Eigentlich ganz prima, möchte man meinen, wenn sie mir in irgendeiner Form eine Hilfe bei diesem Problem hätte sein können, den Unrat loszuwerden.

Ich wandte mich wieder der Schwierigkeit zu, mit der wir uns hier zu befassen hatten. »Und was hast du mit dem Abfall angestellt, bevor ich dich zurück in den Palast eingeladen habe?« wollte ich von der guten Seele wissen.

»Daran erinnere ich mich nicht mehr, da bin ich mir ganz sicher. Aber ich war ja nun einmal gezwungen, im Haus meiner Schwester Nadine zu leben, und dort gab es nicht viel Unterschied zwischen dem Unrat und dem, was auf den Tisch gekommen ist. Es war jedenfalls nichts Eßbares. Aber hat Nadine mich auch nur einmal einen Fuß in ihre kostbare Küche setzen lassen, damit ich etwas zusammenzaubern konnte? Nein, kein Gedanke, diese blöde Kuh.« Die Köchin setzte eine säuerliche Miene auf, denn sie erinnerte sich nicht gern an die Zeit, in der sie aus Meister Thengors Palast verbannt gewesen war. »Ich nehme an, ich sollte *dankbar* sein.« Ihre Lippen verzogen sich angewidert, während sie mich mit einem sarkastischen Blick bedachte. Velma mochte auch nicht die Veränderungen, die sie hier nach ihrer Rückkehr angetroffen hatte – vor allem nicht die Art, wie sie mich jetzt zu behandeln hatte.

Vor langer Zeit, als der Meister noch unter uns gewesen war, hatte Velma die Küche mit eiserner Hand regiert – und wenn das nicht ausreichte, die Schöpfkelle zu Hilfe genommen. Davon konnte ich ein Lied singen. Wie oft hatte ich die harte Kelle am Hinterkopf oder an den Ohren zu spüren bekommen! Damals kannte man mich in diesem Haushalt noch als den Rattenklopper, und das rührte von meiner Hauptbeschäftigung her. Offiziell war ich Student an Meister Thengors Akademie für Hochzauberei. Und Studiosus blieb ich auch, solange alles nach den Vorstellungen des Meisters verlief und meine Eltern pünktlich und regelmäßig die Studiengebühren entrichteten. Aber irgendwie fehlte mir damals das Talent für das Studium der Zauberei. Über meine schriftlichen Arbeiten ging kontinuierlich ein Rotstiftgewitter hernieder, und meine Versuche endeten ein ums andere Mal in einer Katastrophe. Nie beherrschte ich die Grundprinzipien der angewandten Zauberei in so genügendem Maße, daß es auch nur dazu ausreichte, das Ehrenkleid der untersten Zaubererklasse tragen zu dürfen, ganz zu schweigen von dem spitzen Hut. Und was den Zauberstab angeht – ach, vergessen wir das lieber. Den erhielt man nämlich nur vom Rat der Zauberer selbst verliehen.

Doch da der Meister und Velma es verstanden, zwei arbeitsfähige Hände stets einzusetzen, vor allem, wenn es dafür keine Bezahlung gab, übertrugen sie mir immer neue Dienste. Während also meine Klassenkameraden ihren Weg von den Einführungskursen über die Zwischenprüfung in Levitation hin zur Fortgeschrittenen Unsichtbarkeit gingen, hockte ich in der Küche, hielt einen Stock in der Hand und wartete auf die Ratten, die dumm genug waren, ihre spitze Schnauze aus einem ihrer Löcher zu stecken, um den Knüppel dann auf ihren Schädeln tanzen zu lassen.

Bis zu dem Tag, an dem Meister Thengor sich zum Sterben niederlegte.

Bis zu dem Tag, an dem diese ganz besondere ›Ratte‹ ihre vorwitzige Nase aus dem Loch schob.

Bis zu dem Tag, an dem ich dieses gewisse Tier durch die Küche, über die Flure und schließlich bis in Meister Thengors Kammer verfolgte und dabei mitten in die gigantische Wolke Magik stolperte, die über dem Lager des Meisters schwebte und nur darauf wartete, daß ihr Besitzer sie vor seinem Ableben aufteilte und an die weitergab, für die sie bestimmt war.

Wie mein Vater, Lord Lucius Parkland Gangle, stets zu sagen pflegt: Mit Erbschaften verhält es sich wie mit Schweinekoben – manche stolpern einfach hinein. Oder wie ich gelegentlich zum besten gebe: Manche gelangen zur Magik wie die Jungfrau zum Kinde und erhalten mehr davon, als sie sich jemals erträumt haben. Ein Haufen von diesem Zeug bleibt dann an ihnen kleben, ein Teil verflüchtigt sich und treibt in alle Richtungen davon, und der Rest verfängt sich im Fell einer ›Ratte‹, die eigentlich gar keine Ratte ist, sondern eine …

»He! Betty Crocker! Wo bleibt mein Freßchen?« Scandal richtete sich auf den Hinterläufen auf und zog an ihren Röcken. Die Katze spreizte ihre Schnurrbarthaare und grinste die Köchin an. »Hast du nicht irgendwas von gebratener Hühnerleber in dicker Cremesoße gesagt?«

»Unsinn!« Velma riß ihre Röcke von Scandals Krallen los. »Ich will ja keine Namen nennen«, erklärte sie der verrauchten Küchendecke, »aber hier gibt es gewisse legendäre Monster, die für ihre Hosen zu dick geworden sind. So, jetzt weißt du's.«

»Bitte, wir wollen doch nicht schon wieder von den Kindern anfangen«, stöhnte ich.

»Die habe ich auch gar nicht gemeint!« gab Velma barsch zurück. Eine der am schwersten zu verdauenden Veränderungen in diesem Gemäuer war für sie der Umstand, daß ich nun, dank meines unerwarteten ›Erbes‹ an Magik, nicht mehr der niederste Küchenjunge war, sondern Herr dieses Palastes. Außerdem konnte sie nicht wissen, ob ich nicht, falls sie noch einmal nach mir ausholte, sie oder womöglich sie und ihre Kelle in Frösche verwandeln würde.

»Ihr müßt aber zugeben, werte Signora Borgia, daß diese mißratenen Bälger uns wahren legendären Monstern Schande bereiten«, bemerkte Scandal.

Velma begann, in ihre Schürze zu schniefen. »Wie könnt

ihr beiden nur so herzlos über zwei arme, vaterlose Würmer reden? Ach, die Welt ist einfach zu grausam.«

»Grausam? Habe ich da tatsächlich ›grausam‹ gehört?« platzte es aus dem Kater heraus. »Alles was recht ist, niemand hat Meister Kendar befohlen, diese Horde von Mini-Kreissägen aufzufordern, hier einzuziehen, auch wenn dies einst das Heim ihres Erzeugers gewesen ist. Kendar hat das allein aus Herzensadel getan. Und das erinnert mich daran, Boss«, er legte den Kopf schief und sah mich an, »daß wir dringend den Inhalt deines Schädels untersuchen sollten.«

Ich war versucht, ihm zuzustimmen. Sicher, niemand hatte mich gezwungen, Meister Thengors Kinder, die ehelichen wie die unehelichen, einzuladen, wieder nach Hause zu kommen. König Steffan hatte den Palast mir und nur mir übergeben. Ach so, ja, an Scandal natürlich auch. Der König hatte den Kater wirklich in sein Herz geschlossen. Bevor Scandal hier aufgetaucht war, hatte man Katzen nur in *Meister Bengors 101 Gebrauchsmöglichkeiten für tote, sagenhafte Ungeheuer* antreffen können. Katzen besitzen neun Leben, landen immer auf den Pfoten, können im Dunkeln sehen, rauben schlafenden Kleinkindern den Atem und gehen stets ihre eigenen Wege, was, wie man zugeben muß, schon recht sagenhaft ist.

Haben Sie eine Vorstellung, wie groß so ein Palast sein kann? Ich bin in einem Herrenhaus aufgewachsen, das schon über enorme Ausmaße verfügte, aber gegen Meister Thengors Palast wirkte Gut Uxwutsch wie eine Besenkammer. Mein alter Lehrmeister schien eben sehr auf Ellenbogenfreiheit Wert gelegt zu haben. Nun, ganz gleich, wie groß ein Palast auch ausfallen mag, wenn er leer ist, wirkt er doppelt so riesig. Immens und einsam ...

An sonnigen Tagen, wenn ich mit mir und der Welt im reinen war, redete ich mir gern ein, der Grund dafür, daß ich an Lady Inivria (Meister Thengors Witwe) geschrieben hatte, sie solle zurückkehren und ihre Kinder mitbringen, liege darin, daß ich ein so herzensguter Mensch bin. Voller Freundlichkeit. Tugend. Und Großzügigkeit. Doch in den schwärzesten Stunden der Nacht, wenn ich wach in meinem

Bett lag und die Decke anstarrte, konnte ich mir nicht länger etwas vormachen: Ich hatte die Brut nur hergebeten, um nicht mehr so verdammt allein sein zu müssen.

Vor allem seit dem Tag, an dem meine Frau mich verlassen hat.

Mit sechzehn ist man entweder zu alt oder zu jung zum Heiraten, das kommt ganz darauf an, wen man fragt. Gemäß meiner Mutter war ich mit sechzehn immer noch ein Säugling. Wenn man meinen Vater hörte, dann stimmte etwas nicht mit mir, weil ich mit sechzehn immer noch kein Kind in die Welt gesetzt hatte. Und dann bekam er von meiner Mutter, wenn sie uns gerade wieder einmal belauscht hatte, regelmäßig dafür eine geklebt.

Nun, heute habe ich genug Kinder, um meinen Vater mindestens ein dutzend Mal zufriedenzustellen, auch wenn keines davon meines ist. Meiner Ex-Frau Mysti hätte das bestimmt gefallen. Sie mag nämlich Kinder.

Auch wenn so etwas eher ungewöhnlich ist.

(Mysti war oder ist – das bleibt ganz Ihnen überlassen – eine Welfie. Welfies sind unvorstellbar schöne Wesen, die im Tollen Grünwald leben. Sie sind exquisit, wunderbar, erfahren im Bogenschießen, flinken Fußes, ernster Natur, voller Magik ... und alle zusammen besitzen die kollektive Intelligenz eines Kohlkopfes und die Persönlichkeit eines naß gewordenen Plätzchens. Mysti war irgendwie aus der Art geschlagen. Sie sah für sich keine Zukunft darin, durch den Wald zu flattern, Nektar zu schlürfen und tagein, tagaus von Chrysanthemen-Diät zu leben. Also hat sie gemacht, daß sie so rasch wie möglich von Grünwald fortkam, sich stante pede mit mir verheiratet und mich so rasch wieder verlassen, daß ihre Bremsspuren noch heute auf dem Fell des Eichhörnches zu sehen sind, das dumm genug war, in jenem Moment in Mystis Weg zu stehen.)

»Boss? He, Boss, aufwachen.« Scandal stieß seinen Kopf an mein Knie. »Erde an Kendar, Erde an Kendar. Kannst du mich empfangen? Heb deinen Hintern, und komm mit. Es wird Zeit, daß du was lernst.«

Ich verzog das Gesicht. »Muß ich das wirklich tun, Scandal?«

»Ja, du mußt, und du wirst. Also auf mit dir.« Er drehte sich zur Chefköchin um. »Verzeiht, edle Sara Lee, doch so sehr mir Euer Kuchen auch mundet, ich muß nun Meister Kendar für eine Weile nach oben entführen.«

»Und was wird aus dem Abfall?« fragte Velma streng und zeigte mit einem dicken Finger auf den Unratkübel.

»Ach, schon wieder Reste?« heulte der Kater. »Warum vergräbst du sie nicht hinter dem Haus, so wie du das mit all deinen Ex-Gatten getan hast?«

Velmas Lippen preßten sich zusammen. »Ich weise dich in aller Form darauf hin, daß ich eine anständige Maid bin.«

»Ist das vielleicht der Grund dafür, warum du immer dem kleinen Weskin heimlich einen Korb mit Leckereien zukommen läßt?« miaute Scandal.

Die Chefköchin lief puterrot an. »Wessie, ich meine natürlich Weskin, ist soviel zarter und sensibler als die anderen Kinder. Der Tod seines Vaters geht ihm viel näher als seinen Geschwistern.«

Ich kannte Weskin. Er gehörte zu Meister Thengors nicht eben geringer Zahl von Kindern, die unehelich zur Welt gekommen waren. Und wenn ich es recht bedachte, ließ sich eine recht deutliche Ähnlichkeit zwischen ihm und Velma Chefkoch wirklich nicht bestreiten. Er gehörte zu den älteren Bälgern und war mit seinen dreizehn Jahren geistig etwas zurückgeblieben. Ein großer, stumpfgesichtiger Teenager. Wenn man seine Jahre von Velmas Lebensalter abzog und sich dabei vorzustellen versuchte, wie sie zu jener Zeit ausgesehen haben mochte, war es durchaus nicht undenkbar, daß der Meister und sie …

»Das einzige, was ihm nahegeht, ist, wenn er eine Mahlzeit verpaßt«, knurrte der Kater. »Ich kenne Gargantua Junior. Wir hatten kürzlich einen Disput über den richtigen Einsatz von Steinen. Er meinte, man müsse sie auf arme, unschuldige Schmusekätzchen werfen, während ich dagegenhielt, Steine seien dazu da, von seinem dicken Eierkopf abzuprallen.« Scandal grinste und zeigte seine Zähne. »Ich habe diesen Streit für mich entscheiden können.«

Darauf hätte ich auch ohne seine letzte Bemerkung gewettet. Der Kater hatte in jener Nacht eine gehörige Dosis Magik abbekommen, und er schien ein besonderes Talent für Levitations-Zauber entwickelt zu haben. Da war es ihm bestimmt nicht allzu schwer gefallen, einen dicken Stein durch die Luft schweben und Weskin gegen den Schädel krachen zu lassen. Ich würde sogar einen Eid darauf ablegen, daß Scandal diese kleine Vorführung den allergrößten Spaß bereitet hat.

»Oh, wie konntest du nur so grausam und hinterhältig zu dem armen kleinen Lämmchen sein!« schniefte die Köchin.

»Werte Dame, nun stellen Sie mal Ihre Wasserturbinen wieder ab«, schimpfte Scandal. Sein Schwanz schlug nach links und rechts aus. »Wenn du etwas wirklich Sinnvolles tun willst, dann drück dem kleinen Wessie den Eimer in die Hand, und erklär ihm mit einfachen Worten, daß er den Dreck im Sumpf auskippen soll.«

»Im Sumpf!« Velma war sichtlich entsetzt. »Aber das ist doch ein Ort, an dem die schrecklichsten Gefahren lauern. Dort wimmelt es doch nur so vor schleimigen Ekeltieren!«

Voondrabs oder Schleimige Ekeltiere sehen abstoßend aus, erzeugen Brechreiz, sind voller Stacheln und manchmal auch noch giftig. Nur die Erinnerung an Velmas Schöpfkelle hielt mich davon ab, ihr darzulegen, daß der einzige Unterschied zwischen Weskin und einem Voondrab darin bestand, daß ... daß ...

Ja, worin bestand der Unterschied eigentlich?

»Die schleimigen Ekeltiere werden Wessie sicher nichts tun«, versicherte der Kater der Köchin. »Schließlich hackt eine Krähe einer anderen kein Auge aus.« Während Velma noch dastand und darüber nachgrübelte, was Weskin von einer Krähe haben mochte, schlichen Scandal und ich uns auf leisen Sohlen aus der Küche hinaus und die Treppe zu meinem Arbeitszimmer hinauf.

Als Mysti, Scandal und ich noch die einzigen Bewohner dieses Palastes gewesen waren, hatte ich keine rechte Lust gehabt, mich in dessen Räumlichkeiten zu breit zu machen. Die anscheinend endlose Ansammlung von Zimmern und Kammern und die leeren Flure erzeugten in mir stets das Gefühl, von etwas Feindseligem beobachtet zu werden. (Ich glaube nicht an Geister, außer an den von Lady Pilferia Gangle, der notorischen Amateur-Wurstmacherin. Immer um Mitternacht wandelt sie durch den Westflügel von Gut Uxwutsch und trägt ihre Schweinskopfsülze unter dem Arm. Aber sie gehört zum Vermächtnis des alten Herrenhauses.) In den hiesigen Hallen aber schien mir stets eine Phantomstimme zuzuraunen: *Du bist ein Betrüger, Kendar Gangle! Ein Erbschleicher! Du hast kein Recht, deinen Fuß in dieses Gemäuer zu setzen. Du gehörst nämlich gar nicht hierher.*

Doch seit ich Lady Inivria und ihre Kinder hierher eingeladen habe, plagen mich diese düsteren Wahrnehmungen nur noch selten. Und es stand mir zu, für meinen Bedarf ein ausreichend großes Schlafzimmer, ein Wohnzimmer und ein Arbeitszimmer zu beanspruchen. Schließlich gab es hier mehr als genug Platz, um die Familie des toten Zauberers aufzunehmen. Und genau genommen lagen meine Räumlichkeiten so weit von den ihren entfernt, wie das unter den gegebenen Umständen nur möglich war – eine Regelung, die uns allen recht war.

Mein Arbeitszimmer lag in einem Turm. Der Palast des alten Meisters verfügt über haufenweise Türme, fast so viele wie auf dem Schloß von König Steffan. In ihm befanden sich ein wuchtiger Sessel – einer von der Art, der in seiner ausladenden Form an die Lieblingstante erinnert, die einen immer in die Wange zu kneifen pflegt –, ein großer, aber nicht mit Schnitzereien verzierter Eichentisch, eine saubere Feuerstelle und Reihen über Reihen von Buchregalen.

Ich sage bewußt Buchregale und nicht Bücher; denn bis auf ein paar Liebesromane von Raptura Eglantine besaß ich keine Bücher – und die hatte Mysti zurückgelassen, als sie davonzog, um zu einer geheimnisvollen maskierten Schwertwelfie zu werden (unter dem Namen ›Klinge der Gerechtigkeit‹). Und der einzig wirklich wertvolle Band in diesem Raum lag auf dem Tisch. Eine Einführung in die

Magik, die mir Mutter Krötenhauch, die Hexe von Käseburg, einst überlassen hatte. Die Hexe und ich waren gute Freunde. Ich hatte sie gerettet, als sie aufgeknüpft werden sollte, und sie hatte mir daraufhin das Buch gegeben und gesagt, ich dürfe es behalten, solange ich nicht darin schmökerte, während ich ein Brot mit Erdbeermarmelade aß. (»Entweder sieht das dann so aus, als hättest du versucht, Blutflecke nachzumachen, und das ist ziemlich mistig – oder die Marmelade klebt die Seiten zusammen, und das ist ebenfalls ziemlich mistig, wenn auch auf eine andere Weise.«)

Ich ließ mich an dem Tisch nieder und bereitete mich auf meine heutigen Studien vor. Scandal sprang hoch, so daß er neben mir hocken und mir über die Schulter blicken konnte.

»Schlag das Kapitel über die Anrufung von Feiergeistern auf«, befahl er mir. »Wenn es dir gelingt, ein paar von denen in deine Dienste zu zwingen, sind deine Abfallprobleme gelöst.«

»Ich habe doch gerade erst mit dem Kapitel über die Elementargeister angefangen«, entgegnete ich. »Und ich bin noch lange nicht soweit, die Tricks auch vorzuführen.«

»Ach, Hundemundgeruch!« Scandal gebrauchte nur selten so schlimme Schimpfwörter; dazu mußte er schon wirklich genervt sein. »Du arbeitest zu langsam, Kendar. Es kommt mir so vor, als hättest du noch immer vor den Mächten, die in dir schlummern, die Hosen gestrichen voll.«

»Mit denen soll man vorsichtig umgehen«, erwiderte ich verschnupft. »Besser ist es, man arbeitet sich langsam voran und achtet darauf, daß nichts schiefgeht, als sich kopfüber in die Materie zu stürzen und sich damit in die allergrößten Schwierigkeiten zu bringen.«

Der Kater schnaubte. »Mit anderen Worten, wenn man ein Problem nur lange genug ignoriert, verschwindet es irgendwann von allein. Wie überaus reif und erwachsen von dir.«

»Mir scheint, du hast das hier vergessen.« Ich zog eine kleine Karte aus dem Buch und warf sie vor seine Pfoten. Es handelte sich um ein Souvenir von unserem letzten Abenteuer. Und gleichzeitig war diese Karte mir mehr wert als eine ganze Bibliothek voller Zauberbücher. Sie gehörte einst der bösen Fee Acerbia und enthielt die tiefen, dunklen und letzten Geheimnisse zur vollständigen Beherrschung der Magik.

Scandal schnüffelte nur daran. »Nicht schon wieder das Zwölf-Stufen-Programm!« stöhnte er. »Das ist ja ganz okay, solange man noch an seinem Selbstbewußtsein arbeitet, aber es hält einen doch nur davon ab, der Zauberer zu werden, der in einem steckt.«

»Ich weiß, daß ich mit dieser Methode am besten fahre«, erklärte ich ihm und schob das Kärtchen ins Buch zurück. »Du weißt doch noch, was passiert ist, als ich diesen Klumpen von Meister Thengors Magik auf dem Piratenschiff gefunden habe, oder?«

»Ja, ja und nochmals ja. Junge, das Zeugs ist wirklich überall herumgeflogen, als der alte Zausel das Zeitliche gesegnet hat. Du hast versucht, alles einzuatmen und dem hinzuzufügen, was du bereits besessen hast. Und dabei ist dir kotzelend geworden.«

»Nun ja, ein wenig übel war mir schon.« Ich stützte das Kinn auf die Rechte. »Für einige Zeit konnte ich keine Magik mehr benutzen, bis ich die Neuzufuhr endlich verdaut hatte. Aber das kommt eben davon, wenn man sich zuviel auf einmal und das auch noch viel zu schnell zumutet. Doch jetzt besitze ich ja dieses Kärtlein, und da wird mir so etwas nicht mehr widerfahren. Und wenn ich heute noch etwas von Meister Thengors umherschweifender Magikwolke entdecke, weiß ich, wie ich sie einatme, ohne mir den Magen zu verderben. Und das ist es doch wert, die Dinge etwas langsamer anzugehen, meinst du nicht?«

»Blödsinn.« Scandal setzte keck eine Vorderpfote auf das aufgeschlagene Buch. »Du brauchst das nämlich nur als Entschuldigung. Man könnte fast meinen, es gefällt dir, ein nichtsnutziger, halbfertiger Zauberer zu sein, und du willst gar kein echter Magier werden.«

»Und warum sollte ich das nicht wollen, du neunmalkluger Kater?«

»Weil die Weiber auf Trottel stehen. Sie halten solche Burschen nämlich für süß.« Scandal stieß ein Geräusch aus, als wolle er ein Haarknäuel aus seinem Magen würgen. »Damit bist du in ihren Augen liebenswert, knuddelig und verletzlich. Sie wollen dich dann am liebsten packen und mitnehmen. ›Wo ist denn mein Zaubererdummerle? Ei, was macht er denn?‹ Deshalb benehmen sich Weiber, die einen Jungen auf sich aufmerksam machen wollen, auch so, als hätte ihr Gehirn sich in Seifenschaum verwandelt. Ach, ich will gar nicht erst von den irrwitzigen Balztänzen der Menschen anfangen! Die Tussi klimpert mit den Wimpern, als hielte sie die für Ventilatorflügel und gurrt: ›Ooooh, was für ein wunderbarer, großer, starker Computer-Freak, du bist ja so brillant. Ich kleines blondes Dummchen verstehe ja wirklich gar nichts von Software!‹ Und der Tropf läßt die Box mit seinen wichtigsten Disketten auf den Boden fallen. Ja, so etwas nennt ihr, glaube ich, Liebe.«

Scandal klang, als hätte man ihm ein vegetarisches Gericht vorgesetzt. Aber so hörte er sich stets an, wenn er über seinen alten Meister auf der Erde sprach. Ich hatte noch immer nicht herausgefunden, was unter einem ›Computer-Freak‹ zu verstehen war oder was ich mir unter einer ›Tussi‹ oder Software oder Disketten vorzustellen hatte. Ich wußte lediglich, daß es sich bei ›Computer-Freak‹ wohl um eine Bezeichnung für seinen alten Meister handeln mußte. Dieser hatte wohl eine gewisse ›Tussi‹ kennengelernt. Die schien gegen Katzen allergisch gewesen zu sein, und der arme Kater war mit einem Tritt vor die Tür gesetzt worden.

»Hör zu, Scandal, ich habe nicht vor, mich mit dir darüber zu streiten«, erklärte ich. »Es ist bald Mittagszeit, und ich möchte gern vorher dieses Kapitel hier durcharbeiten. Warum versuchst du nicht, deine Magikkünste über deine Levitationsfähigkeiten hinaus zu vergrößern, wo du doch eine so gescheite und ehrgeizige Katze bist.«

»Mein ganzer Ehrgeiz richtet sich allein auf dein Fortkommen. Was mich persönlich angeht, so bin ich faul. Katzen sind nun mal so, und ich will dir das auch gar nicht erklären. Du würdest es ja doch nie verstehen.« Er erhob sich, drehte sich um, schlug einmal mit dem Schwanz aus und segelte anmutig von der Tischkante zu Boden. Ich machte mich über das dicke Buch her.

Ich versuchte immer noch, mir die Zusammenfassung der Anrufung einer Wassernymphe einzuprägen, als es an der Tür klopfte. Weskin watschelte herein, und wie stets gewann man bei ihm den Eindruck, daß seine Füße keine Lust hatten, den plumpen Körper vorwärtszubewegen. Der Junge wischte sich die Nase mit einem Brief ab, bevor er ihn auf meinen Tisch fallen ließ und dann wieder hinausschlurfte, ohne auch nur ein Wort verloren zu haben. Dafür war ich ihm zu großem Dank verpflichtet. Das einzige, was noch gräßlicher war als Weskins Anblick, war der Klang seiner Stimme.

Ich tupfte den Brief vorsichtig ab, bevor ich den Umschlag öffnete. Wie ein geölter Blitz war Scandal sofort wieder neben mir, schob seine Nase unter meinem Arm hindurch und bemühte sich, das Schreiben vor mir zu lesen. »Von wem ist der Brief? Was steht denn drin? Und woher stammt dieses ekelhafte grüne Zeugs, das überall daran klebt? Sieht nicht so aus, als käme das Schreiben von der königlichen Postmeisterei, also wird es sich wohl kaum um einen Ruf an den Königshof handeln.«

»Hm-hm«, antwortete ich, während ich den Text zu Ende las. »Grauenhaft ... entsetzlich ... Das darf nicht sein.«

»WAS IST DENN LOS?« Scandal hüpfte auf der Tischplatte auf und ab, und seine Schnurrbarthaare versprühten Funken.

»Der Brief kommt von meiner Schwester Lucy.«

»Und das ist grauenhaft?«

»Sie sagt, wir sollen sofort und auf der Stelle nach Hause kommen.«

»Und das ist entsetzlich?«

»Mein Bruder will sich verheiraten.«

Der Kater vergaß für einen Moment das Atmen. »Mit einem Mädchen?«

Ich nickte.

»Ist das irgendein saublöder Scherz, den sich ein krankes Hirn ausgedacht hat?«

»Das hier ist die Einladung zur Hochzeit«, erklärte ich, legte Lucys Schreiben auf den Tisch und drehte es um, damit Scandal die wunderbaren Schönschriftbuchstaben des professionellen Briefschreibers bewundern konnte, die sich erheblich von Lucys Gekrakel unterschieden.

Der Kater überflog den Text. »Basehart will also vor den Traualtar treten. Und dabei dachte ich immer, dein großer Bruder interessiert sich für nichts anderes, als in den Wald zu reiten und arme, wehrlose Eichhörnchen mit Spießen, Speeren und Pfeilen zu spicken. Und jetzt das. Sich verehelichen. Mit einem Mädchen. Basehart. Wow!« Er schüttelte den Kopf. »Das darf wirklich nicht sein. Also wollen wir auch keinen weiteren Gedanken daran verschwenden.«

»Du meinst, wir sollen nicht hingehen? Aber Lucy schreibt hier, daß eine furchtbare Gefahr droht. Und sie möchte, daß wir ...«

»Natürlich gehen wir hin, Dummkopf. Die Vermählung eines Familienmitglieds ist eine höchst ehrwürdige und heilige Angelegenheit und eine Verpflichtung für uns alle.« Scandal schloß die Augen und versuchte, fromm auszusehen.

Ich studierte ihn mit zusammengekniffenen Augen. »Ich wußte ja gar nicht, daß du etwas mit Religion am Hut hast, alter Freund.«

»Aber selbstverständlich.« Er öffnete die Augen wieder und zwinkerte mir zu. »Wenn es darum geht, sich an einem Hochzeitsmahl zu laben, werde ich sogar fromm.« Er leckte sich das Maul. »Auf, ehe noch alles kalt wird.«

KAPITEL 2

Wenn aus mir je einer der Zauberer werden sollte, die dickleibige Wälzer, in die Haut unaussprechlicher Monster gebunden (falls Weskin Glück hat und ich ihm nicht das Fell über die Ohren ziehe), über altes Wissen und dunkle Überlieferungen verfassen, dann werde ich eines *Über den wahren Heldenmut* schreiben, und das fängt dann sicher folgendermaßen an:

Kein Mann soll sich kühn, mutig oder furchtlos nennen dürfen, bloß weil er einen Drachen erschlagen, den Schatz eines Zwergenkönigs geraubt oder sich mit dem Schwert seinen Weg durch zehntausend verwunschene Gewölbe geschlagen hat. Denn solche Taten sind nichtiger Zeitvertreib und bedeutungsloses Streben nach Ruhm. In Wahrheit ist ein Mann erst dann als wahrer Held anzusehen, wenn er ein Familientreffen mit Tanten mehr oder weniger unbeschadet überstanden hat.

Ich spreche da ganz besonders von meinen Tanten.

Und ich weiß, wovon ich rede …

»Oh, da ist ja unser kleiner Liebling.«

»Juhu, Kendar! Komm zu deiner lieben Tante.«

»Ist er nicht gewachsen?«

»Ist er nicht groß geworden?«

»Seinem Vater wie aus dem Gesicht geschnitten.«

»Die Augen hat er aber von seiner Mutter.«

»Und die Nase von Vetter Predergast Gangle.«

»Und der Mund stammt von Großmutter Eulalie.«

»Und wenn das nicht die Ohren von Onkel Jarrow sind, will ich fortan ein Voondrab sein!«

»Du böser, böser Junge, jetzt gibst du deiner Tante aber sofort einen dicken Kuß!«

»Sieht er nicht zum Verlieben aus?«

»Ein wenig blaß vielleicht.«

»Und sein Haar ...«

»Ach, meine Liebe, du weißt doch, Jungs sind und bleiben nun einmal Jungs. Selbst wenn sie so aussehen, als hätte ein Storch ein Nest auf ihrem Kopf gebaut.«

»Tz, tz, tz, er ist so dürr. Kendar, ißt du nicht genug?«

»Nun laß aber gut sein, Grativa, du weißt doch, wie die jungen Leute heutzutage sind. Die haben doch dauernd Wichtigeres im Kopf.«

»Hm! Als ich mich noch um ihn gekümmert habe, sah er nicht so spindeldürr aus.«

»Das hast du uns nun oft genug erzählt, Esplanadia.«

»Man könnte meinen, er leidet an Verstopfung.«

»Quatsch, Verstopfung. Er schlägt nur nach der Familie mütterlicherseits aus, Grativa.«

»Was für ein Unsinn! Ich bin fünfunddreißig Jahre mit einem der Ratgeber von König Creswel verheiratet gewesen, und glaube mir, meine Liebe, ich weiß, was eine Verstopfung ist. Was der Junge braucht, ist eine große Flasche von Philonas Frucht-und-Rost-Tonikum. Hilft bei Menschen ebenso wie beim lieben Vieh. Ich habe zufällig eine Flasche dabei. Sie liegt oben auf meinem Zimmer. Ich hole sie gleich, dauert nur eine halbe Minute.« Und schon rollte Tante Grativa wie ein Heuwagen auf Beinen davon.

»Hier, mein Bester, nimm lieber das, und vergiß das eklige alte Tonikum. Der einzige Grund, warum Grativa das Gebräu trinkt, ist, daß darin mehr Alkohol enthalten ist als in deinem Bruder. Iß das Stück Kuchen hier, und daß mir ja kein Krümelchen übrigbleibt!«

Eine Platte mit einem halben Schokoladenkuchen drauf wurde mir in die Hände gegeben.

»Aber Carageena! Bist du denn völlig von Sinnen?« Die Platte mit dem halben Schokoladenkuchen drauf wurde mir von der lieben alten Tante Esplanadia aus den Händen gerissen. Sie hatte drei Generationen von Gangles großgezogen, und sie würde wohl damit fortfahren, bis man sie auf einer Bahre hinaustrug. »Nichts Süßes, ehe er nicht sein Gemüse gegessen hat.«

Tante Carageena deutete auf die überreichlich beladenen Tische, die in der großen Halle von Gut Uxwutsch aufgestellt waren. »Ich bezweifle, Esplanadia, daß man dort irgend etwas zu finden vermag, was auch nur entfernte Ähnlichkeit mit Gemüse hat.« Sie räusperte sich. »Das heißt, natürlich abgesehen von dem Kohlkopf Basehart.«

Damit hatte sie durchaus recht. Das Festmahl, das meine Mutter Abstemia zu Ehren von Baseharts Verlobung angerichtet hatte, bestand je zur Hälfte aus Fleisch und aus Süßem. Von den Wänden glotzten die abgetrennten und ausgestopften Schädel von Generationen von Waldtieren mit glasigen Augen auf ihre gebratene und gefüllte Nachkommenschaft hinab. Das einzige Grünzeug, das sich darunter aufspüren ließ, war eine große Schüssel voller klumpigem, öligem und säuerlich stinkendem Matsch, den bislang keiner der Gäste angerührt hatte. Einige hielten sich gleich die Hand vor den Mund, als sie nun einen Blick auf die Brühe geworfen hatten, und stürzten zur anderen Seite der Halle, wo sich die Toiletten befinden. (Und einige Male kam es mir tatsächlich so vor, als tauche ein kleiner Schädel mit spitzer Schnauze und kleinen Knopfaugen aus der Masse auf – aber da hatte mir sicher nur meine Einbildungskraft einen Streich gespielt.) Esplanadia konnte Carageena kaum widersprechen, beharrte aber auf ihren Prinzipien.

»Dann laufe ich gleich mal hinunter in die Küche und besorge ihm ein hübsches Bündel frischer Karotten oder etwas ähnlich Gesundes. Und erst dann darf er von dem Kuchen kosten.« Sie rumpelte genauso wuchtig davon wie Grativa. Doch damit hing ich immer noch in den Klauen zweier meiner Tanten fest.

»Hier, nimm«, forderte Carageena mich auf und gab mir eine neue Kuchenplatte. »Bei den wilden Reitern der Kuchenblech-Wüste gilt Kuchen als ebenso nahrhaft wie Gemüse.«

»Ja, und bei den Dschungelbewohnern von Tauchunter wird Schokoladenkuchen sogar als Gottheit verehrt«, fügte ihre Schwester, meine Tante Glucosia, hinzu. »Wenn auch nur als niedere.«

»Wann waren wir denn jemals in Tauchunter?« fragte Carageena sie streng.

»*Wir* waren nie dort«, gab Glucosia zurück, »aber *ich* bin schon dort gewesen. Und zwar im Verlauf der sechs Monate, in denen ich allein gearbeitet habe. Du warst damals ja nicht mehr bei Verstand und hast dich diesem schon krankhaft mit Muskeln bepackten Barbaren aufgedrängt. Wie hieß er doch noch gleich? Will mir nicht einfallen, und ist auch nicht weiter schlimm. Der Kerl war es sowieso nicht wert, daß man sich seinen Namen einprägt.«

»Ich? NIEMALS!« Carageena war in Kampfstimmung. Wenn sie sich aufregte, zeigte sich das immer gleich an ihrem Haar. Kleine Locken lösten sich aus dem komplexen Arrangement der dicken Strähnen und dünnen Zöpfchen, mit dem sie sich das Haupt hatte verschönern lassen.

»Niemals? Er hat aber das Gegenteil behauptet«, flötete Glucosia. Das Netzwerk feiner Fältchen rings um ihre blauen Augen verzog sich zu boshaftem Frohlocken.

»Allein die Vorstellung!« empörte sich Carageena. Ich versuchte, zwei Dinge gleichzeitig zu tun, nämlich den Kuchen zu essen und mich unsichtbar zu machen. Die beiden großen Schwestern meines Vaters führten sich bei jedem Familientreffen so auf. Wenn man großes Glück hatte, wurde man von keiner der beiden aufgefordert, ihre Partei zu ergreifen.

Und wenn man nicht soviel Glück hatte –
hieß man wahrscheinlich Kendar Gangle.

»Kendar, kannst du dich erinnern, daß ich jemals einem barbarischen Schwertkämpfer schöne Augen gemacht habe?« Sie hatte zwar mich angesprochen, starrte aber unentwegt und unverhohlen ihre Schwester an. »Und zwar sechs Monate lang? Ach was, auch nur für einen Tag?«

»Nun, Tante Carageena, ich ...«

»Jetzt mach dem armen Jungen doch nicht solche Angst. Gott im Himmel, woher soll er denn von deinen schmutzigen kleinen Affärchen wissen? Er ist doch kaum der Wiege entwachsen. Und so, wie ich Abstemia kenne, würde sie ihre Kinder mit ihrem eigenen Leben davor schützen, von deinen obszönen und perversen Abenteuern zu erfahren.«

»Ich war immerhin nicht diejenige, die eines Tages mit dem Geheiligten Auge des Delbert aufgetaucht und dazu getanzt und davon gesungen hat, wie sie die blutberauschten Legionen des Hohepriesters abgewehrt hat. Dabei weiß doch jeder, wie die Sache sich in Wahrheit zugetragen hat.« Jetzt war es an Carageena, hämisch zu grinsen.

»Und wie soll es sich, bitte sehr, in Wahrheit dann zugetragen haben?« fragte Glucosia mit gefährlich leiser Stimme zurück. Ihr Haar funkelte jetzt wie ein gewaltiger Blitz, der den Himmel spaltet. Und damit entsprach es genau der Stimmung, in der sie sich mittlerweile befand.

»In Wahrheit hast du die blutberauschten Legionen des Hohepriesters ganz und gar nicht abgewehrt, wenn du verstehst, was ich meine. Und den Hohepriester selber auch nicht. Und diese Horden waren eigentlich auch nicht blutberauscht, sondern hinter etwas ganz anderem her ...«

Tante Glucosia riß mir die Kuchenplatte aus den Händen und schleuderte sie auf ihre Schwester. Carageena entledigte sich ihres leichten Hausmantels, und darunter kam eine Zeremonienrüstung mit passendem Zeremonienschwert zum Vorschein. Sie zog die Klinge aus der vergoldeten Scheide – und das schneller, als ein Frosch seine Zunge ausfährt, der eine Fliege erspäht hat – und wehrte damit das Wurfgeschoß ab. Die in zwei Hälften geteilte Platte sauste durch die Halle, und der größte Kuchenklumpen landete mit großem Platsch in der Punschschale und spritzte ein halbes Dutzend Gäste voll, die sich zu ihrem Unglück gerade dort aufhielten.

»Ach herrje!« hörte ich meine Mutter hinter mir stöhnen. »Die beiden haben sich schon wieder in der Wolle. Kannst du nicht etwas unternehmen, Lucius? Wir haben schließlich Gäste!«

»Etwas unternehmen?« knurrte mein Dad. »Wenn man die beiden von ihrem ewigen Gezänk abhalten könnte, hätte mein Vater das sicher längst getan! Glaubst du vielleicht, er war begeistert, als die Nachbarn sich reihenweise bei ihm beschwert haben, weil zwei seiner Töchter in voller Rüstung, die Klingen schwingend und mit zusammen weniger Verstand als eine Made, landauf, landab alles verwüstet und zu Klump geschlagen haben?«

»Ach herrje!« stöhnte meine Mom schon wieder. Wenn ich mich als ihr guter Sohn erweisen wollte, mußte mein Platz an ihrer Seite sein. Vor allem war es dort deutlich sicherer, als sich noch länger in der Nähe meiner beiden Kriegerinnentanten aufzuhalten.

Meine Eltern standen am großen offenen Kamin, in dem heute kein Feuer prasselte. Der Frühling ging gerade in den Sommer über, und in der Halle war es auch dank des Gedränges der vielen Gäste warm genug. Als Scandal und ich eingetroffen waren, war die Feier bereits in vollem Gange, und so bildeten wir beiden nur ein paar zusätzliche Gesichter in der Menge. Ich hatte es rasch aufgegeben, meine Eltern oder meine Schwester Lucy zu suchen, um ihnen mitzuteilen, daß ich da war, und mich dem Strom der Masse angeschlossen. Und so kam es, daß ich erst jetzt meine Mutter und meinen Vater zum ersten Mal erblickte.

Die beiden sahen großartig aus. Ich weiß natürlich, daß meine Mutter mehr gurrt, herumflattert und den Schnabel auf und zu macht als ein ganzer Schwarm Tauben und mein Vater jeden Tag für verschwendet hält, an dem er nicht ein paar Tiere mit einem Haufen Pfeile erlegt hat. Doch wenn die zwei nebeneinanderstehen und mal für einen Moment die Klappe halten, machen sie durchaus den Eindruck, ein glückliches Paar zu sein. Und neben den zwei anderen Figuren, die mit ihnen am Kamin standen, wirkten sie sogar ausgesprochen prachtvoll und traumhaft. (Ich schwöre bei allem, das mir heilig ist, daß ich mir lange Zeit ziemlich unsicher war, ob es sich bei den beiden anderen wirklich um menschliche Wesen handelte. Sie sahen so klobig und viereckig aus – und ihre schwarzen Augen blinzelten nicht einmal –, daß man auch zu der Ansicht gelangen konnte, es handele sich bei ihnen um kunstvoll geschnitzte und ansprechend bemalte Zierfiguren, die Trolle darstellen sollten.)

»Kendar! Mein Baby!« heulte meine Mutter auf, als sie mich entdeckte. Sie sauste wie ein Falke im Sturzflug auf mich zu, packte mein Handgelenk mit ihrem mütterlichen Griff, aus dem es kein Entkommen gibt, und zerrte mich zur

Feuerstelle. »Hast du dich also doch noch entschlossen, dich hier zu zeigen. Und natürlich hast du deiner armen, sich vor Sorge verzehrenden Mutter mal wieder kein Wort davon mitgeteilt. Aber wahrscheinlich muß ich sogar dankbar sein, daß du dich überhaupt noch einmal auf Gut Uxwutsch blikken läßt. Ja, sicher, ich weiß ja, daß wir hier nicht so vornehm und nobel sind wie all deine Freunde am Hof, aber verlangt denn deine arme Mutter zuviel, wenn sie dich bittet, etwas von deiner großen Zauberkraft zu benutzen, um deinen Eltern ein kleines Schreiben zu schicken? Na ja, vermutlich stellt man als Mutter immer zu hohe Ansprüche, nicht wahr? Ich denke, wenn wir tot sind, wird es dich reuen, uns nicht regelmäßig Briefe geschickt zu haben. Ja, ja, Kinder! Sieh nur, Lucius, Kendar ist heimgekommen!« Und damit versetzte sie mir einen Stoß, durch den ich zielsicher in Richtung meines Vaters flog.

Dad hatte die Hände hinter dem Rücken verschränkt. Er sah mich ernst und streng von oben bis unten an, pustete dann eine gewaltige Luftwolke durch seinen dicken Schnurrbart und fragte: »Geht es dir gut, mein Junge?«

»Ja, Dad, mir geht es bestens«, antwortete ich.

»Prächtig. Prächtig.« Er schaukelte auf seinen Füßen vor und zurück. »So, so ... und sonst läuft alles gut? Mit der Zauberei und so?«

»Ja, Dad.«

»Prächtig, prächtig. Du hattest doch immer ein Tier bei dir, nicht wahr, mein Sohn? Irgendein kleines. Was war das doch noch gleich für ein Wesen? Ein Eichhörnchen? Ein Kaninchen? Dem König hat es gefallen. Aber der König mag eine Menge Dinge, aber das hilft mir jetzt auch nicht weiter.«

»Eine Katze, Dad. Genauer gesagt, ein Kater. Scandal. Im Moment hockt er gerade auf einem der Tische und frißt den ganzen gefüllten Karpfen auf.«

»Prächtig, prächtig. Ich mag sowieso keinen Karpfen. Gut. Und sonst läuft alles gut für den Kater?«

»Sicher so lange, wie Fisch auf dem Tisch ist.«

»Prächtig, prächtig.« Er sah an mir vorbei, richtete seinen Blick wieder auf mich, starrte an die Decke und wandte sich erneut mir zu. »Dann läuft also alles gut für dich, oder?«

Zum zwanzigsten Mal oder so versicherte ich ihm, daß bei mir alles bestens stünde, daß es Scandal gutginge und daß ich auch mit der Zauberei ganz zufrieden sei. Da ich mich aber nicht für das neueste Jägerlatein und Trends und Verbesserungen beim Ausnehmen der Beute interessierte, war unser Vater-Sohn-Gespräch beendet. Doch dann räusperte sich einer der Trolle und fragte: »Ist das derjenige, Lucius?« Die Augen, mit denen er mich anblickte, erinnerten an schwarze Oliven.

»Ja, Megrim«, nickte Dad. »Mein Jüngster, Kendar. Sogar Meister Kendar. Ist nämlich Zauberer. Genauer gesagt, der Hofzauberer von König Steffan. Schätze, das gibt dem jungen Hüpfer das Recht, sich für etwas Besseres als sein Vater zu halten, was?« Er warf mir einen Blick zu, als wollte er mich bei lebendigem Leib rösten. »Nun, ich werde der erste sein, der ihm erklärt, daß er sich zum Narren macht, wenn er sich einbildet, auf mich herabblicken zu können, bloß weil er sich darauf versteht, mit Mondstrahlen und ähnlichem Schnickschnack herumzujonglieren.«

Dads Freund, Bekannter oder was auch immer nickte düster. Die beiden redeten über mich, als wäre ich gar nicht vorhanden, und so kam es für mich überraschend, als der Bursche eine Hand ausstreckte und sich vorstellte: »Sir Megrim Flinkhand Gallimaufrey, zu Euren Diensten. Und dies ist meine wunderbare Gemahlin, Lady Teluria.«

»Erfreut, Euch kennenzulernen«, sagte ich und verbeugte mich vor der Dame. Wenn ich den Blick stur auf den Boden gerichtet hielt, würde es mir vielleicht gelingen, nicht auf ihr Haar zu starren. Es wies eine Rötung auf, bei der ich am liebsten sofort die Brandsalbe geholt hätte.

Lady Teluria dröhnte: »Das wird sich noch herausstellen.«

»Wie, äh ... ich, verzeiht, aber wie belieben?«

»Wenn ich es eben richtig verstanden habe, so seid Ihr Zauberer«, erklärte sie, und ihre Stimme klang genauso gewaltig, wie man es bei ihren Körpermaßen erwarten durfte. »Zauberern wird doch nachgesagt, über Weisheit zu verfügen, nicht wahr?«

»Weise genug, um nicht dem Irrtum zu verfallen, sie seien

aus ihren Hosen herausgewachsen«, mischte Dad sich ein und bedachte mich wieder mit einem drohenden Blick. (Ich verwünschte mich dafür, meine normalen Kleider zu tragen und sie nicht gegen die offizielle Zaubererrobe ausgetauscht zu haben. Dann hätte ich mich nämlich nicht wegen meiner Hose verhöhnen lassen müssen.) »Und weise genug, um nicht geringschätzig auf ihr eigenes Fleisch und Blut herabzusehen.«

»Aber, Vater, wann habe ich je ...«

»Bei all Eurer großen Zaubererweisheit, Meister Kendar«, fuhr die Herrin fort, »glaubt Ihr, mir eine klitzekleine und im Grunde ganz simple Frage beantworten zu können?«

»Ich will es gern versuchen«, antwortete ich und fragte mich, worauf sie eigentlich hinauswollte.

»Stimmt Ihr mir zu, daß ein hübsches, ganz normales Mädchen geistesgestört sein muß, wenn es einen Beruf erlernen und Karriere machen will?«

Sie wissen doch sicher, wie es manchmal auf einer Party oder Gesellschaft zugehen kann, oder? Alle unterhalten sich miteinander, und etwa zwanzig verschiedene Gesprächsgruppen haben sich gebildet. Und dann hören alle diese Unterhaltungen von einem Moment zum anderen gleichzeitig auf. Das haben Sie doch sicher schon einmal erlebt, oder? Nun, in diesem Augenblick kam es zu einem dieser Momente. Stille senkte sich über die große Halle, und zwar just in der Sekunde, in der Lady Teluria ihre Frage stellte.

Auch meine Tanten schwiegen. Sie vergaßen ihren Zwist und näherten sich uns. Ich bemerkte, wie Tante Carageenas Rüstung unter ihrem leichten Mantel aufblitzte. Gleich, ob Verlobungsfeier oder sonst etwas, sie sorgte immer dafür, daß niemandem ihr Körperpanzer entging, auch wenn das viele Eisen ein bißchen seltsam über dem kostbaren grünen Seidengewand wirkte, für das sie sich zu diesem Anlaß entschieden hatte. Tante Glucosia hingegen trug ein blaues Samtgewand von so kunstfertigem Schnitt und mit solch erlesener Verzierung, daß es eine Schande gewesen wäre, dieses kostbare Tuch unter einer Rüstung zu verstecken. Sie hatte das dichte silberfarbene Haar zu einem einfachen Pferdeschwanz zurückgebunden. Und es spricht für ihr Kleid, daß selbst diese schmucklose Haartracht seiner Pracht nichts anhaben konnte. Ich schaute sie prüfend an. Nein, ich konnte nirgends an ihr Stahl entdecken. Also gut, dann war diese Tante nur halb so gefährlich.

Regel Nummer eins: Im Leben wie in der Natur ist so etwas wie eine halb gefährliche Tante nicht vorgesehen.

»Ich glaube, wir sind uns noch nicht vorgestellt worden«, erklärte Tante Carageena der Trollfrau. Sie reichte ihr die eine Hand, hielt in der anderen aber weiterhin deutlich sichtbar das Schwert. Dann schüttelte sie mit den Schultern den Umhang zurück, damit auch der letzte erkennen konnte, daß sie eine Rüstung trug: »Carageena Gangle, Söldnerin Erster Klasse und ehemaliges Mitglied der Zwischenkönigreichs-Gewerkschaft der Gladiatorinnen und Kriegerinnen. Seit einiger Zeit im Ruhestand.«

»Eine Schwertfrau?« Die Herrin riß die etwas zu stark gezupften Brauen hoch. Ihre dicke Nase zuckte, als sei sie unvermittelt in einen Stall geraten, in dem seit Wochen nicht mehr saubergemacht worden war. Überflüssig zu erwähnen, daß sie die ausgestreckte Hand meiner Tante nicht ergriff.

»Ach, Ihr meint dieses alte Ding hier?« Carageena schwang das schwere Schwert, als spiele sie mit einem Strohhalm. »Das besitze ich schon seit vielen Jahren.«

Mom drängte sich zwischen die beiden Tanten und legte beiden einen Arm um die Hüfte. »Liebste Teluria, Carageena und Glucosia sind die beiden älteren Schwestern meines Lucius. Eine Menge Jahre lagen zwischen ihrer und seiner Geburt. Der alte Lord Gangle fürchtete schon, nie mehr einen Sohn zu bekommen, und so ist es zu erklären, daß er seine Töchter ein wenig in dieser Richtung großgezogen ...«

»Skandalös!« Lady Telurias Lippen schlossen sich wie eine mächtige Bärenfalle hinter diesem Wort.

»Nun, das würde ich nicht unbedingt behaupten.« Moms Mundwerk stand nicht mehr still, seit sie sich dazu entschlossen hatte, hier zu vermitteln. »Sie sind vielleicht so etwas wie ein Wildfang. Haben sicher eine Menge von einem Jungen an sich. Man könnte sie auch als etwas exzentrisch bezeichnen, aber niemals als ...«

»Unentschuldbar.« Diesmal hatte Megrim sein Urteil über meine Tanten abgegeben. »Mein geliebtes Weib und ich besitzen keine Söhne, und trotzdem ist uns nie auch nur der Gedanke gekommen, unsere einzige Tochter Dulcetta in einen Pseudomann wie diese da verwandeln zu wollen.« Er winkte mit seiner bratpfannengroßen Klumpenhand in den Schatten neben dem Kamin. Zuerst konnte ich dort nichts ausmachen. Doch dann trat eine kleine, schlanke Gestalt ins Licht. Ein Mädchen. Sogar ein ausnehmend hübsches Mädchen mit dem langen, fließenden Haar einer Welfie, großen, blauen Augen und den anmutigsten Zügen. Ihre Haut sah so weiß aus wie Milch in einem Melkeimer, nachdem man den Rahm abgeschöpft hat, und auf ihren Wangen und Lippen fand sich ein Hauch von Rosa. Sie bewegte sich, als wolle sie sich mit jedem ihrer Schritte entschuldigen.

»Faszinierend«, stammelte ich atemlos.

»Was liegt an, mein furchtloser Anführer?« Scandal stieß mit dem Maul an meinen Fuß. Dieser Kater besaß die Angewohnheit, immer dann aufzutauchen, wenn man am wenigsten mit ihm rechnete – fast so wie ein Schluckauf. Er warf einen Blick auf das Mädchen. »Mann, ich habe nicht gewußt, daß man so große Mäuse züchtet.«

»Das ist keine Maus, sondern Dulcetta Gallimaufrey«, klärte ich ihn auf.

»Da muß ich mich doch tatsächlich verguckt haben. Liegt vielleicht daran, daß ich sie nur ansehen muß, und schon reagiert sie wie eine Maus. Also gut, dann handelt es sich bei ihr nicht um Ungeziefer. Aber verrat mir doch mal bitte, was denn sonst an ihr faszinierend sein soll.«

»Der Umstand, daß sie die Tochter dieser beiden dort ist.« Ich nickte in Richtung der Trolle.

In der Zwischenzeit hatte sich Tante Glucosia von meiner Mutter befreit und sich vor Sir Megrim aufgebaut. »Wie habt Ihr uns da gerade genannt?« fragte sie genauso gefährlich leise wie vorhin, bevor sie die Kuchenplatte geschleudert hatte.

Sir Megrim ließ sich vom Blick aus Glucosias harten blauen Augen nicht einschüchtern. Entweder war er unglaublich mutig oder bodenlos dumm. Aber wie pflegt schon Scandal zu sagen: Wo liegt der Unterschied zwischen beidem? »Ich habe Pseudo-Männer gesagt. Und damit meine ich Mannweiber. Nachgemachte Männer. Fisch, der sich als Corned beef maskiert.« Er besah Glucosia von oben bis unten. »Zumindest muß man Euch guten Geschmack zubilligen, denn Ihr habt Euren ganzen Rüstungsquatsch lieber im Schrank gelassen, bevor Ihr Euch unter zivilisierte Menschen begeben habt.«

Glucosia zog an den goldenen Bändern ihres Gewandes, und einen Moment später lag der kostbare Samt in einem formlosen Haufen zu ihren Füßen. Sie stieg vorsichtig aus dem Kleid, und das Kerzenlicht funkelte auf ihrem knielangen Kettenhemd.

»Wie meintet Ihr gerade?« fragte sie zuckersüß.

»Du liebe Güte!« rief Teluria und setzte eine Miene auf, als habe ihr gerade jemand einen rohen Fisch ins Gesicht geworfen. (Wenn ich heute so darüber nachdenke, komme ich zu dem Schluß, daß ein kräftiger Schlag, gleich, ob mit einem Fisch oder mit einem anderen Gegenstand, ihre Manieren vermutlich sofort gebessert hätte.) »Megrim, mein Umhang! Wir gehen. Dulcetta, komm her!«

Das verhuschte Mädchen eilte sofort zu ihrer Mutter und bibberte am ganzen Leib. »Ja, Mummy?« fragte sie mit zitternder Stimme.

»Ich glaube, diese Verlobung war doch keine gute Idee. Wenn du nämlich einen Mann heiratest, bekommst du nicht nur ihn, sondern auch noch seine ganze Familie dazu. Als wir die nötigen Hochzeitsabsprachen getroffen haben, hatte ich ja keine Ahnung, daß diese, diese«, sie bedachte meine beiden Tanten mit einem mörderischen Blick, »diese da auch zur Familie gehören.«

»Aber, Mummy!« Dulcettas Unterlippe vibrierte. »Ich will Basehart doch heiraten!«

»Tja, schon bald wird dir ein anderer über den Weg laufen, den du dann auch heiraten willst. Die Möglichkeiten einer Frau sind unbegrenzt, wenn sie unbedingt jemanden für den Traualtar sucht. Das kannst du mir glauben, ich kenne mich da aus.« Sie packte ihre Tochter und zerrte sie davon.

Wow. Da gab es also tatsächlich jemanden, der meinen Bruder heiraten *wollte*! So etwas erlebte man nicht alle Tage. Nein, ich konnte nicht zulassen, daß dieses Mädchen einfach so fortgezogen wurde.

»Auf ein Wort, Lady Teluria«, rief ich und stellte mich vor die Tonnenfrau und ihre hübsche Tochter. »Ich glaube, Ihr solltet noch einmal in Ruhe darüber nachdenken.«

»Ich denke, da hat er recht, meine Liebe«, sagte Sir Megrim und eilte hastig herbei, um sich an meine Seite zu stellen. »Es ist doch nicht so, als würden die Schwestern des guten alten Lucius irgendwelchen Einfluß auf unsere Tochter nehmen können. Sobald sie und Basehart vermählt sind, werden diese beiden, äh, Damen heimreisen und sich nur noch anläßlich einer Kindstaufe, einer Beerdigung oder eines anderen Familienfestes auf Gut Uxwutsch blicken lassen. Da bin ich mir ganz sicher.«

»Um diese beiden mache ich mir ja auch keine Sorgen«, entgegnete die Trollfrau. »Es geht mir viel mehr um die Kinder. Was, wenn diese Tollheit erblich ist, wenn es unseren Enkeltöchtern auch in den Sinn kommt, sich für einen Beruf zu interessieren. Möge der Himmel das verhüten! Als ob eine ehrbare Frau nicht schon mehr als genug damit zu tun hätte, ihren Haushalt zu führen! Hm! Oder möchtest du etwa, daß deine Enkelinnen plündern, rauben, schänden oder …« Sie schlug sich mit einer Hand an die Brust, als würde ihr bei dieser Vorstellung der Atem stocken, »*Hosen* tragen?«

»Aber, meine Liebe, darüber brauchst du dir nun wirklich keine Sorgen zu machen«, redete Sir Megrim beruhigend auf sie ein. »Lucius hat doch auch noch eine jüngere Schwester. Sie hört auf den Namen Grativa und ist eine ganz normale Frau. Für eine Gangle wenigstens.«

Teluria verzog unwillig den Mund. »Eine von dreien ist ein bißchen wenig. Das dürfte selbst dir klar sein. Nun komm endlich, Dulcetta.« Wieder riß sie an dem Mädchen.

»Aber Mummy!« Dulcetta heulte und jammerte, allein es half ihr nichts. Sie spreizte und wehrte sich, aber Lady Teluria zerrte sie mit der Mühelosigkeit eines Pferdes, das eine Kinderholzente hinter sich herzieht, durch die Menge.

»Bleib sofort stehen, Medusa!« Ein Ball von vielfarbigen Funken explodierte direkt vor dem wandelnden Faß. Lady Teluria hielt fassungslos inne. Die anderen Gäste wichen augenblicklich zurück und machten dem blitzenden Ball Platz. Das Funkensprühen verging, und darunter tauchte Scandal auf. Er hatte sein Fell aufgeplustert und den Schwanz steil aufgestellt. Jedes seiner Schnurrbarthaare summte und vibrierte von Magik. Er stolzierte auf die Herrin zu und sagte: »Okay, Tootsie, was liegt an?«

Lady Teluria zog übertrieben den Saum ihres Gewandes aus der Reichweite des Katers, als handele es sich bei ihm um eine eklige Pfütze. »Ich muß doch sehr bitten. Willst du wohl beiseite treten und uns durchlassen?«

»Erst wenn Schweine fliegen können«, entgegnete Scandal im allerfreundlichsten Tonfall. Die Trollfrau keuchte, als ihre Füße sich plötzlich vom Boden hoben. Die Schnurrbarthaare des Katers gaben Geräusche wie brutzelndes Öl in einer Pfanne von sich. Zugegeben, er kannte nicht eben viele Zaubersprüche, aber auf die, die er beherrschte, verstand er sich wirklich ausgezeichnet. Scandal ließ die Herrin unter der Decke herfliegen und dann dort schwebend in der Luft stehen.

»He da! Laß sofort mein Weib herab!« Sir Megrim stampfte heran und richtete seinen dicken Zeigefinger auf den Kater.

»Sie herablassen. Kein Problem.« Scandal sah hinauf zu der sanft auf und ab tanzenden Dame. »Ihr seid potthäßlich, und Eure Mutter muß Euch hassen, wenn sie Euch in solche Kleidchen steckt. Wo habt Ihr diesen Fetzen überhaupt her, bei der Rotkreuz-Altkleidersammlung abgestaubt? Und ist das wirklich Euer Gesicht, oder habt Ihr Euch nur schon für Halloween maskiert? Und bei so manchem Tisch habe ich schönere Beine zu sehen bekommen als bei Euch.«

»Meine Beine!« kreischte Lady Teluria. »Alle können meine Beine sehen!« Sie bemühte sich vergeblich, den Kleiderstoff mit den Knien zusammenzupressen. Statt dessen schwebten Röcke und Unterröcke hoch und verdeckten ihr Gesicht. Die Trollin gab eigenartige Geräusche von sich, während sie versuchte, die Stoffe nach unten zu ziehen.

»Scandal«, ermahnte ich ihn. »Laß sie runter.«

»Aber Boss ...«

»Sofort, Scandal.«

»Oooch, nie läßt du mich etwas Spaß haben.« Doch Lady Teluria schwebte sanft wie eine Feder zu Boden, und der Kater fügte ihr kein weiteres Leid zu.

»Kendar Gangle, wenn du deinen Hausgeist nicht besser im Zaum zu halten verstehst, muß ich dich leider bitten, diesen Kater in deinem Zimmer einzuschließen.« Mom stand unvermittelt vor mir und hatte die Fäuste in die Hüften gestemmt.

»Aber, Mutter, ich kann Scandal doch nicht einsperren!« widersprach ich.

»Er kann es gern einmal versuchen«, grinste der Kater. »Aber ich würde es ihm nicht raten.« Er hob eine Vorderpfote und fuhr die Krallen aus. Sie waren sehr lang und sehr scharf. »Was bedeutet schon ein bißchen zerfetztes Fleisch unter Freunden?«

»Jetzt werden auch noch meine Gäste beleidigt und dem Spott preisgegeben!« rief Mom und hob die Hände zum Himmel. »Nach allem, was ich durchgemacht habe, nun auch noch das. Ich habe dieses wunderschöne Fest ausgerichtet, und dein kleines Ungeheuer hat nichts Besseres zu tun, als die künftige Brautmutter in die ärgste Verlegenheit zu bringen, und zwar so sehr, daß jetzt womöglich die ganze Hochzeit ausfallen muß! Aber nein, mach du dir bloß keine Sorgen darüber. Und verschwende auch gar keinen Gedanken daran, daß ich geschuftet habe, bis mir das Blut unter den Fingernägeln hervorgespritzt ist. Wer bin ich denn schon? Ein Niemand. Bloß die Frau, die deine schmutzigen Windeln gewechselt, die dich gefüttert hat, dir auf den Rükken geklopft hat, damit du ein Bäuerchen machen konntest, die ...«

Ich seufzte. Mutter war wieder einmal so richtig in Fahrt. Mir schien es in diesem Moment nicht angebracht, sie darauf hinzuweisen, daß die einzige Arbeit, die sie für dieses Fest verrichtet hatte, die gewesen war, unserer alten Maisree, der Köchin, Bescheid zu geben, daß sie Essen für etwa hundert Gäste zu kochen habe. Möglicherweise hatte sie auch noch unserem Obergärtner Strunk aufgetragen, die Halle mit Blumen auszuschmücken, und dem Hausundhofmeister Thorgit befohlen, das gute Silber wegzusperren, bis die Gäste wieder gegangen waren. Und was das Wechseln meiner schmutzigen Windeln anging …

»Ihr redet Blech«, bemerkte Scandal.

»Wie bitte?« Die Flammen, die jetzt aus Moms Augen schossen, waren beinahe so hell wie die Funken an den Spitzen von Scandals Schnurrbarthaaren.

»Ich wette, Ihr habt in Eurem ganzen Leben noch nicht einmal eine schmutzige Windel in der Hand gehabt«, schnurrte mein Kater.

»Das will ich doch auch sehr hoffen«, mischte sich Lady Teluria in die Debatte ein. »Eine Dame von vornehmer Herkunft hat es nicht nötig, sich mit solchen widerlichen Tätigkeiten zu befassen. Wofür hat man schließlich Bedienstete?«

Scandal legte den Schwanz um sein Hinterteil. »Ihr müßt es ja wissen.«

»Schweig still, Ungeheuer. Ich führe meinen Haushalt, wie es sich gehört, während das Gesinde die Putzarbeiten, das Kochen, die Einkäufe, die Kinderversorgung, das Nähen, das Stopfen, das Flicken und das Wäschewaschen übernimmt, jawohl!«

»Ganz recht«, nickte meine Mutter. »Und der Hausundhofmeister weiß, wo alles steht und liegt, wieviel von allem vorhanden ist und wen die Schuld trifft, wenn irgendwo etwas fehlt. Ich weiß nicht, was ich ohne unseren Thorgit anfangen sollte.«

»Und ich nicht, wie ich ohne unseren Fenvig zurechtkäme«, stimmte Lady Teluria zu.

»Wenn also der Hausundhofmeister dafür Sorge trägt, daß alle Bediensteten immer etwas zu tun haben«, Scandals Schwanzspitze zuckte nur unmerklich, »und die Knechte, Diener und Mägde sich dann um alles kümmern, was bleibt dann noch für Damen Euresgleichen zu tun übrig?«

»Äh …« machte Mom.

»Unverschämtes Scheusal«, schnappte die Trollfrau, sagte ansonsten aber nichts.

»Nun ja, da gibt es ja immer noch die Stickarbeiten«, bemerkte Tante Glucosia.

»Gute Güte, ja«, fiel Tante Carageena ein. »Wahre Berge von Stickereien warten auf einen. Hat Mama nicht immer gesagt, daß man nie genug Stickarbeiten im Haus haben kann?«

»Und Wandteppiche knüpfen«, fügte Glucosia gedehnt hinzu, so als sei ihr das gerade erst eingefallen. »Wenn man einen wirklich hübschen Wandteppich, eine echte Qualitätsarbeit, haben will, darf man diese Arbeit nie dem Gesinde überlassen. Bei all den Stickereien und dem vielen Teppichknüpfen weiß ich nicht, wie Ihr edlen Damen da noch einen Moment der Muße finden könnt.«

»Und kein Mann wird jemals verstehen können, wie sehr Ihr damit beschäftigt seid«, erklärte Carageena mit einem bißchen Bedauern in der Stimme und sehr viel amüsiertem Funkeln in den Augen.

»Ja, eben, sehr richtig, genau das wollte ich gerade sagen«, rief Lady Teluria und schien meinen beiden Tanten für diese Unterstützung zutiefst dankbar zu sein. »Meine Damen, ich muß Euch wohl um Verzeihung bitten. Ich erkenne nun, daß Ihr doch die harte Arbeit einer Herrin durchaus zu würdigen wißt.«

»Nun, bloß weil ein solches Leben nicht das richtige für uns war, heißt das ja noch lange nicht, daß es nicht für andere taugt«, erklärte Carageena und hakte sich bei Lady Teluria ein.

»Wir sind sogar der Ansicht, daß Eure Tochter Dulcetta eine ausgezeichnete Hausfrau abgeben wird«, fügte Glucosia hinzu und hakte sich auf der anderen Seite ein.

Während die drei guter Dinge in Richtung des Bankettes stampften, hörte ich, wie Teluria sagte: »Ihr müßt wissen, daß ich selbst als junges Mädchen auch ein wenig mit Schwertern herumgespielt habe. Nichts Formelles natürlich, wenn Ihr versteht, aber dennoch …«

»Kendar!« zischte eine wohlvertraute und verzweifelt klingende Stimme neben mir. Ich drehte mich um und erspähte meine Schwester Lucy, die sich hinter einem der hohen Sessel an der Wand verborgen hatte und mir eifrig zuwinkte.

»Hallo, Lucy«, begrüßte ich sie und gab ihr einen Kuß auf

die Wange. »Ich habe dein Schreiben erhalten. Was ist denn los?«

Lucys Augen blickten rasch nach links und rechts, genau so, wie es ihre Heldinnen immer taten, wenn der Mond hoch am Himmel stand, das Böse sich ganz in der Nähe aufhielt und sie und ihr Liebhaber nur auf das Spärlichste bekleidet waren. »Nicht hier«, flüsterte sie. »Komm mit.« Sie nahm meine Hand.

»Nicht so hastig.« Ich hatte keine Lust, schon wieder fortgezerrt zu werden. Aus irgendeinem unerfindlichen Grund taten das alle mit mir, und allmählich fing die Sache an, mir auf die Nerven zu gehen. »Wenn Mom uns sieht, wie wir uns aus der Halle schleichen, bevor die Verlobungszeremonie stattgefunden hat, wird sie mir wieder die ganze Schuld geben, das weißt du ganz genau. Dad steht ja sowieso immer auf deiner Seite. Du bist sein kostbares kleines Mädchen, während er in mir nur den Trottel sieht, der es nicht mag, Tiere im Wald mit Pfeilen zu spicken. Damit kann Mutter ihre ganze Wut nur an mir ablassen. Vielen Dank, aber mir steht wirklich nicht der Sinn danach.«

»Kendar, nun mach schon«, sie knirschte mit den Zähnen. »Ich habe dir doch geschrieben, daß die Sache ungeheuer wichtig ist.«

»Ganz die Ruhe, Lucylein.« Ich war stets versucht gewesen, meiner Schwester sanft auf den Kopf zu klopfen, wenn sie sich so aufregte. Die Zeit und ein paar unangenehme Tritte gegen mein Schienbein hatten mich dann aber von dieser Angewohnheit abgebracht. Trotzdem neigte ich immer noch dazu, ihre kleinen Sorgen als mädchenhafte Verwirrung abzutun. »Du bist Schriftstellerin, und da blähst du manchmal die simpelsten Dinge zu etwas Pompösem auf. Warum beruhigst du dich jetzt nicht und erzählst mir dann in aller Ruhe, wo dich der Schuh drückt. Ich bin sicher, daß ich dein kleines Problem in Null Komma nichts aus der Welt schaffen kann ...«

»Die Welt steht kurz davor, in einen schrecklichen Krieg gezogen zu werden«, erklärte sie ganz ruhig, »der unzählige Menschenleben kosten, ganze Königreiche verheeren und Orbix in seinen Grundfesten erschüttern wird.«

KAPITEL 3

Etwas Grünes und Klebriges krabbelte über den Boden und schien vor Scandal auf der Flucht zu sein. Ein Schrei ertönte, der matschige Klumpen schien nicht ganz ohne Grund um sein Leben zu fürchten, dann ein zweiter, ein dritter und ein vierter. Das Wesen sauste hin und her, hinterließ dabei ein wahres Netzwerk von schleimigen Spuren und kam mit seinem Dreck so manchem sehr teuren und empfindlichen Saum gefährlich nahe. Die meisten der anwesenden Damen kreischten entsetzt und sahen sich verzweifelt nach einem Stuhl um, auf den sie steigen konnten.

»Komm sofort zurück, du flüchtiger Belag eines Tacos!« keuchte der Kater, während er hinter seinem Opfer hergaloppierte. Die kleine Kreatur quiekte, daß es einen dauerte. Sie machte keinen gefährlichen Eindruck und schien lediglich Todesängste auszustehen. So stellte ich mich ihr in den Weg, bückte mich und hob sie auf. Das war jedoch gar nicht so einfach, denn das grüne Zeug aus einer Schüssel auf einem der Tische, mit dem das Wesen über und über bedeckt war, erwies sich als überaus glitschig.

»Was ist das für ein Tier?« fragte ich in die Runde und hoffte, jemand würde mir eine Antwort schenken. Ich präsentierte den Umstehenden meinen Fang.

»Ein Maulwurf, Kendar«, klärte mich Lucy giftig auf. »Ich hätte wirklich gedacht, das würdest du wissen.«

»Und warum ist der Maulwurf von diesem Schleim bedeckt?« fragte ich ganz höflich.

»Ach, da ist der kleine Schlingel also!« Meine Mom riß mir das Ding aus den Händen und drückte es zärtlich an ihren Busen. »Eigentlich sollte es im Garten ausgesetzt werden, sobald die Soße fertig war, aber du kennst ja die alte Maisree.«

»Was für eine Soße?« schrie ich. Ich war kurz davor, die Beherrschung zu verlieren.

Mom lachte. »Woccamaulwurf-Dip, was denn sonst? Aber von einem Mann kann man wohl kaum erwarten, so etwas zu wissen.« Sie brachte das Tier aus der großen Halle und redete dabei beruhigend auf es ein.

Scandal krallte sich in einem meiner Hosenbeine fest. »Sag mir, daß ich mich verhört habe!« flehte er.

Lucy nahm mich wieder an die Hand. »Mutter braucht eine Weile, bis sie den Maulwurf gesäubert und im Garten freigelassen hat. Und ohne sie kann die Zeremonie nicht beginnen. Damit bleibt uns genug Zeit. Bis sie hier unten soweit sind, sind wir längst wieder zurück. Nun komm schon.«

Ich war viel zu verwirrt, um etwas einwenden zu können. Da erschien es mir einfacher, Lucy aus der großen Halle und die Spiraltreppe hinauf zu ihrem Zimmer zu folgen. Ein großes rosafarbenes Einhorn mit langen Wimpern und einer weißen Satinschleife um den Hals lag vor ihrer Tür. Meine Schwester blieb stehen und las die beigefügte Karte. »Von Tante Glucosia mit Liebe.« Lucy seufzte. »Und Tante Carageena hat mir eine von diesen ›Meine erste Amazonen-Schwertkämpferin‹-Puppen geschenkt, komplett mit zwei Rüstungen zum An- und Ausziehen. Kendar, glaubst du, es kommt ihnen jemals in den Sinn, daß ich keine sieben Jahre mehr bin?«

»Warum?« hielt ich dagegen. »Wo Mom und Dad dich doch immer noch für ihr süßes, kleines, lockenköpfiges Baby halten.«

»Sicher, aber das ist bei Eltern auch normal. Mütter und Väter sind immer schon die letzten gewesen, die Veränderungen an ihren Kindern bemerken.«

Ich mußte kichern. »Ich wäre gern dabei, wenn sie herausfinden, wieviel sie eigentlich nicht wissen, zum Beispiel über Raptura.«

Lucy legte mir sofort eine Hand auf den Mund. »Pst! Du darfst nicht einmal Witze darüber machen. Oder hast du schon vergessen, was Dad für einen Aufstand gemacht hat, als er herausfand, daß ich Bücher lese. Wenn er jetzt auch noch entdeckt, daß ich sogar welche schreibe ...« Meine Schwester konnte vor Entsetzen nicht weiterreden. Ein kalter Schauer lief ihr über den Rücken.

Sie hob ihr Einhorn auf, nahm es mit ins Zimmer und warf es aufs Bett zu den anderen Stofftieren. Wir beide hockten uns unter den Himmel auf die Bettkante, während Scandal sich auf Entdeckungstour begab und alles beschnüffelte und mit Schnurrbarthaaren und Krallen untersuchte.

»Also schön, ich bin hier und gewillt, dir zuzuhören«, begann ich. »Was hat es denn nun mit dem Ende der Welt auf sich?«

»Ich habe nicht gesagt, daß das Ende der Welt bevorsteht«, verbesserte sie mich gleich, »sondern nur von einem alles umfassenden Desaster gesprochen. Erinnerst du dich noch an Prinz Boffin?«

Alles in mir verkrampfte sich. Ob ich mich an den Burschen erinnerte? Wie kann ich je einen hünenhaften, blonden, muskelbepackten Klotzkopf mit Sehnen wie Stricken vergessen, der meine Frau mit einem einzigen Kuß aus dem Reich der Toten zurückgeholt hat? Und mit dem meine Mysti daraufhin auf und davon ist? Sie erklärte mir lediglich, daß es ihr so wichtig nun auch nicht gewesen sei, mich zu heiraten; und daß ich vielleicht noch ein wenig zu jung sei, um eine Familie zu gründen; und daß sie es müde sei, immer darauf zu warten, daß ich es endlich tue ... (Als ich sie fragte: »Was soll ich denn endlich tun?«, hat sie mich nur angesehen, als ob ich der dümmste Mensch weit und breit sei, mich stehengelassen und vor sich hin murmelnd das Weite gesucht.) Nun hält man es bei den Welfies so, daß der Ehebund andauert, »bis daß der Tod euch scheidet«. Aber da sie ja so gut wie tot gewesen war, enthob sie das aller weiteren Verpflichtungen mir gegenüber. Ich entsinne mich noch, halb erleichtert und halb enttäuscht gewesen zu sein. Eigentlich hatte ich Mysti nämlich sehr gemocht und mich sogar zu ihr hingezogen gefühlt. Na ja, um ganz ehrlich zu sein, es war schon ein bißchen mehr, als mich zu ihr hingezogen zu fühlen. Aber es hatte mir überhaupt nicht gefallen, wie sie die Dinge so gedreht und gewendet hatte, daß ich schließlich gar nicht mehr anders konnte, als sie zu heiraten. Mir hat es nämlich noch nie gefallen, mich herumschubsen zu lassen. Es paßte mir daher auch nicht, in eine Ehe gedrängt zu werden, und noch weniger konnte ich es ausstehen, Knall auf Fall aus einer Ehe hinausgeworfen zu werden.

O ja, ich konnte mich noch sehr gut an Prinz Boffin erinnern.

»Was ist mit ihm?« fragte ich knurrig.

»Er ist verschwunden.«

»Prima.«

»Kendar, jetzt stell dich nicht so an wie ein Baby.« Sie stampfte ungeduldig mit den Füßen auf den Boden. »Es ist immer noch wegen Mysti, nicht wahr?«

»Nein, ist es nicht«, log ich. »Ich denke überhaupt nicht mehr an sie. Dafür habe ich viel zu viele Zaubererangelegenheiten im Kopf.«

Lucy verzog höhnisch den Mund. Es gibt wirklich nichts Schlimmeres auf der Welt als das höhnische, wissende Grinsen einer jüngeren Schwester. »Wenn du Mysti zurückhaben willst, was hält dich dann davon ab, zu ihr zu laufen? Boffin und sie sind weder verheiratet noch verlobt noch sonst irgendwas. Wann bist du zum letzten Mal zu ihr gegangen oder hast ihr geschrieben oder ihr Blumen …«

»Ich habe dir doch bereits erklärt, wie sehr ich beschäftigt bin«, murmelte ich.

Lucy benutzte ein ganz furchtbar schlimmes Schimpfwort.

Sogar Scandal erstarrte. »Pfui! Und mit den Lippen, über die solche Ausdrücke kommen, küßt du noch deine Mutter?«

»Kendar, wenn du Mysti immer noch liebst, warum läßt du es sie dann nicht wissen«, bedrängte mich meine Schwester. »Oder glaubst du, sie kann deine Gedanken lesen?«

»Warum nicht? Jeder andere scheint das ja auch zu können!« Meine Stimmung verdüsterte sich zusehends.

»Eigentlich nicht mehr, Buana«, mischte sich der Kater ein. »Du verstehst dich wirklich darauf, deinen Geist abzuschotten und hinter dicken Wällen zu verbergen. Heutzutage kann ich nicht einmal mehr herausfinden, was du von einer Einladung in Schönschrift hältst.«

»Wie jeder andere habe auch ich das Recht auf eine gewisse Privatsphäre«, entgegnete ich bitter. »Dazu gehört auch, wie ich über Mysti denke.« Ich wandte mich mit finsterer Miene meiner Schwester zu. »Komm jetzt endlich zur Sache: Was ist mit Boffin?«

»Er ist fort«, antwortete sie. »Verschwunden. Es gibt keine Spur von ihm, nicht den geringsten Hinweis. Man hat nicht einmal eine Nachricht von ihm gefunden, in der er mitteilt, daß er mit dem Gedanken spielt, uns zu verlassen. Eigentlich gibt es für ihn nicht den geringsten Grund, von hier fortzugehen. Weißt du, er war in seiner neuen Karriere nämlich außerordentlich erfolgreich. Warte, ich zeige es dir.«

Sie glitt rasch vom Bett und krabbelte darunter. Ich vernahm ein schweres, mahlendes Geräusch, so als hebe jemand eine der großen Steinfliesen aus dem Boden. Lucy stöhnte. Dann ein Scharren und ein lautes Klonk!, als wenn man eine Eisentruhe aus einem Loch hievt und dann abstellt. Als letztes drang das Rasseln von Ketten an mein Ohr, gefolgt vom ächzenden Protest eines nicht geölten Schlosses, das geöffnet wird, und dem Quietschen von alten Scharnieren. Und einen Moment später kroch meine Schwester wieder unter dem Bett hervor und hielt einen Stapel Bücher im Arm.

Es handelte sich dabei ausschließlich um Liebesromane von Raptura Eglantine. *Reize nie den Zauberer* erkannte ich gleich auf den ersten Blick. Des weiteren fiel mein Blick auf *Berühre nie die Welfie*, *Verspotte nie den Zentauren*, *Erwecke nie den Drachen* und *Provoziere nie den Paladin*. Und auf jedem einzelnen Umschlag war Prinz Boffins blondgelocktes Haupt zu erkennen, das sich über den wogenden Busen einer Schönen beugte. Seine einschmeichelnd hübsche Miene war stets von höchster Leidenschaft erfüllt. Nun ja, er versuchte lediglich, ein solches Gesicht zu machen. In Wahrheit sah er aus wie ein Mann, der *Schwarzer Peter* für ein viel zu kompliziertes Spiel hält, bei dem man ohne Kenntnisse in höherer Mathematik nicht zurechtkommt.

Ich breitete die Bücher auf der Bettdecke aus. »Boffin ziert jedes dieser Cover?«

»Und schon zieht Kommissar Kendar wieder messerscharf die richtigen Schlüsse«, bemerkte Scandal überflüssigerweise.

Ich bedachte ihn mit einem vernichtenden Blick. »Und was ist aus dem guten alten Curio geworden?«

Lucy hob hilflos die Arme. »Curio ist ein zartes Lämmlein ...«

»Dafür hat er aber reichlich viel Fleisch auf den Rippen«, brummte Scandal. »Ich kann mich noch gut an Curio erinnern. Er ist doch auch einer von diesen großen, blonden Muskelpaketen, Missie Eglantine, die auf die Umschläge deiner Bücher geraten. Du hast gerade mit ihm im Clinch gelegen, als dein dunkles und furchtbares Geheimnis entdeckt wurde. Bruhar! Bruhar! Bruhar!« grölte er.

Meine Schwester errötete bis unter die Haarspitzen. »Ich habe nur meinem Agenten die geeignete Pose für das Cover vorgeführt, damit er dem Maler genaue Instruktionen erteilen konnte.«

»Wie geht es denn dem alten Melker so?« erkundigte ich mich. Lucys Agent war gleichzeitig ihr Verleger und Besitzer von WAHRE LIEBE, was für alle beteiligten Seiten die Dinge erheblich vereinfachte. (Meine Schwester hatte mir allerdings einmal berichtet, daß Melker in einem Jahr auf der Maidenpokneifer-Nacht-Verlagsparty so betrunken gewesen sei, daß er einen der Covermaler bedrängt habe, ihn nackt und mit einem Früchtekorb auf dem Kopf auf einer der Bürowände festzuhalten. Als er am nächsten Tag halbwegs wieder nüchtern war und sein Konterfei entdeckte, ging er mit sich selbst sehr hart ins Gericht. Für mindestens zwei Wochen hat er mit sich selbst kein Wort mehr gesprochen.)

»Melker geht es gut. ›Glatt wie ein eingeöltes Wiesel, nur doppelt so bösartig und auch noch stolz darauf‹, wie er zu sagen pflegt. Daddy ist ihm immer noch nicht auf die Schliche gekommen.«

Das war gut so. Wie ich bereits erwähnt habe, wußte mein Vater nichts von der Schriftstellerei seiner Tochter. Lucy führte auf Gut Uxwutsch ein behütetes Leben – offiziell zumindest. Wenn es also darum ging, Raptura Eglantines neuestes Werk drucken zu lassen, mußten Melker und Curio sich unter immer neuen Verkleidungen ins Haus schleichen, um das Manuskript an sich zu bringen und ihr das Honorar auszuhändigen.

Mir kam plötzlich ein Gedanke. »Ist Melker nicht auch Curios Agent?«

Lucy nickte.

»Und ebenfalls der von Boffin?«

Diesmal schüttelte meine Schwester den Kopf und wirkte noch bekümmerter als vorher.

»Prinz Boffin tauchte hier eines Tages auf – mit deiner Frau an seiner Seite.«

»Meiner Ex-Frau«, knurrte ich und biß die Zähne zusammen.

»Kendar, du selbst hast ihn mir empfohlen. Jetzt stell dich nicht so an.«

»Tut mir leid«, erklärte ich meinen Schuhspitzen.

»Mysti meinte, ich solle ihn Melker vorstellen. Meinem Verleger gefiel Boffins Aussehen, und er war gewillt, es einmal mit ihm zu versuchen – nicht als Klient, sondern als Modell. Melker macht nämlich nie mit Leuten Geschäfte, die sich noch keinen Namen gemacht haben. Wir haben den Prinzen dann auf das Cover von *Versuche nie den Troll* gesetzt.«

»Boffin als Troll?« Das brachte mich nun doch zum Lachen.

»In der Geschichte war er nicht wirklich ein Troll, sondern lediglich von diesen Wesen aufgenommen und großgezogen worden. Deshalb hielt er sich selbst auch für einen Troll, und zwar so lange, bis sein Stamm ihn verstieß, nachdem seine Ziehmutter gestorben war. Von da an ist er durch die Berge gewandert, hat viel Gold an sich gebracht und eines Tages das Leben von Hyalina gerettet, der wunderschönen Vollwaise, deren verbrecherischer Onkel das Testament ihres

Vaters hatte verschwinden lassen und sie so um ihr Erbteil, vor allem ein großes Diamantenminen-Imperium, gebracht hatte. Das stand ihr rechtmäßig zu, doch der Onkel bedachte sie nur mit Beschimpfungen. Schließlich mußte sie sogar aus seiner Obhut fliehen, um seinen ekelerregenden und widernatürlichen Gelüsten zu entkommen. Sie verbarg sich in einem der Minenstollen, der jedoch einstürzte. Im zweiten Kapitel nun ...«

»Ich denke, das ist jetzt nicht so wichtig. So, so, Boffin hat also seinen großen Durchbruch bekommen. Und was ist dann geschehen?«

»Dann hat er diese Cover hier gemacht.« Lucy zeigte auf die ausgebreiteten Bücher. »Der Prinz war ein ungeheurer Erfolg, viel größer, als wir das jemals erwartet haben, auch als es Curio je gewesen ist.«

Ich erinnerte mich, wie Curio aussah. Im Grunde besaß er die typische Statur eines männlichen Cover-Models; nun, um ganz genau zu sein, die eines Boffin: blondes Haar, blaue Augen und Muskeln, wohin man sah. Zwischen den beiden bestand eigentlich nicht der geringste Unterschied, und das sagte ich Lucy auch.

»Aber Boffin hat doch Locken«, widersprach sie mir, als würde das alles erklären. »Nun, die haben ihm in Null Komma nichts ganz nach oben gebracht. Die Leserinnen wollten immer mehr von ihm. Wir haben Curio noch einmal präsentiert, und zwar auf dem Cover von *Umarme nie den Werwolf*, und das Buch hat sich nur halb so gut verkauft wie die mit dem Prinzen.«

»Könnte das nicht vielleicht an der Geschichte gelegen haben?« wandte Scandal ein und hob eine Braue.

»Nein, ganz bestimmt nicht«, entgegnete meine Schwester humorlos. »Ich bin eine professionelle Autorin, und ich weiß, was meine Leser von Raptura Eglantine erwarten. Deswegen bekommen sie auch mit jedem neuen Werk, wonach es sie verlangt.«

»Und wieder und wieder und wieder ...« Der Kater wandte den Kopf zur Seite und kicherte vor sich hin.

»Melker erschien eines Tages als Kammerzofe verkleidet

in meinem Zimmer. Er meinte, er habe sich dafür an Stellen rasieren müssen, über die er lieber nicht reden wolle, und das alles, weil er dringend mit mir sprechen müsse. Zwar sei er der Besitzer von WAHRE LIEBE, aber leider gäbe es auch Aktieninhaber, und die säßen ihm im Nacken. Und wenn die Leser nicht glücklich seien, mache das auch die Aktieninhaber unglücklich. Sie hatten ihm einen leicht verständlichen Auftrag gegeben: Machen Sie die Leser wieder glücklich.«

»Mit anderen Worten, Boffin zurück aufs Cover?« erriet ich.

»Genau. Also haben wir ihnen den Gefallen getan.« Sie schwang die Beine vom Bett. »Aber das hat wiederum Melker unglücklich gemacht.«

»Wieso denn das? Dadurch haben ihm die Aktieninhaber doch nicht mehr im Nacken gesessen.«

»Melker ist Curios Agent«, sagte Lucy, »aber nicht der von Boffin. Der Prinz hat ihm frank und frei erklärt, weil er, Melker, ihn nicht haben wollte, als er noch ein Niemand war, brauche er, Boffin, jetzt, da er es bis ganz nach oben gebracht habe, auch nicht ihn, Melker, als Agenten. Und er fügte noch hinzu, wenn es ihn unbedingt danach gelüste, zehn Prozent seines Einkommens loszuwerden, würde er das Geld lieber an seine Eltern schicken. Melker hat daraufhin auf ihn eingeredet, um ihn zur Vernunft zu bringen.« Sie sah mich bedeutungsvoll an. »Doch dabei hatte er wohl nicht mit Mysti gerechnet.«

»Davon kannst du ja ein Lied singen«, grinste Scandal.

Ich stand auf, griff den Kater und setzte ihn auf meinen Schoß. »Jetzt will ich aber nichts mehr von dir hören«, erklärte ich ihm und drohte ihm mit erhobenem Finger. Scandal biß hinein. Wie meinte mein Meister Thengor doch immer zu mir: ›Wann wirst du es je lernen?‹

»Verstehe ich das richtig«, begann ich, »Melker hat bei Boffin das Standardverfahren angewandt, um ihn zur Vertragsunterzeichnung zu bewegen ...«

»Er hat sein Leben bedroht!«

»Ja, das meinte ich doch mit Standardverfahren. Nur hat

dabei der Umstand gestört, daß Boffin Mysti an seiner Seite hatte, die ihrerseits ein Schwert an ihrer Seite hatte. Und damit hieß es für Melker: schachmatt. Also ist von da an der Prinz auf die Cover gekommen, Curio stand irgendwo in der Ecke und hat sich in der Nase gebohrt, und Melker mußte auf absehbare Zeit auf seinen Honoraranteil sowohl von Boffin wie auch von Curio verzichten. Habe ich irgendwo einen Fehler gemacht?« Lucy verneinte. »Und jetzt wird Prinz Boffin vermißt«, fügte ich noch hinzu.

»Himmel, Holmes, wie schnell Sie das nur wieder erfaßt haben!« bemerkte Scandal müde.

»Wer der oder die Täter sind, dürfte wohl auf der Hand liegen«, erklärte meine Schwester grimmig. »Die Frage ist nur, was er oder sie mit ihm angestellt haben.«

»Was?« rief der Kater. »Ich denke, das ist doch sonnenklar. Sie haben mit ihm gewettet, daß er sich nicht getrauen würde, mit schweren Gewichten behangen in einen Teich zu springen. Oder ihn bei einem Besuch der nächstbesten Abfallhalde schlicht verloren. Oder ihn gebeten, doch mal im Abwasserkanal nachzusehen, was sich da verfangen hat. Oder ihn aufgefordert, doch das eingewickelte Paket von ganz unten in der Gefriertruhe herauszuholen und dann den Deckel zufallen lassen. Oder er ist ihnen unglücklich ins Messer gestürzt, und das siebenmal! Wie dem auch sei, der Junge ist töter als Bergisch-Gladbach an einem Dienstagabend.«

»Ich fürchte, da muß ich Scandal recht geben«, sagte ich, »auch wenn mir nicht immer ganz klar ist, was er da eigentlich von sich gibt. Ich meine, es steht außer Frage, daß man ihn ermordet hat. Boffin ist nicht mehr da, verschwunden, finito.«

»Finito«, wiederholte Lucy. »Aber wie *finito?* Wann *finito?* Und von wem *finito?*«

»Cluedo: Oberst von Gatow, Bibliothek, Bleirohr«, erklärte der Kater. »Können wir jetzt endlich wieder nach unten gehen und noch einen Happen zu uns nehmen?«

»Glaubst du denn nicht, daß Melker und/oder Curio die Täter gewesen sind?« wollte ich wissen.

»Es gibt noch andere Möglichkeiten, jemanden *finito* zu machen, ohne ihn abzumurksen.« Lucy klang, als wüßte sie bestens darüber Bescheid. »Melker kann es nicht gewesen sein, denn er würde den Prinzen niemals töten. Ein totes Model braucht keinen Agenten mehr.«

»Na ja, hier vielleicht nicht, aber da, wo ich herkomme«, bemerkte der Kater.

»Und auch bei Curio habe ich meine großen Zweifel, daß er der Täter gewesen ist.«

»Warum?«

Für ein Mädchen, das noch so jung war, daß es seinen Ausweis vorzeigen mußte, wenn es sich eine Tasse Kaffee bestellen wollte, wirkte Lucy manchmal um hundert Jahre älter und weiser als ich, vor allem dann, wenn es um die Dinge ging, die die Welt und das Leben zum Ticken bringen. »Aus zwei Gründen, Kendar. Erstens: Wenn Curio den Prinzen umgebracht hätte und Melker dahinterkäme, würde er über den Verlust eines potentiellen Klienten so rasend vor Zorn, daß er Curio mit einem Tritt von hier bis Nebenstadt befördern würde. Und ohne Melker wäre Curio nichts mehr.«

»Und der zweite Grund?«

»Wenn Curio Boffin um die Ecke gebracht hätte und Mysti das entdecken würde ...«

Ich hob eine Hand. »Schon gut, du brauchst nicht weiterzusprechen. Man kommt nicht sehr leicht an einen Model-Job, wenn einem anderthalb Fuß bester Welfie-Stahl in den Rippen stecken. Mysti kann manchmal sehr unbeherrscht sein.«

Scandal rollte sich auf dem Bett herum und tätschelte dann mit einer Pfote Lucys Arm. »Wollen wir doch mal Klarheit in die Sache bringen, Babe. Bis jetzt sieht es so aus, als sei Boffin verschwunden, und du scheinst eine ziemlich genaue Vorstellung davon zu haben, wer ihn von der Bühne gezogen hat. Und wenn Melker und/oder Curio ihre Finger dabei im Spiel haben, sieht es mehr als schlecht für sie aus, sobald Mysti dahintersteigt. Gut, haben wir jetzt alles? Dann will ich dir mal folgendes sagen: Für mich sieht das alles so aus, als sei es für diese drei ein Problem, daß Boffin den Abgang gemacht hat, aber für sonst niemanden auf der ganzen Welt.«

»Darauf wollte ich ja gerade zu sprechen kommen.« Meine Schwester sprang vom Bett, rutschte wieder darunter und verstaute ihre Raptura-Eglantine-Schmonzetten. Als sie wieder zum Vorschein kam, steckte eine Schriftrolle aus Pergament zwischen ihren Zähnen. »Lies das«, befahl sie und warf mir das Bündel in den Schoß.

Ich knüpfte die seidenen .Bänder auf und entrollte das Dokument. Scandal kletterte auf mir herum, um das Schreiben vor mir zu lesen und mich möglichst am Studium zu hindern. (Er behauptet, es sei in der Katzenrechts-Charta festgelegt, daß Katzen immer und überall das unverbrüchliche Recht haben, andere zu stören und zu behindern, ganz besonders dann, wenn diese anderen versuchen, irgendwas zu lesen.)

»Grundgütiger«, murmelte der Kater ergriffen und wandte sich an Lucy. »Noch keine sechzehn und schon ihre erste offizielle Kriegserklärung. Kendar, unser kleines Mädchen wird langsam groß. Ich ... ich glaube, mir kommen die Tränen.« Niemand kaufte ihm sein schlecht nachgemachtes Schniefen ab.

»Bitte, kannst du nicht einmal damit aufhören?« Lucy kraulte ihn unter dem Kinn. »Bei Wedwel, dem Allmittleidigen Zerstörer, die Angelegenheit ist ernst genug.«

Damit hatte sie durchaus recht. Ich bin zwar kein ausgebildeter Diplomat, aber die Bedeutung dieses Schreibens wurde mir schnell klar: Daß Prinz Boffin von Belacan spurlos verschwunden war, machte seinen Vater, den König von Belacan, nicht eben glücklich. Auch wenn Boffin nicht der Kronprinz war, gehörte der König doch zu der Sorte von Vätern, die immer gerne wissen, wo ihre Söhne sich gerade aufhalten. Wenn einer von ihnen mal nicht aufzuspüren ist, heißt das aller Wahrscheinlichkeit nach, daß sie entweder ihre Studien vernachlässigen oder sich mit üblen Gesellen zusammentun oder ein paar Mörder dingen, um den Vater und alle Brüder zu ermorden, oder, am allerschlimmsten, in schlechte Gesellschaft geraten und dort die Grundzüge der Demokratie beigebracht bekommen. Ganz zu schweigen natürlich von dem Umstand, daß Boffins Mutter vor Sorge um ihn ganz krank war und ihrem Mann das Leben zu Hölle machte. Wenn der König also, so das Schreiben, nicht schnellstmöglichst etwas über Boffin erführe, würde er seine Truppen zusammenrufen und die Oberseite angreifen.

»Ach, was für eine Streitmacht kann der schon aufbieten?« äußerte ich in dem Bemühen, die ganze Geschichte von der lockeren Seite zu nehmen. »Belacan ist bei weitem nicht das größte Königreich von Unterseite. Und davon abgesehen sind König Ramses und Königin Borith dort unten unsere Freunde. Ich habe ihnen eine Botschaft geschickt, und dann sollen sie Boffins Vater zureden, viel gelassener zu reagieren und Ruhe zu bewahren, bis wir ...«

»Du hast das P.S. noch nicht gelesen«, machte Lucy mich aufmerksam.

Ich richtete meinen Blick wieder auf das Dokument. Ganz unten befand sich tatsächlich ein Postskriptum – so etwas hätte ich bei einer offiziellen Kriegserklärung eigentlich nicht erwartet. (Ich meine, wenn man schon deutlich darauf hinweist, – daß *Solange unseren Forderungen nicht Genüge getan wird, sehen wir uns gezwungen, unsere Heerscharen im Blut Eurer Soldaten waten, Eure Kinder auf ihre Speere aufspießen und mit Euren Weibern und Eurem Vieh Dinge anstellen zu lassen, die Ihr Euch nicht ausmalen könnt: Eure Felder werden verwüstet, Eure Städte in Schutt und Asche gelegt und unsere Truppen werden, mit Euren Eingeweiden behängt, singend durch die Straßen ziehen und dabei ›Hussa!‹ schreien!* – hat man damit doch eigentlich schon alles gesagt, oder?)

»P.S.« las ich. »Glaubt ja nicht, Ihr könnt Euch bei Euren Unterseite-Verbündeten ausweinen gehen. Wenn die versuchen sollten, uns aufzuhalten, werden wir auch sie mit Krieg überziehen, und Ihr seid dann dafür verantwortlich, daß Unterseite von einem gräßlichen Bruderkrieg zerrissen wird. Vielleicht interessiert es Euch zu erfahren, daß wir ein Regiment von Kampfhamster-Söldnern anheuern konnten, allesamt kampferprobte Elitesoldaten. Und wenn die nicht gerade die Klingen kreuzen, pflanzen sie sich fort. Widerstand ist also zwecklos. So, jetzt könnt Ihr es Euch ja gern überlegen.« Ich rollte das Schriftstück wieder zusammen und sagte: »Wow. Wir haben es hier mit einem Geisteskranken zu tun.«

»Dürfte wohl kaum eine Überraschung sein, wenn man bedenkt, daß es sich bei ihm um einen König handelt«, bemerkte mein Kater. »Dazu noch um einen König, dem die Gemahlin auf den Nerven herumtrampelt. Wenn er ein bißchen Verstand besessen haben sollte, dann hat seine werte Gattin ihm den genommen. Also gut, das verlangt nach einem brillanten Drei-Stufen-Plan.«

»Was für drei Stufen?«

»Nummer eins: Wir übernehmen den Fall des vermißten Boffin. Nummer zwei: Wir tragen alle Hinweise und Beweisstücke zusammen.«

»Und wie lautet die Nummer drei?«

Scandal schloß die Augen und faltete die Vorderpfoten: »Wir beten.«

KAPITEL 4

Lucy legte sich vor ihm auf den Bauch und starrte ihn an. »Und worum betest du gerade?«

Der Kater öffnete eines seiner glühenden Augen: »Im Moment bete ich für meinen lieben Freund, diese menschliche Schildkröte, daß es ihm gegeben sein möge, mit seiner Magik nicht so lahmarschig umzugehen und sie dazu einzusetzen, Melker und Curio ausfindig zu machen. Eine kleine Vision dürfte da vollauf genügen.«

»Ich bin noch nicht bei dem Kapitel Visionen angelangt«, gab ich leise zu bedenken.

»Wie war das?« Scandal spielte wieder seine Schwerhörigen-Nummer. »Sprich lauter, Jungchen. Ich besitze nur noch ein Leben, und die anderen acht habe ich dadurch verloren, daß Leute sich nicht deutlich genug geäußert haben.«

»Du hast mich genau verstanden!« brüllte ich. »Ich weiß noch nicht, wie man Visionen hervorruft. Das steht erst in dem Kapitel nach der Beschwörung der Elementargeister.«

»Das heißt, daß du das auch noch nicht kannst.«

Ich brauchte Scandal nicht, um das zu begreifen. »Wir können nicht untätig herumsitzen und darauf warten, bis ich mich auf Visionen verstehe«, erklärte ich kühl. »Was aber nicht heißt, daß wir uns nicht eine kaufen können. Sobald die Verlobungszeremonie abgeschlossen ist, verschwinden wir von hier. Ich frage Onkel Corbly, ob er uns sein Einhorn borgt, und dann reiten wir auf dem schnellsten Weg nach Gladderadatsch, begeben uns dort ins Dreg, suchen uns einen verläßlichen Seher und bezahlen ihn dafür, daß er für uns Melker und ...«

»Komm doch mal her«, forderte Lucy mich auf. Sie stand an der Tür.

»Was ist ...«

»Komm nur zu mir.«

Verwirrt ging ich zu meiner Schwester und folgte ihr nach draußen. Der Kater trottete brav hinter mir her. Lucy führte uns durch das Wirrwarr von Gängen, Treppen, Galerien und Seitenwegen, aus denen sich das Herrenhaus von Gut Uxwutsch zusammensetzt. Es dauerte nicht lange, da fühlte ich mich schon rettungslos in diesem Labyrinth verloren. Zwar war ich in diesem Haus geboren worden und aufgewachsen, aber anscheinend war ich auch zu lange nicht mehr hier gewesen. Im Palast von Meister Thengor fand ich mich spielend zurecht, doch das Woher und Wohin im Haus meiner Eltern war mir wohl vollkommen entfallen.

»Wohin bringst du uns?« fragte ich meine Schwester, als wir durch einen Korridor eilten, dessen Wände die Portraits der Bedeutenden Kindermädchen, Die Wir Eingestellt Haben zierten. (Pinselfolterer, der Meisterportraitist, arbeitete immer noch an seiner Wiedergabe von Kindermädchen Esplanadia. Er hatte bereits zwei Arbeiten vorgelegt. Doch beim ersten waren Dads Jagdhunde, kaum daß sie das Bild gesehen hatten, mit schrecklichen Bauchkrämpfen zusammengebrochen. Und beim zweiten Versuch hatte Esplanadia selbst eine Kolik erlitten und dem Meister einen eingetopften Farn auf dem Kopf zerschlagen.)

»Ich verhelfe dir zu einer Vision von Melker und Curio«, antwortete Lucy. Sie blieb vor einer kleinen braunen Tür stehen und bedeutete uns einzutreten. Ich hatte zwar keine Ahnung, was genau sie vorhatte, aber bei einer Schwester wie Lucy ist man immer gut beraten, ihr ihren Willen zu lassen. Die vielen Narben an meinen Schienbeinen sind ein deutlicher Beleg für das, was geschieht, wenn man versucht, sich ihr in den Weg zu stellen.

Ich sah Scandal an. Er erwiderte meinen Blick mit großen Augen und gab eine Vorstellung von dem, was eine Katze unter Achselzucken verstand. »Mann! Was haben wir schon zu verlieren?« sagte er und trottete hinein. Ich folgte ihm, und Lucy bildete den Schluß.

Wir gelangten auf eine Hofsänger-Galerie, einem schmalen Balkon, der über die gesamte Länge einer der Wände verlief, die die große Halle begrenzten. Unten tummelten sich immer noch die Gäste und fraßen uns die Haare vom Kopf. Lucy zog an meinem Arm und zwang mich so, neben ihr in die Hocke zu gehen. Nun waren wir hinter der kunstfertig modellierten Steinbrüstung verborgen. Dickliche Granitzwerge hielten das efeuumkränzte Geländer über ihren Köpfen, während sie sich über den Abgrund beugten. Aber sie taten mehr als nur das. Einige hatten sich die Finger in die Ohren gesteckt, anderen drohten die steinernen Augen vor Entsetzen aus dem Kopf zu quellen, und wieder andere hatten sie so fest geschlossen, wie es nur eben ging. Bärtige Männergesichter waren vor Schmerzen zu schrecklichen Fratzen verzerrt oder heulten wie kleine Kinder. Und einige Zwerge hatten auch schnell eine Hand vor den Mund gerissen, um das zurückzuhalten, was sie zum Frühstück zu sich genommen hatten.

Der Grund für diese Ansammlung aufs höchste gepeinigter Steinzwerge: Der Gangle, der diese Galerie hatte erbauen lassen, war mit einer Frau gesegnet gewesen, deren ganze Liebe der Musik und dem Gesang gehört hatte. Dreimal dürfen Sie raten, was er von ihrer Singstimme hielt.

Scandal glitt zwischen zwei der auf ewig in schrecklichster Folter gefangener Steinfiguren. »Nun wickelt mich in eine Toga, und nennt mich Catullus. Deine kleine Schwester hatte recht.«

»Sie hatte recht?« Ich zwängte meinen Kopf zwischen zwei andere Zwerge und starrte nach unten.

»Klar doch. Du wolltest eine Vision von Melker und Curio, da hast du eine Vision von Melker und Curio. Abrakadabra, Simsalabim und Bingo!« Er deutete mit einer Pfote in die Halle.

Und tatsächlich, dort hielten sich mitten unter den Gästen der Agent und das Ex-Model auf. Frech wie Oskar bewegten sie sich von einem Tisch zum anderen. Nun ja, nicht ganz so frech vielleicht. Der kleinwüchsige Agent wieselte von einem zum nächsten, klopfte jedem auf die Schulter und steckte Papierkarten in alle Hände, die ihm unterkamen. Curio traf es nicht ganz so gut an: Er sah sich von Tante Carageena in eine Ecke gedrängt und fürchtete schon, vom Luftzug ihrer heftig flatternden Wimpern eine Erkältung zu bekommen.

»Lucy!« zischte ich empört. »Wie konntest du es wagen, diese beiden auf Baseharts Verlobung einzuladen?«

»Das habe ich gar nicht. Melker hat sich selbst eingeladen. Der Mann scheint immer wieder noch einen Trick im Ärmel zu haben. Die beiden standen vor etwa einem Monat vor unserer Tür, und Melker stellte sich meiner Mutter als mein neuer Musiklehrer vor.«

»Und was gab Curio vor zu sein? Etwa der neue Flügel?« fragte der Kater. »Paß bloß auf, daß du nicht zu oft auf der Klaviatur seiner Zuneigung herumklimperst!«

Zum ersten Mal bedachte ich Scandal mit dem Blick, den meine Mutter sonst für mich reserviert hat.

»Melker hat Curio als meinen neuen Tanzlehrer eingeführt. Mutter war so begeistert, daß sie den beiden sofort Zimmer zugewiesen hat.«

»Einen Moment mal«, wandte ich ein. »Mom mag zwar die Intelligenz nicht mit dem Schaumlöffel zu sich genommen haben, aber sie weiß immer genau Bescheid, wie es um ihre Angestellten und Diener bestellt ist. Sie muß doch gewußt haben, daß sie weder einen Musik- noch einen Tanzlehrer engagiert hat.«

»Genau das hat sie Melker gegenüber ja auch geäußert. Aber der gerissene Agent hat ihr geantwortet, daß Dad sie beide bestellt habe. Und als sie dann unserem Vater begegnet sind, hat Melker ihm erklärt, seine Gattin habe die beiden neuen Lehrer ins Haus bestellt.« Meine Schwester lächelte hintersinnig. »Dir ist doch sicher auch schon aufgefallen, daß unsere Eltern nicht mehr allzu viele Worte miteinander wechseln, oder, Kendar?«

»War Boffin denn immer noch hier, als die zwei ins Herrenhaus eingezogen sind?« wollte der Kater wissen.

»Boffin ging hier ein und aus. Er reiste mit Mysti durchs Land, und Mom und Dad waren immer froh, wenn das Pärchen hier wieder einmal Station gemacht hat.«

»Mom hat sich darüber gefreut, Mysti wiederzusehen?« Das schlug doch dem Faß den Boden aus – meinem jedenfalls. Mom haßte Mysti wie die Pest.

»Unsere Mutter hat nie bemerkt, daß es sich bei ihr um Mysti handelt, denn deine kluge Ex-Frau ist hier stets in der passenden Verkleidung erschienen.«

Mystis Lebensaufgabe besteht darin, Unrecht zu beseitigen, die Schwachen zu verteidigen, den Hilflosen zu helfen und Witwen zu Waisen zu machen, oder so ähnlich. Zu diesem Behuf kleidet sie sich in weite Hemden, so daß man nicht sehen kann, daß es sich bei ihr um eine Sie handelt. Außerdem eine Maske, und das nicht ohne Grund. Zwar sind auf Orbix viele Menschen bereit, eine Kriegerin zu mieten, aber wenn eine mit einem Rapier auftaucht, zucken alle sofort zurück. Wenn eine Frau sich für die Laufbahn einer Schwertschwingerin entscheidet, hat niemand etwas dagegen, wenn sie mit einem Schwert Köpfe abschlägt oder Gedärme auf Teppiche verspritzt. Wenn sie aber auf die Idee verfällt, an einem Kronleuchter zu schwingen oder mit einem Rapier Kerzendochte zu köpfen, ist sie raus aus dem Geschäft.

»Seit wann benötigen Mom und Dad denn die Dienste einer Klinge der Gerechtigkeit? Sie sind nicht hilflos und schwach, im Gegenteil, sie sind es, die die anderen unterdrücken, auspressen und zu Witwen und Waisen machen.«

»Da hat Mysti Vorsorge getroffen. Sie ist mit Prinz Boffin nach Gladderadatsch gereist und hat dort König Steffan gebeten, ihr ein Empfehlungsschreiben für unsere Eltern mitzugeben. Als sie dann hier ankamen, waren Mom und Dad begeistert, einen echten Prinzen von Unterseite in ihren Mauern zu wissen. Unser Vater hat wahrhaftig den roten Teppich für ihn ausgerollt. Du weißt doch, das gute Stück, auf dem er immer seine Hirsche ausweidet, damit man die Blutflecke nicht so sieht.«

»Hm, eine clevere Welfie.« Scandal nickte anerkennend.

»Nun gut. Während Boffin und ich an den Büchern gearbeitet haben, hat Mysti sich mit Dad und Basehart angefreundet. Sie sind zusammen auf die Jagd gegangen, und später war Dad überglücklich, nun jemanden zu kennen, der noch blutrünstiger war als sein ältester Sohn.«

»Ja, ja, sie hatte immer schon diese seltsame Vorliebe für

rohes Fleisch«, bemerkte ich und wurde ein wenig nostalgisch. »Rührt vermutlich von all dem Nektar und Ambrosia her, das sie essen mußte, als sie noch bei den Welfies lebte. Blütenblätter lassen sich nur schwer kauen, und es gibt auch keine Soße dazu.«

»Am Ende«, fuhr Lucy ungerührt fort, »hat Dad seinem neuen Jagdfreund Klinge erklärt, er könne jederzeit wiederkommen. Sein Haus stehe ihm immer offen, auch wenn Klinge darauf bestehe, diese dämliche Maske zu tragen. Und Mom, nun ja, die war ganz verrückt nach dem Prinzen, und so erhielt er von ihr auch die Erlaubnis, jederzeit Gut Uxwutsch zu besuchen. Ich war begeistert, wie du dir sicher vorstellen kannst; denn damit war für mich alles so viel einfacher geworden.«

»Alles, bis auf den Mord. Oder die Entführung«, sagte Scandal. »Oder welches Verbrechen auch immer hier vorliegen mag, mit dem man den edlen Prinzen hat verschwinden lassen.« Meine Schwester und ich widersprachen ihm nicht. Vermutlich weil wir beide wußten, daß der Kater recht hatte.

»Nun, mir kommt etwas anderes in den Sinn, was uns leichter fallen dürfte«, bemerkte ich in dem Versuch, der Sache doch noch etwas Gutes abzugewinnen. »Wenn Melker und Curio Zimmer hier im Herrenhaus bewohnen, können wir dort nach Hinweisen auf Boffins Verbleib suchen.«

»Irrtum, teurer Bruder«, entgegnete Lucy. »Du und dein Kater, ihr könnt euch dort gerne umsehen, aber wenn ich im Zimmer eines Mannes erwischt werde, würde Dad einen Schlaganfall erleiden.«

»Ich habe mir deinen Daddy angesehen«, sagte Scandal. »Ein Schlaganfall wäre vielleicht nicht das schlechteste, das ihm widerfahren könnte. Okay, dann sag uns, wo die Zimmer liegen, und dann werden ich und unsere Miss Marple uns alles gründlich ansehen. Schließlich dürfte es sich bei diesen Räumlichkeiten nicht um die Zimmer in einer billigen Absteige auf Cape Cod handeln, und Kendar mag sich ja derweil in der Besenkammer umschauen.«

Während meine Schwester Scandal erklärte, wie wir zu den Zimmern gelangen würden, die Dad dem neuen Musik-

und Tanzlehrer zugewiesen hatte, kam mir ein hartnäckiger Zweifel.

»Glaubt ihr wirklich, daß wir in den Zimmern der beiden auf Beweisstücke stoßen?« fragte ich meine Gefährten schließlich. »Vielleicht können wir uns die ganze Mühe sparen. Ich meine, wenn ich gerade einen Prinzen hätte verschwinden lassen, müßte ich doch schon ziemlich blöde sein, irgendwelche Hinweise auf die Tat in meinem Zimmer herumliegen zu lassen.«

»Der Junge hat in puncto Blödheit nicht unrecht«, entgegnete der Kater. »Okay, dann lassen wir Melker und sehen uns nur bei Curio um.«

Und genau das taten wir dann. Lucy versetzte uns einen Schubs, damit wir uns endlich in Bewegung setzten. Mutter hatte Curio eine der Kammern in dem angenehmsten Flügel des Herrenhauses überlassen (und ihn nicht etwa in einem der zugigen Turmzimmer einquartiert), von wo aus man einen wunderbaren Ausblick auf die Blumenbeete hat. Als ich aus dem Fenster auf die sich sanft im Wind wiegenden Blüten blickte, wurde mir bewußt, daß mein Kinderzimmer nicht so schön gewesen war. Und auch nicht ein so bequem aussehendes Bett gehabt hatte.

»Vielleicht liebt deine Mom ja den Tanz«, bemerkte Scandal und grinste mich dann an. »Tut mir leid, Kumpel, aber wenn dich etwas beunruhigt, läßt du unbewußt deine Geistabschottung fallen. Du weißt doch, wie wir Katzen sind: Wir können einfach nichts dafür, immer an die Orte zu drängen, an denen wir nicht erwünscht sind. Und das schließt auch deinen Gehirninhalt mit ein.«

»Was willst du da über Mom und Curio andeuten?« Blöde Frage. Ich kannte die Antwort genau, und das Wissen darum ließ mich vor Zorn kochen.

»Nichts«, log der Kater. »Absolut nichts. Überhaupt nichts. Null. Niente.« Es lag bestimmt nicht daran, daß er einen Streit mit mir fürchtete, er war einfach nicht in der Stimmung, sich auf einen Streit einzulassen. »Was ist? Willst du jetzt mit der Suche beginnen, oder möchtest du einfach nur herumstehen und eine Miene aufsetzen wie ein Vielfraß, der unversehens in einen Haufen Brennesseln gefallen ist?«

»Du nimmst die eine Hälfte und ich die andere«, murmelte ich und zeigte ihm die Seite des Zimmers, auf der Curios großes Bett stand. Ein außergewöhnlich großes Bett. Mit mehr Kissen, als eine Person braucht.

»Vielleicht braucht er die ganzen Kissen ja, weil er es böse an der Wirbelsäule hat«, bot Scandal eine Erklärung an, ohne daß ich ihn darum gebeten hätte. Ich knurrte zur Antwort nur etwas Unverständliches und sorgte dafür, daß meine Gedankenabschottung wieder intakt war.

Meine Hälfte von Curios Zimmer enthielt unter anderem einen großen Schrank. Er war aus feinstem Dreibgutholz angefertigt und so sehr auf Hochglanz poliert, daß er bestimmt im Dunkeln leuchtete. Die Politur ließ das Holz glänzen, scheiterte aber daran, es zu verschönen. Und Dreibgutholz ist wirklich sehr unansehnlich. Es weist die grünlich-gelbe Farbe auf, die die Menschen an Familienausflüge mit kleinen Kindern erinnert, die zuviel essen und die dann auf der Heimfahrt das Schaukeln und Ruckeln des Wagens nicht vertragen und ... Ja, das, was die anderen dann auf ihren Kleidern haben, sieht so aus wie Dreibholz. Man kann ein Möbel aus diesem Material anstreichen, man kann Flecke drauf machen, man kann es mit Bleiche oder Säure bearbeiten – all das führt zum gleichen Ergebnis, nämlich zu gar keinem. Dreibholz behält seine widerliche Farbe, ganz gleich, was man mit ihm anstellt. Ach, habe ich schon den üblen Geruch erwähnt. Nun, Dreibholz stinkt so, wie seine Farbe es vermuten läßt. Getrocknete Kräuter helfen ... ein wenig ... sehr wenig.

Und trotzdem hält jede vornehme Familie darauf, wenigstens ein Möbel aus Dreibholz in ihrem Heim vorzuführen. Nein, nicht aus dem Grund, weil man solche Teile extrem günstig erwerben könnte. Im Gegenteil, Dreiholz ist nicht nur häßlich und stinkig, sondern auch außerordentlich teuer. Und das liegt daran, weil Dreibholz einen einzigen Vorteil gegenüber allen anderen Holzarten hat ...

Ich konzentrierte mich auf meine Magik, holte tief Luft und berührte den Schrank.

»Aber hallo, Seemann«, sagte der Schrank mit heller Stimme. »Oooh. Ich kann mich nicht erinnern, dich hier schon einmal gesehen zu haben. Jemanden wie dich hätte ich bestimmt nicht vergessen. Mein Namensgedächtnis ist wirklich fürchterlich, aber ich behalte sehr gut Berührungen im Kopf. Und deine Finger, also, die berühren mich wirklich einmalig. Komm schon, Schatz, nicht so schüchtern. Leg deine zärtliche Hand ruhig auf meinen Griff. Darum nennt man Hände wohl auch Greifer, was? Ooo ja, genauso mußt du es machen. Du weißt, wie man jemanden verwöhnt. Fester, oh ja, noch fester. Genau an der Stelle. Oooh, ist das gut. Ja! Ja! Jaaah! Und jetzt zieh! Oooooooooh! Tut das wohl. Warte! Warte! Nicht so hastig, du Bestie! Du mußt mich ganz langsam öffnen. Gaaaanz langsam. Oh, sorg dafür, daß dieser Moment niemals vergeht. Gottogott, meine Scharniere drehen sich schon! Ich spüre dich durch und durch, bis hinab in meine Mottenkugeln. Oooh! Aaah! Oooh! Oooh! Oooh!«

Und so weiter und so fort. Das Besondere beim Dreibholz besteht nicht allein darin, daß es spricht – wir kennen eine Menge Holzarten, die über eine Stimme verfügen. Keine Beerdigung, die etwas Besonderes sein will, verzichtet auf einen Sarg aus Trauerweide; damit spart man unter anderem das Honorar für die professionellen Klageweiber und -männer – sondern in dem, was es von sich gibt. Und mit wieviel Verve es bei der Sache ist. Wenn man etwas Wertvolles in einem Schrank oder in einer Truhe aus Dreibholz deponiert, ist es dort absolut sicher. Denn wenn ein Dieb heranschleicht, macht das Holz entweder einen solchen Radau, daß das ganze Haus wach wird, oder es sagt ihm solche Dinge wie mir gerade und beschämt den Einbrecher damit zu Tode.

Glücklicherweise hatte Meister Thengor uns beigebracht, wie man mit Dreibholz umgeht, und das gehört zu den wenigen Lektionen, die ich wirklich gelernt habe. Man benötigt dazu nicht einmal Magik, sondern muß lediglich die Augen schließen, sich davor bewahren, rot anzulaufen, beide Hände ausstrecken und die Worte der Macht aussprechen:

»Ich werde dich auch morgen früh noch respektieren.«

Danach hörte ich ein Schnauben, das eher wie ein verunglücktes Holzsplittern klang. »Ha!« machte der Schrank. »Und das soll ich dir glauben? Das sagen sie doch alle.« Aber von nun an schwieg er.

Im Schrank stieß ich unter einem Stapel leerer Blätter auf den ersten Hinweis. »Scandal«, sagte ich, »das hier will mir gar nicht gefallen.« Ich zog ein kleines Buch heraus und betrachtete das Cover.

»Das gefällt dir nicht?« ertönte die mißmutige Stimme des Katers unter dem Bett hervor. Nur seine Hinterläufe waren zu sehen, und natürlich der Schwanz, der hin und her schlug. »Was soll ich denn erst sagen? Ich stecke mit der Nase direkt am Nachttopf. Puh! Halt, was ist das? Einen Moment, Boss, ich glaube, ich bin da gerade auf ein Corpus delicti gestoßen.« Er schob sich rückwärts unter dem Bett hervor und hielt etwas Kleines und Glänzendes zwischen den Zähnen. Sehr vorsichtig setzte Scandal das Objekt auf dem Teppich ab. Es handelte sich dabei um ein Glasfläschchen mit einer goldfarbenen Flüssigkeit, deren Leuchten mir ziemlich vertraut war.

Ich kniete mich neben den Kater und starrte auf seinen Fund. »Oha!« machte ich. »Die Sache scheint schlimmer zu sein, als ich befürchtet hatte.«

»Wie soll ich das verstehen, du Meisterzauberer?«

»Diese Flasche enthält Magik.«

Scandal schnaubte kurz und verächtlich. »Tatsächlich? Und wie sollte so ein Fleischklops wie Curio an Magik gelangen? Soviel ich weiß, verteilen Zauberer ihre Magik nicht wie Süßigkeiten an Halloween.«

»Vielleicht ist er ja auf Wildmagik gestoßen«, dachte ich laut. »Draußen in der Wildnis treibt immer noch eine Menge davon herum. Herrenlos. Man braucht es sich nur zu nehmen.«

»Aha. Und vielleicht hat es auch die Reinigung der Wäschetrockner in Curios Unterhose vergessen. Nun komm endlich zur Vernunft, Kendar! Weißt du nicht mehr, wie schlecht es dir ging, als du versucht hast, herrenlose Magik in dir aufzunehmen. Und immerhin hast du zu denjenigen gehört, die bereits Erfahrung im Umgang mit diesem Zeugs hatten. Wenn Curio überhaupt irgendwelche Erfahrungen hat, dann mit dem, was zwischen seinen Beinen ...«

»He!« rief ich, als ich eine Hand auf das Fläschchen legte. »Es kribbelt ja gar nicht.«

»Was?«

»Was immer sich auch in der Flasche befinden mag, es erzeugt kein Kribbeln auf meiner Haut. Normalerweise habe ich, sobald ich mit Magik in Berührung komme, sofort das Gefühl, als gehe ein Funkenregen auf mich nieder.«

»Vielleicht hat er vergessen, die Flasche wieder zu schließen, und da ist das Zeugs schal geworden.«

Ich verzog das Gesicht. »Scandal, möchtest du mir nun helfen, oder möchtest du lieber Conferencier auf Butterfahrten spielen?«

»Den Conferencier spielen. Ja, ganz eindeutig. Aber woher kennst du diesen Ausdruck überhaupt, Old Shatterhand? Ich dachte, das einzige, was ihr hier auf Orbix an Entertainment kennt, sind Barden und Minnesänger, die immer auftreten, gleich ob's stürmt oder schneit, und gelegentlich am Sonntag eine Hinrichtung.«

Ich setzte mich im Schneidersitz hin und strich ihm über den Kopf. Scandal fing tatsächlich an zu schnurren, auch wenn er mir diese Gunst sonst nie zu gewähren pflegte. »Weißt du, ich höre immer genau zu, wenn du von deiner Heimatwelt erzählst«, erklärte ich ihm. »Vielleicht verstehe ich nicht immer alles, und gut möglich, daß ich manche Namen oder Begriffe falsch ausspreche, aber ich gebe mir Mühe, alles zu behalten und zu lernen.«

Ich stellte das Streicheln ein, und er hörte sofort auf zu schnurren. »Warum tust du das?« fragte er. »Eine Menge von dem, was ich von mir gebe, nützt dir rein gar nichts. Zumindest nicht auf dieser Welt.«

»Könnte ja sein, daß es mir eines Tages doch etwas nutzt«, gab ich wie beiläufig zurück. »Nämlich in deiner Welt.«

Der Kater starrte mich an, als würde ich irres Zeug reden. »In ... meiner ... Welt?« antwortete er, als würde er das nicht für möglich halten. »Aber wir können doch nicht ...«

»Zur Zeit sicher nicht«, gab ich zu. »Doch aufgeschoben ist nicht aufgehoben. Bislang ist es mir noch nicht möglich gewesen, einen Weg zu finden, der dich zurück in deine Heimat bringt. Aber wenn ich es nur lange genug versuche und mir wirklich Mühe gebe ...«

»Ja, Boss.« Er klang ehrlich dankbar und gerührt. Scandal rieb sogar seinen Kopf an meiner Hand. »Weißt du, mittlerweile macht es mir nichts mehr aus, nie wieder in die Heimat gelangen zu können, denn wir beide sind richtig dicke Freunde geworden. Dufte Kumpels. Ein richtiges Team. Wir gehören zusammen. Wie Fred Feuerstein und Barney Geröllheimer. Cramden und Norton. Laurel und Hardy. Abbott und Costello. Kirk und Spock. Starsky und Hutch. Die Tagesschau und die Wetterkarte ...«

»Und die Katzendamen?«

»Ach ja, die.« Er ließ die Schnurrbarthaare hängen. »Die hatte ich fast schon vergessen.« Scandal hob das Kinn und sah mir direkt ins Gesicht. »Trotzdem habe ich es genauso gemeint, wie ich es gesagt habe: Ich fühle mich hier wohl.«

»Aber nicht vollkommen glücklich.« Ich sah seiner Miene an, daß ich damit nicht grundsätzlich falsch lag. »Etwas fehlt. Ich möchte nicht, daß du Orbix wieder verläßt, aber ich möchte noch weniger, daß du unglücklich bist, weil du hier niemanden von deiner Art antreffen kannst.«

»Okay, alter Freund und Kupferstecher, ich gebe zu, es würde mir besser gefallen, ein weibliches Wesen an meiner Seite zu wissen, aber ich bin flexibel. Ich habe versucht, mir neue Horizonte zu erschließen und neue Beziehungsformen auszuprobieren. Nach einer Weile sieht sogar ein Voondrab nicht mehr ganz so abstoßend aus. Aber man muß sie halt immer noch erst zum Essen und ins Kino ausführen, und ihr habt hier leider keine Lichtspielhäuser.«

»Eigentlich wollte ich dir folgendes sagen: Wenn ich einen Weg finde, auf dem du zurückkehren kannst, würde ich gern mit dir kommen. Nur mal so, auf einen Besuch. Wir könnten in deine Welt reisen, dir die passende Gefährtin suchen und sie hierher mitnehmen. Na, was hältst du davon?«

»Ich würde meinen, wenn du nicht aufpaßt, verschüttest du noch die ganze Magik«, gab er kühl zurück.

Und damit hatte er wieder einmal recht. Wie ich da so im Schneidersitz hockte und mit ihm redete, hatte ich geistesabwesend die Flasche auf eines meiner Knie gestellt. (Velma Chefkoch wird Ihnen sicher gerne und sofort mitteilen, daß mein Gleichgewichtssinn nicht der allerbeste auf dieser Welt ist. Deswegen war es mir ja auch durchaus recht gewesen, daß mein Name schon bald nach Beginn meiner Küchenkarriere in Thengors Palast von Kendar Umkipper in Kendar Rattenklopper umgewandelt wurde.) Nun, wie dem auch sei, das Fläschchen fiel von meinem Knie, der Stöpsel flog hinaus, und der Inhalt ergoß sich über meinen Schoß.

»Bei Wedwels Zehen!« fluchte ich, sprang hoch und tupfte meine Hose mit dem erstbesten ab, was mir zwischen die Finger kam.

Und da mußte ich nicht lange suchen; denn ich hielt bereits etwas in der Hand: das Buch, auf das ich in Curios Schrank gestoßen war.

»Wisch es ab, Boss, wisch es ab!« Scandal hüpfte vor mir auf und ab. »Ich will nicht erfahren, was passiert, wenn die Magik dort eindringt!«

»Scandal, du solltest mir lieber helfen!« rief ich und tupfte wie verrückt. »Denn wenn du wirklich wissen willst ...«

»Ich würde gern etwas wissen«, meldete sich eine dritte Stimme zu Wort. Sie klang so tief und sonor wie das Meer. Eine kräftige Hand tauchte vor meinen Augen auf, senkte sich und schloß sich um das aufgeweichte Büchlein. »Und zwar, warum Ihr hier meine persönlichen Dinge durcheinanderbringt?«

»Hallo, Seemann!« rief der Dreibholz-Schrank. »Ich bin durchaus willens, deine persönlichen Dinge durcheinanderzubringen. Wann immer du willst!« Niemand hatte den Schrank berührt, aber das war auch nicht immer erforderlich. Manche Männer sind genauso leicht zu ignorieren wie irgendwelche Möbelstücke. Und andere Männer sind so wenig zu übersehen, daß sogar die Möbelstücke aufmerken, wenn sie das Zimmer betreten.

Zu letzteren gehörte Curio.

KAPITEL 5

»Wow!« rief Scandal, während er auf dem Boden hockte und den Kopf weit nach hinten bog, um Curio in seiner Gänze erfassen zu können. »Ich hätte nie geglaubt, daß Fellose so groß werden, ohne dafür eine Baugenehmigung beantragt zu haben. Frag ihn, ob er dafür einen Spiegeltrick benutzt. Nein, warte, laß es lieber. Ich möchte gar nicht wissen, wie er das anstellt.«

»Scandal, still!« zischte ich aus dem Mundwinkel. Im Moment hatte ich andere, drängendere Probleme und konnte mich nicht auch noch um eine Katze kümmern, die wieder einmal den Conferencier spielen mußte.

»Warum habt Ihr meine Sachen genommen?« fragte das Model und hielt mir das triefende Buch unter die Nase. Seltsamerweise wirkte er überhaupt nicht wütend. Aber eigentlich mußte er gar nicht zornig aussehen. Ärger ist etwas für kleine, nichtige Wichte und Personen mit wenig Selbstvertrauen. Die sind einfach darauf angewiesen, ein großes Geschrei zu veranstalten oder knallrot anzulaufen, so daß die anderen alles tun, was sie verlangen, damit sie bloß Ruhe geben. Menschen wie Curio aber wissen, daß sie immer das bekommen, was sie wollen. Und wenn sie es nicht auf der Stelle erhalten, wissen sie, daß sie nur ihren wunderschönen melancholischen Blick aufsetzen müssen, und schon hat ihr Gegenüber nichts Eiligeres zu tun, als ihnen den Gefallen zu erweisen. Für gewöhnlich geht das sehr schnell.

»Ich ... äh ... ich ...« Ich spürte, wie meine Unterlippe anfing zu zittern.

»Ihr braucht keine Angst vor mir zu haben«, sagte Curio sanft, und in seinem Blick war nichts als Aufrichtigkeit zu erkennen. »Ich will Euch nichts Böses tun. Ich bin ein freundlicher, sanftmütiger Mann. Und ich weiß um Eure tiefsten Gefühle. Ihr seid zu mir gekommen, weil Ihr Rat in

Herzensangelegenheiten sucht. Viele tun das, und ich bin hier, um allen zu helfen.« (Wie eigenartig, wenn er mit weicher Stimme und wunderbarer Betonung solche Sülze von sich gab, war man fast versucht, darin so etwas wie einen Sinn zu erkennen.) »Es geht um eine Frau, nicht wahr? Natürlich, es geht immer um eine Frau. Eine Frau aber muß man mit Zärtlichkeit behandeln, denn eine Frau ist wie eine Blume, die zitternd den Tau empfängt. Sie darf nicht rauh oder grob gepflückt werden, nein, man muß sie ...«

»Wovon redet Ihr da eigentlich?« platzte es aus mir heraus.

Curio blinzelte verwirrt. »Seid Ihr etwa nicht gekommen, um meine Geheimnisse der Romantik zu erfahren?«

»Nein«, antwortete der Kater an meiner Stelle, »wir sind gekommen, um etwas über deine Geheimnisse in einem Mordfall zu hören.«

»Scandal!« Ich war so entsetzt, daß ich am liebsten vor Scham im Boden versunken wäre und dann dieses Tier getreten hätte – oder auch umgekehrt.

»Gottchen, Poirot, jetzt mach dir mal nicht ins Hemd«, wies der Kater mich ab. »Mister Super-Sexy hier hat dich auf frischer Tat ertappt, wie du deine Nase in seine Angelegenheiten gesteckt und dich dabei von oben bis unten mit Magik bekleckert hast. Selbst ich weiß nicht, wie ich mich da jetzt noch herausreden soll, deswegen sollten wir auf allen Schnickschnack verzichten und zur Sache kommen. Und überhaupt, warum hast du eigentlich Angst vor ihm? Schon möglich, daß er dir jeden Knochen im Leib einzeln brechen könnte, aber schließlich bist du Zauberer. Wenn das nicht irgendwie weiterhilft, solltest du deinen spitzen Hut zur Altkleidersammlung geben und dich schleunigst auf den Weg nach Hause machen.«

»Ich besitze doch gar keinen spitzen Hut«, erinnerte ich ihn.

»Dann gib meinetwegen deinen spitzen Eierkopf ab. Du bist Zauberer, Kendar. Vielleicht kein besonders gewandter und auch kein sonderlich bedeutender, aber immer noch ein Z-A-U-B-E-R-E-R. Jetzt versuch mal herauszufinden, was das zu bedeuten hat.« Funken standen an den Spitzen seiner Schnurrbarthaare.

»Oh.« Aus irgendeinem unerfindlichen Grund schien ich meine besonderen Fähigkeiten ganz vergessen zu haben, als Curio so unvermittelt vor mir aufgetaucht war. Nun gut, zu meiner Entschuldigung mag vorgebracht werden, daß es sich bei ihm wirklich um eine überwältigende Erscheinung handelte. Nun aber reckte ich mich und versuchte, meine Zaubererwürde zurückzugewinnen. »Dieser Kater dort, mein Hausgeist, hat nicht übertrieben«, teilte ich dem Blonden mit, der wie ein Turm vor mir aufragte. Besser gesagt, ich sprach mit seinem Kinn, denn höher konnte ich nicht hinaufblicken. »Ich bin Meister Kendar, Hofzauberer von Seiner Majestät König Steffan.«

Zum ersten Mal bemerkte ich den Anflug von Mißfallen auf Curios perfekter Stirn. »Ich weiß, wer Ihr seid«, erklärte er mit tief grollender Stimme. »Wir sind uns nämlich schon einmal begegnet, und zwar im Gemach Eurer Schwester, als sie und ich gerade Studien für ein Buch betrieben. Damals erschient Ihr mir nicht sehr mächtig und auch nur ein klein wenig stolz.«

»Und Ihr wart an jenem Tag ...« Ich suchte nach Worten, »nicht so bekleidet wie heute.«

Die kleine Falte auf der Stirn vergrößerte sich. »Vielleicht kennt Ihr den Sinnspruch nicht, der unter Männern von großer Weisheit weithin Verbreitung gefunden hat.« Seine Oberlippe verzog sich höhnisch. So sah er auf dem Cover von *Mein Welfie, Mein Verlangen* aus. (Lucy hatte mir einmal erzählt, daß diese Miene für den Verkauf von zehntausend zusätzlichen Exemplaren ihres Romans gesorgt hatte.) »Er lautet: Misch dich nicht in die Angelegenheiten von Models, denn diese sind subtiler Natur, und außerdem sehen Models viel besser aus als du.«

»Trifft das auch auf den Fall zu, wenn Models sich gegenseitig ermorden?« hielt ich dagegen.

Curios Oberlippe zuckte in einer Weise, die für zwanzigtausend zusätzlich verkaufter Exemplare gut gewesen wäre, wenn es nur einen Künstler gegeben hätte, der diesen Gesichtsausdruck hätte einfangen können. »Ich habe niemandem ein Leid zugefügt. Ich bin sanft und freundlich. Ich bin ein sensibler Mann. Die Frauen verzehren sich nach Zärtlichkeit und Gefühl. Blut und Gewalt hingegen können sie nicht ausstehen.«

»So kann nur ein Mann sprechen, der noch nie deiner Ex-Frau begegnet ist«, warf Scandal ungebeten ein.

»Warum sollte ich denn jemanden ermorden?« fragte Curio verwirrt.

»Warum solltest du das hier in deinem Schrank verstecken wollen?« konterte ich und riß ihm das tropfende Buch aus der Hand. Instinktiv griff er danach, besann sich auf halbem Weg aber eines besseren.

»Das ist nur so eine Art Freizeitlektüre«, antwortete er. »Es hilft mir einzuschlafen.«

Ich hielt ihm die Überschrift des ersten Kapitels unter die Nase, besser gesagt, unters Kinn. »*Wie man sich seiner Rivalen entledigt* – das ist nicht unbedingt eine harmlose oder normale Bettlektüre.«

»Gib auf, Al Capone«, knurrte Scandal und baute sich drohend vor ihm auf. »Wir wissen alles über dich und den Prinzen Boffin. Und wir wollen nun von dir erfahren, was du mit ihm angestellt hast. Es wäre besser für dich, wenn der Prinz noch unter den Lebenden weilen würde.«

»Unter den Lebenden weilen?« fragte eine neue Stimme von der Tür. »Ich kann nur stark hoffen, daß er noch lebt.« Melker, Agent und Verleger, stürmte in den Raum. Er kam allein, und trotzdem hatte man bei ihm immer das Gefühl, eine ganze Horde sei unterwegs; vermutlich rührte das von der Hektik her, die er unentwegt verbreitete. Ich habe jedenfalls nie wieder einen Mann kennengelernt, der so wie er an mehreren Orten gleichzeitig sein konnte.

»Wer ist tot? Von wem behauptet Ihr, er würde nicht mehr leben? Niemand ist gestorben!« ratterte er gleich los und schob sich zwischen mir und Curio hin und her. »Von wem sprecht Ihr? Vom Prinzen Boffin? Ein wunderbarer Junge! Ein Traum von einem Gesicht. Hat wirklich eine große Zukunft in unserer Branche. Ist allerdings nicht übermäßig helle. Hat überhaupt keinen Geschäftssinn. Eine Model-Karriere währt nur so lange, wie man gut aussieht. Clevere

Models sehen sich beizeiten nach einem Agenten um. Die Verleger ziehen ihnen die Haut vom Leib, wenn sie keinen gerissenen Agenten haben, der sie in ihre Schranken weist.«

»Aber, Melker, Ihr seid doch auch Verleger«, merkte ich an. »Ihr publiziert doch in Eurer WAHREN LIEBE alle Romane von Lucy.«

»Habe ich etwa behauptet, ich würde das nicht tun? Wann soll ich das gesagt haben, hä?« Er wandte sich an Curio. »Hast du vielleicht mitbekommen, daß ich so etwas von mir gegeben habe? Ich bin eben ein cleverer Geschäftsmann, na und? Ist das denn ein Verbrechen? Wer das meint, soll sofort vortreten und mir das ins Gesicht sagen!«

»Es ist ein Verbrechen«, erklärte Scandal fröhlich. Melkers Augen schleuderten Messer auf ihn. »Tut mir leid, ich wollte nur behilflich sein.«

»RUHE!« brüllte ich, riß die Arme hoch und klatschte in die Hände. Des Effektes wegen wollte ich einen mächtigen Donnerschlag herbeizaubern.

Dummerweise hatte ich das Kapitel über das Herbeizaubern von mächtigen Donnerschlägen noch nicht erreicht, und so hörten wir vier nicht mehr als das Geräusch von klatschenden Händen. Doch wenigstens war das laut genug, um alle zum Schweigen zu bringen.

»Hört mir zu«, befahl ich Melker und Curio. »Ich kenne sehr wohl die Gründe, warum Euch viel daran liegt, Prinz Boffin aus dem Weg zu schaffen. Ihr«, ich richtete einen ausgestreckten Zeigefinger auf das Model, »wart eifersüchtig auf ihn, weil sein Antlitz sich auf den Büchern von Raptura Eglantine besser macht als Eures. Und Ihr«, der zweite ausgestreckte Zeigefinger fuhr wie die Spitze eines angelegten Pfeils auf den Verleger, »wart sauer, weil Boffin Euch nicht als Agent haben wollte und Ihr so an ihm nichts verdienen konntet. Und schlimmer noch, Ihr habt auch an Curio nichts mehr verdienen können, weil den keiner mehr auf einem Buchumschlag sehen wollte. Nun, meine Herren, es ist mir egal, ob Ihr es zusammen getan habt oder ob nur einer von Euch darin verwickelt ist. Das spielt jetzt keine Rolle mehr. Wichtig ist im Moment nur, daß der Prinz bald auftaucht, und zwar möglichst lebendig.«

Ich klärte die zwei nun ausführlich darüber auf, daß im Falle Boffins Ausbleibens die ganze Welt in einen verheerenden Krieg gestürzt würde.

»Krieg ...« Melker nagte an der Unterlippe. »Ein Krieg ist ziemlich gut fürs Buchgeschäft.« Scandal biß ihm ins Bein.

Während der Agent auf dem anderen Bein durchs Zimmer hüpfte, winkte Curio mich mit dem Zeigefinger näher heran. Ich wußte nicht, wie ich ihm noch näher kommen sollte, schließlich standen wir einander längst direkt gegenüber. Dann erklärte er mir im leisen Verschwörertonfall: »Mein Freund, ich glaube, Ihr habt die falsche Wildsau am Wickel. Ich persönlich habe Prinz Boffin seinen Erfolg niemals geneidet, und er war auch in keinem Moment mein Rivale. Ihr müßt nämlich wissen, daß ich nicht länger ausschließlich als Model tätig bin. Vor einiger Zeit habe ich meine wahre Bestimmung gefunden, und ich will all meine Talente einsetzen, mit der Schwabbelina, die Göttin der Festen Schenkel und der Ewigen Zufriedenheit, mich gesegnet hat.«

»Du willst künftig als Briefbeschwerer tätig sein?« fragte der Kater.

»Nein, ich werde Schriftsteller.« Curio senkte bescheiden seine langen Wimpern.

»Kommt bei dir aufs gleiche raus«, bemerkte Scandal.

»Aber wie erklärt Ihr dann das hier?« Ich wedelte wieder mit dem Buch vor seinem Kinn herum. »Und außerdem habe ich unter Eurem Bett eine Flasche mit Magik gefunden!« Ich bückte mich und hob sie auf. Dummerweise war sie nach meinem kleinen, äh, Mißgeschick so gut wie leer. Doch die letzten Tropfen würden ausreichen, Curio in die Enge zu treiben. »Wo habt Ihr das her? Habt Ihr es gegen den Prinzen eingesetzt? Hört zu, ich bin ja gar nicht so. Wenn Ihr jetzt ein komplettes Geständnis ablegt und mir sagt, wo ich Boffin finden kann, können wir die Zauber aufheben, die Ihr über ihn gelegt habt, und seinen Eltern mitteilen, daß er wohlauf ist. Dann wird der Krieg abgeblasen, und niemand kommt zu Schaden. Ich würde das einen fairen Handel nennen. Nun?«

Curio lächelte nur. »Weil das Leben nicht fair ist, mußt du eine Frau mit doppelt soviel Respekt behandeln, damit sie es nicht ganz so schwer hat. Eine Frau ist nämlich süß und scheu und leicht zu ängstigen ...«

»Und besonders lecker mit Bratensoße und knackigem Gemüse«, fiel Scandal ihm ins Wort.

»Ihr müßt das Curio nachsehen«, sagte Melker, als er zu uns zurückgehüpft kam. »Manchmal bereitet es ihm etwas Mühe, sich verständlich zu machen. Ihr müßt nämlich wissen, daß er nicht aus diesem Königreich stammt.«

»Mir kommt es eher so vor, als wenn er nicht einmal von dieser Welt stammen würde«, brummte der Kater.

»Curio sagt, er kommt aus Alfresco, einem kleinen Stadtstaat nordwestlich von Nebenstadt. War einmal ein bedeutender Handelsknotenpunkt, bevor die barbarischen Horden von Bah-Bah dem Unaussprechlichen die meisten Länder im Osten überrannten und allen Handel dort zum Erliegen brachten. Und etwas später ging Nebenstadt, wie Ihr ja wißt, in den Großen Scherereien unter.«

»Natürlich«, sagte ich leise und verzog schmerzlich das Gesicht. Niemand in Gladderadatsch wird gern an die Großen Scherereien erinnert.

»Und dafür, daß Curio eigentlich mit dem *Maccaronischen* aufgewachsen ist, spricht er unser *Kleinsprech* doch eigentlich ganz gut«, schloß Melker und klopfte seinem Klienten auf die Schulter. Dazu mußte er sich auf die Zehenspitzen stellen und den Arm ganz weit nach oben ausstrecken.

»War doch gar nicht so schwer«, wehrte Curio das Lob seines Agenten ab. »Kleinsprech ist immerhin eine weitverbreitete Handelssprache. Schließlich kennt man in meiner Muttersprache siebenunddreißig verschiedene Ausdrücke für – wie nennt man das in Kleinsprech? – Tölpel oder übertölpeln.«

»Und die kannst du alle auf Kendar anwenden!« rief Scandal und sprang aufs Bett. »Wie kommt es, daß du von Prinz Boffin immer in der Vergangenheit gesprochen hast, hä? Die ganze Sache stinkt schlimmer als ein Voondrab von gestern. Sag uns sofort, was du mit ihm angestellt hast, sonst gehen wir direkt zu König Steffan. Er will keinen Krieg mit Unterseite, und wenn er den vermeiden kann, indem er Boffins Vater Eure Köpfe schickt, wird er nicht zögern, das zu tun. Was red' ich, er wird sie mit Bronze überziehen und als Geschenk verpacken.«

»Ihr könnt überhaupt nichts beweisen«, erklärte Melker.

»Wir reden hier von Seiner Majestät, König Steffan«, gab der Kater zurück. »Er hat eine merkwürdige Einstellung zu Beweisen. Wenn er der Ansicht ist, mit einer Angelegenheit verhalte es sich so oder auch so, läßt er erst den Kopf abschlagen und fragt später nach den Beweisen. Sein Lieblingswort heißt ›Hoppla!‹«

»Nun?« bedrängte ich die beiden in dem Bemühen, mir Scandals Vorarbeit zunutze zu machen. »Wie wollen wir denn nun weiter vorgehen? Gesteht Ihr endlich, was Ihr mit Boffin angestellt habt, oder sollen wir Euch gleich beim König verpetzen?«

Curio faltete die Arme vor der Brust. »Ich glaube kaum, daß Ihr Seiner Majestät etwas erzählen werdet. Er ist doch ein großer Fan von Raptura Eglantines Romanen, oder?«

Da hatte er durchaus recht, das mußte ich zugeben, auch wenn ich nicht wußte, was das mit unserer Situation hier zu tun haben sollte. Doch das Model ließ mich nicht lange im Unklaren.

»Wenn Ihr zum König geht und mich dort beschuldigt, ich hätte Prinz Boffin ein Leid zugefügt, gehe ich zu Eurem Vater und decke ihm das Geheimnis Eurer Schwester auf, daß nämlich *sie* hinter dem Pseudonym Raptura Eglantine steckt. Und was, glaubt Ihr, wird dann geschehen?«

Da mußte ich nicht lange raten: Dad hielt es schon für eine Schande, wenn ein Mädchen Bücher las. Mädchen sollten höchstens Kochrezepte, die Familienchronik und die Listen *Was noch zu erledigen ist* oder *Welche Wünsche uns noch zu erfüllen sind* studieren, die ihnen von ihrem Vater oder ihrem Ehemann ausgehändigt wurden. Aber ein Mädchen, das auch noch Bücher schrieb? Und dann auch noch Geschichten, in denen so wenig Massaker und Gemetzel vorkamen, dafür aber um so mehr … Vater würde zuerst explodieren und dann mit dem Fuß aufstampfen, und Raptura Eglantines Karriere würde von eben diesem Fuß zerschmettert werden.

»Ach, Blödsinn!« Scandal winkte nur ab und ließ sich von Curios Gegendrohung nicht bange machen. »Der große Klotz wird das niemals wagen. Denn ohne Raptura Eglantine stünde er ohne Job da.«

»Von wegen, ich schreibe nämlich meine eigenen Bücher und posiere auf ihren Umschlägen«, entgegnete das Model kühl. »Und von meinen Romanen verkaufe ich Tausende und Abertausende, denn ich verstehe die Frauen. Eine Frau ist wie eine junge Stute, die vor jedem Hindernis scheut, aber die sich mit ein paar Stückchen Zucker immer wieder an der Nase herumführen läßt.«

»Also gut, dann berichtet Dad doch von Lucys Geheimnis!« fuhr ich ihn an. »Der König steht immer noch über ihm. Seine Majestät kann meinem Vater gebieten, Lucy in Ruhe und weiter Bücher schreiben zu lassen. Und wenn ich dem König stecke, daß meine Schwester in Wahrheit Raptura Eglantine ist, wird er vor Begeisterung ...«

»Man kann einen Schriftsteller zum Papier führen, ihn aber nicht dazu zwingen, auch etwas zu verfassen«, entgegnete Curio schnippisch. »Lucy hat uns oft gesagt, daß sie es vorziehe, wenn ihr Geheimnis gewahrt bliebe. Aus irgendwelchen Gründen fürchtet sie nämlich, ihre Freunde und Verwandten könnten sie auslachen, wenn sie erführen, daß sie ...«

»Das würden sie niemals tun!«

»Halt die Luft an, Boss! Du weißt, daß sie sich vor Lachen ausschütten würden.« Scandal klopfte mir mit einer Pfote ans Bein, sprang dann vom Bett und stellte sich an meine Seite, aber nicht, um mir Unterstützung zu gewähren, sondern um mich bloßzustellen. »Sie würden so laut lachen, daß die ganze Halle erbebt. Und wenn sie sich endlich ausgelacht hätten, würden sie sagen, wie *süüüüß* von der kleinen Lucy Gangle, daß sie diese Raptura-Eglantine-Bücher geschrieben hat. Und dann würden sie deine Mutter beiseite nehmen und sie fragen, ob ihr eigentlich bekannt ist, was ihre kleine Tochter da für Sachen schreibt, und woher Lucy überhaupt soviel über Brüste, Lenden, feuchte Stellen, pralle Organe, wogende Busen...«

»Genug!« Ich blickte zu Boden. Scandal hatte den Nagel auf den Kopf getroffen. Selbst wenn der König einschritt und Dad untersagte, Lucy am Schreiben zu hindern, bliebe damit immer noch das Problem Mutter bestehen. Mom würde dann die Dinge in die Hand nehmen. Sie würde ständig Lucy über die Schulter schauen und fragen: »Bist du dir sicher, daß du das so schreiben willst?« oder »Nun, ich mag ja keine Expertin für das niedliche Geschreibsel sein, das du da zu Papier bringst, aber ich bin immer noch die Frau, die dich unter Schmerzen zur Welt gebracht hat, und deshalb frage ich dich, ob du wirklich glaubst, es sei schicklich für ein unverheiratetes junges Mädchen über Dinge zu schreiben, die nachts im Dunkeln stattfinden und die nicht einmal verheiratete Frauen genau beschreiben können?« oder »Liebes, ich habe eine fabelhafte Idee. Warum erzählst du in deinem nächsten Buch nicht die lustige Begebenheit, die Base Dinovia neulich widerfahren ist, als sie in Flachspitzengipfel zu Besuch weilte? Ich habe ihr schon in die Hand versprochen, daß du das im neuen Buch bringen würdest.«

Ohne Tante Carageena und Tante Glucosia zu nahe treten zu wollen, aber wenn man ihre Schwertkünste mit dem Zerstörungswerk unserer Mutter verglich, standen sie wie unerfahrene Anfänger da.

Ich spürte, wie mir eine mächtige Pranke auf die Schulter schlug. »Seid nicht betrübt, mein Freund«, sagte Curio. »Wenn ich über Eure Drohungen lache, solltet Ihr das nicht persönlich nehmen. Schließlich stamme ich aus Alfresco, und dort haben wir Drohungen und Gegendrohungen zu höchster Kunstform entwickelt. Meine Mutter hat mir das schon beigebracht, als ich noch bei ihr auf dem Schoß saß. Seither vermag ich eine leere Drohung zehn Meilen gegen den Wind auszumachen.«

»Weißt du, was gleich leer sein wird, Curio?« fragte der Kater ihn mit überfreundlicher Stimme. »Du! Sobald der Rat der Zauberer nämlich kommt und dich an einen Balken schlägt, weil du ohne Genehmigung mit Magik herumgespielt hast, dir die Haut in Streifen vom Leib zieht, dir eine lebende Eidechse ins hintere Ende schiebt, dir ...«

»Das stimmt«, sagte ich rasch und freute mich, daß wir wieder die Oberhand über Curio gewonnen hatten. »Niemand außer einem Zauberer darf mit Magik herumhantieren.«

»Magik?« Curios Stirn würde einer einwöchigen Schlammpackungskur bedürfen, um ihre alte Glätte zurückzuerhalten. »In meiner Kindheit habe ich Sagen und Legenden über diese Magik gehört und daß es sich um etwas handelt, das allein den Zauberern gehört. Nie im Leben würde ich es wagen, auch nur in ihre Nähe zu kommen, denn schließlich gehöre ich nicht zu den Menschen, die heimlich in anderer Leute Sachen herumschnüffeln.« Er betonte jedes Wort des letzten Satzes, und jede Silbe krachte wie ein Stein auf meinen Schädel herab.

»Ach so? Und was ist dann das?« Ich wedelte mit dem Buch und der leeren Flasche vor seiner Brust herum.

»Darf ich?« Bevor ich einen Einwand vorbringen konnte, hatte er mir schon das Buch abgenommen und hielt es über die Flaschenöffnung. Mit flinken Handbewegungen wrang er die Seiten aus, und ein langer, dünner Strom der goldfarbenen Flüssigkeit glitt in den Behälter zurück. Ich mußte Curio bewundern. Nicht ein Tropfen ging daneben. Schließlich fand er den Stopfen und steckte ihn in die Öffnung. »Das, was in Eure Hose eingesickert ist, mögt Ihr behalten«, erklärte er dann. »Ich bin mir sicher, daß dort nicht viel drin ist.«

»Laßt gefälligst meine Hose aus dem Spiel!« fuhr ich ihn an.

»Also schön, mein Bester«, meldete sich Scandal zu Wort, »jetzt hast du uns bewiesen, daß du mit den Händen umzugehen verstehst. Damit wissen wir jetzt, daß dir der Gebrauch von Magik nicht fremd ist. Trotzdem handelt es sich bei dem Zeugs immer noch um Magik, und trotz alledem bist du immer noch kein Zauberer. Wenn der Rat davon erfährt ...«

»Ich habe Euch doch bereits erklärt, daß ich nichts mit Magik zu tun habe.« Curio klang ungewohnt entrüstet.

»Und was befindet sich dann in der Flasche? Was hat die Seiten von dem Buch aufgeweicht?« Der Kater hüpfte mehrmals auf allen vieren in die Luft, und sein ganzes Fell versprühte Funken. »Und was befindet sich in Kendars Hose?«

»Scandal!«

»*Magique.*«

KAPITEL 6

Irgendwie schafften wir es, nach unten in die große Halle zu gelangen, ohne uns gegenseitig zu erwürgen und ohne daß Curios kunstvoll gelegtes Haar in Unordnung geriet. Allerdings empfand ich seine Unart, ständig mit einer Hand durch seine wallende blonde Mähne zu fahren, als abstoßend cool. Am liebsten hätte ich ihm mit einer Axt einen neuen Scheitel gezogen, aber das brachte ich dann doch nichts übers Herz. Schließlich kann man keinen Unschuldigen erschlagen.

Na ja, wenn man Barbar oder König ist, hat man da weniger Skrupel, aber ich für meinen Teil war dazu nicht in der Lage.

Aber gibt es einen Unterschied zwischen einem Unschuldigen und jemandem, dem man seine Schuld nicht nachweisen kann? Mir kamen Zweifel. Vor allem beschäftigte mich der Umstand, daß ein Unschuldiger, sobald die ganze Sache ausgestanden ist, auf zwei Arten reagiert: Entweder erklärt er denjenigen, die ihn beschuldigt haben, die Geschichte sei vergeben und vergessen, schließlich könne jeder sich mal irren, und was vorbei sei, sei vorbei, immerhin sei ja niemandem ein Schaden entstanden, ha-ha. Oder aber er wird furchtbar wütend, läuft Amok, greift sich den nächstbesten schweren Gegenstand und schlägt auf jeden ein, der auch nur ein fragendes Gesicht gemacht oder die Stirn gerunzelt hat, als behauptet wurde, er habe sich eines Verbrechens schuldig gemacht. Genau. Diese zwei Möglichkeiten hat jemand, der wirklich unschuldig ist, und beide sind gleichermaßen überzeugend.

Hämisch grinsen oder hinter vorgehaltener Hand Hi-hi-hi machen gehört jedoch in keine der beiden obengenannten Kategorien. So etwas tut man nur, wenn man weiß, daß man schuldig und noch einmal ungeschoren davongekommen ist, und wenn man seine Ankläger wie einen Haufen Vollidioten hat dastehen lassen. Langer Rede kurzer Sinn: Curio grinste hämisch und kicherte hinter vorgehaltener Hand.

Und was hatte er zu seiner Verteidigung vorgebracht, was hatte er geäußert, um seinen Namen vom Vorwurf des Magik-Mißbrauchs reinzuwaschen? Im Grunde nicht mehr als dies: »Wißt Ihr, Kendar, es gibt Magie, und es gibt Magik, und dann gibt es da auch noch Magique. Habe ich mich verständlich genug ausgedrückt?«

Natürlich, sicher doch, so klar wie Kloßbrühe. Ich glaube, ich habe auf seine Einlassung mit einem mehr oder minder intelligenten »Ah, hm« geantwortet.

»Was mein lieber Freund damit sagen will«, hatte Scandal sofort gedolmetscht, »ist, daß er nicht den leisesten Schimmer hat. Möchtest du ihm das vielleicht noch einmal verklikkern, und diesmal für die geistig Minderbemittelten schön langsam und in einfachen Worten?«

»Und du weißt wohl, wovon er da eigentlich redet«, hatte ich den Kater angezischt.

»Iwo, woher denn«, entgegnete Scandal, »aber wenigstens tue ich nicht so, als hätte ich alles kapiert, wenn ich in Wahrheit nur Bahnhof verstanden habe. Ich wette, so hast du auch im Unterricht immer versucht, dich durchzumogeln.«

Was sollte ich dazu sagen. Der Kater hatte vollkommen recht. Als Student in Meister Thengors Akademie für Hochzauberei hatte ich an meinem Pult gesessen und ganz Aufmerksamkeit gemimt, während unser Pauker über Zauber, Sprüche, Banne und den Gebrauch eines Zauberstabs redete. Er beendete jede Stunde mit dem Satz: »Gibt es noch irgendwelche Fragen?«

Ob ich noch Fragen hatte? Und ob. Jede Menge sogar, angefangen von ›Wovon hat die Stunde eigentlich gehandelt?‹ bis hin zu ›Warum komme ich mir immer so wie ein Dummkopf vor?‹ Aber ich schien stets ganz allein mit meinen Wissenslücken zu sein. Niemand hob eine Hand, und ich wollte nicht vor der ganzen Klasse als der einzige Esel dastehen. Deshalb behielt ich meine Hand auch hübsch unten. Das Resultat war, daß ich nie auch nur das geringste gelernt habe und dadurch doch der einzige Esel in der Klasse war.

»Curio meint damit folgendes«, erbot sich Melker. »Er hat sich nicht in die Geschäfte der Zauberer eingemischt. Ich persönlich bin ja schon lange im Verlegergewerbe, und vor fünf Jahren hat mein Verlag WAHRE LIEBE eine Sonderedition von Meister Thengors Autobiographie herausgebracht. Sicher habt Ihr von dem Werk gehört: *Tod, Verderben und keine Feinde, die noch am Leben sind – Die Geschichte eines demütigen und bescheidenen Landzauberers.* Ich habe mit dem Meister an diesem Buch gearbeitet. Der alte Knabe konnte mit einem Augenzwinkern eine Seeschlange in eine Knackwurst verwandeln, aber er hat nicht einen halbwegs vernünftigen Absatz zu Papier gebracht. Wie dem auch sei, damals habe ich den Unterschied zwischen Magik und Magie kennengelernt. Ihr Zauberer benötigt Magik, um Magie bewirken zu können, nicht wahr?«

»Woher soll ich das wissen?« gab Scandal zurück. »Magik und Magie hören sich ziemlich ähnlich an auf jeden Fall.«

»Sei's drum.« Melker war Agent und Verleger. Lucy hatte mir einmal gesagt, seine Zunge sei an beiden Seiten eingeölt und in der Mitte aufgehängt. Und irgendeine vorlaute Katze konnte ihn nicht aus der Bahn werfen. »Und ich will Euch darüber aufklären, daß dieses Buch Curio dabei geholfen hat, ebenfalls den Unterschied zwischen Magik und Magie zu begreifen. Und laßt Euch von ihm bloß nicht etwas anderes erzählen.«

»Curio hat dem Meister dabei geholfen, das Buch zu schreiben?« fragte ich verwundert.

»Curio war sogar Meister Thengor«, antwortete Melker. »Zumindest auf dem Cover. Hat damit zu tun, daß Zauberer es tunlichst vermeiden, ihr wahres Aussehen an einer Stelle zu präsentieren, wo ihre Feinde es erblicken können.«

»Das erklärt auch, warum Meister Thengor wie ein vertrockneter alter Pilz aussah und nicht wie eine saftige, gesunde Rinderlende«, bemerkte Scandal.

»Also schön«, meldete ich mich wieder zu Wort, »Ihr beiden kennt den Unterschied zwischen Magik und Magie. Was aber hat es denn mit diesem Zeugs hier auf sich?« Ich hielt ihnen das Fläschchen hin.

»Das ist Magique«, sagte das Model. »Habe ich doch bereits erwähnt.«

Magique klang für mich nicht viel anders als Magik, und so gab ich mich mit dieser Auskunft noch lange nicht zufrieden. »Gut, aber was ist Magique?« fragte ich und bemühte mich, das Wort genauso übertrieben zu betonen, wie Curio das tat.

»Ach, nichts! Gar nichts! Überhaupt nichts!« rief Melker so hastig, daß ich sofort Unrat witterte. Diesmal wollte ich mich nicht mit dummen Ausreden abspeisen lassen. »Nur ein Spielzeug, ein Hobby, Tand, Flitter, eine Nichtigkeit. Warum müßt Ihr das überhaupt wissen, Meister Kendar? Ihr seid doch ein so bedeutender Zauberer, der größte von ganz Orbix, da braucht Ihr Euch doch nicht mit solchen Kleinigkeiten abzugeben.«

Scandal sah den Verleger schräg an. »Ich hätte da einen Vorschlag zu machen: Wenn du Meister Kendar noch einmal erzählt, daß ihn das Zeugs eigentlich gar nichts angeht, wird er sich dadurch erkenntlich zeigen, daß er dich in ein kleines, warziges und grünes Ungeheuer verwandelt.«

Melker teilte so rasch alles Wissenswerte über Magique mit, daß der Kater ihn in den Knöchel biß, um ihn zu einer langsameren Gangart zu bewegen.

»Kennt Ihr das Dorf Käseburg?« fragte der Agent.

»Eines der malerischsten kleinen Pestlöcher auf Orbix«, antwortete Scandal. »Wir kennen dort eine Freundin. Sie ist Hexe und hört auf den schönen Namen Mutter Krötenhauch.«

»Sie steckt doch nicht hinter diesem Magique, oder?« fragte ich gleich. Hexen, so hatte Mutter Krötenhauch mir einmal erklärt, bedienten sich nicht der Magik. Hexen haben ihre praktischeren Hilfsmittel. Meine Freundin bewirkte ihre Zauber und Banne vermittels einer Vielzahl von Kesseln voller Spezialseife. Jede ihrer Seifen ist einzigartig, genauer gesagt, eine besondere Kräutermischung, die von ganz allein Wunder bewirkt. Jede dieser Mischungen muß auf ganz eigene Weise zusammengestellt und dann ohne weitere Zutaten gekocht werden. Die Hexe muß jeden Schritt ihrer Seifenherstellung überwachen, sonst funktioniert es nicht. Und niemand darf eine Hexe wie Mutter Krötenhauch dabei stören, wenn sie ihre Seifenproduktion verfolgt.

»Krötenbauch, Krötenhauch ... nein, nie von ihr gehört«, dachte Melker laut nach.

»Ach, Onkel Melkie, jetzt mach aber keine Sachen«, drängte der Kater. »Käseburg ist so groß wie Hintertupfingen und nur halb so schön anzusehen. Wenn du einen Käseburger kennst, kennst du sie alle.«

»Nun ja, so war es früher einmal«, sagte der Verleger. »Aber im vergangenen Jahr ist es in Käseburg zu einem wahren Bauboom gekommen. Sie haben einen neuen Bürgermeister, einen, der die Ärmel aufkrempelt und Dinge in Bewegung bringt. Und dieser Mann hat in seiner Stadt allerlei Neuerungen in Bewegung gebracht.«

»Stadt?« entfuhr es mir. Ich war fassungslos. »Käseburg ist doch bloß ein kleines Kaff. Sicher, es mag groß genug sein, um drei Dorftrottel zu unterhalten, aber ...«

»Nur zwei«, korrigierte mich Scandal. »Lorrinz und Wot sind noch dabei, aber Evvon ist in die Reichsverwaltung gegangen, oder hast du das schon vergessen?«

»Käseburg ist heute eine Stadt«, beharrte Melker, »und das alles dank seines neuen Bürgermeisters.«

»Ehrlich?« fragte der Kater. Jeder, der Käseburg aus dem Matsch in den Dreck hinaufziehen konnte, mußte ein ganz besonderer Mensch sein. »Gott, den würde ich wirklich gern einmal kennenlernen.«

»Ja, ein prima Bursche«, bestätigte Melker. »Er ist ein braver Familienvater, ein zuverlässiger Mann und hört auf den ehrwürdigen Namen Zoltan Bösherr.«

Ein würgendes Ächzen entrang sich meiner Brust. Der Agent sah mich besorgt an.

»Die beiden kennen sich«, klärte der Kater ihn auf.

Das konnte man wohl sagen. Zoltan war Meister Thengors bester Schüler gewesen – und einige behaupteten sogar, sein illegitimer Sohn. Bösherr hatte dem Glauben angehangen, eines Tages Thengors Magik zu erben, bis mein kleines Mißgeschick alle seine Pläne über den Haufen geworfen hatte. Als es ihm nicht gelang, mich von der Magik zu trennen, versuchte er, mir das Leben zu nehmen. Zu seinem Pech verlor er diesen Kampf, und der Hohe Rat der Zauberer nahm ihm alle eigene Magik und verurteilte ihn dazu, seine schwangere Freundin, das Küchenmädchen Bini, zu heiraten. (Bini betete Zoltan an. Ansonsten war sie eigentlich eine ganz vernünftige Frau.)

»Nun gut«, fuhr Melker fort und sah mich eigentümlich an, »eines schönen Tages kam ein liebenswertes junges Paar in den Ort. Es mietete sich ein Haus am großen Platz und fing an, das hier zu verkaufen.« Er deutete auf die Flasche, die einmal das Magique enthalten hatte. »Und bald verbreitete es sich bis in den letzten Winkel, daß Magique einem das Leben angenehmer machen könne. Keine große Zauberei, bewahre, aber es half einem ganz gut, gewisse kleine Ärgernisse aus der Welt zu räumen.«

»Wie zum Beispiel Rivalen oder unwillige Klienten«, wandte Scandal ein.

»Ich habe keine Rivalen«, sagte Curio.

»Ja, jetzt nicht mehr.«

Melker schnaubte. »Seid nicht närrisch. König Steffan und der Hohe Rat würden sehr bald davon erfahren, wenn Magique sich für böse Zwecke einsetzen ließe. Und wo wir gerade dabei sind, nicht lange, nachdem das Pärchen seinen Laden eröffnet hatte, erschien eines unserer hochnäsigen Ratsmitglieder und fing an, in deren Geschäft herumzuschnüffeln. Aber der Zauberer konnte ihnen nichts anhaben, sie bestanden seine Probe mit links«, Melker schnippte zur Verdeutlichung mit den Fingern. »Der Mann hat sogar zwei Flaschen Magique mit nach Hause genommen und erhielt von den beiden darüber hinaus kostenlos ein Paar feinster Koffer aus Wildsauleder, sozusagen als Werbegeschenk.«

»Und wenn es kein Magik ist, ist es dem Hohen Rat auch herzlich egal«, bemerkte Curio mit einem vernichtenden Lächeln. »Warum schert Ihr Euch also darum?«

Warum? Weil, gleich ob Rat oder nicht, der Prinz Boffin immer noch vermißt war und ich meinen letzten Gabor darauf verwetten würde, daß Curio seine wohlmanikürten Hände dabei im Spiel gehabt hatte. Die Geschichte stank ganz gewaltig, noch schlimmer als das, was Scandal als seine Lieblingsspeise bezeichnete. Das Dumme daran war nur, daß ich dem Model weder etwas nachweisen noch etwas anhängen konnte.

Ob Curio nun unschuldig, schuldig, oder einfach gerissen war oder ob er schlicht unverschämten Dusel hatte, wir mußten nun wieder nach unten. Die Verlobungszeremonie stand an, und ohne mich konnten sie nicht beginnen. Mom würde keine Entschuldigung gelten lassen und mir den Kopf abhacken, wenn ich ihre Gäste warten ließ. Meine Mutter hat eine Menge Gemeinsamkeiten mit König Steffan, vor allem wenn es darum geht, anderen Menschen den Kopf vom Rumpf zu trennen.

Wir kamen gerade noch rechtzeitig in der Halle an. Daß wir nicht zu spät waren, zeigte mir die Farbe von Dads Gesicht. Wenn ich zu einer Veranstaltung wirklich zu spät komme, verfärbt es sich dunkelrot, und wenn ich wirklich sehr, sehr viel zu spät komme, nimmt es eine violette Färbung an. Wenn ich einen Termin aber vollkommen verschwitze, weiß ich von Lucys Berichten, daß es grün oder schwarz anläuft (je nach dem, wie wichtig die Sache war), aber vielleicht wollte sie mich damit ja auch nur aufziehen. Wie dem auch sei, als wir in der Halle anlangten, zeigten sich Dads Züge lediglich stark gerötet, was bedeutete, daß ich ziemlich pünktlich war.

»Wo bist du gewesen, Junge«, knurrte mein Vater. »Wir warten schon.« Er stand zusammen mit Mom hinter Basehart. Alle hatten sich vor einer Seite des tragbaren Familienaltars aufgebaut.

(Wir Gangles sind streng orthodoxe Wedwellianer, und wir glauben an keine anderen Götter. Wedwel ist unser Herr, und damit punktum. Aus diesem Grunde können wir, wenn ein Gangle einen verbohrten, verblödeten und bis in die Knochen ignoranten Nicht-Wedwellianer ehelichen will, die Zeremonie nicht in unserer Familienkapelle durchführen. Das würde diesen heiligen Ort besudeln und entweihen. Es sei denn, die Familie der anderen Seite ist unverschämt reich und besitzt mehr als wir. In diesem Fall wendet Wedwel für das kleine Opfer von drei Kühen und einer Smaragd-Halskette für Mutter gern den Blick ab. Wedwel der Allmitleidige Zerstörer ist ein verständnisvoller Gott, solange man es nicht übertreibt und die Smaragd-Halskette für Mom groß ist und unverschämt teuer war.

Alle Nicht-Wedwellianer werden trotzdem in einer von Wedwels unzähligen schmerzensreichen und in Foltern sehr erfinderischen Höllen für Ungläubige schmoren. Man kann gar nicht genug Kühe opfern, um Wedwel daran zu hindern, seinen Getreuen ein Zeichen zu setzen.)

»Kendar, wo hast du bloß die ganze Zeit gesteckt!« kreischte meine Mutter. »Du bist ja noch nicht einmal passend angezogen!«

Zu meiner Rettung eilte Lucy mit meinem zeremoniellen Gewand herbei. Unverheiratete Mädchen dürfen nicht an den Verlobungsriten teilnehmen. Wie schon der große wedwellianische Lehrer Orvis IX. einmal sagte: »Es ist nicht gut, Jungfrauen Ideen ins Hirn zu pflanzen. Davon haben sie auch so schon viel zu viele im Kopf. Dennoch soll man es ihnen nicht verwehren, nach der Zeremonie aufzuräumen und alles sauber zu machen, auf daß sie sich auf diese Weise Lob und Anerkennung erwerben.«

»Hast du etwas herausgefunden?« flüsterte Lucy, als sie mir half, in das Gewand zu steigen und mir die Krone aus Huch-jetzt-ist-sie-abgefallen-Blumen aufs Haupt zu setzen.

»Lief leider nicht so gut«, gab ich zurück. »Genaueres später.« Meine Schwester nickte und nahm ihren Platz unter den anderen Gästen ein.

»Also, alles bereit?« rief Dad fröhlich. Auf der anderen Seite des Altars standen Sir Megrim und Lady Teluria und hatten ihr Töchterlein in die Mitte genommen. Die Braut war von Kopf bis Fuß von einem hellblauen Schleier verhüllt. Das einzige, das man von ihr sehen konnte, war die Nase, und die war ohnehin klein und zierlich.

»Wir können noch nicht anfangen!« rief Sir Megrim. »Wo steckt denn bloß der elende Priester?«

»Wir Wedwellianer haben keine Priester«, teilte mein Dad ihm mit.

»Woher wißt Ihr dann, welche von Euren Gebeten die sind, die Euer Gott zu hören wünscht?«

»Oh, wir Wedwellianer halten recht häufig Konvente ab, auf denen wir uns gegenseitig darüber informieren, welche Gebete gewirkt haben und welche nicht. Danach gehen wir einen trinken und denken uns neue Gebete aus. Wenn Wedwel in Seiner grenzenlosen Güte einen der Unseren von der Oberfläche dieser Welt fegt, könnt Ihr Eure Hose drauf verwetten, daß wir dessen Gebete erst einmal für eine Weile nicht mehr sprechen.«

Sir Megrim starrte sein Weib an, doch Lady Teluria konnte darauf nicht mehr sagen als: »Jetzt gib mir nicht die Schuld. Du wolltest doch unbedingt an die Grundstücke dieser Leute kommen.«

Nun begann die Zeremonie. Wir Gangles sind stolz auf unseren tragbaren Altar. Es handelt sich bei ihm um einen großen Holzwürfel voller Türchen und Schubladen. In die Vorderseite ist ein grimmiges Gesicht geschnitzt (es stellt Wedwels ersten Propheten Axl dar), und unten dran sind vier Räder, die aussehen wie Sonneneruptionen. Der ganze Kasten ist mit erbaulichen Szenen unserer Religion bemalt wie zum Beispiel die Wertbestimmung der Jungfrauen, Sankt Mangonel, wie er zu den Gehörnten Riesenhamstern betet, der Märtyrertod des Heiligen Mangonel oder die Vision der Heiligen Kreide.

Dieses letzte Bild enthält eine hübsche Miniatur von meinem Vorfahren, Lord Plebiszit Aufruhr Gangle. Er kniet vor der Vision der Heiligen Kreide und hat die Hände zum Gebet gefaltet. Um seine Finger ist das Ende einer Leine gebunden, die zum Halsband eines hageren Männleins führt, das sich hinter einem Busch versteckt hat. Der Gebundene wirft einen wütenden Blick über die Schulter auf den Lord und kritzelt dabei etwas auf ein Stück Pergament, das vor ihm liegt. Wenn man nah genug herangeht, kann man den Text mit einiger Mühe entziffern:

›Ich, Valdostino, Der Meisterportraitist, Habe Dies Gemacht. Er, Lord Plebiszit, Hat Dafür Bezahlt. Das Ist Auch Der Einzige Grund, Warum Ich Dieses Blöde Schwein Überhaupt In Dieses Bild Eingefügt Und Damit Das Ruiniert Habe, Was Sonst Mein Meisterwerk Geworden Wäre. Der Lord Hat Mich Außerdem Gezwungen, Ihm Ein Anmutiges Äußeres Zu Verleihen, Dieser Drecksack. In Wahrheit Sieht Er Nämlich Aus Wie Ein Geplatztes Walroß. Ich Hasse Ihn Wie die Pest, Aber Mir Blieb Nichts Anderes Übrig. Dieser Verf(unleserlich) Hat Mich Nämlich An Den (unleserlich). Ich Werde Sein Weib Fi(unleserlich) Und Ihm Eine Dicke Gabel In Den (unleserlich) Schieben.‹

Ich baute mich direkt hinter dem Altar auf, wo ich genau zwischen den beiden Familien stand, und räusperte mich: »Liebe Freunde, wir haben uns hier versammelt, um Zeugen der Verlobung zwischen dieser reinen, unberührten und garantiert unerfahrenen Jungfrau Dulcetta und diesem virilen, potenten und, wie durch Zeugnis belegt, in allen fleischlichen Dingen erfahrenen Mann Basehart zu werden.«

Nun öffnete ich eine der Altarschubladen und entnahm ihm zwei Dokumente, die meine Worte bestätigten: einen unterzeichneten und beglaubigten Bericht über die Untersuchung Dulcettas durch eine Amme und eine bierfleckige eidliche Erklärung über Baseharts Teilnahme am einwöchigen rituellen Seminar in Madam Ecolis Haus der Unaussprechlichen Ekstasen und 1000 Gaffees. Aus einem anderen Fach holte ich das Fläschchen mit der Otternessenz, besprenkelte damit die Schriftstücke und wedelte sie in den fünfeinhalb vorgeschriebenen heiligen Richtungen. Und schon führte Tante Glucosia Dads preisgekröntes Schwein Pixie herein. Ich mußte dem Tier die Pergamente hinhalten und es dazu bewegen, sie zu fressen. Aber Pixie war so gierig, daß es sofort auf mich zusprang und die Dokumente verschlang – und fast meinen halben Arm dazu. Die Anwesenden klatschten Beifall.

»Nehmet dies als Zeichen, daß diese Verbindung in den Augen Wedwels wohlgefällig ist«, trug ich aus den heiligen

Sprüchen vor, allerdings nicht ganz konzentriert, denn ich zählte dabei besorgt meine von Schweinesabber verklebten Finger. »Und wisset, daß es hiermit endgültig ist. Von nun an können keine Reklamationen oder Entschädigungsforderungen mehr akzeptiert werden.«

Lady Teluria seufzte und verdrehte die Augen.

Basehart griff über den Altar, und Dulcettas Mutter reichte ihm einen nichtidentifizierbaren, tiefverhüllten Teil der Braut. (Das steht symbolisch für die Hand der zukünftigen Ehefrau; denn in unseren Schriften findet man eine Stelle, in der ein Bräutigam seine Zukünftige, Wedwels eigene Tochter, zurückwies, weil sie nach ihrem Vater ausschlug und statt Händen Tentakel hatte. Das hat unseren Gott natürlich ziemlich erzürnt, und das hat Er alle Bewohner innerhalb der Grenzen der sieben Königreiche deutlich spüren lassen. Von dem Tag an werden bei uns alle Bräute bis zur Unkenntlichkeit verhüllt, denn wie sagen schon die Weisen: *Das Aussehen ist nicht alles, und es hätte immer noch schlimmer kommen können, man denke zum Beispiel nur an eine Fischpest oder an Blutegel.*) Nun zog ich eine weitere Lade auf und holte das Gefäß mit der Hirse heraus. Diese ließ ich auf die Hände der Brautleute regnen. Endlich öffnete ich eine Tür, und ...

»Ein Hase?« Ich hielt den Hoppler am Nackenfell hoch und bedachte meinen Vater mit einem Blick tiefempfundenster Verwirrung.

»War eben keine Taube aufzutreiben«, knurrte mein alter Herr in einem Tonfall, als sei das alles meine Schuld. »Nun mach schon, Junge, du bist doch hier der großmächtige, weltbekannte und unnahbare Superzauberer, oder? Verwandle den Hasen doch einfach in eine Taube.«

»Das kann ich nicht!« rief ich. »Ich kenne noch keinen Transformationszauber.«

»Hrrmph!« Dad schnaubte in seinen mächtigen Schnurrbart. »Nach all den großen Tönen, die du gespuckt hast, von wegen, du wärst inzwischen was Besseres als unsereiner, und bei deiner ganzen hochnäsigen Art bist du nicht einmal in der Lage, einen kleinen Hasen in eine noch kleinere Taube zu verwandeln? Mein lieber Mann, du bist mir vielleicht eine Flasche von einem Zauberer!«

»Dad, ich habe mich nie so aufgeführt, als sei ich etwas Besseres ...«

»Können wir jetzt vielleicht weitermachen?« forderte Basehart. »Wir haben erst die Verlobung hinter uns gebracht. Da steht noch eine Hochzeit an, und ich habe keine Lust, hier bis in alle Ewigkeit dumm herumzustehen und Dulcettas Flosse zu halten!«

Ein leiser, spitzer Schrei, oder etwas in der Art, ertönte aus dem Schleier. Mein großer Bruder achtete nicht darauf.

»Mach eben das Beste aus dem, was dir zur Verfügung steht, Lieber«, flüsterte Mom mir zu. »Und mach dir keine Sorgen. Von dir erwartet niemand Wunderdinge.«

Das beruhigte mich doch ein wenig. Glaubte ich jedenfalls. Ich hielt also wieder den Hasen hoch. »Merket auf, die Besiegelung dieses Bundes.« Ich setzte das Tier auf den Altar, und seine zuckende Nase war nur einen Fingerbreit von der Hirse entfernt. Nun erfordert die Zeremonie, daß die Taube die Körner aufpickt. Je mehr sie davon verschlingt, desto besser für die Ehe. Viele Körner sind ein gutes Omen, wenige bis gar keine ein Hinweis, daß man die Sache lieber noch einmal überdenken oder am besten gleich bleibenlassen sollte. Ich sagte mir, daß Hasen sicher auch Hirse mögen und wir deshalb nichts zu befürchten hätten.

»Aua!« rief Basehart, als der Hase ihn in die Hand biß. (Ich weiß nicht, welche Bedeutung es für eine Ehe hat, wenn das Tier statt der Hirse den Bräutigam zu verspeisen versucht.) In seinem Zorn riß mein Bruder sein Schwert aus der Scheide und schlug damit nach dem Übeltäter. Er verfehlte den Hasen, der vom Altar sprang und davonhoppelte, trennte aber ein Stück von Dulcettas Schleier ab.

»Basehart, du Trottel!« rief mein Vater und riß ihn am Kragen zurück. »Wenn du dem Mädchen die Hand abhackst, müssen wir den Leuten da die Hälfte der Morgengabe zurückerstatten!«

»Mit mir ist alles in Ordnung«, ertönte Dulcettas ansonsten süße, jetzt aber etwas piepsige Stimme unter dem

Schleier. »Ehrlich, an mir ist noch alles dran. Bitte, schimpft doch nicht. Basehart hat es ganz bestimmt nicht so gemeint.«

»Natürlich habe ich es so gemeint!« brüllte Basehart sie an. »Bei Wedwels linker Braue, Dulcie, wie kannst du nur etwas so furchtbar Dummes behaupten? Wenn ich vorgehabt hätte, dir eine Hand abzuhacken, hätte ich das auch getan!«

»Ja, Lieber, das hättest du«, sagte die Braut kaum hörbar.

Aber Basehart hatte sich noch nicht wieder beruhigt. »Willst du die Leute hier glauben machen, ich würde immer danebenschlagen, oder was?«

»Nein, Basehart, Lieber«, erklang es noch piepsiger aus dem Schleier.

»Das habe ich ja gern«, knurrte meine Bruder und wikkelte das abgetrennte Stück Schleier um seine verletzte Hand. »Das Mädchen ist noch nicht einmal mit mir verheiratet und fängt schon an, mich vor allen zu blamieren.«

Dulcetta schniefte. Ich schwor mir, wenn ich je in der Lage sein würde, Transformationszauber zu bewirken, würde Basehart mein erstes Opfer werden. Ich meine natürlich, mein erstes Versuchsobjekt. Ich würde ihn nämlich in ein zivilisiertes menschliches Wesen verwandeln, auch wenn ihn danach niemand mehr wiedererkennen würde.

»Mag jemand Plätzchen?« rief Mom in die Runde, und damit war die Verlobungszeremonie abgeschlossen. Nun begannen die Vorbereitungen für die eigentliche Vermählung. (Wir Gangles halten nicht viel von allzu langen Verlobungszeiten; hat etwas mit der Möglichkeit oder Wahrscheinlichkeit zu tun, daß die andere Seite zu Verstand kommen und das Weite suchen könnte.)

Eine Schar von Bediensteten reichte den Gästen Teller mit leichten Erfrischungen, während andere Diener den großen Tisch mit den zeremoniellen Hochzeitsspeisen hereinrollten. Dort gab es den Weizenkuchen der Prosperität, die Granatapfelpastete der Fruchtbarkeit, das gegrillte Rind des häuslichen Friedens und natürlich Wedwels geheiligte Bohnensoße. Eine dritte Abteilung von Gangle-Bediensteten baute sich, bewaffnet mit Eimern und Aufnehmern, an der Wand auf. Die Feierlichkeiten im Anschluß an die Vermählung sind nämlich etwas unappetitlich. Die Braut zerschlägt den Weizenkuchen auf dem Kopf ihres Mannes, der wiederum wirft ihr die Pastete mitten ins Gesicht, und alle Mitglieder der involvierten Familien versuchen mit bloßen Händen, das Rind auseinanderzureißen. Aber niemand konnte sich mehr erinnern, wozu die Bohnentunke gedacht war.

»Eine Klinge für die Gerechtigkeiiiiiiiit!«

Mit diesem lauten und langgezogenen, fast gejodelten Schrei schwang sich eine Gestalt mit Maske und Umhang an einer Seidenkordel durch die große Halle.

Seide ist leider etwas glatt. Und mit schwarzen Lederhandschuhen findet man daran nur schwer Halt. Der maskierte Eindringling stieß einen weiteren Schrei aus, diesmal etwas schriller, und landete mit einem lauten Platschen.

Mysti hatte unfreiwillig einen Verwendungszweck für das Bohnengericht gefunden.

KAPITEL 7

»Blade, alter Junge!« brüllte mein Vater vergnügt und reichte Mysti eine Hand, um ihr aus der Bohnenschüssel zu helfen. »Wie schön, dich wiederzusehen! Siehst einfach großartig aus. Weißt du was, sobald ich diesen Sohn von mir da verheiratet habe, ziehen wir gleich in den Wald und bringen dort haufenweise Wild um!«

»Och, Papa, darf ich nicht mitkommen?« jammerte Basehart.

»Nichts da, mein Junge, du hast heute Hochzeitsnacht.« Er klopfte ihm auf den Rücken. »Da erwarten dich andere Pflichten, und die sind auch nicht gerade unangenehm.« Doch als er den enttäuschten Blick in den kleinen Schweinsäuglein seines Sohnes sah, seufzte er und erklärte: »Also gut, meinetwegen. Du wirst dich zehn Minuten mit dem Mädchen befassen. Solange warten wir auf dich. Solltest du bis dahin noch nicht fertig sein, ziehen wir ohne dich los.«

»Keine Bange, Dad, ich brauche bestimmt nicht so lange!« strahlte mein Bruder.

»Das glaube ich diesem Trottel gern«, sagte hinter mir eine leise Stimme. »Man hat die Hochzeitsdokumente an das falsche Schwein verfüttert.« Ich warf einen Blick über die Schulter und entdeckte Curio, der Basehart angewidert anstarrte. Dann sah er Dulcetta, und seine Miene veränderte sich in einer Weise, bei der mir angst und bange wurde.

Nun zogen Basehart und mein Vater gemeinsam an Mystis Armen, und endlich kam sie frei. Sie stand zwischen den beiden und wischte sich die geheiligte Grütze vom Hinterteil. Meine Mutter eilte gleich mit einem Aufnehmer herbei und hieß den Mann, die Sauerei aufzuwischen.

Während sie ihm dabei zusah, flötete sie zuckersüß: »Es ist ja so schön, dich wieder in unseren Mauern zu sehen,

Klinge. Die Verlobungszeremonie hast du allerdings verpaßt, deswegen mußt du unbedingt zur Hochzeit bleiben.« (Verdammt, Lucy hatte recht gehabt. Die Wärme und die Freundlichkeit, mit der Mom Mysti überschüttete, war ein eindeutiger Beleg dafür, daß sie nicht die geringste Ahnung hatte, wer sich unter Umhang und Maske verbarg.) »Ich lasse aus der Küche noch ein paar Wildbretkeulen kommen. Eigentlich ist es ja nur eine schlichte kleine Feier. Wir Gangles haben nie viel davon gehalten, vor Leuten mit unserem Reichtum zu protzen, die das Pech haben, nicht soviel zu besitzen.« Sie zeigte mit einer weitausholenden Handbewegung auf die Schar der Gäste, und dabei funkelten ihre vielen Ringe, unter denen die Finger kaum noch auszumachen waren, im Kerzenlicht.

»Ich kann nicht bleiben.« Mystis Worte senkten sich wie Steine, die in einen tiefen, leeren Brunnen fallen, über die Halle.

»Nein? Wie schade.« Meine Mutter war aufs äußerste enttäuscht. »Kann ich dich nicht doch dazu bewegen?«

Mystis Augen strahlten kalt wie Eis aus den Schlitzen in der schwarzen Maske, die sie immer trug, wenn sie als Klinge auftrat. »Nichts und niemand kann mich davon abhalten, von meinem selbstgewählten Pfad abzuweichen. Ich bin in ... einem *Auftrag* unterwegs.« Wenn Welfies Auftrag sagen, klingt das immer so, als würde ihrem Zuhörer ein Moschusochse auf den Kopf fallen.

»Das ist ja schön«, sagte Mom. Sie duldet keine Moschusochsen im Haus. »Möchtest du ein Plätzchen?«

»Ich möchte Prinz Boffin.« Gemurmel brandete nach diesen Worten in der Menge auf. »Und zwar auf der Stelle.« Das Gemurmel schwoll zu einem Tosen an.

»Erbarmen, Klinge, du hörst dich ja richtig zornig an«, sagte meine Mutter. »Hat er dir irgend etwas zuleide getan?«

»Nein, man hat ihm übel mitgespielt«, antwortete Mysti, und ihre Hand schloß sich um den Degengriff. Ich konnte nur für sie hoffen, daß die Scheide bohnentunkenfest war, sonst würde sie beim Herausziehen der Waffe eine böse Überraschung erleben. »Ich habe ihn zuletzt in der Taverne zur Verwandtenhorde gesehen, drüben in Gladderadatsch. Er hatte gerade die Nachricht erhalten, unverzüglich nach Gut Uxwutsch aufzubrechen.«

Mom nagte nachdenklich an der Spitze ihres Zeigefingers. »Ich habe ihm keine solche Nachricht gesandt. Du etwa, Lucius?«

»Iwo«, brummte Dad. »Du weißt doch genausogut wie ich, Abstemia, daß Boffin und Klinge die offizielle Erlaubnis haben, hier jederzeit einund ausgehen zu dürfen. Wozu brauchen sie denn da noch eine spezielle Einladung?«

Ich glaubte den Grund für diese Einladung zu kennen. Und den kannte Lucy wohl auch. Boffin würde eine Nachricht erhalten, wenn meine Schwester mit ihm über die Gestaltung eines ihrer Romane reden wollte. Nicht mehr und nicht weniger. Ich kannte meine Lucy. Sie war eine praktisch veranlagte Romantikerin, die sehr wohl wußte, wie es auf dieser Welt zuging. Man vermengt nicht Arbeit mit Vergnügen, sonst steht man hernach ohne beides da.

Meine Schwester wußte allerdings auch, daß eine wütende Mysti leicht vergessen konnte, daß Lucys Schriftstellerei unter allen Umständen vor ihren Eltern geheimgehalten werden mußte. Die Welfie war jetzt drauf und dran, alles über die Verbindung von Prinz Boffin zu Raptura Eglantine herauszuposaunen. Jemand mußte sofort einschreiten.

»Dabei kann es sich nur um einen Irrtum gehandelt haben!« rief Lucy.

»Ein Irrtum ...« Auch dieses Wort klang aus Mystis Mund wie ein herabsausender Moschusochse. »Natürlich, so könnte man das auch nennen. Boffin hat die Taverne verlassen. Ich war gerade durch einen anderen Auftrag verhindert – es ging darum, die Statuette eines schwarzen Falken ihrem rechtmäßigen Besitzer zurückzubringen –, sonst hätte ich ihn natürlich begleitet. Die Falkengeschichte entpuppte sich dann als wilde Verfolgungsjagd, und dabei hatte ich vorher nicht den geringsten Verdacht geschöpft. Ich folgte dem Prinzen, sobald ich Zeit dazu fand, nur um entdecken zu müssen, daß er nie auf Gut Uxwutsch eingetroffen ist.«

»Deswegen warst du wohl auch bei deinem letzten Besuch so niedergeschlagen.« Mom klopfte Mysti auf die Schulter. »Ich erinnere mich, daß du das gebratene Wildschwein kaum angerührt hast, dabei hatte Maisree sich so große Mühe gegeben, es blutig und halbroh für dich zuzubereiten, genauso wie du es am liebsten magst.«

»Keine gute Idee«, flüsterte Scandal mir zu.

»Was ist keine gute Idee?«

»Blutiges Wildschwein. Wegen der Trichinen.«

»Ach, das ist schon in Ordnung. Wir Gangles geben die Nasen der Wildtiere immer den Dienern. Maisree versteht es, einen wirklich ausgezeichneten Nasenauflauf zu kochen. Deswegen brauchst du dir wirklich überhaupt keine Sorgen zu machen.«

Scandal starrte an die Decke, verdrehte die Augen und rief leise: »Hilfe!«

Manchmal verstehe ich Katzen überhaupt nicht.

»Nun, wenn Boffin nicht bei dir und auch nicht hier ist?« grunzte mein Vater. »Und wenn wir ihm auch keine Nachricht geschickt haben, wo beim dritten Nasenloch Wedwels steckt er denn dann?«

»Das frage ich mich auch«, stimmte Mysti ihm zu. »Und du bist dir sicher, ihn seit unserem letzten gemeinsamen Besuch hier nicht mehr gesehen zu haben?«

»Wir haben schon eine halbe Ewigkeit nichts mehr von ihm gehört«, versicherte Mom. »Deswegen haben wir doch schon vermutet, du wärst mit ihm auf Reisen gegangen. Ihr beiden versteht euch doch so gut und unternehmt soviel.«

»Wir sind mehr als Freunde«, sagte Mysti, »viel mehr sogar.« Die Art, wie sie *Freunde* betonte, ließ all ihre vorausgegangenen wuchtigen Worte leicht wie Seifenflocken erscheinen. Und deswegen gab es an der Bedeutung auch nichts zu deuteln. Mir war sofort klar, was sie damit hatte sagen wollen. Dad auch, obwohl er sich alle Mühe gab, wie ich bei einem raschen Blick auf ihn bemerkte, die Worte so falsch wie nur eben möglich zu verstehen. Allerdings gelang ihm das nicht.

Und als sei das noch nicht genug (vielleicht geschah das

aber auch für die wirklich Blöden und Begriffsstutzigen), rann eine Träne unter dem Rand der Maske hervor, und Mysti fügte hinzu: »Wenn meinem Schatz irgend etwas zugestoßen ist, will ich nicht mehr weiterleben.«

Ein mächtiges Rauschen hob an, als die geschockten Anwesenden simultan einatmeten. Dem folgte ein gemeinsames Ausatmen und dann ein langgezogenes Knattern, als alle nicht ganz so synchron den Unterkiefer zuklappten (und so mancher sich dabei auf die Zunge biß).

Irgendwo fing irgendwer an, ebenso beziehungsreich wie unhöflich »hm-hm« zu machen. Aus einer anderen Ecke ertönte ein Kichern, dem wie ein Echo ein leises, verschmitztes »Hi-hi« folgte, und natürlich war auch wieder einer unter den Gästen, der es partout nicht lassen konnte, den steinalten Witz von dem Ritter und seinem Knappen zu erzählen, die mit drei Kissen und einem Dachshund auf einer einsamen Insel festsaßen.

Und alle Augen waren auf Klinge gerichtet.

Ich wußte natürlich, daß es unmöglich war, unter ihrer Gesichtsmaske etwas zu erkennen, aber ich hätte schwören können, daß sich langsam Entsetzen auf Mystis Miene ausbreitete, als ihr allmählich dämmerte, was sie da gerade von sich gegeben hatte. »Hoppla«, sagte sie.

»Aber, aber, mein teurer Klinge«, flötete Mom und umarmte Mysti warmherzig. »Uns macht das doch nichts aus. Wir Gangles sind immer schon sehr weltoffen gewesen.«

»Hrrmph!« machte Lady Teluria. »Euch Gangles ist wohl auch nicht viel anderes übriggeblieben.« Sie überfiel ihren Gatten mit einem mörderischen Blick. »Und du hast mir gesagt, die Geschichten über Halbjohn Seitensattel Gangle und Sir Blößenbe Decker seien nichts als gehässige Gerüchte.«

»Jetzt aber Ruhe!« Onkel Ringel Brutzel stürmte vor und reckte eine Faust in Richtung Lady Teluria. »Hütet Eure Zunge, wenn Ihr etwas über den jungen Halbjohn von Euch gebt. Er war mein Lehrjunge, und einen besseren Einhornbalger habe ich mein Lebtag nicht gesehen. Diese Geschichten waren samt und sonders bösartige Unterstellungen und stammten von denen, die eifersüchtig waren und sich übergangen fühlten, als Halbjohn von Seiner Unbefleckten Majestät, dem Mystischen Kaiser Abadaba IV., zum Kaiserlichen Einhornhüter bestellt wurde.«

»Es gibt doch gar keinen Mystischen Kaiser Abadaba IV.«, gab die Lady ungerührt zurück. »Niemand hat ihn oder sein sogenanntes Reich je zu Gesicht bekommen.«

»Genau das ist es ja, was einige zu gern glauben möchten.« Onkel Ringel legte einen Zeigefinger neben seine Nase, um sich so ein weises Aussehen zu verleihen. »Bloß weil der Kaiser und sein Mystisches Reich unsichtbar sind, heißt das noch lange nicht, daß sie nicht existieren.«

»So spricht ein Mann, der sich die Hose mit der Kneifzange zumacht«, höhnte Lady Teluria.

»Und so spricht eine Frau, die niemals im Dunkeln ein Einhorn mit Magenübersäuerung finden könnte«, gab Onkel Ringel es ihr zurück.

Ich hörte jetzt, wie überall um mich herum die Gäste sich Geschichten über den Knappen von Onkel Ringel erzählten, der seinen Klassenkameraden gegenüber ein wenig zu warmherzig gewesen sei. Und dann kamen auch die diversen Gangle-Lords an die Reihe. Zum Beispiel der, der auffällig viel Zeit mit den muskelbepackten Gärtnern verbracht habe. Oder der, den man mehr als einmal dabei ertappt habe, seine Hand etwas zu lange auf der Schulter eines Stalljungen ruhen zu lassen. Bis zum heutigen Tage war mir nie bewußt geworden, wie viele meiner Vorfahren so genau von den Idioten beobachtet worden waren, die offensichtlich nichts Besseres mit ihrer Zeit anzufangen gewußt hatten. Ich sagte mir, du mußt jetzt etwas unternehmen und das Ruder herumreißen. Aber genausogut hätte eine Eidechse versuchen können, eine Herde losstürmender Pferde aufzuhalten.

»Ruhe, Ihr alle!« brüllte ich und unterstützte meine Worte mit etwas Magik-Feuerwerk, um die Aufmerksamkeit der Gäste auf mich zu ziehen. Doch irgendwie schien der Preis für Aufmerksamkeit in die Höhe geschnellt zu sein, denn meinem Bemühen blieb der Erfolg verwehrt. Die Liebe der Menschen zu Gerüchten und gehässigen Behauptungen schien eindeutig größer zu sein als ihre Furcht vor der Macht eines Zauberers. »Ihr zerreißt Euch über ein Nichts die Mäuler. Keiner von Euch dürfte wohl bemerkt haben, daß es sich bei Blade in Wahrheit ...«

Mysti stürzte zu mir, knallte mir eine schwarz behandschuhte Hand vor den Mund und zog mich in eine Ecke.

»Oh, wie allerliebst«, hämte einer der Anwesenden.

»Erzähl ihnen ja nicht, daß ich eine Frau bin«, zischte Mysti mir ins Ohr.

»Warum denn nicht? Oder ist dir noch nicht aufgegangen, als was sie dich jetzt ansehen?«

»Und was wäre, wenn ich in Wahrheit genau der bin, was ihre Phantasie ihnen vorgaukelt?«

»Hä?« Manchmal, wenn Mysti erregt ist, fällt sie unversehens ins Hochwelfiesche zurück, und dann braucht man ein Wörterbuch, eine Grammatik und eine Straßenkarte, um ihr folgen zu können.

»Was, wenn ich wirklich ein Mann wäre, und nicht nur eine Frau, die sich als solcher verkleidet, und trotzdem dem Prinzen Boffin mehr als nur ein guter Freund?« übersetzte sie für mich. »Würdest du mich dann weniger mögen?«

»Mmmmnnnnnein«, antwortete ich und glaubte, das auch so zu meinen. »Allerdings hätte ich dich dann wohl nie geheiratet.«

»Als ob das einen großen Unterschied gemacht hätte«, lächelte sie hintersinnig. »Kendar, du mußt mein Geheimnis bewahren. Mich schert es nicht, was dieser Pöbel von mir denkt, und es sollte auch dich nicht kümmern. Aber wenn sie herausfinden, daß ich eine Frau bin, ist es mit der Karriere von Klinge aus und vorbei.«

»Soll das etwa heißen, du machst all diese groben Scherze und rauhen Bemerkungen nur, weil du glaubst, das sei deinem Erfolg als Kordelschwinger und Degenfuchtler dienlich?« Ich konnte es nicht fassen.

»Wie viele, glaubst du wohl, müssen tagaus, tagein diesen Verkleidungs-Blödsinn mitmachen, und das ohne Aussicht, da je herauszukommen?« murmelte Mysti. Sie trat einen Schritt zurück, aber ihr Blick flehte mich an, Stillschweigen zu bewahren.

Inzwischen ging es rund um den Familienaltar deutlich hitziger zu.

»Euer jüngerer Sohn versteht sich ja auffällig gut mit Prinz Boffins, äh, Freund«, bemerkte Lady Teluria spitz.

Scandal hüpfte auf den Altar. »Ach, das ist doch noch gar nichts«, schnurrte er und winkte mit einer Vorderpfote ab. »Ihr hättet die zwei mal sehen sollen, als Prinz Boffin noch nicht zu uns gestoßen war.«

»Oh!« Lady Telurias Mund wurde ganz klein, während ihre Brauen höher wuchsen als die Scandals, wenn der seinen *Mistaspok* zum Besten gibt. (Ich wußte damals noch nicht, um wen oder was es sich bei einem *Mistaspok* handelt. Nach dem, was der Kater mir über ihn erzählt hat, geht es dabei um ein Wesen aus seiner Welt, dessen einziger Zweck darin besteht, Pillen zu frustrieren und Frauen in Verzükkung zu bringen. Wir haben so etwas Ähnliches auch hier auf Orbix – das *Moska*. Ein kleines Krustentier, das ganz hilfreich dabei ist, eine Frau zugänglicher zu machen. Dazu muß man es nur zermahlen und über einen sehr großen Diamantring streuen, den man der Frau dann über den Finger streift. Das Mittel hat allerdings ein paar unerfreuliche Nebenwirkungen. Die furchtbarste von allen: Hochzeit.)

Scandal dachte im Moment aber weder an *Mistaspoks* noch an *Moskas*. Er schien vielmehr sein Bestes geben zu wollen, mich wieder einmal bis über beide Ohren in Schwierigkeiten zu bringen. Im Moment beugte er sich zu Lady Teluria und raunte ihr zu: »Wie soll ich es sagen, sie haben einmal zusammengearbeitet. Und zusammengelebt. Waren unzertrennlich, die beiden. Kendar ist ja ein ganz braver Junge, aber trotz all seiner Zauberkünste braucht er doch hin und wieder etwas kalten Stahl, damit er auf andere Gedanken kommt. Ein Stück *harten* Stahls, wenn Ihr versteht, was ich meine.«

»Das tue ich«, erklärte sie unterkühlt und mit eisigem Blick.

Sir Megrim fühlte sich berufen, seine Meinung vorzutragen. »Aber, Teluria, meine Teure, ich fürchte, du ziehst die falschen Schlußfolgerungen. Viele junge Männer tun sich zusammen, um gemeinsam ein Geschäft zu betreiben.«

»Sie haben sich sehr eng zusammengetan«, flüsterte der Kater ihr ein.

»Hm, ja«, murmelte Teluria in einer Weise, als wäre damit schon alles gesagt. Und als gäbe es dem nichts mehr hinzuzufügen.

»Was soll das genau heißen?« fragte meine Mutter trotzdem.

»Och, nichts ...« log Teluria.

»Ich werde doch wohl am besten wissen, daß mein Kendar einmal verheiratet gewesen ist«, erklärte Mom und starrte die zukünftige Schwiegermutter meines Bruders von oben herab an. »Verheiratet mit einem hübschen Mädchen namens Mysti. Ich habe sie geliebt, als wäre sie meine zweite Tochter.« Ich hörte hinter mir ein würgendes Geräusch. Mysti hatte einen Handschuh ausgezogen und ihn sich in den Mund gestopft, um nicht laut prusten zu müssen. »Sie war süß, sehr gescheit und übermäßig hübsch. Mysti hätte jeden Mann haben können, aber sie hat sich für meinen Kendar entschieden.«

»So, hat sie das.« Telurias Nasenöffnungen zuckten, als sei sie gerade in etwas getreten, das einem Pferd hinten rausgefallen ist. »Ein solch tolles Mädchen würde ich wirklich gern einmal kennenlernen. Sagt mir doch, teure Abstemia, warum kann sie denn heute zu diesem schönen Fest nicht bei uns sein?«

Bevor Mom etwas sagen konnte, platzte schon der Kater dazwischen: »Weil sie ihn sitzengelassen hat, abgelegt wie eine alte, zerschlissene Jacke.«

»Hat sie das tatsächlich getan?« Teluria schien über diese Information höchst beglückt zu sein und war mehr als nur gewillt, sie zu glauben. Dann betrachtete sie Klinge und mich mit einem boshaften Lächeln. »Da fragt man sich doch unwillkürlich, warum sie das wohl getan hat.«

»Teluria!« stöhnte Megrim.

Jetzt baute sich Tante Glucosia vor Teluria auf. »Teuerste, wenn Ihr jetzt das über meinen lieben Neffen Kendar sagen wollt, von dem ich glaube, daß Ihr es sagen wollt, so möchte ich Euch doch dringend raten, es lieber für Euch zu behalten.«

»Und warum?« schnappte Teluria. »Nach allem, was ich gehört habe, ist das heutzutage ja keine Beleidigung mehr.«

»Ist es auch nicht«, entgegnete Glucosia kühl, »aber Menschen wie Ihr verleihen ihm wieder einen negativen Beigeschmack.«

»Darf ich auch etwas dazu sagen?« fragte ich und meldete mich wie in der Schule mit erhobenem Arm.

»Nein, mein lieber Kendar, das darfst du nicht.« Tante Glucosia war entschlossen, die Angelegenheit für mich zu regeln. »Ich weiß genau, was diese, diese *Person* über dich behaupten will, und ich weiß auch, wieviel Schaden eine solche Äußerung einem jungen Menschen zufügen kann, der gerade im Begriff steht, ins Leben hinauszutreten.«

»Aber ich weiß doch, was ich bin.«

»Schweig jetzt, das weißt du eben nicht.«

»Warum verteidigt Ihr ihn so angelegentlich?« wollte Lady Teluria wissen. »Wie mir zu Ohren gekommen ist, sind solche kleinen ... Arrangements doch unter den *Damen* Eures Gewerbes nicht eben selten anzutreffen.«

Eine tödliche Stille senkte sich über die Halle. Die Atmosphäre war geladen und unheilverkündend. Scandal hüpfte auf dem Altar auf und ab, und niemand schien auf die Idee zu kommen, ihn stillzuhalten oder mit einem Tritt hinunterzubefördern. »Gleich schlagen sie sich! Gleich prügeln sie sich!« rief er in unübersehbarer Begeisterung. »Fünf Mükken auf die kleine Dicke! Die Kleinen haben immer die fieseren Tricks drauf!«

Mom winkte ihren getreuen Butler heran. »Genuflect, fang er bitte an, die zerbrechliche Glasware in Sicherheit zu bringen und die großen Messer verschwinden zu lassen.«

»Sehr wohl, Mylady.« Genuflect entfernte sich und kam seinem Auftrag nach.

Tante Carageena stellte sich zu ihrer Schwester. »Teuerste,

wolltet Ihr damit irgend etwas über Kriegerinnen andeuten?«

»Wem der Brustpanzer paßt, der zieht ihn sich an ...« Telurias Worte sickerten wie ein Säurestrom aus ihrem Mund.

»Wenn ich noch einen unvollendeten Satz mit unheilschwangerer Pause am Ende höre, bekomme ich noch die Morgenübelkeit!« rief der Kater.

»Tante Glucosia, Tante Carageena, bitte«, sagte ich in dem Bemühen, die Wogen zu glätten. »Es ist mir egal, was Lady Teluria über mich oder über Klinge denkt. Ich weiß um die Wahrheit, und das ist alles, was für mich zählt.«

»Die Wahrheit?« fragte Teluria schrill. »Soll das etwa heißen, daß ich Unwahrheiten verbreite?«

»Nun, wenn Ihr über mich und Klinge solche Dinge behauptet ...«

»Habe ich denn irgend etwas gesagt?« wandte sich Teluria appellierend an die Versammelten. »Habe ich auch nur ein einziges Wort von mir gegeben, das es gerechtfertigt erscheinen ließe, mich mit einer solch ungeheuerlichen Beschuldigung zu konfrontieren?«

»Na gut, Ihr habt Euch nicht hingestellt und offen erklärt, es verhielte sich so oder so«, begann ich. »Aber die Art, wie Ihr unentwegt spitze Bemerkungen und Andeutungen fallenlaßt ...«

»Oho! Jetzt beschuldigt Ihr mich auch noch, nicht einmal ehrlich genug zu sein, um eine Lüge offen auszusprechen!« Die dicklichen Finger Telurias spreizten sich und zogen sich wieder zusammen, und zwar auf eine Weise, die mir ziemlich bekannt vorkam. Zwei Seitenblicke belehrten mich, daß Glucosias und Carageenas Finger sich auf ähnliche Weise bewegten. Ich erinnerte mich an das, was Scandal über die kleine Dicke behauptet hatte. Lady Teluria kämpfte vermutlich gern mit schmutzigen Tricks. Die Magik schützte mich wohl davor, das Leben zu verlieren, aber das war auch alles, und ich hatte keine Lust, von nun an bis an mein Ende mit einer Sopranstimme sprechen zu müssen.

Ich trat vorsichtshalber vor der erzürnten Teluria zurück

und sagte in der allerberuhigendsten Tonlage: »Bitte, ich wollte Euch nicht beleidigen. Natürlich seid Ihr ehrlich genug, eine Lüge von Euch zu geben.«

Scandal konnte gerade noch »Kluger Schachzug, Mister Aalglatt« von sich geben, dann kam es zur Explosion.

»Niemand, der Teluria von der Vergoldeten Trappgans eine Lügnerin genannt hat, ist je mit dem Leben davongekommen!« kreischte die Lady und stürzte sich auf mich. Carageena trat dazwischen, um ihr den Weg zu versperren, und erlebte die größte Überraschung. Teluria sprang trotz ihrer Massigkeit hoch, warf die Beine nach vorn und traf mit den Füßen meine Tante mitten aufs Zwerchfell. Beide Frauen krachten zu Boden, aber nur Teluria stand wieder auf.

Und als sie auf den Beinen war, hielt sie Carageenas Schwert in der Hand. Teluria studierte mich von Kopf bis Fuß, und ihr Blick hielt auf beunruhigende Weise bei einigen meiner Körperpartien kurz inne, so als wollte sie Maß nehmen.

»Schluß jetzt!« rief Tante Glucosia. »Dieser Unfug hört sofort auf. Ihr laßt Kendar jetzt in Ruhe.«

»Er hat mich eine Lügnerin geheißen, und dafür wird er bezahlen«, knurrte Lady Teluria. Schaumtröpfchen bildeten sich auf ihrem Damenbart, und Blutlust stand in ihren Augen zu lesen.

»Aber, aber, Teluria, meine Liebe«, sagte ihr Gemahl mit einem leisen, ängstlichen Zittern in der Stimme. »Leg das Schwert hin. Es gehört dir doch gar nicht. Du bist nicht an die Balance dieser Klinge gewöhnt.«

»Bei Wedwels Heiliger Kreide, Megrim!« rief Dad. »Ihr habt mir nie erzählt, daß Ihr mit einem Barbarenweib verheiratet seid.«

Der Sir drehte sich mit großen, feuchten Augen zu meinem Vater um. »Das Thema hat sich bei unseren Gesprächen, äh, nie ergeben. Davon abgesehen ist Teluria nicht mehr mit den Horden von Bah-Bah dem Unaussprechlichen geritten seit ... Wie lange ist das jetzt her, mein Täubchen?«

»Woher soll ich das wissen?« gab sie barsch zurück. »Wir haben nie gelernt, die Uhr zu lesen, und die einzige Zeitmessung, die wir kannten, bestand darin, Kerben in einen Diener zu schneiden – und das hast du mir ja nicht gestattet.« Ihr höhnisches Grinsen verwandelte sich wieder in ein böses Knurren, als ihr Blick auf mich fiel. »All diese Jahre, in denen wir über die blöden, windigen und staubigen Ebenen gezogen sind, all diese Tage und Nächte, die wir ununterbrochen im Sattel saßen, und dazu immer nur diese vergorene Stutenmilch, bei der sich einem der Magen umgedreht hat, und monatelang kein richtiges Bad ... Es war wirklich ein dreckiges Leben, und ich bin froh, Megrim geheiratet zu haben und da rausgekommen zu sein, ehe mein Haar vollständig ruiniert war. Aber bei allen Göttern, es gibt eine Tradition meiner barbarischen Vorväter, von der ich niemals ablassen werde!«

»Die mit dem Schaf?« fragte Tante Carageena halb benommen vom Boden.

»Nein, die, was man mit einem Toten anstellt, der im Leben dumm genug war, mich einen Lügner zu nennen!« brüllte Teluria und ließ das Schwert auf meinen Kopf niedersausen.

»Ich hätte dir gleich sagen können, Schnuckiputz, daß das bloße Zeitverschwendung sein würde«, erklärte Scandal der Lady Teluria, auf deren Brust er sich ausgestreckt hatte. »Aber auf mich will ja nie einer hören.«

Wir hatten uns in den kleinen Raum neben der Halle zurückgezogen, der normalerweise der Dienerschaft dazu dient, sich bei großen Festen ein Päuschen zu gönnen. Die Lady lag auf dem Diwan, Tante Carageena hatte sich auf den einzigen verfügbaren Stuhl plumpsen lassen, und wir anderen standen in der Gegend herum. Der Raum ist nicht besonders groß, und so hatte Mom jeden außer meinen Tanten, Sir Megrim, Genuflect und mich höflich, aber bestimmt hinauskomplimentiert – und auch schon einmal mit einem Schubser oder einem Tritt nachgeholfen. Scandal war nicht hinzugebeten worden, hatte sich aber, wie üblich, selbst eingeladen – was niemanden sonderlich überraschte.

Meine Mutter tränkte ein Tuch in der Wasserschale, die der Butler hielt, wrang es aus und legte es Teluria auf die Stirn. »Fühlt Ihr Euch schon etwas besser, meine Liebe?« fragte sie die Barbarin.

Teluria stöhnte. »Habe ich ihn wenigstens umgebracht?«

»Nein, aber bei dem Versuch ist mein Schwert zu Bruch gegangen«, teilte Carageena ihr mit.

»Jetzt blas nicht Trübsal, Gee«, sagte ihre Schwester. »Wir besorgen dir ein neues.«

»Aber das lassen wir uns bezahlen«, wandte Carageena ein und warf der Barbarin einen bösen Blick zu. »Gewisse Leute könnten beweisen, daß noch ein Funken Anständigkeit in ihnen ist, indem sie sich anbieten, für die Kosten eines neuen Schwertes aufzukommen. Nicht, daß ich ernsthaft damit rechne. Aber gerade solche Dinge sind es, die Barbaren zu ... nun, zu Barbaren machen.«

Teluria beachtete meine Tanten nicht. Sie richtete sich plötzlich auf, schubste Scandal von ihrem Busen und zog ihren Gatten an seinem Gewand zu sich heran. »Megrim, du hast es doch auch gesehen. Ich habe die Klinge direkt auf sein Haupt niedersausen lassen«, beharrte sie. »Mit der scharfen Kante und nicht mit der flachen Seite. So sehr kann ich doch gar nicht aus der Übung gekommen sein. Zumindest kann ich immer noch Betäuben von Töten unterscheiden.«

»Ach, meine Teure, Ihr könnt Kendar nicht umbringen«, erklärte ihr meine Mutter. »Ich fürchte, da gibt es rein gar keine Möglichkeit. Vermutlich hättet Ihr mehr Glück gehabt, wenn Ihr mit der flachen Seite zugeschlagen hättet. Seine Zaubererkräfte schützen ihn nur davor, getötet zu werden, nicht aber vor Verletzungen.«

»Vielen lieben Dank, Mom«, knurrte ich.

»Gern geschehen, mein Lieber.« Meine Mutter bediente sich unbedachter Äußerungen wie Meuchelmörder ihrer Dolche. Sie hockte sich jetzt auf die Diwankante und nahm Telurias Hände in die ihren. »Große Güte, Ihr habt uns nie mitgeteilt, daß Ihr einmal Karriere gemacht habt. Dabei ist das doch wirklich ein faszinierendes Thema. Wer hätte das gedacht, Teluria und eine Barbarenkriegerin? Sobald wir unsere Kinder unter der Haube haben, wollen wir beide uns lange über Eure Erfahrungen in der Steppe unterhalten, nicht wahr?«

Teluria bedachte Mom mit einem verwirrten Blick.

»Das ... das geht Euch nicht gegen den Strich?«

»Strich?« fragte meine Mutter in einem Tonfall, als habe die Barbarin gerade angedeutet, sie hätte auf selbigem Karriere gemacht.

»Ja, ich meine, es stört Euch nicht, daß ich mit den Barbaren geritten bin? Und versucht habe, Euren Sohn zu erschlagen? Und dabei Carageenas Schwert zerbrochen habe?«

Mom stieß das silberhelle Lachen aus, mit dem sie in ihrer Jugend alle Jungs im weiten Umkreis verrückt gemacht hatte. »Seid nicht töricht, meine Liebe. Ihr könnt Carageena doch jederzeit ein neues Schwert kaufen.«

Die Beziehungen zwischen den beiden Familien, die sich bald vereinen würden, waren schon wieder deutlich herzlicher geworden, als wir alle in die große Halle zurückkehrten. Teluria hatte sich bei meinen Tanten eingehakt und erzählte ihnen von ihren Abenteuern aus der Zeit, als sie noch als furchtlose, erbarmungslose und badlose Barbarin unterwegs gewesen war. Die Tanten taten es ihr gleich, und es wurde viel Garn gesponnen. Mom konnte natürlich nicht mit solchen Räuberpistolen aufwarten, doch es gelang ihr zum ersten Mal, den Witz von dem Drachen, der Jungfrau und dem Rutabaga zu erzählen, ohne die Pointe zu vergessen oder zu ruinieren.

»Abstemia!« rief Dad.

»Ach, verd ...« Mom biß sich auf die Zunge und verdrehte die Augen. »Lucius, ich habe schon ein dutzendmal gehört, wie du diesen Witz vor Kindern erzählt hast. Mach mir also keine Vorwürfe, wenn ich jetzt ...«

»Es geht aber um die Kinder, himmeldonnerwetternochmal!« brüllte mein Vater. »Nein, ich meine nur ein Kind. Das von denen da.« Er zeigte auf die Gallimaufreys.

»Unser Kind?« Sir Megrim wirkte besorgt.

»Unsere kleine Dulcetta?« Lady Teluria war entsetzt. »Was

ist mit ihr? Was ist geschehen? Ich habe sie ausdrücklich ermahnt, nichts von der Bohnentunke zu nehmen. Lucius, hat sie Bauchgrimmen bekommen?«

»Woher soll er das denn wissen?« Basehart tauchte hinter Dad auf. Seine Miene drückte Zorn, Furcht, Konfusion und Elend aus. »Man kann nur feststellen, ob ein Mädchen krank ist, wenn man das Mädchen vor sich hat und untersuchen kann, oder? Und genau das ist zur Zeit bei Dulcetta unmöglich.« Seine Unterlippe zitterte. »Sie ist nämlich verschwunden.«

KAPITEL 8

»Das muß ein Mißverständnis sein«, sagte Sir Megrim nun mindestens schon zum fünften Mal. »Ich glaube, unsere Dulcetta ist nur für einen Moment aus der Halle gegangen, um sich, äh ...«

»Die Nase zu pudern?« kam Scandal ihm zu Hilfe.

»Hat dir schon mal jemand gesagt, daß du ein Nichtsnutz bist, Kater?« flüsterte ich ihm zu.

»Ja, ganz gewiß liegt hier nur ein Mißverständnis vor«, bestätigte Lady Teluria rasch die Worte ihres Gatten. Dabei wanderte ihr Blick von einem der Hochzeitsgäste zum nächsten. Was mochte sich hinter den Stirnen der anderen tun? Und was hatten die hochgezogenen Brauen und das verstohlene Kichern zu bedeuten? »Sie ist nur für einen Moment nach draußen gegangen, um sich, äh, ja ...« Sie schien genausowenig wie ihr Mann zu wissen, zu welchem Behuf sich ihre Tochter entfernt haben mochte.

»Nein, das ist sie nicht, so war es nicht!« Mysti marschierte durch die ganze Halle und hielt einen zerknüllten blauen Schleier in der Hand. Sobald man entdeckt hatte, daß die Braut abhanden gekommen war, hatte Mysti keinen Moment gezögert und war sofort zur Tat geschritten. Nichts und niemand konnte sie davon abhalten, das verschwundene Mädchen aufzuspüren. Sonderbarerweise waren alle gehässigen Bemerkungen über Klinges augenblickliche Veranlagung verstummt, nun, da man auf die Hilfe des mysteriösen verkleideten Degenfechters angewiesen war.

Lady Teluria keuchte. »Das ist doch ihr Brautschleier!« Sie riß ihn der Welfie aus der Hand.

»Ich habe das Stück draußen gefunden«, erklärte Mysti.

»Draußen vor der Halle?«

»Nein, draußen vor dem Herrenhaus.«

»Außerhalb von Uxwutsch?« Basehart brauchte eine

Weile, um diese Information zu verarbeiten. Dann riß er seinerseits seiner künftigen Schwiegermutter das Stück Stoff aus der Hand und schwenkte es wie ein Banner. »Warum sollte Dulcetta nach draußen wollen, wenn ich hier drinnen bin?«

»Ich werde es nicht sagen«, sang der Kater, »ich werde es nicht sagen. Wenn ich es doch tue, werde ich dafür in der Hölle schmoren, also werde ich es nicht sagen.«

»Ich habe da eine Theorie«, antwortete Mysti dem Bräutigam.

»Behaltet sie lieber für Euch. Habt Ihr genug Verstand besessen, um den Pförtner zu fragen, ob er Dulcetta beim Hinausgehen gesehen hat?« erregte sich mein Bruder.

»Das habe ich. Er hat aber niemanden hinausgehen sehen.«

»Das ist doch unmöglich! Wie kann ihr Schleier ohne sie nach draußen gelangt sein?«

»Das ist er doch auch gar nicht.« Mysti preßte die Lippen unter dem Saum der Maske zu schmalen Schlitzen zusammen. »Ich würde es für klüger halten, wenn wir diese Debatte an einem anderen Ort fortsetzten.« Mit zwei oder drei knappen und diskreten Handbewegungen deutete sie auf die Gäste, die dicht an dicht standen, um möglichst viel mitzubekommen und weitere peinliche Details zu vernehmen.

Mom nickte. Sie winkte Genuflect zu sich heran: »Bringt den calpurnianischen Brandy.«

»Abstemia, nicht den calpurnianischen!« Dad hörte sich an wie eine Bärin, der man ihre Jungen fortnehmen will. Na ja, der Vergleich hinkt vielleicht etwas, weil man Bärenjunge nicht in Gläser füllen kann. Andererseits würde mein Vater womöglich auch das ausprobieren, wenn er großen Durst verspürt ...

»Den calpurnianischen«, wiederholte Mom streng ihre Anweisung.

Genuflects Miene war glatt und kalt wie Schiefer. »Sehr wohl, Mylady«, sagte er und verbeugte sich leicht. Dann schnippte er mit den Fingern, und sofort schossen zwei seiner Lakaien herbei. Er hatte seine Truppe wirklich gut im Griff. »Plan neun«, raunte er ihnen zu, ohne die Lippen zu bewegen. Und bevor man ›Schwere Alkoholvergiftung‹ sagen konnte, schleppten die Diener bereits Kiste um Kiste herbei, in denen sich die Flaschen mit Dads teuerstem Brandy befanden. Unsere Gäste schwankten nicht lange zwischen Neugier und Genuß, und als das feine Aroma des Brandys in ihre Nasen drang, drängten sie sich bald um die Kisten. Keiner von ihnen bemerkte, wie die Gangles und die Gallimaufreys (und der Kater) unter Mystis Führung aus der Halle schlichen.

Der maskierte Kämpfer führte uns auf so verschlungenen Pfaden durch unseren Besitz, daß selbst mein Vater die Miene aufsetzte, die besagte: ›Nein, ich habe mich nicht verlaufen, und ich werde nicht nach der richtigen Richtung fragen.‹ Ein paarmal versuchte er, sie zum Anhalten zu bewegen, indem er »Oh, sieh nur!« sagte. Doch Mysti legte dann nur einen behandschuhten Finger an die Lippen und machte: »Pscht!« Ich für mein Teil weiß nie, was ich sagen soll, wenn jemand »Pscht!« zu mir macht, und Dad schien es ebenso zu ergehen. Zum Schweigen verdammt, folgte er ihr mit unglücklichem Gesicht.

Endlich öffnete Klinge eine schmale graue Tür und glitt lautlos hindurch. Wir folgten ihr und fanden uns im kalten violetten Licht der Familienkapelle wieder. Alte Gefäße aus purem Gold oder Silber glänzten uns von den Regalen an, die mit feinstem Satin ausgelegt waren. Der Stoff funkelte wie ein Diamant. Wedwels größte Propheten starrten uns mißbilligend von ihren Wandteppichen aus an.

Vor uns erhob sich der Altar – reines Elfenbein, in das Mosaike aus Edelsteinen eingelegt waren, die Szenen aus Wedwels heiligen Büchern zeigten, vor allem das, was nach dem Märtyrertod Sankt Mangonels geschehen war – zum Beispiel wie die heilige Eurythmia die Riesenhornhamster mit eisernem Besen hinausgefegt hatte. Ein Halm von diesem heiligen Kehrbesen der Eurythmia wurde in einem Kristallgefäß aufbewahrt, das an einer silbernen Kette von der Decke und genau über dem Altar hing.

»Hierher?« schrie mein Vater entsetzt. »Du hast diese Ungläubigen in diesen Raum geführt?«

»Aber hör mal, Lucius«, erinnerte Carageena ihn sanft, »Klinge ist doch selbst ein Ungläubiger. Woher hätte er da wissen können, daß das nicht schicklich ist?«

»Wir brauchten einen Ort, an dem wir ganz unter uns sein können«, erklärte Mysti. »Und hier in der Kapelle haben wir am ehesten die Chance, von niemandem belauscht zu werden.«

»Trotzdem ist und bleibt dies unsere Familienkapelle, die nur von orthodoxen Wedwellianern aufgesucht werden darf und von jedem anderen entweiht wird«, erklärte meine Mutter sichtlich empört.

»Ach, sei doch still, Abstemia«, wies Tante Glucosia sie zurecht. »Wenn ich für jeden Tempel, den ich zu meiner Zeit entweiht und ausgeplündert habe, einen Gabor bekommen hätte, müßte ich heute auf meine alten Tage nicht mehr jeden Meuchelmordauftrag annehmen. Natürlich haben die auch ihren Reiz, aber trotzdem ... Bloß weil sich hier jetzt ein paar Ungläubige eingefunden haben, wird Wedwel nicht gleich einen Schnupfen bekommen.«

»In welcher seiner Nasen denn?« rief Scandal und warf einen beziehungsreichen Blick auf die heilige Ikone unseres geliebten Gottes.

»Das gefällt mir alles nicht«, murrte Basehart und schüttelte den Kopf.

»Ihr werdet versuchen müssen, Euch damit abzufinden«, beschied Mysti ihn knapp, »denn ich habe Euch einiges mitzuteilen. Seid Ihr nun gewillt, mir zuzuhören, oder nicht?«

Sir Megrim warf meinem Vater einen flehentlichen Blick zu. Dad starrte seinerseits kurz Lucy an, die sich wieder wie eine gehorsame Gangle-Tochter verhielt und so tat, als gehöre sie zum Mobiliar. Das Oberhaupt unserer Familie seufzte. Dad verstand ziemlich gut, was in Sir Megrim vorging. Als Vater fiel es einem schon nicht leicht, die Hand seiner Tochter einem anderen zu geben, aber die Tochter im wahrsten Sinn des Wortes zu verlieren, war geradezu unerträglich.

»Wedwel wird schon Verständnis dafür haben«, verkündete mein Vater schließlich. Er hörte sich nicht so an, als wäre er wirklich davon überzeugt, aber er war auch ein Gangle. Wir Gangles sind nämlich sehr gut darin, im Angesicht unserer schlimmsten Feinde keinen Fußbreit preiszugeben, und verhalten uns auch sonst mutig und trotzig. Nur so ist es zu erklären, warum unser Gut zu einem der größten im ganzen Königreich herangewachsen ist. Allerdings nennen wir auch das größte Mausoleum in diesem Land unser eigen. »Beginne, Klinge.«

Mysti fing an, vor dem Altar auf und ab zu marschieren. »Ich habe alle Außenseiten des Hauses abgesucht und dabei festgestellt, daß es mehr Wege gibt, dieses Gemäuer zu verlassen, als nur durch die große Eingangstür.«

»Alle anderen Türen sind selbstverständlich verriegelt und verrammelt«, teilte mein Vater stolz den Anwesenden mit.

»Macht Ihr das immer so, Lucius?« wollte Sir Megrim wissen. »Ich meine, der Himmel bewahre, aber was ist, wenn es zu einem Erdbeben kommt, oder ein Feuer ausbricht, oder der Kartoffelsalat schlecht geworden ist?«

»Bei Wedwels Klettenpest, wenn Ihr annehmen solltet, daß ich mir um solche Kleinigkeiten wie Erdbeben oder Feuer oder was auch immer den Kopf zerbreche, und all diese nichtsnutzigen Gäste durchs Haus stampfen und das gute Silber und all die Hochzeitsgeschenke überall offen herumliegen, dann habt Ihr Euch aber geschnitten. Wenn es nur einen Ausgang gibt, fällt es um so leichter, jeden Gast beim Verlassen des Hauses zu filzen.« Dad hob einige seiner Kinne und beraubte Sir Megrim damit der Möglichkeit, eine Schwachstelle in seiner Vorstellung von Gastfreundschaft zu finden.

»Türen sind nicht der einzige Weg nach draußen«, sagte Mysti noch einmal. »Von einem bestimmten Fenster im Ostflügel hängt nämlich ein Seil aus zusammengeknoteten Bettlaken herab. Und Dulcettas Schleier wurde auf dem Weg zwischen diesen Laken und der Straße nach Käseburg gefunden.«

»Aber die Gallimaufreys sind doch im Westflügel untergebracht«, wandte meine Mutter ein. »Ebenso wie alle anderen Gäste.«

Jemand zwickte mich in den Ellenbogen. Ich drehte mich vorsichtig um und blickte direkt in die vor Entsetzen weit aufgerissenen Augen meiner Schwester. Lucy wußte, wer ein Zimmer im Ostflügel bezogen hatte, und ihre Lippen formten seinen Namen: Curio.

Jetzt erinnerte ich mich auch wieder, wie der blonde Muskelberg Dulcetta angesehen hatte; und an seine böswilligen Bemerkungen über meinen großen Bruder. Dann warf ich einen Blick auf Basehart. Seine Miene war fest, und er ließ die Schultern nicht hängen. Nach außen hin ließ er sich von dem Umstand nicht erschüttern, daß seine Braut ihm davongelaufen war. Ich mußte an die vielen Male denken, bei denen Dad uns wertvolle und lebenserfahrene Ratschläge über das Leben, die Liebe und die Ehe mit auf den Weg gegeben hatte. Meist lauteten sie folgendermaßen: »Vergeßt nicht, Jungens, es gibt das Leben, die Liebe und die Ehe. Wenn ihr diese drei streng zu trennen versteht, werdet ihr gut damit fahren.« Allerdings glaubte ich ihm in dieser Hinsicht nicht allzu sehr. Papa gab Mama nämlich gern schon einmal ein Küßchen oder einen Klaps auf den Po, und gelegentlich nahm er sie auch in den Arm, wenn er glaubte, wir Kinder würden das nicht sehen können. Nun gut, das tat er auch mit anderen Frauen, aber Sie verstehen, worauf ich hinaus will. Andererseits konnte ich nicht ausschließen, daß Basehart den Worten meines Vaters mehr Gewicht beimaß als ich.

Doch dann bemerkte ich, wie die Finger meines Bruders über den blauen Schleier strichen. Mochte seine Miene unbewegt und emotionslos sein, seine Rechte preßte das Tuch an sein Herz.

Basehart hatte mich, schon seit wir Kleinkinder gewesen waren, immer verprügelt, getreten, bespuckt, übervorteilt und verpetzt. Aber er war auch derjenige gewesen, der mir beigebracht hatte, wie man einen Bogen spannt, auf einem Pferd sitzenbleibt oder einen Baum hinaufsteigt. Und wenn wir in Maisrees Küche Kekse gemopst hatten und erwischt wurden, rief er stets, so laut er konnte: »Kendar hat das getan!« Doch wie immer, wenn er mir die Schuld in die Schuhe schieben wollte, entgegneten ihm meine Mom oder mein Dad: »Ein großer Junge wie du schickt seinen kleinen Bruder vor? Schäm dich!« Und dann bekam Basehart immer den Hosenboden versohlt, während ich ohne Hiebe davonkam. Wenn er geschwiegen hätte, wäre auch ich bestraft worden. Man sollte eigentlich meinen, daß er irgendwann daraus gelernt haben würde. Konnte ein Mensch denn wirklich so blöde sein?

Doch es besteht ein Unterschied zwischen blöde und ein bißchen denkfaul. Basehart war kein Schwachkopf. Man konnte nicht ein Gehirn von Erbsengröße haben und trotzdem so viel über das Jagen, das Angeln, das Reiten und die Verwaltung von Gut Uxwutsch wissen.

Eigentlich war er überhaupt nicht blöde.

Ich mußte etwas unternehmen.

Ein helles Klingeln erfüllte die Kapelle, und ein goldener Schein breitete sich von der heiligen Reliquie über dem Altar aus. Das heilige Besenhaar tanzte in seinem kristallenen Gefängnis auf und ab, während aus der Öffnung des Behälters rosafarbene und purpurne Funkenfontänen sprudelten.

Meine ganze Familie fiel sofort auf die Knie und machte simultan das heilige orthodoxe wedwellianische Zeichen für »Hier bin ich, Allmächtiger, bitte schlag mich nicht!« Die Gallimaufreys hielten sich aneinander fest und bibberten. Scandals Fellhaare stellten sich auf, und seiner Kehle entrang sich ein tiefes Knurren, das seinen Bauch zum Beben brachte. Mystis Hand fuhr an ihren Schwertgriff. Ich aber wußte, daß der entscheidende Moment gekommen war, riß meine Arme in die Höhe und rief: »Ich habe eine Vision!« Ich setzte noch eine Portion Zauberkraft ein und ließ mich von einer silbernen Flamme umhüllen. Dann ließ ich die Funken und das Feuer im selben Moment verschwinden, wie der Besenhalm zu tanzen aufhörte und der Behälter sein Wackeln einstellte. Vollkommene Stille trat ein.

Ich beließ es für einen Moment dabei, bevor ich mit der

dunkelsten Stimme, zu der ich fähig war, verkündete: »Das Böse schleicht umher, und heute hat verruchtes Zauberwerk sein gräßlich' Haupt erhoben. Ein Bann ist von denen geschleudert worden, die kein Recht haben, die Menschen, die guten Glaubens sind, damit zu behelligen. Dieselbe machthungrige Kreatur, die schon Prinz Boffins Verschwinden bewirkte, ist auch dafür verantwortlich, daß die Braut meines Bruders gegen ihren Willen von hier fortgeführt wurde.« Jetzt kam es darauf an, bloß nicht das Falsche zu sagen. »Es ist meine Pflicht als Zauberer, diesen Frovler zu stellen und die Opfer aus seiner schändlichen Hand zu befreien.«

Der Erfolg stellte sich trotz des kleinen Versprechers prompt ein.

»Wer ist dieser Schurke?« wollte mein Vater wissen.

»Warum hat er mir mein liebes kleines Baby weggenommen?« heulte Lady Teluria.

»Was ist ein Frovler?« fragte Basehart erstaunt.

»Das Gegenteil von einem Vorfler«, antwortete Scandal ungebeten.

»Nein, ein Vorfler ist ein Teil von einer Webmaschine«, rief Mom gleich fröhlich und ohne etwas von den boshaften Schlichen des Katers zu bemerken. »Man kann auch Wuff dazu sagen.«

»Was kann man zu Vorfler noch sagen?« erkundigte sich Scandal in glänzend gespielter Unschuld.

»Wuff«, antwortete meine Mutter.

»Wie bitte?« Der Bursche wußte einfach nie, wann er es gut sein lassen mußte.

»Wuff«, wiederholte Mom gehorsam.

»Verzeih bitte, aber ich muß irgend etwas an den Ohren haben. Wenn du es vielleicht noch einmal ...«

»Wuff! Wuff! Wuff« machte meine Mutter ein wenig ungehalten.

»Ah, das hört sich ja wie zuhause an. Braves Mädchen, Lassie.« Der freche Kater sah mich an und feixte.

Mystis Hand senkte sich wie eine Stahlklammer auf Scandal und zog ihn am Nackenfell hoch. »Während du deine dummen kleinen Spielchen treibst, müssen die, die keine Schuld trifft, leiden.« Sie schüttelte den Burschen einmal durch und ließ sich dabei nicht von den Funken, die aus seinem Fell flogen, irritieren. Dann ließ sie ihn einfach auf den Boden fallen. Natürlich landete er auf seinen Pfoten. Mysti wandte sich an mich: »Wer ist dieser Übeltäter?« verlangte sie von mir zu wissen. »Führ mich zu ihm, damit ich ihm einen Grund dafür geben kann, den Tag zu bedauern, an dem er geboren wurde. Und zwar ganz langsam.«

Ich verschränkte die Arme vor der Brust und setzte die Miene zauberischer Allmacht auf, die ich früher so oft bei Meister Thengor beobachtet hatte. »Das darf nicht sein«, sprach ich.

Mysti machte sich nicht allzu viel aus zauberischer Allmacht. Ihre Rechte fuhr an den Kragen meines Gewands, und sie riß mich an sich heran, bis unsere Nasenspitzen sich berührten. »Und warum nicht?« Sie knirschte mit den Zähnen.

»Äh, nun, weil, tja, tut mir leid, aber ...« Ich bemühte mich, mich aus ihrem Griff zu winden. Aber genausogut hätte man versuchen können, eine störrische Muschel mit einer verkochten Bohne öffnen zu wollen. »Weil es eben so ist«, beendete ich meinen Satz.

Mysti stieß mich mit viel mehr Wucht zurück, als sie vorhin bei Scandal eingesetzt hatte. In weniger Zeit, als man für ein Augenzwinkern braucht, landete ich auf meinem Allerwertesten, und der fing gleich an zu brennen, als sei ich in einen Bienenstock gefallen. »Wer sagt das?« herrschte sie mich an.

»Meine Vision«, antwortete ich rasch und rappelte mich wieder auf. »Dieselbe Vision, die mir mitgeteilt hat, wer hinter diesen Verbrechen steckt, gebot mir auch, allein die Verfolgung aufzunehmen. Andernfalls würde ich ihn nämlich nie stellen, und Prinz Boffin und Dulcetta dräuten dann die schauderlichsten Dinge, und das Gleichgewicht des Rechts würde von den Mächten des Chaos umgestoßen. Und außerdem stammen diese Worte direkt von Wedwel!«

Tatsächlich stammten diese Worte wirklich nicht von mir!

KAPITEL 9

Ich träumte gerade von meinem schönen weichen Bett und Meister Thengors Palast, als mich ein lautes Geräusch weckte. Ich fuhr wohl etwas zu ungestüm hoch und knallte mit der Stirn gegen einen der Tragbalken, die in diesem Gasthof wirklich sehr niedrig hingen. »Aua!« rief ich und stieß, nicht ohne Grund, wie ich betonen mußte, ein paar Kraftausdrücke aus, bei denen sich meine Mutter im Grab herumgedreht hätte, wenn sie denn tot gewesen wäre.

»Pfui, schäm dich«, murmelte Scandal schläfrig, der sich zu meinen Füßen zusammengerollt hatte. »Dafür mußt du dir mindestens dreimal den Mund mit Seife auswaschen.«

Ich befreite meine Füße vom Gewicht des Katers und ging dabei wohl etwas zu heftig vor, denn er landete in hohem Bogen auf dem Boden. »Was sollte das denn jetzt, Schwachbirne?« beschwerte er sich.

»Das war nur ein Vorgeschmack«, klärte ich ihn auf. »Sobald wir Curio nämlich aufgespürt und Boffin und Dulcetta befreit haben, werde ich dich umbringen.«

Der Kater grinste nur. »Kannst es ja gern versuchen. Auf dieser mistigen Welt habe ich nämlich neun Leben, wenn du dich freundlichst erinnern möchtest.«

»Vor einiger Zeit hast du mir noch erzählt, du hättest bereits acht davon aufgebraucht«, entgegnete ich. »Aber wenn ich richtig mitgezählt habe, hast du erst eines verloren. Zoltan hat es dir mit einem seiner bösen Schoßtiere genommen. Und dank dir befinden wir uns jetzt alle in Käseburg, auf seinem Territorium. Bösherr wird dir sicher noch ein paar Leben abluchsen, ehe wir hier heil wieder heraus sind. Denn so, wie ich ihn kenne ...«

»Soll er nur machen.« Scandal klang nicht im mindesten besorgt. »Der dumme Tropf hat nicht mehr genug Magik in sich, um ein Gespräch abzutöten. Und was die Angelegenheit angeht, daß du mich kaltmachen willst, so vernimm dies …« Ich habe nie gewußt, daß eine Katze ein solches Geräusch machen kann. Trotz seiner gespaltenen Oberlippe und den spitzen Zähnen hörte es sich tatsächlich so an wie ein aufgeblasener Luftballon, den man unverschlossen herumfliegen läßt. »Und da, wo ich herkomme, David Copperfield, gilt die Kunst des Bauchredens nicht als – Verbrechen.«

»Nicht einmal dann, wenn man vorgibt, mit der Stimme Gottes zu sprechen?« gab ich zu bedenken. Ich erinnerte mich immer noch an die entsetzten Blicke, als Wedwels Worte direkt von der Decke der Kapelle zu kommen schienen.

Scandal gab sich Mühe, bescheiden zu klingen, aber nichts ist einer Katze wohl unmöglicher. »Was heißt denn hier vorgeben? Auf meiner Welt waren wir einmal wie Götter, du nachgemachter Pharao. Im alten Ägypten hat man uns angebetet. Und an so viel Bewunderung kann man sich leicht gewöhnen. Da kannst du jede Schauspielerin fragen, die bereits ein Gesichtslifting hinter sich hat. Deswegen sagte ich mir, so viel Verehrung stehe mir zu.«

»Und du scheinst dir auch gesagt zu haben, daß es dir zustehe, mich wieder in die größten Schwierigkeiten zu bringen.«

»Schwierigkeiten? Ich das vielleicht der Dank dafür? Ich habe dir aus einer argen Verlegenheit herausgeholfen, und du willst mich umbringen. Was bedeuten dir eigentlich Begriffe wie Freundschaft, Kameradschaft, Herzensadel oder gute Erziehung?«

»Gut, Scandal, es tut mir leid, daß ich das gesagt habe. Aber ich war einfach sauer über das, was Wedwel, Quatsch!, was du über meine Vision gesagt hast.«

»Was denn für eine Vision, hehrer Ritter?« Sein Sarkasmus war schärfer als seine Zähne. »Du hast dir diesen Schmu doch ausgedacht. Ich habe lediglich ein wenig hilfreich eingegriffen.«

»Schön, es war alles eine Lüge, aber es war immer noch meine Lüge. Und ich konnte wirklich darauf verzichten, als du aufgetreten bist und erklärt hast, ich hätte die Vision falsch interpretiert.«

»Ich habe nie gesagt, du hättest sie falsch interpretiert«, entgegnete Scandal in einem Tonfall, als würde eine Mutter einem besonders verstockten Kind eine Sache zum hundertsten Mal erklären, und das brachte mich natürlich an den Rand der Raserei. »Ich habe lediglich angemerkt, daß ich eine Eidechsenplage über das Land schicken würde, solltest du dich ohne Begleitschutz auf den Weg machen.«

»Ein toller Unterschied. Nachdem du alle mit deiner Geschichte von der Eidechsenplage in Panik versetzt hast, konnten meine Eltern mich ja wohl kaum noch allein auf die Reise gehen lassen.«

»Nummer eins: Du bist niemals allein, wenn ich an deiner Seite bin, Compadre. Nummer zwei: Bislang weiß noch niemand, daß du hinter Curio her bist – abgesehen vielleicht von deiner Schwester Lucy. Die anderen glauben, du wolltest irgendein durchtriebenes Wiesel von einem Zauberer stellen, der das Heilige Bündel von Humba-Humba-Täterä, dem Gott aller Armeeärzte, gestohlen hat.«

»Wenn es nach mir gegangen wäre, hätte niemand erfahren, daß wir eine bestimmte Person jagen, am allerwenigsten Basehart. Das war mir nämlich wichtig. Wenn mein Bruder herausfindet, daß Dulcetta ihn wegen Curio verlassen hat, braucht er nicht lange über den Grund dafür nachzugrübeln.«

»Du sprichst ein wahres Wort gelassen aus. Curio, der Mastochse, der wie ein Mensch auf zwei Beinen läuft. Durch ihn sind schon Frauen ertrunken, weil ihnen bei seinem Anblick zuviel Wasser im Mund zusammengelaufen ist.«

»Ja, so ähnlich wohl. Ich hatte gehofft, wir könnten ihn allein aufspüren und dann Dulcetta dazu bewegen, zu ihrem Bräutigam zurückzukehren. Sie könnte ihm ja irgendeine Geschichte auftischen von wegen, man habe sie entführt, oder hypnotisiert, oder mit einem Bann belegt oder was auch immer. Bloß die Wahrheit dürfte sie ihm nicht sagen, denn die wäre ebenso niederschmetternd wie demütigend für ihn. Das möchte ich ihm ersparen. Besser gesagt, das hatte ich vor. Aber dafür ist es jetzt ja wohl zu spät.«

Ich schwang die Beine über die Bettkante, stemmte die Ellenbogen auf die Knie und stützte den Kopf auf die Hände. »Warum hast du das getan, Scandal?« fragte ich müde.

Plötzliche Helligkeit breitete sich in der Kammer aus. Der Kerzenstummel auf meinem Nachttisch hatte sich entzündet. Scandal balancierte auf dem wackligen Stück herum, neben den beiden Betten das einzige Möbel in meinem Zimmer, und einer der Funken, die aus seinem Schwanz sprangen, hatte den Kerzendocht erwischt. Jetzt grinste er von einem Ohr zum anderen, was bei einer Katze eine beträchtliche Entfernung ist.

»Ach weißt du, großer Zaubermeister, so ganz ist mir das selbst nicht klar ...« begann er. »Aber halt, wie wär's damit? Ich habe es getan, weil ich nicht wollte, daß du am Ende tot bist.«

»Bösherr kann mich nicht umbringen. Das dürfte auch dir bekannt sein.«

»Das ist richtig. Doch unser Sir Knackarsch könnte dich übel zurichten, schätze ich mal. Dir wirklich weh tun. So sehr, daß du am Ende wünschst, du wärst tot.«

Es gelang mir, abschätzig zu lachen. »Für so gefährlich halte ich Curio nun auch wieder nicht.«

»Das hat Prinz Boffin auch geglaubt. Und was ist aus ihm geworden, hä?« Der Kater zog die Vorderpfoten ein. »Wollen wir uns doch mal den Tatsachen stellen, mein Junge: Solange wir nicht wissen, wie gefährlich Curio wirklich ist, solltest du für jede Stahlklinge dankbar sein, die sich in deiner Begleitung befindet.«

»Ich hatte schon eine Klinge«, gab ich unfreundlich zurück. »Mysti wollte nämlich mitkommen. Direkt nachdem du Wedwels Stimme nachgemacht und damit meinen ganzen Plan ruiniert hast, gab sie allen bekannt, daß sie mich begleiten wolle. Mysti versteht es hervorragend, mit ihrem Degen umzugehen. Mehr Hilfe brauche ich da gar nicht. Und ganz gewiß keine ganze Horde, die mit mir zieht.«

»Nicht Mysti, sondern Klinge«, verbesserte er mich. »Und

jetzt sei bitte vernünftig, Kendar. Nach der kleinen, häßlichen Szene in der großen Halle, glaubst du da im Ernst, daß deine Eltern dich mit jemandem wie Klinge über Nacht wegbleiben ließen?«

Das gleiche Geräusch, das mich vorhin aus dem Schlaf gerissen hatte, ertönte jetzt wieder. Es kam direkt aus der Wand und hörte sich an, als würde jemand mit einem Eisenkamm über Glas kratzen. Im nächsten Moment klopfte es an meiner Tür. Ohne auf ein ›Herein‹ oder ›Hau ab‹ zu warten, betrat Tante Glucosia das Zimmer.

»Kendar, Lieber, darf ich mir mal für einen Moment deinen Hausgeist ausborgen?«

Ich starrte Scandal an. »Wozu das denn?«

»Deiner Tante Gees Schnarchen hört sich schlimmer an als ein Wachswurm, wenn der seine Hitze hat. In den Dschungeln von Plunj ist es ganz schlimm mit diesen Biestern. Sie sehen nicht nur häßlich aus, sie sind auch noch furchtbar laut. Während ihrer Paarungszeit bekommen die Bewohner der umliegenden Dörfer des Nachts kein Auge zu. Und alle sind dann den ganzen Tag mürrisch und zänkisch. Und das Schlimmste daran ist, daß der Radau noch weitergeht, auch wenn die Biester sich längst gepaart haben. Vermutlich aus lauter Stolz darüber, so häßlich zu sein und trotzdem einen Partner gefunden zu haben. Womit ich natürlich nicht andeuten will, daß dieser Partner auch nur einen Deut besser aussähe. Wachswürmer wissen eben einfach nicht, wann es genug ist.«

»Damit stehen sie nicht allein da«, flüsterte der Kater mir zu und fuhr dann mit lauterer Stimme fort: »Und was hat das alles mit mir zu tun, mein Honigschnäuzchen?«

»Na ja, ich habe da so gewisse Geschichten über Katzen gehört, von wegen sie hätten neun Leben, könnten im Dunkeln sehen und so ... und angeblich kann deinesgleichen auch schlafenden Babies den Atem stehlen. Nun, und da dachte ich mir, du könntest das doch auch mal bei meiner Schwester probieren. Nur ein bißchen, soll sie ja nicht umbringen, aber daß sie endlich Ruhe gibt.«

»Mal sehen, was ich tun kann.« Der Kater sprang auf den Boden und stolzierte aus dem Zimmer.

Glucosia hockte sich zu mir aufs Bett, breitete ihr baumwollenes Nachthemd aus und spähte auf das andere Nachtlager. Es war leer. Es war schon die ganze Nacht leer gewesen, und wenn ich den rosafarbenen Streifen am Himmel, den ich durch das winzige Fenster erkennen konnte, richtig deutete, war nicht genug von der Nacht übrig, um daran noch etwas ändern zu können.

»Wo steckt denn Basehart?« fragte meine Tante. Ich zuckte die Achseln, und sofort füllten sich ihre hellen blauen Augen mit Sturmwolken. »Das war nicht die richtige Antwort, Kendar Gangle. Dein Bruder nimmt sich die ganze Angelegenheit sehr zu Herzen. Du solltest ihn besser im Auge behalten.«

»Er wird schon nichts angestellt haben«, murrte ich, auch wenn ich nicht sehr daran glaubte. »Du hast ihn doch gehört. Als wir uns alle auf unsere Zimmer zurückgezogen haben, meinte Basehart, er wollte noch eine Weile im Schankraum bleiben und die Beine am Feuer ausstrecken. Ist ja auch ein strammer Ritt von Uxwutsch nach Käseburg, da können einem schon Beine und Hintern weh tun.«

Glucosia schnaubte. »Ich habe in meinem Leben genug Pferde gesehen, um zu wissen, daß dieser Geruch nicht von ihnen stammt. Das einzige, was dein Bruder da unten ausstreckt, ist sein Arm, um den Krug zum Mund zu führen und wieder abzusetzen. Wehe Beine, du liebe Güte! Basehart hat bei einer einzigen Jagd länger im Sattel gesessen als du in deinem ganzen Leben. Reiten ist zu seiner zweiten Natur geworden. Im Sattel blüht er erst richtig auf. Das arme Schäfchen versucht vielmehr, den Kummer über seine verlorengegangene Braut im Bier zu ertränken. Hast du sein Gesicht gesehen, als der Wirt erklärte, niemand sei hier in Käseburg abgestiegen, auf den ihre Beschreibung zuträfe?«

»Das war nur das, was ein Wirt zu berichten wußte«, hielt ich dagegen. »Käseburg ist nämlich eine große Stadt geworden.«

Und damit hatte ich nicht übertrieben. Als unser Quintett in den Ort eingeritten war – Scandal hockte übrigens bei mir vorn auf dem Sattel –, hatte ich Augen und Mund aufgerissen, weil Käseburg so gewachsen war. Diese Gemeinde konnte man wirklich nicht mehr als Dorf bezeichnen. Und wo wir gerade dabei sind, Dörfer haben meist nur einen Gasthof, und den findet man auch nicht immer auf Anhieb. Für gewöhnlich handelt es sich dabei um das Haus einer Witwe, die ein genießbares Ale braut und nichts dagegen hat, wenn sechs Mann in ihrem freien Zimmer oder sechzehn Gäste in ihrem Stall übernachten. Käseburg aber wies gleich vier Gasthöfe auf, und jeder hatte vor seiner Tür ein hübsch bemaltes Schild hängen. Ich gab es zwar nur ungern zu, aber wenn tatsächlich Bürgermeister Zoltan für diesen Aufschwung verantwortlich war, mußte doch so etwas wie ein guter Kern in ihm stecken.

Meine Tante seufzte. »Ich verstehe einfach nichts von der Zauberei. Dafür kenne ich mich mit dem Schwert um so besser aus. Da sind die Regeln wirklich simpel: Überleben oder sterben, verschonen oder erschlagen, niederhauen oder erstechen, einfach durchbohren oder zu Hackfleisch verarbeiten, gezielt zustechen oder hemmungslos draufhauen …«

»Und was genau verstehst du nicht an der Zauberei?« unterbrach ich sie rasch.

»Nun, sie ist ein einziges großes Mysterium für mich. Warum zum Beispiel machst du so ein Geheimnis um diese böse, widerliche, ekelhafte, abstoßende, übelkeiterregende, durch und durch verdorbene und vermutlich auch noch schwarzfahrende Person, die Dulcetta entführt hat? Du weißt doch, nach wem wir suchen, oder?« Sie hörte sich so an, als wäre sie nicht unbedingt überzeugt davon.

»Ich wage es nicht, seinen Namen auszusprechen. Namen sind Macht, und wenn man den Namen seines Feindes nennt, verliert selbst der stärkste Zauberer dabei etwas von seiner Kraft.« Ich bemühte mich, besonders weise und bedeutungsschwer zu klingen. Natürlich steckte ich alles andere als bis zur Halskrause in Weisheit, aber Tanten haben die Eigenschaft, ihre Neffen immer als Säuglinge zu sehen, die bis zur Halskrause in etwas anderem stecken; und so war es eigentlich ganz egal, was ich ihr zum besten gab.

»Ach du!« lachte sie und strich mir übers Haar. »Ich glaube dir kein einziges Wort, aber wenn es dir Spaß macht, solche Spiele zu spielen, dann sollst du deinen Willen haben. Männer! Ich sag's ja immer wieder. Ihr habt immer die niedlichsten kleinen Entschuldigungen, wenn ihr uns über etwas nichts sagen wollt, von dem ihr selbst auch keine Ahnung habt. Trotzdem würde es mich interessieren zu erfahren, wann du die ganze Zauberkraft, die du dadurch eingespart hast, den Namen deines Feindes nicht auszusprechen, endlich einsetzt.«

»Wozu einsetzen, Tante?«

»Na, um den aufzuspüren, den wir suchen. Dann brauchst du nur noch auf ihn zu zeigen, und meine Schwester und ich erledigen dann den Rest.« Ihr Lächeln war so scharf wie eine Rasierklinge, und dieser Vergleich war durchaus statthaft, denn unvermittelt hielt sie einen Dolch in der Hand. Ich hatte keine Ahnung, wo sie den her hatte, denn schließlich trug sie nur ein Nachthemd – obwohl das ein wenig schlecht saß und auch recht klobig wirkte …

»Ich, äh, kann ihn nicht finden«, gestand ich.

»Aha.« Sie ließ den Dolch wieder im Nachthemd verschwinden. Ich hörte ein metallisches Klirren. »Sicher hast du auch dafür einen guten Zauberergrund.« Sie schlug die Beine übereinander. »Nimm dir ruhig Zeit für die Antwort.«

Ich senkte den Blick. »Ich kann meine Zauberkräfte nicht dazu einsetzen, jemanden zu finden, weil ich keinen Schimmer habe, wie das geht. Mir stehen zwar gewaltige Kräfte zur Verfügung, aber ich bin nicht darin geübt, sie auch zu gebrauchen.«

»Ehrlich?« Sie klang wirklich überrascht. »Deine Mutter hat uns aber doch erzählt, du seist der Hofzauberer von König Steffan.«

»Der bin ich auch.«

»Nicht möglich. Dann ist wohl doch etwas dran an der Meinung der Leute über die Ineffektivität der Regierung. Wie jammerschade. Aber keine Bange, Kendar, ich werde niemandem auch nur ein Sterbenswörtchen darüber verraten. Wenn wir den Schurken gefunden haben, der Dulcetta gekidnappt hat – ach ja, und auch Klinges Freund –, erwartet uns sicher ein hübscher Kampf. Und ich weiß sehr gut, was man im Angesicht einer Schlacht tunlichst vermeiden sollte: Vor allem laß nichts über deine eigenen Schwachpunkte verlauten, solange der Feind mithören kann.«

»Danke, Tante Glucosia.«

»Kein Wort mehr darüber. Ich bin mitgekommen, um dir zur Seite zu stehen, und Tante Gee möchte das auch.«

»Nicht deswegen, weil Mom euch dazu gezwungen hat, um Klinges Willen?« Wahrscheinlich war ich schon zu lange mit dem Kater zusammen. Sein Sarkasmus färbte langsam auf mich ab.

Glucosia runzelte die Stirn. »Kendar, ich bin in meiner Karriere mehr als einmal Schwertkämpfern wie Klinge begegnet.« (Ha! dachte ich.) »Deine Tante und Gee beurteilen einen Mann nur nach drei Dingen: Ist er ein guter Kämpfer, ist er ein guter Auftraggeber, und das dritte geht dich noch nichts an. Bei Männern wie Klinge hält es sich die Waage, da darf man von prompter Bezahlung und von einer geschickten Degenhand ausgehen. Mit ihm erwarten uns flotte Kämpfe und Berge von Leichen. Männer wie er sind keine Monster, aber sie brauchen von Zeit zu Zeit einen tüchtigen Tritt in die Sitzfläche ihrer Hose. Aber das brauchen Gee und ich auch zuweilen. Meine Schwester und ich sind bestimmt nicht mitgekommen, um dich vor ihm zu beschützen. Er scheint nicht ganz auf den Kopf gefallen zu sein, und ich schätze, er versteht die Bedeutung des Wortes Nein genauso gut wie du und ich. Doch wenn du noch nicht gelernt haben solltest, für dich selbst zu sprechen und zwischen Männern und Frauen zu wählen, dann, fürchte ich, ist es zu spät, dir das noch beizubringen.«

Ich fühlte mich geistig geohrfeigt. »Warum habt ihr euch mir dann angeschlossen?«

»Das habe ich dir doch gerade gesagt, um dir beizustehen. Wir kennen nicht die Macht oder die verborgenen Kräfte dieses Unholdes, den wir verfolgen. Aber wie ich immer sage, es kann nie schaden, ein gutes Schwert an seiner Seite zu wissen, und Klinges Degen mag vielleicht nicht ausreichen, wenn es hart auf hart kommt.«

»Du hörst dich schon an wie Scandal.«

»Ehrlich? Nun, dann frage ich mich, ob es mir nicht auch möglich sein könnte, Gees Atem zu stehlen. Nur den Teil, den sie zum Schnarchen braucht.«

»Wenn du mir wirklich helfen willst, dann überzeug Basehart doch bitte davon, wieder nach Hause zu reiten.«

»Das geht doch nicht, Lieber.«

»Und warum nicht? Er ist weder Zauberer noch ein besonders guter Schwertkämpfer. Als Jäger verläßt er sich auf Spieß und Bogen, aber das sind Waffen fürs Land. In einer Stadt braucht man Schwerter. Er wird uns nur im Weg herumstehen.«

»Dulcetta ist ihm versprochen. Deswegen hat er ein Recht, an der Rettungsaktion teilzunehmen.«

»Ja schon, aber ...« (Ich hätte fast gesagt: ›Aber wenn sie sich gar nicht von ihm retten lassen will?‹«)

Tanten sind sehr gut darin, das herauszuhören, was einem fast herausgeplatzt wäre. »Du weißt doch etwas, Kendar. Wirst du dein Geheimnis mit mir teilen, oder soll ich erst nach unten gehen und jedem im Schankraum Geschichten über die tolpatschigen Dinge erzählen, die du als Kleinkind angestellt hast?«

Nein, bloß das nicht. Anscheinend blieb mir keine Wahl. Also erzählte ich ihr alles, was ich über Curio wußte. Als ich fertig war, nickte Glucosia.

»Nun ja, gutaussehend ist er schon ... Und du sagst, er hätte auch dieses Magique-Zeugs? Da überrascht es mich nicht mehr, wenn Dulcetta mit ihm gegangen ist. Nach allem, was ich gehört habe, haben die Gallimaufreys sie vor der Verlobung nicht rausgelassen und keinen Mann zu Gesicht bekommen lassen. Kein Wunder, daß sie da mit dem erstbesten Schönling durchgebrannt ist, als sie die Chance dazu hatte. Bei einer ehemaligen Barbarenreiterin als Mutter kann sie noch von Glück sagen, nicht in ihrer Kammer eingesperrt geblieben zu sein, bis sie Großmutter geworden ist.«

»Aber wie sollte sie denn Großmutter werden, wenn sie immer in ihrem Zimmer bleiben muß?«

»Ihr Zauberer habt eure kleinen Geheimnisse, wir Frauen

auch. Dulcetta und ich hatten vor der Zeremonie einige Male Gelegenheit zu einem kleinen Schwatz. Das liebe, brave Mädchen war von meinen Geschichten vollkommen in den Bann gezogen. Du hättest sehen müssen, wie die Sehnsucht nach Abenteuern in ihren Augen funkelte ... Ach herrje, ich kann nur hoffen, dein Vater zieht Lucy nicht gar so streng auf. Wer weiß, was das arme Ding sonst in seinem Hunger nach Romantik eines Tages anstellt?«

Diesmal biß ich mir nicht auf die Zunge, sondern auf beide Lippen.

»Jetzt wird mir auch klar, warum du möchtest, daß Basehart wieder nach Hause geht«, fuhr Glucosia fort. »Das ist wirklich sehr lieb und umsichtig von dir. Ich habe Lucius immer wieder erklärt, was für ein guter Junge du bist und daß im wirklichen Leben Intelligenz eine wesentlich geringere Rolle spielt, als gemeinhin angenommen wird. Du Lieber möchtest also deinem Bruder eine große Enttäuschung ersparen.« Sie legte mir eine Hand auf die Schulter. »Ich fürchte, das wird dir nicht gelingen. Basehart hat es sich nämlich fest in den Kopf gesetzt, daß er derjenige sein wird, der Dulcetta findet und befreit.«

»Sturer Esel!«

»Er ist eben ein Gangle. Und ein Gangle wirft nie das Handtuch.«

»Ein Gangle hat ja auch die größte Mühe damit, ein Handtuch überhaupt zu finden«, warf Scandal ein. Er stand mit Carageena in der Tür. Sie rieb sich die Augen und gähnte ausgiebig. Dann traten sie ein, kletterten über meine ausgestreckten Beine und besetzten das ungenutzte Bett. »Ich habe ihr Schnarchen beendet«, erklärte der Kater.

»Ist es denn schon Zeit zum Aufstehen?« fragte Carageena schläfrig. »Ich könnte jetzt wirklich eine Tasse Gaffee vertragen. In meinem Mund fühlt es sich ganz pelzig an.« Sie hustete und spuckte ein Büschel Katzenhaare aus.

»Morgen, Schwesterherz«, sagte Glucosia fröhlich. »Ich habe Kendar gerade erklärt, warum Basehart an dieser Reise teilnehmen muß.«

»Tja, was soll ich dazu noch sagen, lieber Kendar?«

begann Carageena mit müden Augen. »Seit du ein berühmter Zauberer geworden bist, hat das Basehart wie ein Stachel in seinem Fleisch gesessen. Deine Mutter erzählt den ganzen Tag nichts anderes, als was für ein großartiger Bursche du bist, daß du in einem Palast wohnst und wie sehr der König sich in allen Dingen auf deinen Rat verläßt. Ich hätte Abstemia ja längst dafür erwürgt, aber wer außer Wedwel weiß schon, was für eine Frau Lucius dann als neue Braut anschleppen würde.«

»Mom gibt mit mir an?« Das hätte ich nie erwartet. Schließlich bekam ich von ihr nie etwas anderes als eine lange Liste der Enttäuschungen zu hören, die ich ihr bereitet hatte.

»Ach, und wie, du würdest es kaum für möglich halten. Geradezu schamlos. Und was glaubst du, wie dein armer Bruder sich dabei fühlt?«

»Verstehst du jetzt, Lieber«, sagte Glucosia, »daß Basehart dich nicht einfach losziehen lassen konnte, damit du ihm seine Dulcetta zurückbrinst? Das wäre doch nur ein weiterer Nagel zu seinem Sarg, und eure Mutter würde ihm deine Heldentat tagaus, tagein unter die Nase reiben.«

»Ja. Aber würdet ihr mich jetzt bitte entschuldigen?« Ich versuchte, in der Enge zwischen den Betten einen Platz für meine Füße zu finden. »Ich habe etwas zu erledigen, muß mich dazu aber vorher anziehen.«

Etwas später trafen Scandal und ich unten im Schankraum Basehart an einem der Tische an. Sein Kopf lag auf dem Holz, und eine seiner Hände hielt eine leere Flasche fest. Er stank zehn Meter gegen den Wind nach Bier und schnarchte lauter als Tante Carageena.

Der Kater sprang auf den Tisch und trippelte vorsichtig zwischen den Bierlachen umher. Er schnüffelte kurz an meinem Bruder und rief dann: »Puh! Dem hier werde ich auf gar keinen Fall den Atem stehlen.«

Ich ließ mich auf der Bank neben Basehart nieder und rüttelte ihn an der Schulter. »Bruder! Bruderherz, wach auf!«

»Keineluscht«, murmelte er und drehte den Kopf in die andere Richtung.

»Nun komm schon, es ist fast heller Tag. Draußen auf der Straße herrscht bereits Verkehr. Die ganze Stadt ist auf den Beinen, und die ersten Bauern strömen zum Marktplatz. Wir müssen hinaus und die Menschen befragen, nach Hinweisen auf Dulcetta suchen.«

»Herrmph.« Basehart hob mit übermenschlicher Anstrengung den Kopf und ließ ihn gleich an meine Schulter sinken. »Wen interessiert dassen?«

Ich hielt den Kopf in die andere Richtung, um Luft zu schöpfen. »Dich. Sie ist deine Braut, und du willst sie wiederhaben. Aus diesem Grund bist du doch überhaupt mitgekommen.«

»Das denkst du.« Er rülpste so laut, daß sich Rußschichten von mehreren Balken lösten. »Einssiger Grunt, dassisch mit bin, ist, dasss all die blöden Gäschte nichüpamischlachehn.«

»Was sollten die Gäste nicht über dich tun?«

»Über mich lachen«, antwortete er unerwartet präzise, um dann wieder in sein Lallen zu verfallen. »Besenhart Gangle behielt nur'n Schleie' von sein' Brautt. Wo mach denn sssein liepes Frauschen abgepliepen schein. Der ahrrrme Basenhart, Ha-ha-ha!«

»Sie ist nicht weggelaufen«, log ich, »sondern wurde von einem bösen Zauberer entführt. Doch ehe du dich versiehst, haben wir sie gefunden, und dann kannst du sie vor einem Schicksal schlimmer als der Tod bewahren. Dafür wird sie dir ewig dankbar sein, und ihr beiden werdet glücklich bis ans Ende eurer Tage zusammenleben, und ...« Es ging nicht mehr. Anscheinend bin ich doch nicht zum Lügner geboren.

»Sei nicht blöd, Kenn'ar. Geht doch gar nischt.«

»Doch, alles wird so kommen. Ich habe es in einer Vision gesehen.«

»Quatsch. Esch gibt kein Schicksal, das schlimmer alsch der Tod ischt.« Sein Kopf glitt von meiner Schulter und kehrte auf die Tischplatte zurück. »Abgeschehen von diesem Kater ...«

Scandal warf wie ein Wolf den Kopf in den Nacken und fing an zu heulen. Das Geräusch war angetan, Tote wiederzuerwecken. Und auch Betrunkene. Basehart fuhr kerzengerade hoch und packte sich mit beiden Händen an den Kopf. »Aaaaaaaaah! Mein Schädel. Ist mein Lieblingsschädel. Und du hast ihn kaputtgemacht!«

»Ich schlag ihn dir in Scherben, Harald Juhnke, wenn du nicht sofort aufwachst«, drohte Scandal. »Du bist bei dieser Queste nicht der einzige, der eine Rechnung begleichen will. Wenn wir nämlich Prinz Boffin nicht auftreiben, gibt es Krieg. Und Krieg ist nicht eben gesund für Katzen und andere hochintelligente und wunderhübsche Wesen. Du wirst unsere Suche nicht behindern, indem du noch einmal in ein Bierfaß kriechst, um dort Winterschlaf zu halten.«

»Dann geht doch den blöden Prinzen suchen. Ihr werdet schon sehen, was für einen Scheiß mich das interessiert. Was hat der Dussel überhaupt mit meiner Dulcie zu tun? Laßt mich doch einfach in Frieden hier sterben!«

»Derselbe Missetäter, der sich dein kleines Täubchen unter den Arm geklemmt und mitgenommen hat, hat auch Boffin verschwinden lassen. Wenn du einen findest, hast du beide gefunden, klar?«

»Kann ich denn danach sterben?« Basehart klang so herzzerreißend jämmerlich, daß wir ihm fast den Gefallen getan hätten.

Scandal fühlte sich allerdings bemüßigt, ein »Meinen Segen hast du« einzuwerfen.

Inzwischen war der Wirt aus seinem Privatgemach aufgetaucht und hatte angefangen, die Bescherung von letzter Nacht zusammenzufegen. Als sein Blick auf meinen Bruder fiel, konnte er sich eines dreckigen Grinsens nicht erwehren. »Fühlen wir uns nicht ganz auf der Höhe, vielleicht ein wenig, werter Herr?«

Basehart stöhnte nur.

»Ha-ha-ha, das habe ich mir doch gleich gedacht. Wartet nur, ich habe da genau das Richtige für Euch.« Er verschwand hinter dem Tresen und tauchte mit diversen verklebten Flaschen, ein paar Schachteln und einem Büschel Kräuter wieder auf. Er füllte einen Krug mit ein paar Tropfen von diesem, einer Prise von jenem, fügte hinter vorgehaltener Hand noch etwas hinzu, und fertig war eine übel riechende, seifig wirkende Brühe, die er uns an den Tisch brachte.

»Trinkt das auf einen Schluck, und Ihr fangt an zu jubilieren.«

Basehart beäugte den Krug mißtrauisch, aber in seiner Lage blieb ihm keine große Wahl. Seine Hand zitterte sehr, als er sie nach dem Trunk ausstreckte.

»Ha! Das Wichtigste hätte ich ja beinahe vergessen!« rief der Wirt, kramte in seiner Schürze herum und zog ein kleines Fläschchen heraus, das er einmal kräftig schüttelte, bevor er den Korken herauszog und etwas von der Flüssigkeit in das blubbernde Gebräu kippte. Die Brühe fing an zu zischen. »Bitte sehr. Für etwas Besseres habe ich selten mein Geld ausgegeben. Wirkt wie ein Zaubermittel. Und nun prost.«

Mein Bruder hob den Krug mit beiden Händen und führte ihn zum Mund.

»Nicht, Basehart!« schrie ich. »Er hat Magique hinzugegeben, und das ist ein Zaubermittel. Ich weiß nicht, was passiert, wenn du das trinkst. Vielleicht wirst du davon krank, oder alles tut dir weh oder du stirbst ...«

»O ja, bitte!« knurrte mein Bruder, trank und explodierte.

KAPITEL 10

»So etwas gehört aber nicht zu meinen gewohnten Tätigkeiten«, beschwerte sich die Hexe, während sie die Teile von Baseharts Herz zusammensetzte. »Normalerweise mache ich Dinge kaputt und füge sie höchst selten wieder zusammen.«

»Versuch einfach, dein Bestes zu geben, meine Teure.« Tante Carageena unterstützte ihre freundlichen, aufmunternden Worte mit der Klinge, die sie stoßbereit in der Hand hielt.

Die Hexe blickte über ihre Nasenspitze hinab auf die Schwertspitze, die sich nur einen Fingerbreit von ihren Rippen befand. »Du darfst das Ding gern wieder einstecken. Du wärst nämlich eine weit größere Hilfe, wenn du beide Hände frei hättest und den anderen beim Suchen helfen würdest. Wir haben nämlich noch längst nicht alle Teile beisammen.«

»Ich glaube, ich habe hier drüben ein, urrgs! wichtiges Teil gefunden!« rief Scandal aus einer Ecke. »Nein, Verzeihung, Fehlalarm. Ist wohl eher eine tote Maus ... Sieht wirklich lecker aus.«

»Kannst du das hier verwenden?« fragte ich und hielt der Hexe ein formloses Etwas hin.

Sie nahm es mir ab und hielt es ins Sonnenlicht. »Das will ich meinen. Ist eine von seinen Nieren.« Die Hexe fügte das Teil in das Puzzle auf ihrem Tisch ein. »Rasch, such mir die andere.«

Ich kroch also wieder auf allen vieren über den Boden und verschwand unter dem nächsten Tisch. Die Fragmente meines Bruders lagen überall im Schankraum verstreut. Das Gebräu, das Basehart zerfetzt hatte, hatte seinen Körper gleichzeitig so zerbrechlich wie glasierte Keramik werden lassen. Manchmal war es daher wirklich schwierig zu unterscheiden, ob es sich bei einem Fundstück um ein Teil von unserem Bräutigam oder um eine Scherbe von einem Glas oder einem Teller handelte, die in der letzten Nacht zu Bruch gegangen waren.

Zur Zeit krabbelten Klinge, Carageena und ich auf den Flurbrettern herum und hielten nach glänzenden Stückchen Ausschau. Scandal behauptete, er helfe ebenfalls. Glucosias Beitrag zu unserem Unterfangen bestand darin, die Hexe mit allen Drohungen zu überschütten, die ihr einfielen, falls sie sich nicht die größte Mühe gebe, unseren Basehart wieder zusammenzufügen und wieder zum Leben zu erwekken.

Die Hexe ließ sich nicht im mindesten davon beeindrukken. »Ich kann nichts tun, bis alle Teile aufgefunden sind. Und es würde wirklich schneller gehen, wenn du bei der Suche mithülfest, statt mich unablässig mit den Auswüchsen deiner kranken Phantasie zu behelligen. Sobald alle Fragmente zusammengefügt sind, bedeutet es für mich nur einen Klacks, ihn ins Reich der Lebenden zurückzuführen. Dem Ärmsten bleibt nämlich gar keine andere Wahl. Ich bin eine Professionelle; das heißt, wenn er nicht wieder aufwacht, bekomme ich kein Honorar, und ich bin zur Zeit etwas klamm. Die Steuern in dieser Stadt sind in der letzten Zeit ins Unvorstellbare angewachsen.«

»Ich habe noch nie einer Hexe über den Weg getraut«, knurrte Glucosia. »Zu meiner Zeit habe ich mehr als einmal gegen eine von deiner Sorte gekämpft. Ihr seid alle heimtükkische, widerliche, abstoßende, ekelerregende, brechreizerzeugende, gräßlich anzuschauende ...«

»Die Hexe Gicht ist nicht so!« rief der Wirt von hinter dem Tresen. Und da hatte er nicht unrecht, zumindest, was die letzte Anschuldigung meiner Tante anging. Die Hexe war groß, hatte dunkle Haare und das, was man eine herbe Schönheit nennt. Sie mochte ein paar Jährchen jünger als meine Mutter sein und trug ein einfaches Gewand in der Farbe der Sommerdämmerung, das an den Hüften von einem schwarzen seidenen Band zusammengehalten wurde. Das Haar fiel ihr bis zu den Knien hinab, und so bewegte sie sich wie die Schwester der Schatten. Man konnte sie nicht als süßes Ding oder als blühende Schönheit bezeichnen, aber sie war auf ihre aparte Weise alles andere als gräßlich anzuschauen. Außerdem wies ihr Gesicht keine Warzen auf.

»Haltet Ihr Euch bloß geschlossen!« herrschte Glucosia den Wirt an. »Nur Euch und Eurem vermaledeiten Gebräu haben wir es zu verdanken, daß mein Neffe in tausend Stücke zersprungen ist.« Sie richtete die Schwertspitze jetzt auf den Mann, und der verschwand gleich wieder unter seiner Theke. »Schankwirte und Hexen. Steck sie in einen Sack, und hau drauf. Du triffst nie den Falschen.«

Die Hexe Gicht faltete die Arme vor der Brust zusammen. »Wenn das deine Meinung über Hexen ist, dann such dir besser jemand anderen, der dir diesen Trottel wieder zusammenbaut. Den da zum Beispiel.« Sie deutete auf mich. »Es verwundert mich doch sehr, warum ein Zauberer wie er nach einer Hexe geschickt hat. Zauberer lassen sich für gewöhnlich doch kein noch so geringes Honorar entgehen, wenn es um Zauberkunststückchen geht.«

»Wer hat dir gesagt, daß ich Zauberer bin?«

»Das muß man mir nicht erst sagen. Dein Magik ist nicht zu überhören, zumindest für jemanden, der Ohren am Kopf hat. Was ist mit dir? Warum setzt du das Zeugs nicht ein, um deinen Bruder zurückzubekommen? Stimmt irgendwas mit den Mondphasen nicht?«

»Meister Kendar ist der Ansicht, daß man den lokalen Größen nicht ihre Arbeit wegnehmen soll«, bemerkte der Kater. »Und bei so etwas wie seinem Bruder erst recht«, fügte er leise hinzu.

»Ach was, Basehart kann noch von Glück sagen«, behauptete Gicht.

»Glück?« entfuhr es mir. »Der Ärmste ist explodiert!«

»Er ist nur explodiert. Das läßt sich leicht beheben, dank Zapfhahn Schummler«, sie deutete auf den Wirt. »Den deine Tante zum Dank dafür zu ermorden trachtet, wenn ich das hinzufügen darf.«

»Er war schließlich derjenige, der unserem Baby die Brühe zu trinken gegeben hat!« protestierte Glucosia.

»Aber er hat euch auch davon abgehalten, die Scherben zusammenzufegen und in den Müll zu kippen. Und er war auch derjenige, der wußte, was nun zu tun war und deswegen mich gerufen hat.«

»Wenn es nach mir ginge, würde der Mann in mehr Teilen auf dem Boden herumfliegen als unser armer Basehart!« entgegnete Glucosia. »Ihm ist erst eingefallen, nach dir zu rufen, als ich ihn in den Schwitzkasten genommen hatte. Männer finden Lösungen für Probleme nämlich viel schneller, wenn man dabei etwas nachhilft.«

»Ich hatte mal ein Voondrab, das hat nur halb soviel gekeift wie du. Überhaupt macht ihr ein Riesengeschrei um nichts. Die Lage könnte deutlich schlimmer sein. Ich hatte schon über ein dutzend Fälle, wo man kaum noch etwas tun konnte.«

»Ach, ist es hier üblich, daß Menschen explodieren?« fragte Scandal. »Da sollte man doch wirklich der Monty-Python-Truppe Bescheid geben.«

»Ich weiß auch nicht, was schiefgelaufen ist«, jammerte Zapfhahn. »Dieses Katermittel habe ich schon über hundertmal zusammengemixt. Und kein einziger von den Betreffenden hat darauf mit einem Krachbummklirr reagiert. Normalerweise müssen sie sich danach nur ganz furchtbar übergeben.«

»Ich kann dir mit einem Wort verraten, was hier falsch gewesen ist«, sagte die Hexe: »Magique. Ich habe dich wieder und wieder davor gewarnt, das Zeugs zu benutzen. Es ist verdammt unzuverlässig, lausig und Schund. Aber hat irgendwer von den Trotteln in dieser Stadt je auf mich gehört? Nein. Ist ja auch viel billiger, sich mit Magique zu versorgen, als einer armen Hexe ihr ehrlich verdientes Honorar zukommen zu lassen. Magique arbeitet rasch und vereinfacht euch das Leben. Das ist alles, was ihr wollt, und für handwerklich gute Arbeit habt ihr dann kein Auge mehr. Niemand will mehr ein jahrelanges hartes Studium respektieren. Nur Flasche auf, ein paar Tropfen verspritzen, und fertig ist die Lauge!«

Sie haderte immer noch lautstark mit ihrem Schicksal, als ich ihr auf die Schulter klopfte und sagte: »Auf ein Wort, ja, werte Gicht? Nur für einen Moment. Die anderen können ja so lange mit der Suche fortfahren.«

»Ist mir recht.« Die Hexe bedachte Glucosia mit einem abschätzigen Blick. »Hat mein nicht bestellter Wachdrache auch bestimmt nichts dagegen? Ich könnte doch ihren zweiten Neffen in eine Kröte verwandeln, einfach so zum Spaß.«

»Kendar kann sehr gut auf sich selbst aufpassen. Und wenn nicht, kann ich dich mir immer noch vorknöpfen.«

»Junge, ich fang gleich an zu bibbern«, entgegnete die Hexe. »Also gut, dann wollen wir mal. Wo wäre es dir denn ungestört genug?«

»Ihr könnt meinen Kassenraum aufsuchen«, erbot sich der Wirt. »Nur durch die Tür dort und dann die erste Kammer rechts.«

»Ja, das ist mir recht.«

Schummler hatte seinem Namen alle Ehre bereitet, als er dieses Loch als Kammer bezeichnete. Es bot kaum Platz genug für zwei aufrecht stehende Menschen, ganz zu schweigen von einer fetten Katze, die natürlich auch wieder mit dabei sein mußte.

»Wißt ihr, ich habe einmal einen Film mit den Marx Brothers gesehen, da kam auch so eine Szene drin vor«, sagte Scandal. Er sprang auf den Schreibtisch des Wirts und fragte: »Hat nicht zufällig einer von euch beiden zwei hartgekochte Eier dabei?«

»Du mußt meinen Hausgeist entschuldigen.«

»Keine Ursache, ich mag Katzen.«

Das verblüffte mich nun doch. »Du weißt, was das für ein Tier ist?«

»Eine Hexe verdient sich ihre Brötchen damit, Wissen gegen Geld preiszugeben. Ich wäre eine schöne Hexe, wenn ich nicht einmal eine gemeine Hauskatze erkennen würde.«

»Was für eine Katze bitte?« Scandal schlug heftig mit dem Schwanz.

Gicht beachtete ihn nicht weiter. »Ich schätze mal, dieses Tier kann reden, weil du irgendeinen von deinen Angeberzaubern bei ihm angewandt hast. Wo diese Viecher nämlich zu Hause sind, sprechen sie nicht die Sprache der Menschen.«

Allmählich wurde ich doch etwas nervös. »Du ... du weißt auch, wo sie zu Hause sind?«

Sie zuckte die Achseln. »Ja, klar, auf Ährtte.«

»Aha, und wie sieht es dort aus?« forderte ich sie heraus.

»Ein hübscher Ort, an den man seine Intimfeinde verbannen kann, aber leben möchte ich dort nicht für fünf Minuten. Oh, ich sehe deiner Miene an, daß du eine etwas genauere Antwort hören möchtest. Mal sehen ... Also, Ährtte ist rund und hat sieben große Landmassen, aber nur eine Sonne und nur einen einzigen Mond ...«

»Nicht so schnell, Orbix war auch einmal rund.«

»Das mußt du mir nicht sagen. Ich habe eine gute Ausbildung genossen, als du noch nicht aus deinem Ei gekrochen warst. Also, das Zuhause dieser Katze ist nicht nur wie ein Ball geformt, die Menschen leben dort auch auf der Außenfläche, und das obwohl Ährtte sich die ganze Zeit über um sich selbst dreht. Reicht dir das als Beleg dafür, daß ich dir nichts vorflunkere?« Ihr Tonfall verriet, daß es mir schlecht ergehen würde, wenn ich mit nein antwortete.

»Ja, du kennst diesen Ort wirklich!« rief ich zutiefst erstaunt. »Aber wie ist das möglich. Nicht einmal Meister Thengor kannte Ährtte, sonst hätte er uns bestimmt davon erzählt.«

»Aha, du bist also einer von den Thengor-Jungs. Für einen Zauberer kein schlechter Lehrer, was? Jetzt verstehe ich aber erst recht nicht, warum du Zapfhahn mich hast holen lassen, statt dich selbst an das Zusammenflicken deines Bruders zu machen. Kommt mir doch recht eigenartig vor, vielleicht sogar versponnen.«

Mir gefiel die Art ganz und gar nicht, wie ihr Blick sich mitten in meinen Schädel bohrte, dort alle Lügen entdeckte und sie schon zerkrümelte, noch ehe ich sie äußern konnte. Ich holte also tief Luft und bereitete mich darauf vor, ihr die Wahrheit zu sagen: »Nun, das ist eine lange Geschichte ...«

»Dann vergiß es. Ich erkenne, daß du mehr Magik in dir hast, als der alte Thengor selbst zu seinen besten Zeiten besaß. Soll mich nicht weiter scheren, wenn du sie nicht einsetzen kannst. Immerhin bin ich Hexe, und wir Hexen benutzen niemals Magik. Mich interessiert in diesem Zusammenhang nur eines: Respektierst du die Magik?«

»Mehr, als du je für möglich halten würdest.« Wie soll man auch etwas nicht respektieren, das einem das geruhsame, angenehme und schöne Leben wegnimmt und sein Unterstes zuoberst kehrt.

»Dann kommen wir auch miteinander zurecht. Was wolltest du denn mit mir unter vier Augen bereden?«

»Magique. Eben im Schankraum hast du gesagt, du hättest schon Dutzende von Fällen erlebt, bei denen der Schuß sozusagen nach hinten losgegangen ist. Wo war das?«

»Dumme Frage, hier in Käseburg natürlich.«

»Und du kannst erkennen, wenn Magique hinter einem Zauber steckt, der schiefläuft?«

Sie lachte kurz und trocken. »Nichts einfacher als das. Hier in Käseburg gibt es kein Magik. Zumindest nicht, bevor du hier eingetroffen bist. Na ja, ein bißchen vielleicht. Unser Bürgermeister hat immer noch etwas davon in sich ... und diese aufgeblasene Betrügerin, die drüben am Mannomann-Teich lebt. Sie besitzt etwas Magik und tischt jedem auf, sie brauche es nur zu Forschungszwecken. Ich glaube dieser alten Giftspritze kein Wort ...«

»Mutter Krötenhauch?« rief ich.

»Du kennst sie?«

»Machst du Scherze, Schwester. Er und die alte Giftspritze stehen so miteinander.« Scandal hielt ihr eine Pfote hin.

»Wie stehen sie miteinander?« Die Hexe starrte auf die Pfote.

»Die Geste läßt sich natürlich besser demonstrieren«, antwortete der Kater, »wenn man statt Krallen Finger hat. Wie dem auch sei, Krötenhauch ist unsere Gefährtin, unsere

Jugendfreundin, unsere Top of the Pops. Genossin Krötenhauch, unsere Big Mamma, unsere Krötenmeisterin. Ein echt scharfes Teil. Wir haben sie einmal gerettet, als sie wegen Hexerei aufgehängt werden sollte, damals ...«

»Ja!« rief ich. »Das stimmt. Früher sind die Käseburger immer vor ihr Häuschen gezogen und haben so getan, als würden sie Hexenaufknüpfen spielen, und das alles, um bei ihr eine ihrer magischen Seifen einzutauschen. Sie waren dazu gezwungen, weil es da so ein paar blöde königliche Gesetze gab, die jeden Verkehr mit einer Hexe unter Strafe stellten.«

»Ja, und das bloß, weil die Base des Königs, diese Vollidiotin, einmal fast an einem Bissen von einem vergifteten Apfel erstickt ist«, setzte Scandal meinen Bericht fort. »Dabei hatte sie noch mehr Glück als Verstand, denn am Ende hat ihr die ganze Geschichte auch noch einen Ehemann beschert. Schließlich kann man schlecht feststellen, was für eine Tussi man da vor sich hat, wenn sie, ohne einen Mucks von sich zu geben, in einem gläsernen Sarg liegt. Und wenn man sie mit einem Kuß zum Leben erweckt hat, ist es zu spät. Dann muß man diese Schwachbirne nämlich heiraten. Da sollte man besser vorher das Kleingedruckte studieren. Und statt diese blöden Gesetze zu erlassen, hätte der König der Hexe besser einen Orden verliehen. Dafür, daß sie seiner Base nämlich zu einem Ehemann verholfen und sie ihm damit vom Hals geschafft hat.«

»Ich kenne mich in unserer Geschichte gut genug aus«, bemerkte Gicht, und Scandal erstarrte unter ihrem Blick zur Salzsäule.

»Was ich eigentlich sagen wollte«, fuhr ich nun fort, »warum sind die Käseburger hinaus zu Mutter Krötenhauch gezogen, wenn sie doch hier eine Hexe direkt in der Nachbarschaft leben hatten?«

»Weil ich zu jener Zeit nicht in diesem Ort hier war, sondern auf Ährtte.«

»Auf meiner Welt ...« Ich genoß es, meinen Kater zum ersten Mal sprachlos zu erleben.

»Ich habe nie eine Welt besucht, auf der ich mich so unsicher fühlte. Als Orbix noch rund war, hatten wir wenigstens soviel Verstand, auf der Innenseite zu leben.«

»Aber wie bist du dorthin gelangt?« wollte der Kater unbedingt wissen. »Ich will dir ja nicht zu nahe treten, aber mit diesen Hüften kannst du dich kaum durch ein Mauseloch zwängen.«

»Warum sollte ich auf die Idee kommen, so etwas zu tun, wenn es doch viel kommodere Austrittswege gibt?« Als sie unsere verständnislosen Blicke bemerkte, übersetzte sie: »Viel größere Türen.«

»Wo sind sie? Wo? Wo?« Der Kater hüpfte auf und ab. »Bring mich einfach nur zu einer!«

Mir wurde das Herz schwer. »Ich dachte, du wolltest Orbix nicht mehr verlassen.«

Er hielt für einen Moment in seinem Veitstanz inne. »Das will ich ja auch gar nicht. Diese Welt hier läßt selbst L. A. ganz schön alt aussehen. Und mir gefällt es an jedem Ort, an dem man nicht erst die Luft kleinkauen muß, ehe man sie einatmen kann. Ganz zu schweigen von den Scharen von Kötern, die sich überall herumtreiben müssen. Auf der anderen Seite bin ich hier der einzige mit so niedlichen Pfoten, und deswegen ...« Er sprang wieder wie ein Irrer herum. »Deswegen bring mich zu den Katzendamen!« Scandal setzte eine Miene auf, die nichts zu deuten übrigließ.

»Dein Hausgeist scheint etwas unausgefüllt zu sein«, grinste die Hexe matt.

»Er pflegt eben keine Hobbies«, entschuldigte ich ihn.

»Und wie hältst du es mit Steckenpferden?« fragte sie mich mit einem Lächeln, bei dem mir nicht ganz wohl in meiner Haut war. Ein Funke blitzte in ihren Augen auf, der vorhin noch nicht dagewesen war, und ich fühlte mich wieder auf unangenehme Weise geprüft und abgewogen.

»Wie hast du den Weg nach Ährtte gefunden? Kannst du ihn noch einmal öffnen? Wie kommt man von dort wieder zurück? Zeigst du uns die Tür? Können wir den Weg auch beschreiten, oder ist das nur Hexen möglich? Würdest du ...« (Eine alte Taktik von mir. Wenn du kurz vor größeren Schwierigkeiten stehst, wechsle rasch das Thema. Sehr rasch. Das habe ich von Dad gelernt, wenn er einmal mit Lippenstift am Kragen nach Hause kam, oder den erlegten Hirschen auf dem Ehebett ausgeweidet oder vergessen hatte, sich die Stiefel an der Matte abzuputzen.)

Gicht griff in einen ihrer langen, losen Ärmel. »Du redest zuviel, Zauberer.« Sie hielt plötzlich ein kleines Töpfchen in der Hand, öffnete es, tauchte kurz eine Fingerspitze in den Inhalt und verrieb sich die glänzende Masse auf ihren Lippen. »Reden ist mir zu billig.« Ihr blaues Gewand schimmerte kurz auf und verschwand. Dann stand die Hexe so gut wie nackt vor mir. Nur zwei Winzigkeiten von silbrigem Stoff bedeckten die Stellen, bei denen Mom immer sagt: Mach sofort die Augen zu, Kendar.

Doch diesmal behielt ich sie offen. Ich wollte feststellen, ob ich genauso einen Blick aufsetzen konnte wie vorhin Scandal.

»*Sports Illustrated* Bademodenausgabe von 1993«, sagte Gicht. Höchstwahrscheinlich handelte es sich dabei um die magischen Worte für den Fluch, der meine Beine in Pudding verwandelte. »Gefällt dir das?« fragte sie mit rauchiger Stimme.

»Aghhh!« Der Fluch mußte sich auch auf Zungen auswirken.

Ihr verführerisches Lächeln verwandelte sich übergangslos in eine finstere Miene. »Dir gefällt es. Ihm nicht! Aber es war ja alles ihre Schuld. Und dafür haben sie teuer bezahlt. Wenigstens dachte ich das.«

»Und wir haben nicht den leisesten Schimmer, was diese Anhäufung von dir, ihm und sie soll, Lady MacDeath«, brummte der Kater. »Aber wenn du mir recht bald dazu verhilfst, eine Gefährtin zu bekommen, und damit meine ich eine Katzendame, höre ich dir bei allem zu, sogar bei der Einleitung von *Star Trek* in Spanisch: ›*Espacio, el final frontiero* ...‹ Du kannst mich jederzeit hinbeamen.«

Die Hexe wischte sich mit dem Handrücken die Creme von den Lippen und saß wieder in ihrem blauen Gewand vor mir. »Er war mein Liebster, ein gutaussehender junger Zauberlehrling namens Bibok. Und sie hieß Calosta und war die

Medizinfrau von einem Stamm im Dschungel von Plunj. Das alles geschah lange, bevor diese Hochstaplerin Krötenhauch in dieses Kaff gezogen ist. Käseburg war damals noch nicht viel mehr, und es gab hier nur mich als Hexe.«

»Das tut mir leid«, sagte ich.

»Was tut dir leid?«

»Na ja, Käseburg ist nicht gerade ein Ort, dessen Nachtleben weithin gerühmt wird, und auch sonst gibt es hier wenig interessante Sehenswürdigkeiten ...«

»Was mein Freund hier auf so unglaublich diplomatische Weise andeuten will ist, was hat eine so flotte Puppe wie du in einem solchen Drecksnest verloren?« mischte Scandal sich mal wieder ein.

Sie hob stolz das Kinn. »Ich war eben die Beste und konnte mir daher aussuchen, wo ich mich niederlassen würde. Die Menschen sind aus dem ganzen Land zu mir gekommen.«

»Unter anderem auch der Zauberer.« Wieder mein Kater.

»Zauberlehrling«, korrigierte sie ihn. »Er behauptete, Meister Thengor habe ihn von seiner Akademie verwiesen, weil der alte Zausel eifersüchtig auf den Erfolg Biboks bei der Damenwelt war.«

»Tja, der alte Thengor war recht erfinderisch in seinen Ablehnungen«, bemerkte Scandal. »Mein Kumpel Kendar wurde von ihm aus ganz anderen Gründen nicht zum Unterricht zugelassen. Nämlich wegen seiner Wirkung als Zauberer, und die war leider Null.«

»Möchtest du gerne am eigenen Leib erfahren, was ich inzwischen dazugelernt habe?« drohte ich ihm.

Doch die Hexe hatte nichts von unserem Disput mitbekommen. In ärgerlichen Erinnerungen schwelgend fuhr sie fort: »Bibok sagte, er habe schon sehr viel von meinen Künsten gehört, aber nie auch nur geahnt, von welch unvergleichlicher Schönheit ich außerdem sei. Er meinte, er besäße eine Begabung fürs Zaubern und erstrebe von mir Anleitung, sie zu benutzen.« Sie seufzte. »Nie zuvor hatte ein Mann mir gesagt, daß ich so schön sei. Meistens wollten sie nur wissen, wie teuer dieser oder jener Fluch sei, oder sie haben mir nur ihre Sorgen und Nöte erzählt oder mich um

Gnade angefleht. Bibok aber wußte, wovon er sprach, denn er selbst war ebenfalls unglaublich schön. Blond, groß, die Augen vom reinsten Grün, beredt, voller Muskeln an den richtigen Stellen ...«

»Das müssen wir jetzt aber nicht unbedingt alles erfahren«, unterbrach ich sie.

Gicht schniefte sehnsuchtsvoll. »Mit seinen Worten hätte er einen Drachen dazu bewegen können, seinen Goldtopf herauszurücken. Oder eine Hexe, all ihre Geheimnisse und Zauber preiszugeben.

Während ich die ganze Zeit über glaubte, er liebe nur mich allein, hat er in Wahrheit mit *ihr* unter einer Decke gesteckt. Ich habe ihm alles beigebracht, was ich wußte. Das heißt, nur fast alles. Sicher war ich vor Liebe zu ihm nicht mehr bei klarem Verstand, aber eine komplette Närrin war ich deswegen noch lange nicht.

Und dann kam der Tag, an dem ich ans Krankenlager einer Kundin gerufen wurde. Der armen alten Vettel ging es schlechter, als ich erwartet hatte, und so schickte ich meinen Hausgeist zurück in mein Haus, damit er dort die Mittel besorgte, die ich jetzt zusätzlich brauchte.«

Sie seufzte wieder. »Er brachte mehr zurück, als mir lieb war. Der Hausgeist hieß Herbert und war eine Eule. Kaum hatte ich vernommen, was er zu berichten wußte, da rannte ich auch schon nach Hause zurück, um dort meinen angeblichen Liebhaber in den Armen dieser falschen Schlange vorzufinden.« Ihre Stimme senkte sich zu einem gefährlichen Knurren. »Ich war natürlich ein wenig ungehalten ...«

»Aufgepaßt, Boss«, flüsterte Scandal. »Ich wette zehn zu eins, daß die Eule es zuerst abbekommt.«

»Mehr noch, ich geriet in furchtbaren Zorn, und in meiner rasenden Eifersucht konnte ich nicht mehr klar denken. Ich habe alles zerstört, was in meine Reichweite kam ...«

»Arriverderci, Herbert.«

»... und dabei auch meinen armen Hausgeist getötet.«

»Und hast du die beiden Missetäter auch vernichtet?« fragte ich.

»Ha!« Gicht lachte bitter auf. »Glaub nicht, daß ich es nicht versucht hätte. Aber Bibok hatte zu viele Schutzzauber von mir gelernt, und Calosta kannte als Medizinfrau natürlich auch ein paar Tricks. Habe ich schon erwähnt, daß ich Medizinfrauen nicht ausstehen kann?«

»Ist das nicht das gleiche wie eine Hexe?«

»Nein«, antwortete sie nur, und in diesem Wort schwang alles mit, was sie zu diesem Thema zu sagen hatte.

»Sie haben sich also gewehrt«, bemerkte der Kater.

»Ja, und zwar mit Waffen, mit denen ich sie versorgt hatte.«

»Sag mir, wenn ich falsch liege«, sagte Scandal, »aber für mich sieht es so aus, daß sie ein Full House auf der Hand hatten. Ich wette, du hattest jedoch noch ein paar Asse im Ärmel.«

»Was ich im Ärmel hatte, war das hier.« Sie zog wieder das Töpfchen hervor. »Es enthält die sorgfältig destillierte Essenz einer Macht, die man für vielerlei Zwecke einsetzen kann. Ich bin schließlich keine Pfuscherin wie Krötenhauch, die für jeden Bann eine andere Seife benötigt.« Gicht hielt mir das offene Gefäß hin, und mir stieg Veilchenduft in die Nase. »Die Herstellung dauert sehr lange, aber dafür kommt man schon mit geringen Mengen sehr weit.«

»Warum hast du die Creme denn nicht bei der alten Vettel eingesetzt?« fragte ich.

Sie sah mich an, als hätte ich gerade erklärt, Zombies eigneten sich am besten als Universitätsprofessoren. »Weil es sich bei diesem Mittel nicht um eine Heilsalbe handelt. Dazu müßte ich erst noch ein paar Spezialkräuter hinzufügen. Hat Meister Thengor euch denn nichts über Medizin beigebracht?«

Der alte Meister hatte mir eine Menge beizubringen versucht, doch hängengeblieben war davon nur wenig. Trotzdem war sein Unterrichtsstoff nicht universell gewesen. »Nun, um die Wahrheit zu sagen, ich kann mich nicht daran erinnern, daß er jemals auch nur eine Stunde über Heilkunde abgehalten hat.«

»Gut, wenigstens bist du ehrlich. Zauberer geben sich nie mit Zaubersprüchen ab, die Menschen helfen oder gar heilen könnten. Das überlassen sie lieber uns Hexen. Macht ja auch mehr her, wenn man einen Vernichtungsbann schleudert, als sich der Mühe zu unterziehen, jemanden genesen zu lassen.«

»Wenn ich dich richtig verstanden habe, Mutter Theresa, wolltest du dein Töpfchen dazu benutzen, Bibok und Calosta vom Atmen zu heilen, oder?« wandte Scandal ein.

»Ich habe doch schon gesagt, daß ich ein wenig ungehalten gewesen bin.«

»Gott stehe uns bei, wenn du einmal leicht säuerlich werden solltest.«

»Nun, wenn du sie nicht vernichtet hast«, wollte ich wissen, »wie ist die Geschichte dann ausgegangen?«

Gichts Augen blitzten auf. »Ich mußte feststellen, daß meine Zerstörungsflüche ohne Wirkung blieben. Bibok kannte sie zu gut und wußte ganz genau, wie er sie abwehren konnte. Deswegen verlegte ich mich auf eine neue Taktik. Während ich vordergründig weiter Flüche auf die beiden schleuderte, bewirkte ich heimlich den großen Ortsversetzungszauber. Ich rieb meine Finger mit der Salbe hier ein, bis das Zeugs in glänzenden Tropfen von ihnen fiel. Dann bückte ich mich und strich mit den Fingern über die verstreuten Federn meines unglücklichen Hausgeists, und aus denen wob ich den Mantel des Fluges.«

»Wow!« entfuhr es mir.

»Igitt!« machte der Kater. »Du hast eine tote Eule angefaßt?«

»Hättest du das denn nicht?«

»Nicht zwischen zwei Mahlzeiten.«

»Ich hörte Bibok keuchen«, fuhr die Hexe fort, »als der Mantel sich über meine Schultern legte und dann zu zwei Schwingen heranwuchs. Sie schlugen machtvoll, und der von ihnen erzeugte Luftwirbel traf die beiden Verräter wie eine harte Faust. Die Schurken wichen zurück und riefen ihre nichtigen Zauber zur Abwehr herbei. Ich lachte nur darüber und kam ihnen mit meinen schlagenden Schwingen immer näher. So gewaltig war mein Haß, daß eine klaffende Öffnung im Gewebe Orbix' entstand. Schwarz, riesig und bodenlos tat sie sich vor uns auf, und ich war über die Stärke meiner Fähigkeiten doch ein wenig erstaunt.

Ich hatte schon früher von solchen Tunneln gehört, sie studiert und wußte daher, wohin man durch sie gelangt, nämlich an einen Ort voller Lärm, Konfusion und Wahnsinn ...«

»Ja, aber es gibt dort ein paar gute thailändische Restaurants«, bemerkte Scandal.

»Wovon redest du?« wollte die Hexe wissen.

»Ich dachte, du meinst Washington, D. C.«

»Sei endlich still!« befahl ich ihm und wandte mich an Gicht: »Du hast also das Gewebe von Orbix aufgerissen, und dann?«

»Ich habe es nicht wie einen alten Stoffetzen zerrrissen!« herrschte sie mich an. »Oder kannst du, Zauberer, vielleicht einen besseren Weg zwischen den Welten schaffen?«

»Wenn er das könnte, würde ich mich dann mit einer Voondrab verabreden?« warf Scandal ein.

»Nun, viel mehr gibt es nicht zu berichten. Nachdem ich die Öffnung geschaffen hatte, trieb ich meine Feinde unbarmherzig weiter in den Tunnel, wußte ich doch, daß es von seinem Ende keinen Weg zurück gibt. Ich genoß die Angst auf ihren Gesichtern, als meine Macht sie tiefer und tiefer hinein zwang. Ich folgte ihnen, fest entschlossen, sie bis ganz ans Ende zu treiben. Um uns herum heulten die verlorenen Seelen, und die Zauberkraft der Verräter wurde stetig schwächer. Zauberer und Medizinfrauen bedienen sich nämlich der Magik, und die wirkt um so weniger, je weiter man sich von ihrem Ursprung, unserem Planeten, entfernt. Oh, wie habe ich ihnen in die verzerrten Fratzen gelacht! Vor Panik wußten sie bald nicht mehr ein noch aus. Endlich hielten sie sich aneinander fest, und in dem Moment erreichten wir das andere Ende. Wir landeten in einem Park, und über uns strahlte ein einzelner Mond. Meine beiden Feinde brachen zu meinen Füßen zusammen.«

Erschöpft ließ Gicht sich hinter dem Schreibtisch nieder. Scandal rieb mit einer Pfote über ihren Arm.

»Eben hast du gesagt, viel mehr gäbe es nicht mehr zu erzählen. Nun, da möchte ich aber nicht dabei sein, wenn du erklärst, du hättest noch ein Menge zu sagen. Jetzt wollen wir rasch zum Ende gekommen: Was hast du mit ihnen angestellt, nachdem du sie in meine Heimat befördert hattest?«

»Sie dort gelassen.«

»Das war aber sehr barmherzig von dir«, sagte ich.

»Nein, ich konnte einfach keinen Stein entdecken, der groß genug war, um ihn auf sie zu schleudern. Und ich habe Besseres zu tun, als jemandem mit einem ungenügenden Werkzeug den Schädel einzuschlagen. Effizienz ist mein oberstes Gebot. Also habe ich sie in dem Park liegengelassen und sagte mir, Wesen, die besser ausgestattet waren als ich, würden mir die Arbeit abnehmen.«

»Doch genau das ist nicht geschehen.«

»Da muß ich dir ausnahmsweise einmal recht geben, Kater.« Sie strich ihm über den Kopf und die Ohren. »Ich habe die Verräter ihrem Schicksal überlassen, aber sie waren so undankbar, das nicht anzunehmen. Dafür kann ich allein mir selbst die Schuld geben. Hätte ich mich nur gründlicher umgesehen, dann hätte ich irgendwann einen passenden Felsblock gefunden. Doch so ...«

Gicht seufzte wieder und schmierte sich noch einmal etwas von der Salbe auf die Lippen. Doch nun zeigte sie sich nicht erneut fast nackt, sondern präsentierte sich in einer engsitzenden blauen Hose und einem engsitzenden Hemd, wie ich es noch nie gesehen hatte. Es besaß sehr kurze Ärmel, fiel über die Hose und betonte, genau wie die Hose, alle Rundungen der Hexe. Und auf dem Hemd standen merkwürdige Runen, die ich nicht entziffern konnte.

Scandal schien damit keine große Mühe zu haben. »Warst also in Disneyworld, was. Hast dich wohl mit Zuckerwatte vollgestopft.«

»Hexen nehmen niemals zuckriges Zeugs zu sich, das wie Watte aussieht. Und Hexen mögen es noch viel weniger, wenn man ihre Souvenirs so unverblümt anstarrt.« Letztere Bemerkung galt mir.

Souvenirs sagte man also zu den Rundungen, das war mir neu, und das sagte ich ihr auch. Der Kater verdrehte die

Augen: »Sie meint das Hemd, Boss. Unter Souvenirs versteht man Mitbringsel von den Orten, zu denen man gereist ist, damit man später nicht vergißt, wo man überall gewesen ist.« Er wandte sich an Gicht. »Ich habe es so im Urin, als seist du nicht als einzige von meiner Welt zurückgekehrt, Gundel Gaukeley.«

»Da hast du leider recht.«

»Könnte es sein, daß auch dieses famose Pärchen irgendwann den Weg hierher gefunden hat?«

Gicht nickte.

»Und ich liege wohl nicht ganz verkehrt, wenn ich vermute, daß es ebenfalls ein Souvenir mitgebracht hat, allerdings nicht bloß ein T-Shirt?«

»Du liegst nicht ganz verkehrt«, antwortete sie nur, und mehr brauchte sie auch gar nicht zu sagen, denn wir wußten es schon.

Was ist goldfarben, glüht und läßt den eigenen Bruder explodieren?

Na, ist doch nicht so schwer. Raten Sie noch mal. Sehen Sie …

KAPITEL 11

»Basehart, du bleibst hier!«

Mein Bruder stieß mir den Zeigefinger in die Brust. »Interessiert mich einen Kehricht, was für ein mächtiger Zauberer du bist, Kendar. Für mich bist und bleibst du mein kleiner Bruder, und das ist auch der Grund dafür, warum ich mir von dir keine Vorschriften machen lasse.«

Meine Hände ballten sich zu Fäusten, und ich wollte ihm schon zeigen, was ich von seinen Einlassungen hielt. Doch da legte sich ein Lederhandschuh auf meine Schulter, und Mysti flüsterte mir ins Ohr: »Mach jetzt bloß keine Szene.«

»Das mußt du ihm schon früher sagen«, bemerkte Scandal, der es wie üblich genoß, wenn mir alles entglitt und ich in einem der Haufen landete, die Pferde fallenließen.

Wir standen vor Zapfhahn Schummlers Gasthof. (Auf dem Schild über seiner Tür stand nichts geschrieben – nur ein Abbild seiner Gattin war darauf zu erkennen –, und so nannten die Einheimischen dieses Lokal entweder Zu Zapfhahns Gemahlin oder Zur Verknöcherten Meckertante.) Wir standen also davor und stritten uns, bis sich eine größere Menge von Müßiggängern, sich langweilenden Hausfrauen, Straßenbengeln, Alkoholikern und Versicherungsvertretern um uns versammelt hatten.

Gicht hatte Wort gehalten und Basehart ins Leben zurückgerufen, kaum daß alle seine Teile zusammengefügt waren. Dazu hatte sie nur einen winzigen Tropfen ihrer Creme auf seine Nasenspitze geschmiert, und schon war mein Bruder quicklebendig aufgewacht und aufgestanden. Nichts von den langen gemurmelten Beschwörungsformeln, den vielen Blitzen und dem sonstigen Getue eines Zauberers. Gicht trug ihren Beinamen Effizienz wirklich nicht zu Unrecht.

Kaum wieder unter uns fing Basehart gleich an mit mir zu streiten und hatte seitdem nicht mehr damit aufgehört.

Angefangen im Schankraum, ohne Pause fortgesetzt in meiner Kammer, dann weiter unten auf der Straße. Er beschimpfte mich, weil ich es zugelassen habe, daß er das Gebräu des Wirts getrunken hatte, daß ich eine Hexe geholt habe, um ihn zu heilen, und daß ich mir überhaupt reichlich viel Zeit bei der Suche nach seiner Braut ließ. Erst als ich ihm erklärte, Gicht besäße ein paar interessante Informationen, die uns weiterhelfen könnten, wurde er still.

Glaubte ich jedenfalls.

»Basehart, ich versuche, vernünftig mit dir zu reden«, sagte ich und tat mein Bestes, die wachsende Menge um uns herum nicht zu beachten. »Du kannst Calosta und Bibok später aufsuchen. Erst einmal gehe ich allein zu den beiden. So ist es gewiß am besten. Ich erzähle ihnen, ich bräuchte dringend Magique, um die Frau zu gewinnen, der mein ganzes Herz gehöre.«

Und schon war es mit seiner Beherrschung vorbei. »Warum all dieses alberne Getue? Du hast selbst gesagt, es sei dieses Magique gewesen, mit dem man mir meine Dulcetta geraubt habe. Und jetzt kommst du und erklärst mir, diese beiden sind es, die das Zeug in Umlauf bringen. Ich sage dir, wir gehen gemeinsam dorthin, zwingen sie, uns zu sagen, wem sie ihr Magique verkauft haben, und fordern sie dann mit ein paar freundlich gemeinten Fausthieben dazu auf, das Magique dazu einzusetzen, den Übeltäter aufzuspüren. Danach erschlage ich ihn, befreie Dulcie, reise mit ihr heim und kann sie endlich heiraten. Hab' ja schließlich mittlerweile genug Zeit vertan. Vielleicht erschlage ich auch noch Bibok und Calosta, am ehesten dafür, daß sie dem Schurken das Zeugs verkauft haben.«

Tante Carageena, die mit ihrer Schwester auf der Bank vor dem Gasthof saß, meinte: »Aber, Basehart, das wäre doch reichlich ungezogen.«

»Ja, ziemlich ungezogen«, stimmte Glucosia zu, ohne von ihrer Arbeit aufzublicken. Sie schärfte gerade mit einem Wetzstein ihre Klinge. »Möglicherweise haben die beiden ja gar nicht gewußt, zu welchem Zweck der Missetäter das Magique bei ihnen erstanden hat.«

»Ganz ehrlich, Herr Wachtmeister«, rief der Kater, »als er hereinkam und das Schnellfeuergewehr gekauft hat, dachte ich, er wollte es lediglich als Briefbeschwerer benutzen.«

Carageena zog einen kleinen getrockneten Fisch aus ihrer Gürteltasche und stopfte ihn Scandal ins Maul. »Jetzt mußt du aber auch hübsch brav sein.«

»Einferfanden«, willigte der Kater kauend ein. Meine Tanten hatten es sich angewöhnt, Scandal mit Leckereien zu verwöhnen, und das schon, wenn er nur einmal die Schnurrbarthaare hängen ließ.

Gicht lehnte mit vor der Brust verschränkten Armen neben der Bank an der Wand. »Mir gefällt die Idee, sei sie nun ungezogen oder nicht. Zu dumm, daß das leider nicht geht. Ich habe es ja selbst schon versucht.«

»Wir sollten es lieber nicht tun!« rief Mysti.

»Sie nicht erschlagen?« murrte die Hexe. »Wenn ich alles richtig verstanden habe, Degenmann, dann haben diese beiden ihre Hand beim Verschwinden deines Geliebten mit im Spiel. Verspürst du denn keine Rachegelüste?«

»Ich möchte bloß Prinz Boffin gesund und lebendig wiederhaben, dann ist mir alle Rache gleich.«

»Muß er sich so aufführen, wo uns der halbe Ort zuhört?« Basehart war sichtlich verlegen geworden. Und tatsächlich fingen die Straßenbengel und die Tagediebe an zu kichern. Die meisten Hausfrauen erröteten und eilten nach Hause, gefolgt von den Versicherungsvertretern. Nur eine blieb stehen, um Herrn Kaiser mitzuteilen, worum es hier ging.

Gicht brachte meinen Bruder mit einem einzigen Blick zum Schweigen. »Warum soll er das nicht sagen. Ich finde solch offene Rede höchst erfrischend.«

»Ja, aber das ist doch ...«

»Widernatürlich. Er will Boffin zurückhaben, weil er ihn liebt. Du willst deine Braut zurückhaben, weil du den Eindruck hast, jemand habe dir dein Eigentum geraubt. Streit es bloß nicht ab. Ich habe genau gehört, wie du über sie redest. Wie über einen Haufen alter Lumpen.«

»Ich habe nicht ›alt‹ gesagt!« protestierte mein Bruder.

Ich nahm die Hexe beiseite. »Er liebt sie wirklich. Nur ist

Basehart es nicht gewohnt, in der Öffentlichkeit von seinen Gefühlen zu sprechen.«

Sie musterte mich wieder mit ihrem Blick und schien davon überzeugt zu sein, daß ich die Wahrheit gesagt hatte. »Du mußt es wissen, schließlich kennst du ihn besser als ich.« Damit wandte sie sich wieder an den Rest der Gruppe: »Bibok und Calosta sind stärker als zuvor von Ährtte zurückgekehrt. Sie bedienen sich aber nicht der Magik, das hätte ich sonst längst bemerkt. Ich weiß aber auch nicht, was hinter ihren Kräften steckt.«

»Deswegen muß Kendar ja auch allein hingehen«, sagte Mysti. »Er soll feststellen, wie stark sie wirklich sind und wie wir sie besiegen können, falls wir wirklich zum Äußersten schreiten müssen.«

»Kendar kann außerdem allein eher etwas von ihnen erfahren«, bemerkte Glucosia. »Basehart hatte nämlich teilweise recht. Wir sollten die Macht der beiden zuvörderst dazu gebrauchen, den Aufenthaltsort Dulcettas für uns herauszufinden. Bislang sind wir ihrer Fährte bis hierher gefolgt, aber woher wollen wir wissen, ob sie sich überhaupt noch in Käseburg aufhält?«

»Wir wissen ja nicht einmal, ob sie bereits hier eingetroffen ist!« rief mein Bruder, und ich merkte ihm an, wie mühsam er seinen Zorn unter Kontrolle hielt. »Uns war nur klar, daß sie hierher unterwegs sein sollte. Aber vielleicht haben wir sie irgendwo auf der Straße zwischen Uxwutsch und Käseburg überholt und nichts davon gemerkt.«

»Oh, aber sie sind hier angekommen«, bemerkte Carageena ganz ruhig.

»Woher willst du das denn wissen?«

»Während alle anderen deine Bestandteile aufgelesen haben, mein lieber armer Basehart, und Kendar sein kleines Tête-à-tête mit der Hexe hatte, habe ich mir die Freiheit genommen, nach draußen zu gehen und die Straßenlümmel zu befragen.«

Die Bande der verschmutzten Kinder, die uns umringte, hörte, daß von ihnen gesprochen wurde, strahlte und zeigte uns ihre Zahnlücken.

»Ein paar Münzen hier, ein paar Süßigkeiten dort, und schon waren sie bereit, sich in Käseburg umzusehen und umzuhören.«

»Sie hätten sich besser vorher entlausen sollen«, schimpfte mein Bruder. Die Bengel ließen sich davon aber nicht sehr verdrießen. Sie streckten ihm nur die Zunge heraus, machten ihm eine lange Nase oder bewarfen ihn mit Pferdeäpfeln.

»Aber, aber, Kinderchen«, schalt Carageena sie sanft.

»Diese kleinen Kanalratten waren mir jedenfalls eine große Hilfe«, fuhr Glucosia fort. »Noch bevor das letzte Stückchen von Basehart eingefügt war, kehrten sie schon zu mir zurück und wußten zu berichten, daß eine junge Frau, auf die Dulcettas Beschreibung zuträfe, vor ein paar Tagen nach Käseburg gekommen sei. Und in ihrer Begleitung habe sich ...«

»Aber ist sie immer noch hier?« unterbrach ich sie rasch, weil ich meinem Bruder nicht zumuten wollte, ihre verzückte Beschreibung Curios mitanhören zu müssen.

»Natürlich ist sie das. Die lieben Kleinen würden es bestimmt wissen, wenn Dulcetta schon wieder fort wäre. Ist es nicht so, meine Engelchen?«

Die Bengel schrien alle durcheinander, was wohl ihre Form der Zustimmung darstellte, und der, der offensichtlich ihr Anführer war – ein zerlumpter Kerl –, nahm den Topflappen ab, den er als Kappe trug, und sprach: »Mein Oller hat se gesehn, neulich abends, aufm Marktplatz, als dort schon alles zusammengepackt wurde.«

»War sie allein?« fragte Carageena.

Der Anführer nickte heftig.

»Allein?!?« kreischte Basehart entsetzt. Wenn Dulcetta demnach ihrem Entführer entkommen war, warum hatte sie dann nicht die Beine in die Hand genommen, um auf schnellstem Weg zu ihrem zukünftigen Herrn und Meister zurückkehren zu können?

»Um allen Verdacht von sich abzulenken«, wandte ich rasch ein. »Der böse Zauberer, der sie gestohlen hat, muß einen Bann über sie gelegt haben, mit dem er sie kontrollieren kann. Erfahrene Zauberer sind durchaus dazu in der Lage. Oder aber, er hat sich selbst unsichtbar gemacht und war die ganze Zeit über in ihrer Nähe.«

Basehart sah mich an, als wollte ich ihm weismachen, nicht Pferde bewegten sich vorwärts, sondern der Boden rolle unter ihnen hinweg. »Dulcetta soll von einem Schurken entführt worden sein, der sie mit einem Zauber aus der Ferne kontrollieren oder sich sogar selbst unsichtbar machen kann?«

»Oder beides«, mischte sich der Kater ein.

»Was mache ich mir überhaupt Sorgen, wenn ich einen wie dich an meiner Seite weiß ...« Basehart verdrehte die Augen. »Seit wir von zu Hause aufgebrochen sind, habe ich nicht einmal gesehen, wie du einen Zauber bewirkt hast. Na klar haben wir große Chancen, Dulcetta aus seinen Klauen zu befreien – aber nur, wenn ich ihn finde.«

»Was hat die Lady denn auf dem Markt gewollt?« fragte Mysti den Anführer.

Er schnaubte verächtlich. »Schmeiß die Maske weg, Kumpel, sie drückt dir nur aufs Gehirn. Was will einer denn schon auf dem Markt? Die Tussi hatte 'nen Sack voll Geld dabei und hat dem alten Martin Scribbler den halben Stand leergekauft. Und den Rest von ihrem Einkaufskorb hat sie mit den guten Sachen in der Bude von meiner Alten gefüllt.«

»Hört sich an, als habe sie Vorräte für eine längere Reise besorgt«, sagte Mysti grimmig. »Womöglich sind sie noch am selben Abend aufgebrochen.«

»Nee, sind'se nich'«, entgegnete der Anführer.

»Woher willst du das wissen. Hast du die Lady denn seitdem noch mal gesehen?«

»Das nich', aber ich weiß, daß sie nirgendwo nich' hin sind.«

Mystis Rechte schoß wie ein Blitz vor. Sie packte den Bengel am Kragen und hob ihn hoch. »Beweise deine Worte, zerlumpter Kerl, oder ich schleudere dich in den Pferdetrog.«

»Laß mich runter!« schrie er. Die Aussicht auf ein Bad schien größtes Entsetzen in ihm auszulösen. »Ich weiß, daß sie noch nicht abgezogen sind, weil die Lady meiner Mom erzählt hat, sie wollte die Wurst, die meine Mom ihr verkauft hat, noch am Abend verputzen.«

»Eine Wurst zum Abendbrot beweist gar nichts.«

»Doch, doch, die Würste von meiner Mom sind ziemlich mächtig. Iß eine davon, und du bist für den Rest der Woche pappsatt!«

Einer aus seiner Bande zog den Zeigefinger aus der Nase und bestätigte: »Stimmt. Mein eigener Oller hat mal ne Wurst von seiner Mom gemampft, und die Auswirkungen auf die Ökologie dieser Welt waren, gelinde gesagt, verheerend.«

»Worauf?« Ich starrte ihn verständnislos an.

»Ökologie«, antwortete er und wischte sich den Zeigefinger am Hosenboden ab. »Hat mit den Bäumen, den Pflanzen, den Tieren und dem Abfall zu tun. So hat Calosta es mir erzählt.«

»Du kennst die Medizinfrau?«

König Steffan hätte von dem Jungen noch etwas dazulernen können, so geringschätzig sah er mich jetzt an. Allerdings hätte Seine Majestät sich dabei nicht die Blöße gegeben, den Finger wieder in die Nase zu bohren. »Wer kennt sie nicht? Meine Alte spart jede Münze, die sie erübrigen kann, um eines Tages ein Fläschchen Magique kaufen zu können. Nur ein kleines Fläschchen, gerade genug, um uns ein besseres Leben zu ermöglichen.«

»Was habe ich dir gesagt?« stöhnte Gicht. »Jetzt suchen auch schon die Niedersten ihr Heil in diesem Dreckszeugs. Es dauert bestimmt nicht mehr lange, bis es hierher tagtäglich zu Magique-Unfällen kommt. Es wird ständig schlimmer. Aber wenn diese Stadt einmal in Trümmer daliegt, werden sie wieder zu mir gelaufen kommen!«

»Je eher wir eine Möglichkeit finden, diesen Spuk zu beenden, desto besser«, sagte ich. »Ich gehe zu den beiden.«

Basehart erklärte zum mindestens fünfzigstenmal: »Ich komme mit.«

»Also meinetwegen.« Ich war des Streitens müde. »Du darfst mit, aber nur, wenn du keine Leute abmurkst.«

»Das kann ich dir leider nicht versprechen.«

»Ihr wollt zu Calosta?« wollte der Anführer wissen. »Ich führe euch gern dorthin.« Und schon hielt er seine schmutzige Hand auf.

»Warum sollten wir dir etwas bezahlen?« fragte Gicht. »Selbst jemand, der hier völlig fremd ist, müßte schon blind sein, um das Haus der beiden nicht zu finden.«

Der Bengel grinste wie ein Haifisch. »Entweder bezahlt ihr mich dafür, euch zu der Lady zu führen, oder ich renne zu ihr, und die wird sich sicher darüber freuen, wenn ich ihr berichte, wer auf dem Weg ist, um sie umzubringen.«

»Du bist ein widerlicher kleiner Dreckspatz, und mit dir wird es noch einmal ein schlimmes Ende nehmen«, schimpfte die Hexe. »Aber gut, du sollst deinen Willen haben. Warte hier, ich hole die Bezahlung, die dir zusteht.« Gicht verschwand im Gasthof und kehrte wenig später mit einem zappelnden, behaarten und unappetitlichen Etwas in der Hand wieder zurück. Sie verrieb ein wenig von ihrer Salbe auf dem haarlosen Schwanz des Tiers.

Scandal fing sofort an zu zischen und zu spucken, als Gicht die Ratte losließ und diese augenblicklich zur Größe eines Turms anwuchs. Die roten Augen des Ungeheuers richteten sich auf die Bengel, und es zeigte ihnen seine tischlangen Zähne. Die Straßenkinder spritzten auseinander, und die Ratte folgte ihnen auf dem Fuße. Bald waren sie außer Sichtweite, und ich schüttelte mich, als ich plötzlich aus der Ferne das Geräusch von knackenden Knochen zu vernehmen glaubte.

»Das wäre erledigt«, sagte die Hexe.

»Aber dieses Monstrum wird die ganze Stadt zerstören!« rief ich.

»Ehrlich, Kendar, du machst wirklich manchmal ein Getue um nichts.« Glucosia zog ihr Schwert. »Bereit, Gee?«

Aber Carageena gähnte nur. »Nein, geh du nur allein. Das Ding hat nicht so ausgesehen, als wären dafür zwei vonnöten.«

»Sehr sportlich von dir.« Schon marschierte Glucosia mit weit ausholendem Schritt los und pfiff dabei eines der traditionellen Jagdlieder unserer Familie vor sich hin. (»O wie spritzt das Blut aus des Hirsches Leib, wenn er erschlagen vor uns liegt!«)

Die Hexe blickte ihr zweifelnd hinterher. »Wenn sie unbedingt etwas umbringen will, sollte sie sich beeilen. Mein Zauber hält nämlich nicht lange vor. Und jetzt los mit euch, Jungs!«

Es bedarf wohl keiner Erwähnung, daß Scandal sich uns anschloß.

»Bei Wedwels großem Tempel im Giftigen Ödland!« entfuhr es meinem Bruder, als wir zum ersten Mal des Hauses ansichtig wurden.

»Die Hexe hat nicht übertrieben, als sie meinte, man könne den Bau gar nicht verfehlen. Der Kasten ist ja beinahe so groß wie Uxwutsch. Wie konnten die beiden es sich nur leisten, sich so etwas hinzustellen?«

»Niemand ist je daran pleite gegangen, die Intelligenz der Amerikaner zu unterschätzen«, bemerkte der Kater.

Basehart und ich starrten ihn an, als wäre er aus einem Kaugummibaum gefallen.

»Also gut, noch einmal für die, die trübe im Geiste sind. Unsere beiden Freunde haben es verstanden, ihr Magique den Käseburgern aufzuschwatzen, und diese wiederum waren zu blöde, die damit verbundenen Gefahren zu erkennen. Wahrscheinlich waren sie auch zu träge, sich damit zu befassen.«

Mein Bruder antwortete nichts darauf und kratzte sich nur am Hinterkopf. »Sieht wirklich so aus, als hätten sie eine Menge von dem Zeugs verkauft.«

Dem konnte ich nicht widersprechen. Das Haus stand am großen Platz von Käseburg, direkt gegenüber dem Springbrunnen. Wie zur Herausforderung besaß der Bau vor der Tür seinen eigenen Springbrunnen, und der war viel hübscher und sauberer als der der Stadt. Ich erklärte meinem Bruder, daß dieses Anwesen sich eindeutig von allen anderen in der Straße unterscheide.

»Woher willst du das wissen?« Er kratzte sich wieder am

Hinterkopf. »Alle Häuser dort haben doch wie dieses hier zwei Stockwerke.«

»Ja, aber mit dem Unterschied, daß jedes Stockwerk dieses Baus so hoch ist wie die Häuser, die es umgeben. Und die Fassade glitzert wie ein Diamant. Sie müssen dort mindestens tausend Spiegel angebracht haben.«

Basehart runzelte nachdenklich die Stirn. »Willst du damit andeuten, die beiden seien protzige Angeber?«

Scandal kletterte behende an mir hoch, blieb auf meiner Schulter hocken und brüllte von dort meinem Bruder ins Ohr: »Hallo, Polizei, ich möchte einen Mann melden, bei dem endlich der Groschen gefallen ist!«

Die meisten unserer Händler haben ein Schild über ihre Tür gehängt, auf dem zu lesen steht, welches Gewerbe sie betreiben. Bibok und Calosta aber hatten den Namen ihres Ladens quer über die Fassade angebracht. Ein richtiges Plakat, das von Holzstreben gestützt über das Dach hinausragte. An diesem riesigen Schild befanden sich ineinander verschlungene, auf unheimliche Weise leuchtende Röhren, die so etwas wie einen rosafarbenen Hexenkessel zeigten, in dem eine goldfarbene Brühe kochte. Eine ohne Unterlaß grinsende rothaarige Hexe rührte darin herum. Ihr Gesicht, ihre Mähne und ihr Kleid waren von diesen sonderbaren Leuchtstäben nur in ihren Umrissen dargestellt. Über dem Topf blinkten gelbe Scheiben auf. Sie wirkten tatsächlich wie Blasen, die aufstiegen. Und das ganze Bild wurde von zwei leuchtend gelben Halbbögen umgeben.

Der Kater sprang von meiner Schulter und trottete schnurstracks auf den Eingang zu. »Scandal!« rief ich, doch er blieb nicht stehen. Wohl oder übel mußte ich ihm folgen, und es interessierte mich einen feuchten Kehricht, ob Basehart mir hinterherkam oder nicht. Ich packte meinen Hausgeist, als er gerade an der Tür kratzte. »Du böser, böser KaOh!«

»K.O.?« fragte eine musikalische Stimme. »Ich dachte, wir hätten den Bürgermeister gebeten, auf dem Markt keine Boxkämpfe mehr austragen zu lassen.«

Die Tür öffnete sich, und ich blickte in das größte und wärmste Paar brauner Augen, das ich je bei jemandem gesehen habe, der keinen Sattel trug. Auch die Haut rings herum war von einem sanften Braun, und das lockige Haar funkelte von den juwelenbesetzten Bändern, die darin eingeflochten waren. Und die Rundungen ihres Busens wurden von golddurchwirkten Kettchen betont. Ein Hauch von orangefarbener Seide floß über den Körper, endete hoch über den Knien und gab den Blick auf endlos lange Beine frei. Und als dieses Wesen lächelte, verblaßten dagegen alle Leuchtröhren an der Fassade, als habe man sie in einen Kohlensack gesteckt.

»Oh, Kundschaft!« rief sie. »Aber bitte, tretet doch ein.«

»Halt dich zurück, Großer!« warnte mich der Kater.

Ich hörte, wie mein Bruder hinter mir scharf einatmete. Das spektakuläre Äußere des Hauses war nichts im Vergleich zu dem, was uns in seinem Innern erwartete. Wohin man auch blickte, überall erwarteten einen Wunder. Leuchtende Kugeln verbreiteten ihr Licht bis in die entlegensten Winkel und bestrahlten Regalwände voll der bizarrsten Dinge.

»Ich heiße Calosta«, stellte die Frau sich vor, während sie uns weiter hineinführte. »Ich glaube, ich habe Euch noch nie zuvor in Käseburg gesehen.«

»Wir sind auch gerade erst angekommen«, sagte ich.

»Oh? Nun das erklärt, warum Ihr den Vordereingang benutzt habt. Mein Partner verlangt, daß Kunden nur durch die Hintertür hereinkommen. Aber er besucht zur Zeit gerade den Bürgermeister, und ich denke, er wird diesmal nichts dagegen haben.« Sie lächelte uns mit Verschwörermiene an. »Ich weiß, wie das ist, wenn man von außerhalb kommt.«

»Wo stammt Ihr denn her?« wollte Basehart wissen.

»Aus Plunj.«

»Aus P-plunj?« prustete mein Bruder. »Von dort kann man doch nicht kommen. Da gibt es doch nur Urwald und ein paar Wilde, die sich von Ast zu Ast schwingen.«

Zu meiner großen Überraschung versetzte Baseharts Unhöflichkeit Calosta nicht in Zorn. »Solltet Ihr einmal diesen Dschungel besuchen, junger Mann, wird man Euch bestimmt mit ein paar spitzen Eisenargumenten eines Besseren belehren. Unsere Krieger sind nämlich echte Lokalpatrioten. Und sie mögen es gar nicht, wenn Auswärtige glauben, wir würden uns nur in Bananenröckchen kleiden.«

Je länger ich Calosta anstarrte, desto mehr wünschte ich mir, es wäre so.

Sie tätschelte meine Wange. »Und Ihr, mein Süßer, was wißt Ihr über Plunj?«

»Ni-nichts«, stammelte ich.

Calosta lachte wieder, und meine ersten Gehirnzellen schmorten durch. »Das wundert mich nicht. Aber grämt Euch deswegen nicht. Kaum einer in dieser Gegend weiß, welche Geheimnisse der Urwald birgt. Wir bekommen dort nämlich nicht viele Besucher. Liegt sicher am Klima in Plunj. Wer will sich schon durch all die Vegetation kämpfen? Gar nicht erst zu reden von den Krabbeltieren. Die einzigen, die ihren Weg zu uns finden, sind die Freibeuter, und die kommen nur, um unsere Tempel zu berauben. Und das Merkwürdige daran ist, daß unsere Götzen buchstäblich von oben bis unten mit Edelsteinen besetzt sind, aber diese Abenteurer interessieren sich immer nur für die Augen der Statuen. Eine Zeitlang haben sie es so arg getrieben, daß unser Hohepriester das Auge des Delbert an sich nahm und gegen ein Stück Glas austauschte. ›Das können sie gern mitnehmen‹, erklärte er dazu.«

Ich schüttelte den Kopf. Was würde Tante Glucosia wohl für ein Gesicht machen, wenn sie erfahren mußte, daß das Auge Delberts, das sie unter vielen Mühen geraubt hatte, nur eine Glasimitation war.

Calosta führte uns weiter. Wir kamen an einem Tisch voller Tontiere vorbei, aus deren Rücken echtes Gras wuchs. In einer Ecke stand eine kleine Kiste, aus der Hunderte von Sängern ihre Stimme ertönen ließen. Daneben stand eine riesige Spielzeugblume mit einem menschlichen Gesicht, die sich zu der Musik wiegte und im Takt dazu die Blütenblätter bewegte.

Unsere Führerin blieb vor einem großen, schrankähnlichen Gebilde stehen, das in schreiendem Rot und Weiß bemalt war. Ich berührte den Kasten, weil ich annahm, so etwas Helles könne nur Metall sein. Doch es war etwas anderes und erinnerte am ehesten an den harten Rücken eines Käfers. Calosta drückte auf eine der Klappen, die die Vorderseite verzierten. Ein mächtiges Rumpeln ließ sich aus seinem Innern vernehmen, dann machte es Klonk! – und die Besitzerin zog aus einem weiter unten befindlichen Fach einen zylindrischen Körper.

»Habt Ihr Durst?«

Ich brauchte eine Weile, ehe ich begriff, daß sie mir den Zylinder hinhielt. Er war eiskalt und feucht, fühlte sich aber wenigstens nach Metall an, auch wenn die grellbunte Bemalung einem die Sinne verwirrte. Da ich nicht wußte, was ich damit anfangen sollte, starrte ich das Gebilde nur an.

»Einen Moment«, lachte sie, nahm mir den Zylinder wieder ab und machte über seinem oberen Ende eine magische Handbewegung. Als sie mir das Ding zurückreichte, kam mir ein Zischen entgegen. Ein Loch hatte sich in der Oberfläche aufgetan, und dem entströmten seltsame Geräusche und Gerüche. Calosta holte weitere dieser Gebilde aus dem Kasten, reichte eines davon Basehart und behielt das letzte für sich.

Ich verfolgte, wie sie den Kopf zurücklegte und den Behälter an den Mund setzte, als würde sie aus einem Krug trinken. Ich ahmte ihre Bewegungen nach, und schon überfiel mich ein Schwarm unsichtbarer Geister, der wohl in dem Behälter gefangen gewesen war. Sie verbreiteten gluckernde Geräusche und prickelten in meiner Nase, daß ich fast niesen mußte.

»Mach mal Pause«, bemerkte Scandal. Für Calosta schien er nichts Ungewöhnliches zu sein. Ich vermutete, daß sie wie Gicht auf Ährtte Katzen kennengelernt haben mußte.

Tatsächlich rann etwas Flüssigkeit in meinen Mund. Sie schmeckte sehr süßlich und machte sich ein Vergnügen daraus, auf meiner Zunge und in meinem Hals zu explodieren.

Beim Weitergehen warf Calosta ihren leeren Behälter in ein Metallfaß, auf dem ein Baum abgebildet war, um den zwei Pfeile kreisten. »Respektiere die Ökologie«, bemerkte sie.

»Ökllo-was?« fragte mein Bruder und warf mir einen Seitenblick zu. Ich zuckte nur die Achseln. Jetzt hatten wir dieses Wort schon zum zweiten Mal gehört und wußten noch immer nichts damit anzufangen.

»Ein Stamm in Zentralafrika«, erklärte uns Scandal mit einem merkwürdigen Grinsen.

Wir gelangten schließlich in einen Raum, der als einziges Möbelstück eine hohe Leiter enthielt. Aber die Wände waren über und über mit kleinen, viereckigen Bildchen von Männern bedeckt, die wie kleine Jungs eine Art von Strampelanzügen trugen.

»Was hat der Kerl hier denn mit seinem Hut gemacht?« fragte Basehart und tippte mit einem dicken Finger auf eines der Bilder. »Da fehlt ja fast die ganze Krempe. Nur vorn ist noch ein Stück vorhanden, und das ist so groß wie ein Entenschnabel.«

Calosta schlug ihm auf die Hand. »Nicht anfassen. Das ist eine Mint-Ausgabe von Mickey Mantle.«

Als sie weiterlief, raunte mein Bruder mir zu: »Was für ein Mantel? Der Bursche hat doch gar keinen Mantel getragen. Und nach Pfefferminz schmeckt er auch nicht.«

Endlich erreichten wir den hinteren Teil des Hauses. Hier sah es aus wie in einer Apotheke. Die Regale an den Wänden waren mit Flaschen in allen Formen und Größen gefüllt – nur daß sie allesamt leer waren. Im Zentrum stand ein Tisch mit einer gelben Decke, der von vier Stühlen umgeben war. Und auf ihm befand sich ein …

»Ein Wasserkühler«, bemerkte der Kater. »Aber was in ihm schwimmt, ist garantiert kein Perrier.«

Da mußte ich ihm recht geben, außer vielleicht, man nannte Magique auf Ährtte Perrier.

»Was für ein gescheites Kätzchen. Erinnert mich daran, daß ich dir vor dem Gehen noch einen Happen Kaviar vorsetze.«

»Erst das Geschäft, dann die Fischeier, Baby. Mein Kumpel möchte ein Fläschchen von der gelben Flüssigkeit erwerben. Bei der Menge, die du davon hier rumstehen hast, könntest du ihm eigentlich einen günstigen Preis machen.«

»Den soll er bekommen«, erklärte die Medizinfrau mit halb gesenkten Lidern. »Dein Freund ist sehr charmant, wenn auch ein wenig schüchtern. Darüber hinaus weiß ich natürlich, daß junge Männer selten über viel Barschaft verfügen. Wozu braucht er denn das Magique? Vielleicht für eine Herzensangelegenheit?«

»Nun ja, also, da ist dieses Mädchen ...« meldete ich mich zu Wort, ehe der Kater weiter die Verhandlungen für mich führen konnte.

»Das dachte ich mir.« Sie tätschelte mir wieder die Wange und holte zwei Fläschchen aus dem Regal. Dann füllte sie sie aus dem Wasserbehälter, verschloß sie mit Wachstüchern und stellte sie so auf den Tisch, daß ich sie nicht erreichen konnte. »Du gefällst mir«, schnurrte sie. »Da du mir sehr sympathisch bist, und weil du zum ersten Mal hier bist und nicht zuletzt weil du mit wundem Herzen zu mir gekommen bist, will ich dir einen günstigen Preis machen. Du mußt mir nur eine kleine Frage beantworten. Einverstanden?«

»Einverstanden.«

Ich hatte das Wort kaum ausgesprochen, da zerschmetterte die Medizinfrau eines der Fläschchen zu meinen Füßen. Eisenfunken sprühten aus dem Boden und drehten sich um meinen Bruder und mich. Sie stiegen höher und vereinten sich über unseren Köpfen. Lange Metalldorne wuchsen aus dieser Krone und vereinten sich zu Käfigen, in denen wir eingesperrt waren. Basehart schrie auf, als einer der Dorne sich in seinen Arm bohrte.

Ich konnte nicht mehr nachdenken und spürte nur noch, wie die Magik in mir sich Bahn brach und wie eine Flut aus meinen Händen strömte. Die Eisenfunken wichen davor zurück, doch schon rückten neue heran. Ich schloß die Augen und konzentrierte mich nur noch auf meine Kräfte. Scandal zischte. Mein Bruder brüllte. Metall kreischte.

Als ich die Augen wieder öffnete, sah ich, wie die Käfige in sich zusammenbrachen.

»Meine Empfehlung«, sagte Calosta und reichte mir das zweite Fläschchen. »Das hat meine Frage ausreichend beantwortet.«

„Den soll er bekommen", erklärte der Medizinmann mit [illegible]

[illegible]

[illegible]

[illegible]

[illegible]

[illegible]

[illegible]

[illegible]

KAPITEL 12

»Noch etwas Brie?« fragte die Medizinfrau.

Basehart und ich hockten an einem niedrigen schwarzlakkierten Tisch und fühlten uns so unbequem wie Fliegen auf einem Bratgrill. Calosta hatte uns nach ihrem kleinen Test in diesen Raum geführt. Sie wußte nun, daß ich Zauberer war. (Na ja, wenn die Hexe Gicht meine Magik gleich gespürt hatte, warum sollte eine Medizinfrau wie Calosta dann nichts davon mitbekommen?)

»Meine Beine tun mir weh«, beschwerte sich mein Bruder. Dem konnte ich mich nur anschließen. Dieser Tisch war so niedrig, daß keine Stühle darunter paßten und wir auf Matten aus irgendeinem Stroh hocken mußten. Basehart tröstete sich mit einem weiteren Klumpen des zerlaufenden Käses. Man hätte ihm die Beine verknoten können, und das hätte immer noch nicht seinem Appetit geschadet.

»Man braucht eine Weile«, lächelte Calosta, »bis man sich an *tatami* gewöhnt hat. Aber Euer Rücken wird es Euch später einmal danken.«

»Sushi?« Sie brachte einen Teller mit hübsch arrangierten Stückchen, von denen nur Wedwel wissen mochte, um was es sich dabei handelte. Scandal schien jedoch höchsten Gefallen daran zu finden, denn er drängte gleich neben mich.

»Rieche ich da Fisch?«

Basehart hob eines der Stückchen vom Teller und betrachtete es argwöhnisch. »Wo ich herkomme, nennt man so etwas Köder.« Er schob es sich in den Mund. »Schmeckt aber nicht schlecht.«

Der Kater spazierte mit erhobenem Schwanz um den Teller herum. »Süße, ich kritisiere dich ja nur höchst ungern«, erklärte er der Medizinfrau, »aber wenn du unbedingt ein richtiger Ährtte-Yuppie werden willst, darfst du Sushi nicht zusammen mit Brie servieren.«

»Darf ich nicht?«

»Vertrau mir, ich bin dort nämlich aufgewachsen. Außerdem lebte ich mit einem Computer-Freak zusammen, und der hatte mehr Kohle als Gel im Haar. Wenn er wollte, konnte er sich Designer-Brie kommen lassen. Und für die Zubereitung seines Spezial-Cappuccino hat er Stunden gebraucht. Die Kaffeemischung dazu war übrigens eine Spezialbrennung nur für ihn. Das einzige, was ihn daran gehindert hat, jemals zum König aller Yuppies aufzusteigen, war der Umstand, daß er von allen weltfremden Eierköpfen der mit Abstand eierköpfigste Weltfremde war.«

»Dein Hausgeist legt gerade einen Bann über sie, nicht wahr?« fragte mein Bruder mich leise.

»Wieso?«

»Weil er all diese komischen Worte ausspricht. Hm, ist wohl kein Fluch über mich, oder? Ich meine, ich bin ihm erst einmal auf den Schwanz getreten ... heute ... es können auch zweimal gewesen sein ... oder dreimal ...«

»Nein, kein Zauber. Die Medizinfrau scheint zu verstehen, was er da spricht.«

»Wenn dein Herrchen wirklich so ein Trottel gewesen ist, woher willst du dann wissen, daß mein Arrangement falsch ist?« fragte sie Scandal gerade. »Weltfremde Eierköpfe sind eigentlich nicht dafür bekannt, sich in Stilfragen auszukennen. Ich möcht sogar wetten, daß dieser Vollidiot auch noch Trekkie gewesen ist.«

»Was für eine Frage? Natürlich. Spinnertum und Star Trek gehören zusammen wie ... wie ... nun, jedenfalls nicht wie Sushi und Brie. Zu Brie gehören eindeutig ein trockener Weißwein, grüne Trauben und die gute Nachricht, daß die kleine Muffy endlich an Miss Porters Schule angenommen worden ist.«

»Muffy? Freak? Trek? Kendar, wovon redet er da überhaupt. Bist du dir auch ganz sicher, daß er keinen Bann über uns legt, um mit der Hexe durchbrennen zu können?«

»Medizinfrau«, korrigierte ich meinen Bruder. »Und so

etwas würde mein Hausgeist nie tun.« Jedenfalls nicht für einen Teller rohen Fisch.

»Und wie steht es denn mit dem Sushi?« wollte Calosta wissen.

»Den serviert man mit Wasabi, eingelegtem Ingwer, ein paar Flaschen warmem Sake und zum Nachtisch mit der guten Nachricht, daß man endlich den Vertrag mit Mitsubishi abgeschlossen hat.«

Die Medizinfrau kraulte ihn hinter den Ohren. »Du bist wirklich ein kluger kleiner Kerl. Wie kommt es eigentlich, daß du sprechen kannst? Als mein lieber Bibok und ich Ährtte besucht haben, war dort keiner von euch wuscheligen kleinen Burschen in der Lage, auch nur ein Wort von sich zu geben. Dafür verstanden sie sich sehr gut darauf, ihre Wünsche auch ohne Sprache deutlich zu machen.«

»Geschäftsgeheimnis.« Scandal schnurrte jetzt so laut, daß man sein eigenes Wort kaum noch verstehen konnte. »Also sind du und dein Lover nicht nur Liebhaber voneinander, sondern auch von Katzen.«

»Müder Kalauer.«

»Ein besserer kostet auch mehr. Wie steht's bei dir eigentlich mit den grünen Scheinchen? *Habla usted* Pennunze? Aber spar dir den Atem, hier riecht es förmlich nach viel, viel Geld.«

»Was kann ein kleines bißchen ehrlicher Kapitalismus schon unter Freunden schaden? Auf Orbix hat es immer schon Händler gegeben. Bibok und ich folgen damit nur einer alten Tradition.«

Mein Stichwort. »Es ist sicher nicht Tradition, gefährliche Stoffe zu verkaufen und so zu tun, als seien sie vollkommen harmlos.«

»Vielleicht hier auf Orbix schon«, bemerkte der Kater.

»Ich merke schon, Ihr habt noch nie eine von Loosestrifes Würsten gegessen, die sie drüben am Markt verkauft«, entgegnete Calosta. »Wir hingegen verkaufen keine gefährlichen Stoffe.«

»Tatsächlich? Nun, mein Bruder hier hat im Rahmen einer

Katerkur etwas Magique zu sich genommen und ist infolge davon explodiert.«

»Man kann uns nicht dafür verantwortlich machen, wenn der Kunde das Mittel falsch gebraucht. Natürlich erstatten wir den Kaufpreis in voller Höhe zurück, wenn das Magique sich als fehlerhaft erweisen sollte. Doch diese Garantie schließt nicht Schadensersatz bei Fällen von vorsätzlichem Mißbrauch, unsachgemäßer Anwendung oder göttlichen Fügungen mit ein.« Sie warf einen Blick auf meinen Bruder. »Davon abgesehen sieht er doch wieder recht heil und munter aus.«

»Das haben wir allein Gicht zu verdanken.«

»Ah, Ihr kennt die Hexe also.« Ich glaubte wirklich, sie bei diesen Worten wie eine Schlange zischeln zu hören.

»Genau so wie Ihr.« Da ja kaum noch Geheimnisse zwischen uns übriggeblieben waren, konnte ich jetzt auch in aller Offenheit reden. »Sie war doch diejenige, die Euch nach Ährrte verbannt hat, nicht wahr?«

»Ja, das hat sie getan.« Calostas Augen brannten wie glimmende Kohlen. »Wir sollten sie wirklich bei Gelegenheit zum Brunch einladen, um uns ausreichend bei ihr dafür bedanken zu können. Wenn sie nicht so ... so zickig gewesen wäre, stünde das alles jetzt nicht hier.« Sie deutete mit einer weitausholenden Geste auf die Einrichtung ihres Hauses.

»Wie?« fragte Basehart. »Ihr habt dieses Magique auf Ährtte gefunden?«

»Na, das nenn ich aber mal eine gute Geschäftsfrau«, sagte der Kater. »Ich stamme aus L. A. und höre erst hier zum ersten Mal von Magique.«

Calosta fing wieder an, ihn zu kraulen. »Euer Kater hat recht. Auf der Erde findet man weder Magik noch Magique, nicht einmal bei Bloomingdale's. Was sie dort Magie nennen, ist nichts anderes als ein paar Taschenspielertricks, die von Scharlatanen vorgeführt werden. Ich kann Euch gar nicht sagen, wie niederschmetternd es dort für uns war, unserer besonderen Kräfte beraubt zu sein.«

»Ihr habt dort Eure Magik verloren?« fragte ich verblüfft.

»Wie ist es Euch denn dann gelungen, wieder hierher zurückzufinden?«

»Das ist unser kleines Geschäftsgeheimnis. Nein, ich will es Euch sagen. Unter Kollegen sollte man offen sein. Ihr kommt mir für einen Zauberer noch recht jung vor, Meister …?«

»Kendar Gangle. Und das hier ist mein Bruder Basehart.«

»Entzückt.« Sie klimperte mit ihren Wimpern in Richtung Basehart, doch der war gerade damit beschäftigt, ein Stück Käse auf einem Stück Sushi zu verreiben und sich das ganze Paket in den Mund zu stopfen.

»Wie ich gerade sagte, Meister Kendar, Ihr scheint mir noch recht jung zu sein. Ohne Frage habt Ihr mehr als alle anderen studiert, sonst wärt Ihr nicht im Besitz einer so gewaltigen Menge Magik. Aber schließlich besteht das ganze Leben von uns Medizinfrauen und Zauberern ja aus Studien und Lernen. Da Ihr einen Kater von Ährtte an Eurer Seite wißt, habt Ihr sicher längst herausgefunden, wie man temporäre Tunnel von diesem Ort zu jenem öffnen kann, oder?«

»Äh, ja.« Sie brauchte ja nicht zu erfahren, daß ich eher durch Zufall auf das Rattenloch gestoßen war, aus dem Scandal gekrochen kam.

»Das dachte ich mir. Doch vielleicht haben Euch Eure Studien noch nicht offenbart, daß es noch andere Wege gibt, permanente Tunnel … Auch wenn es noch keinem gelungen ist, eine Straße zu einem anderen Ort außer Ährrte zu finden, heißt das noch lange nicht, daß es sie nicht gibt.«

»Spielt die Kennmelodie von *Twilight Zone*, und setzt die Schilde hoch. Die Romulaner wollen uns durch das Rattenloch an Steuerbord entern.«

»Also habt Ihr und Bibok auch ohne die Hilfe von Magik einen Weg nach Hause gefunden«, nahm ich den Faden wieder auf.

»Das ist möglich«, nickte sie. Und warum auch nicht, immerhin war es Gicht ebenfalls gelungen, wieder zurückzufinden, auch wenn sie als Hexe da natürlich über bessere Ausgangsmöglichkeiten verfügt hatte.

»Und wo bist du auf deine Gelbe Ziegelsteinstraße gestoßen, Schnuckiputz?« fragte der Kater. »Mein Durchgangsloch befand sich in einer dunklen Gasse in East L. A.«

»Nun, da war diese zauberhafte kleine Schuh-Boutique in einer der Seitenstraßen, die von der Lexington Avenue abgehen. Ich probierte gerade ein paar italienischer Pumps an, als mich ein Lufthauch streifte und ich vertraute Gerüche wahrnahm. Sie kamen aus einem Loch in der Wand, vor das man einen japanischen Wandschirm gestellt hatte. Ich gab Bibok zu verstehen, daß er die Verkäuferin ablenken solle, und ging nachsehen. Ja, da befand sich tatsächlich ein Loch zu einem Tunnel. Ich erklärte der Verkäuferin, ich wolle noch ein anderes Paar sehen, und zog dann sofort Bibok mit hindurch. Wir sind hier auf Orbix gelandet und besaßen wieder alle unsere Fähigkeiten.«

»Und das Magique«, schloß ich.

»Nein, das kam etwas später. Das einzige, was wir von Ährtte mitgebracht haben, waren die Kleider, die wir am Leib trugen, und ein Paar italienischer Pumps. Wenn ich je wieder dorthin zurückgelangen sollte, kann ich nur hoffen, daß mittlerweile das Gesetz beschlossen worden ist, nach dem Ladendiebstahl nach kurzer Zeit verjährt ist.«

»Wieder dorthin zurück?« rief der Kater und zitterte vor Aufregung. »Du kennst einen Weg auf die Ährrte?«

»Selbstverständlich.«

»Wo ist der zu finden? Hast du ihn durch Zufall entdeckt? Kannst du ihn wie Gicht selbst öffnen?«

»Warum sollte ich mir die Mühe machen? Wie Gicht dir sicher bestätigen wird, kostet so etwas sehr viel Kraft. Danach ist man fix und fertig. Und ich weiß Lohnenderes, für das ich meine Kräfte einsetzen kann. Davon abgesehen haben selbstgemachte Tunnel die unangenehme Eigenschaft, gelegentlich vorzeitig einzustürzen. Dann wird man entweder zerdrückt oder stirbt oder hängt für immer im Zwischenraum fest. Bis heute ist noch niemand zurückgekehrt, um uns genauen Aufschluß darüber zu geben.«

Scandal führte wieder seinen Veitstanz auf. »Dann kennst

du also einen absolut natürlichen, organischen und hundertprozentig recyclebaren Tunnel zu meiner Welt?«

»Der war nicht schwer zu finden. Ich habe mich nur umgesehen, wo sich das nächste Tor finden läßt, um im Notfall echt trockenen Weißwein von drüben besorgen zu können. Dem Himmel sei Dank gibt es aber nicht weit von hier das Weingut eines gewissen Beavis, und dessen Butthead Nacktarsch stellt jeden Chablis in den Schatten. Blumig, vollmundig …«

»Ich will jetzt endlich erfahren, wo dieser Tunnel sich befindet!« kreischte Scandal.

»Ich habe ihn in meiner Kristallkugel gesehen.« Sie wandte sich an mich. »Kristallkugeln verschaffen einem doch viel deutlichere und detailreichere Visionen als magische Spiegel, meint Ihr nicht?«

»Äh … ja … könnte man so sagen …« Ich spürte Scandals verächtlichen Blick in meinem Rücken. Visionen! Noch so ein Kapitel, zu dem ich noch nicht vorgedrungen war. Wie einfach wäre doch alles gewesen, wenn ich diese Kunst schon beherrscht hätte. Wir hätten Boffins Aufenthaltsort sehen und uns dorthin begeben können. Und hätten nicht durch Käseburg stolpern müssen, um dort irgendeinen Hinweis auf Dulcettas Gefängnis zu finden.

Wenn ich in der Lage gewesen wäre, Visionen zu beschwören, hätte der Kater mich jetzt nicht angesehen, als sei ich etwas, das einem Grippekranken aus der Nase tropft, und sich demonstrativ neben die Medizinfrau gehockt.

»Zeig ihn mir bitte«, flehte er sie an.

»Wieso ich? Dein Meister Kendar wird doch sicher …«

»Weißt du noch, was du eben über die enorme Menge Magik in ihm gesagt hast? Dann stell dir mal ein Radio in einem Haus ohne Strom vor. Genau so verhält es sich mit ihm. Er hat keine Steckdose, und ein bißchen falsch gepolt kommt mir sein Dachstübchen manchmal auch vor. Bloß weil einer eine Lastwagenladung Farbe hat, muß aus ihm noch lange kein zweiter Leonardo da Vinci werden.«

»Ja, das sehe ich auch so.« Calosta betrachtete mich eigentümlich.

»Scandal!« wollte ich ihn scharf zurechtweisen, doch nur ein verunglückter Laut kam über meine Lippen.

»Jetzt mach dir mal nicht ins Hemd«, beschied mich der Kater. »Ich bin derjenige gewesen, der dir immer wieder gesagt hat, streng dich bei deinen Studien an, trödel nicht so rum, lern lieber, statt in der Nase zu bohren. Und du warst derjenige, der nie in die Gänge gekommen ist, der mal sein Buch verlegt hatte, ein anderes Mal über eine abgebrochene Stiftspitze geklagt und sich wieder ein anderes Mal einfach versteckt hat. Wenn du immer brav deine Hausaufgaben gemacht hättest, könntest du mittlerweile Kabelvision haben. Eine einfache Vision, wo ich eine Gefährtin finden kann, würde mir ja schon vollauf genügen.«

»Verräter!« schrie mein Bruder Scandal an. »Kendar mag ja als Zauberer eine echte Flasche sein, aber das braucht *sie* doch noch lange nicht zu wissen!«

»Ich habe da ein paar Neuigkeiten für dich, Barney Geröllheimer: Auch wenn ich nichts gesagt hätte, hätte sie es doch über kurz oder lang herausgefunden. Diese Calosta ist nämlich dein schlimmster Alptraum, eine Frau, die bis drei zählen kann. Und wo wir schon einmal dabei sind, hier eine Sondermeldung, die gerade hereingekommen ist: Deine Dulcetta mag ja ein wenig beschränkt sein, aber sie war immer noch schlau genug, dich bei der erstbesten Gelegenheit zu verlassen, statt bis an ihr Lebensende an deiner Seite zu versauern!«

»Das ist eine Lüge!« Basehart stürzte sich auf ihn, aber der Kater wich behende aus, und mein Bruder rutschte auf dem Bauch über den Tisch. Käseklumpen und Fischstückchen regneten wie ein Konfettiregen (woher kenne ich bloß diesen Ausdruck?) durch das Zimmer.

»Aufhören!« sagte die Medizinfrau und streckte eine Hand aus. Augenblicklich erstarrte Basehart. Er kniete mit ausgestreckten Armen auf dem Tisch.

»Euer Hausgeist hat wirklich etwas im Kopf, Meister Kendar. Der Test, den ich eben bei Euch anwandte, hat mir auch verraten, wie es um Eure Zauberkünste bestellt ist. Verzeiht mir, aber die sind wirklich recht bescheiden. Wäre es anders, hätte ich Euch allerdings nichts zu essen angeboten, sondern Euch längst vernichtet.«

Meine Wangen brannten wie Feuer. Es ist eine Sache, wenn man durchaus weiß, als Zauberer nicht allzu viel auf der Pfanne zu haben, aber es ist eine ganz andere Sache, wenn man gesagt bekommt ›Vor dir brauche ich mich nun wirklich nicht zu fürchten‹.

»Davon abgesehen seid Ihr immer auch allein. Selbst wenn Ihr Eure Fähigkeiten besser einzusetzen verstündet, wären Bibok und ich gemeinsam Euch immer noch haushoch überlegen.«

»Gegen den Hohen Rat der Zauberer kämt Ihr aber nicht an!«

»Der Hohe Rat? Ach, das sind doch so liebe ältere Herren. Einer von ihnen hat uns bereits mit seinem Besuch beehrt. Natürlich hat Gicht dahintergesteckt. Er konnte nichts Schlimmes an unseren Produkten finden. Ihr seht also, Magique ist vollkommen legal. Schließlich handelt es sich dabei nicht um Magik – jedenfalls nicht direkt –, und deswegen hat der Rat nichts dagegen, wenn Normalsterbliche es benutzen.«

»Aber es läßt Menschen explodieren.«

»Deswegen braucht Ihr nicht gleich zu schreien. Ich habe Euch doch von unseren Garantiebedingungen erzählt. Wenn es zu unerwünschten Nebeneffekten kommt, ist in der Regel der Benutzer daran schuld, weil er es falsch angewandt hat.«

»Das ist doch bloß eine billige Ausrede.«

Calosta schenkte mir ihr strahlendstes Lächeln. »Das müßt Ihr uns erst einmal nachweisen. Kommt mit, und ich zeige Euch, wie wir Magique herstellen. Ihr werdet dann feststellen, daß wir uns der modernsten Schwarzkunsttechnologie bedienen.«

Ich glaubte, meinen Ohren nicht trauen zu dürfen. »Ihr wollt mir das tatsächlich zeigen?«

»Damit Ihr endlich Ruhe gebt und uns nicht weiter behelligt. Ihr seid zwar keine echte Bedrohung für uns, aber langsam werdet Ihr lästig.«

»Und was ist mit meinem Bruder?« rief ich, als sie zur Tür eilte.

»Keine Bange, der rührt sich nicht von der Stelle«, antwortete sie, ohne sich umzudrehen. Scandal folgte ihr bereits auf dem Fuß.

KAPITEL 13

»Und hier vollzieht sich der Zauber«, erklärte die Medizinfrau und deutete auf einen langen Tisch, auf dem sich ein ganzer Wald von Röhren, Tiegeln, Glasgefäßen und übel riechenden Tontöpfen erhob. Im ganzen Raum roch es nach furchtbar stinkendem Käse.

»Grundgütiger, Holmes!« rief der Kater. »Die Pizzabäckerei von Dr. Frankenstein!«

Calosta ging neben ihm in die Hocke. »Mag unser Kätzchen etwa Pizza?«

»Da kannst du drauf wetten, Schatz. Eine Pizza mit Anchovis bitte, aber mit dünner Kruste, nicht so viel Öl und kein Oregano.«

Calosta streichelte ihm über den Rücken. »Später vielleicht. Jetzt müssen wir erst deinem Meister Kendar zeigen, wie wir Magique herstellen.«

»Vielleicht nennt er sich ja Meister Kendar, aber er ist ganz gewiß nicht mein Meister!«

Die Medizinfrau lachte. »Natürlich, wie konnte ich das nur vergessen. Eine Katze hat natürlich keinen Herrn. Bibok und ich haben zu lange ohne die Gesellschaft von euch zauberhaften Wesen auskommen müssen, da habe ich wohl ganz meine guten Manieren vergessen. Kannst du mir noch einmal verzeihen?«

»Wo ich herkomme, buchstabiert man Verzeihen F-U-T-T-E-R.«

»Auch das hätte ich mir denken können.« Calosta schwebte zu einem in der Wand eingelassenen Schrank und entnahm ihm ein Fläschchen. »Würdet Ihr so freundlich sein, Meister Kendar, und die Honeurs machen?«

Ich hatte nicht den Hauch einer Ahnung, was sie von mir wollte, aber ich wollte auch nicht schon wieder als Trottel dastehen. Also entkorkte ich die Flasche und roch vorsichtig an dem, was mir da entgegenströmte. Am Boden des Glases schwamm ein leicht leuchtender Klumpen, dessen Farbe man nicht genau ausmachen konnte.

Hilf mir ... drang eine leise Stimme an mein Ohr.

Bildete ich mir das nur ein? Die Stimme schien direkt in meinen Kopf eingedrungen zu sein.

Hilf mir ... bitte ...

So verzweifelt und hilflos. Meine Hand, die die Flasche hielt, fing an zu prickeln. »Sehr interessant«, sagte ich, um Zeit zu gewinnen.

Die Medizinfrau nahm mir das Gefäß wieder ab, und im selben Moment vergingen die Stimme und das Prickeln.

»Ich habe noch nie gehört, daß jemand Katzenfutter als interessant bezeichnet hat«, sagte sie und kippte die Flasche um. Ein goldgelber Brei platschte vor Scandals Füße und verwandelte sich augenblicklich in eine silberne Schüssel, die mit dem feinsten rohen Gehackten gefüllt war.

»Wow! Feinstes Rinderhack! Komm zu Papa!« Der Kater stürzte sich auf die Schüssel, und binnen Sekunden war alles bis auf den kleinsten Krümel verschwunden.

»Es überrascht mich doch ein wenig, daß Ihr Euch nicht darauf versteht, Magique zu beherrschen«, erklärte Calosta mir, »denn schließlich ist Magik eine der Hauptgrundlagen dieses Stoffes. Kommt, ich zeige es Euch.«

Sie zog mich an eine Seite des Tischs. Dort ruhte ein leeres Fläschchen auf einem Dreibein über einem Kohlebrenner. An den Glaswänden zeigten sich Reste von Magik.

»Hier beginnt der Prozeß. Wir müssen die Flasche auffüllen. Einer unserer besten Kunden hat heute eine größere Bestellung aufgegeben. Fangen wir am besten gleich damit an, ja?«

Die Medizinfrau legte einen Finger auf die Öffnung der Flasche und sprach ein paar Worte, die ich nicht verstand. Ein Magikklumpen von der Größe eines Taubeneis erschien unter ihrem Fingernagel. Sie klopfte mit dem Finger auf den Rand, und die Magik fiel in die Flasche.

Meine Hand fuhr automatisch hoch, um nach dem Klumpen zu greifen. Meine Haut prickelte, und all die Magik in mir versuchte, mit dem Ei Kontakt aufzunehmen. Doch

Calosta machte eine unmerkliche Bewegung, und schon schwebte ein großer Glasbehälter heran und senkte sich über das Fläschchen. Wasser strömte hinein und bedeckte die Magik. Ich zog meine Hand erschrocken zurück.

»So stellen wir Magique her.«

»Das ist alles?« Ich konnte es kaum glauben. Der Klumpen in der Flasche war eindeutig Magik – nasse, unglückliche und zornige Magik, aber keinesfalls Magique. »Man gibt nur Wasser hinzu?«

»Und rühren, nicht schütteln«, bemerkte Scandal.

»Nein, nicht einfach Wasser. Dann würden wir ja nicht mehr als nasse Magik erhalten, und ein halbwegs fähiger Zauberer könnte es jederzeit daraus befreien.

Man salzt das Wasser, und schon entsteht etwas ganz Neues. Wenn man die Lake in die Sonne stellt, verdunstet sie, und man hat am Ende wieder das Salz. Es ist so wie beim Kuchenbacken. Dazu nimmt man Eier, Mehl, Honig und Milch, und wenn der Kuchen fertig ist, kann man die einzelnen Ingredienzien nicht mehr herausschmecken.«

Ich schnüffelte an der Flasche und spürte die Magik, die nach einem Weg suchte, aus dem Behälter zu gelangen. Ich hätte den Inhalt der Flasche nur ausschütten müssen, um die Magik an mich zu bringen. Der Klumpen gehörte zwar nicht zu Meister Thengors Erbe, aber das spielte in diesem Fall keine Rolle. War wirklich nicht schwer, bis auf den Umstand, daß diese Magik von Calosta stammte. Was, wenn sie sie irgendwie verändert hatte? Immerhin war sie eine Medizinfrau aus dem Dschungel von Plunj. Und wie Tante Glucosia zu sagen pflegte, waren die Dinge dort ein wenig anders gelagert als bei uns. (»All diese Vegetation. Ganz furchtbar, einfach überall. Man kann dort nicht einen Moment stehenbleiben, ohne daß einem irgendwas Grünes im Gesicht herumwächst. Man sollte wirklich ein Gesetz gegen dieses Geknospe erlassen. Gar nicht auszudenken, wenn man Kinder dorthin mitnimmt. Die stellen dann nämlich bestimmt Fragen. Und wenn einen gerade nicht das Herumgewachse plagt, dann garantiert Kopfschmerzen. Liegt an der hohen Luftfeuchtigkeit dort. Also, kann mir mal einer verraten, wozu so ein Dschungel überhaupt gut sein soll?«)

Könnte also durchaus sein, daß die Plunj-Magik sich irgendwie von der unseren unterschied. Nicht zu vergessen, daß ich einmal fast vor Krämpfen gestorben war, als ich die Magik an Bord der *Goldenes Vlies* zu mir genommen hatte. Auf eine Wiederholung dieser Erfahrung konnte ich gern verzichten.

Ich sah Calosta an. »Ihr irrt, es ist immer noch nicht mehr als Wasser und Magik.«

»Wartet, noch hat es sich nicht umgewandelt. Diese ganzen Röhren, Flaschen und was weiß ich noch sind nicht ohne Grund hier aufgebaut, Meister Kendar. Im Moment verhalten sich Wasser und Magik wie zwei Menschen, die sich zueinander hingezogen fühlen. Er sieht so gut aus, wie man sich das in seinen wildesten Träumen nie vorgestellt hat, und sie sieht so la-la aus, wenn man unbedingt auf Pferdegesichter steht. Sie glaubt, sie beide seien füreinander bestimmt, aber sie sind nur zusammen, wie dieser Tisch und dieser Stuhl sich zufällig im selben Raum befinden.«

»Ihr bezieht Euch damit auf Bibok und Gicht, nicht wahr?«

»Nein, sie spricht von Prinz Charles und Lady Di«, gab Scandal zum besten.

»Wenn man aber diesen wunderbaren Mann mit einer anderen Frau zusammenbringt«, fuhr die Medizinfrau mit verzücktem Blick fort und schien mich gar nicht gehört zu haben, »mit einer besonderen Frau, die seiner würdig ist, dann sind sie bald mehr als nur zwei Menschen, die sich zufällig im selben Raum befinden. Sie haben sich dann zu einer untrennbaren neuen Kreation vereint ...«

»So wie bei den Ingredienzien eines Kuchens?« fragte ich.

Calosta hörte mir noch immer nicht zu. »Ihrer beider Selbst hat sich zu einem so vollkommenen Ganzen zusammengefügt, daß nur eine Hexe mit dem Verstand eines Dorftrottells glauben kann, die beiden wieder auseinanderbringen zu vermögen ...«

»Aber, aber, mein Süßmäulchen«, ertönte eine neue, sonore Stimme. »Daddys kleine Süße soll sich doch nicht so in Fahrt bringen. Du weißt, daß dein Biorhythmus heute nicht auf der Höhe ist.«

Ich drehte mich um und sah einen großen Mann, der in

der Tür stand. Das konnte nur Bibok sein. Woher ich das wußte? Nun, erstens sah er so gut aus, wie Gicht und Calosta ihn beschrieben hatten. Zweitens trat er auf, als sei er hier zu Hause. Und drittens raste die Medizinfrau gleich zu ihm, warf sich ihm an die Brust und blieb dort wie eine Tätowierung kleben, während sie sein Gesicht mit mindestens einer Milliarde Küsse bedeckte.

Der Schönling trat, unbeschwert von der Medizinfrau, die immer noch an ihm hing, auf mich zu und streckte die Rechte aus. »Hi! Super, Euch zu sehen, echt super. Ich bin Bibok, aber meine Freunde nennen mich, tja, was soll ich sagen, auch Bibok. Und Ihr seid?«

»Meister Kendar Gangle.«

»Ein Meister!« Er strahlte, als sei das die gute Nachricht des Tages. Dann löste er Calosta von seiner Brust und scheuchte sie mit einer knappen Handbewegung zum Tisch zurück. »Kümmer dich doch bitte wieder um deine Arbeit, ja, Süßlöckchen?« Er wandte sich wieder an mich. »So, so, ein Meister, ein echter Zauberer also. Großartig, einfach cool. Ihr müßt wissen, daß ich mich auch ein wenig in der Zauberei versuche, natürlich nur zum Hausgebrauch. Nichts, womit man angeben könnte, aber ich komme zurecht. Mann, Ihr müßt gleich mit in mein Arbeitszimmer kommen und mir ein paar von Euren Tricks zeigen. Nichts Weltbewegendes, nur ein paar Amüsements, um uns an den langen Winterabenden zu erheitern, wenn der Brandy langsam alle wird und die Herzallerliebste einem immer mehr auf die Pelle rückt, wenn Ihr versteht, was ich meine, he-hehe.« Er legte mir einen Arm um die Schultern.

Ich entfernte ihn so, wie ich es bei meiner Mom abgeschaut hatte, wenn Dad wieder die Innereien eines Hirsches überall hatte herumliegen lassen. »Habt Ihr so den Vertreter des Hohen Rats um den Finger gewickelt? Mit viel Grinsen, Strahlen und Schmeicheleien?«

»Nicht zu vergessen das Set hübscher Reisekoffer.« Doch seine Miene veränderte sich, und sein Blick war jetzt stahlhart. »Du scheinst dich in diesem hier getäuscht zu haben, Cal-Süße. Er ist nicht so blöde, wie es auf den ersten Blick den Anschein hat.«

»Irrtum, Liebster, er ist vollkommen harmlos. Kendar hat genug Magik in sich, um auf Orbix das Unterste nach oben zu kehren, aber er weiß nicht, wie man das Zeugs einzusetzen hat. Der Meister ist gerade Zeuge geworden, wie ich einen Tropfen von meiner Magik in eine Flasche gegeben habe, und er hat nicht einmal versucht, ihn mir abzunehmen.«

»Hm ...« machte Bibok. »Niemand, der über solche Macht verfügt, kann so ein Einfaltspinsel sein. Ich vermute, er verstellt sich nur.«

»Glaubt ihr Typen etwa das, was die Reklame euch erzählt?« rief Scandal und schob sich zwischen Bibok und mich.

»Genauso wenig wie an das, was die Regierung uns erzählt«, antwortete der Mann. »Aber ich weiß auch, daß Hausgeister für gewöhnlich auf der Seite ihres Meisters stehen.«

»Auch da liegst du falsch, mein Großer«, gurrte Calosta und erklärte ihm dann, wie die Dinge zwischen dem Kater und mir standen.

»Er ist nicht wirklich sein Hausgeist?« grinste Bibok und bückte sich, um Scandal zu streicheln. »Ich schätze, das ist der endgültige Beweis dafür, daß wir es hier mit einem vollkommenen Idioten zu tun haben.«

»Wenn es um Magik geht«, setzte der Kater noch eins drauf, »stellt sich mein Kendar an, als besäße er eine Porsche-Vertretung, aber keinen Führerschein. Oder als habe er gerade den neuesten Playboy mit der Post bekommen und in seinem Haus halte die örtliche Radikalfeministenvereinigung ihre Jahreshauptversammlung ab. Oder als habe er die modernste Computeranlage bei sich herumstehen und das Passwort vergessen.«

»Hä?« machte ich.

Der Kater seufzte. »Hinzu kommt, daß er die halbe Zeit über kein Wort von dem versteht, was ich sage.«

»Armer schwarzer Kater«, sagte der Mann, »Onkel Bibok wird dafür sorgen, daß du es besser haben wirst.« Er grinste wieder gehässig. »Gicht scheint alt geworden zu sein. Du kannst über sie sagen, was du willst, mein Süßlippchen, aber die alte Kuh war immer sehr gerissen. Ich verstehe nicht, warum sie uns einen so ausgemachten Blödian ins Haus geschickt hat ...«

»Er hat auch noch einen von diesen Raufbolden mitgebracht«, klärte Calosta ihn auf. »Einen von diesen Typen mit einem Muskelumfang, der dreimal so groß ist wie ihr Intelligenzquotient.«

»Habe ich den vielleicht im Tatami-Zimmer gesehen? Ich dachte schon, du hättest angefangen, Wasserspeier zu sammeln.« Die beiden lachten sich halb schief, während ich immer mehr kochte.

»Mein Bruder Basehart ist kein Wasserspeier!«

»Das zu beurteilen, bleibt doch wohl den Kritikern überlassen«, kicherte Bibok, um gleich loszuprusten: »Und Ihr konntet noch nicht einmal einen harmlosen Lähmzauber aufheben? Grundgütiger, Süßköpfchen, ich muß mich tausendmal bei dir entschuldigen. Du hast diesen dümmsten Zauberer der Welt auf den ersten Blick durchschaut.«

»Nun, ich würde eher sagen, er ist ein Weichei«, bemerkte der Kater. »Wenn es ans Zaubern geht, wird er zum größten Feigling der Welt.«

»Scandal!« brüllte ich.

»Mach halblang, Baby«, entgegnete der Kater. »Wollen wir doch lieber den Tatsachen ins Auge sehen: Du bist wie eine voll aufgeladene Batterie ohne Anschlüsse. Bist bis zum Stehkragen voller Magik und weißt nichts damit anzufangen. Zuerst glaubte ich ja, du wolltest aus Pietät für den alten Meister Thengor nicht gleich damit herumhantieren. Dann sagte ich mir, der Junge braucht noch etwas Übung. Etwas später dachte ich, du hättest vielleicht einen heiligen Eid getan, dich in der Öffentlichkeit immer wie ein Tolpatsch aufzuführen. Doch schließlich kam mir die Erkenntnis: Der Junge bringt's einfach nicht. Und mir wurde klar, daß ich es mir nicht leisten konnte, noch mehr Zeit mit dir zu vertrödeln.«

Nach diesen Worten, die mich wie erstarrt zurückließen, marschierte er zu Calosta und zog mit einer Pfote an ihrem Rock, bis sie ihn hochhob und neben sich auf den Tisch setzte.

»Miau?« machte er wie ein verängstigtes kleines Kätzchen, und die Medizinfrau schmolz gleich dahin.

»Ach, Liebster, er ist ja so süüüüß! Können wir ihn nicht behalten?«

»Alles, was du willst, mein Süßnäschen.«

»Ihr könnt Scandal nicht haben!« protestierte ich. »Er gehört zu mir!«

»Au contraire, mein Bester.«

Ich haßte mich dafür, wieder »Hä?« zu machen.

»Das heißt soviel wie: Nichts da. Finito. Schließt die Augen, und was Ihr dann seht, bekommt Ihr. Oder, um es für Euch noch einfacher auszudrücken: Scandal gehört Euch ... NICHT!« Sein Grinsen war widerlich.

»Also gut«, entgegnete ich und zwang mich zur Höflichkeit. »Ich weiß, daß Scandal nicht mir gehört; denn Katzen gehören niemandem. Deswegen könnt Ihr ihn auch nicht haben; denn Euch gehört er genauso wenig.«

»Mir gefällt Euer Stil. Ihr erweist Euch als guter Verlierer. Manchmal frage ich mich, ob ich auch ein guter Verlierer sein könnte, aber das ist natürlich nur hypothetisch, nicht wahr?«

»Meister Kendar?« rief Calosta jetzt. »Wollt Ihr nicht zusehen, wie es mit der Magique-Herstellung weitergeht? Das Wasser war doch erst der Anfang.«

»Geht ruhig zu ihr«, wies Bibok mich an. »Vor einem wie Euch haben wir nichts zu verbergen. Vielleicht könnt Ihr ja etwas lernen, hi-hi-hi. Möglicherweise seid Ihr ja klug genug zu erkennen, daß Ihr bislang bei den falschen Leuten wart, und schließt Euch uns an. Wir können immer einen Junior-Partner gebrauchen, schließlich denken wir daran, uns zu vergrößern, ein paar Filialen hier eröffnen, natürlich nur Franchising, und unsere Vorräte aufstocken. Die Zukunft gehört den Jungen, den Ehrgeizigen und denen mit scharfem Outfit. Nun ja, wenigstens seid Ihr jung.«

Mein Dad sagt immer: »Wenn Blicke töten könnten, würde die Jagd nur noch halb so viel Spaß machen.« Das mochte durchaus sein, aber bei Bibok hätte ich es gern anders gehabt. Mit gesenktem Haupt begab ich mich zu der Medizinfrau. Scandal hatte es sich mittlerweile auf ihren

Schultern bequem gemacht und hatte keinen Blick mehr für mich übrig.

»Ihr habt bereits verfolgen dürfen, wie wir Magik mit Wasser verdünnen«, begann Calosta. »Nun bringen wir das Gebräu zum Kochen. Seht nur, wie die Dämpfe durch diese Röhren hier strömen. Dennoch handelt es sich immer noch um Magik, und aus diesem Grund gebe ich jetzt die Spezialingredienzien hinzu.«

Ich verstand von der ganzen Anlage nichts. Sicher, der Rauch strömte durch diverse Röhren, erhielt unterwegs einige Zusätze und tropfte in einige Auffänger. Die Medizinfrau bewegte sich am Tisch entlang und drehte mit ihrer Zauberkaft hier ein Ventil weiter auf und dort weiter zu. Dabei murmelte sie Worte der Macht. Ich erinnerte mich daran, was Meister Thengor über Worte der Macht gesagt hatte. Je komplizierter sie sich anhörten, desto mächtiger der Zauber.

»Hexylresorzinol«, beschwor Calosta. »Diglyzerid. Polyabscorbat. Hydroxypropylzellulose. Und zum Schluß noch eine Idee Sodiumbenzorat, um das Ganze haltbarer zu machen und den Geschmack zu verstärken.«

Mir schwirrte der Kopf. »Habt Ihr Dämonen angerufen?«

»Zerbrecht Euch nicht den Schädel darüber«, meinte Bibok. »Dämonen haben für uns allen Schrecken verloren. Schließlich sind wir mit den Oberkellnern in Manhattan fertiggeworden.«

»Ach, Liebster, nun zank ihn doch nicht. Er kann doch nichts dafür, so ein junger Dummerjan zu sein.«

»Die Zeit wird schon dafür sorgen, daß es nicht bei dem jung bleibt«, bemerkte eigenartigerweise Bibok und nicht Scandal.

»Eigentlich sollten wir froh sein«, entgegnete sie. »Wenn er mit seinen Kräften besser umzugehen verstünde, hätte uns eine ziemliche Auseinandersetzung ins Haus gestanden.«

»Eine Auseinandersetzung, vor deren Ausgang mir nicht bange gewesen wäre, Süßöhrchen. Er mag ja über eine ganze Wagenladung Magik verfügen, wir aber besitzen eine ganze Schiffsladung davon.«

»Ich hätte mir Euch ja einzeln vornehmen können«,

platzte es aus mir heraus, ehe ich mich daran erinnerte, daß man seinem Gegner nie den Schlachtplan verraten darf.

»Von wegen«, gähnte er. »Süßwimper, hast du ihm nicht das Beispiel mit den Kuchenzutaten erzählt?«

»Doch, Liebster, aber ich fürchte, er hat es nicht so ganz verstanden.«

»Nun, *Meister,* diese Metapher erklärt, warum Ihr uns nicht einzeln angehen könnt. Dazu müßtet Ihr noch bedeutend mehr Magik aufbieten, als zur Zeit in Euch schlummert.«

»Lieber, wo wir gerade von mehr Magik sprechen, ich meine natürlich Magique, willst du mir nicht helfen, die Anlage abzukühlen? Unser bester Kunde kann jeden Moment kommen, um seine Bestellung abzuholen.«

Die Magik hatte ihre goldene Färbung verloren. Sie sah nun aus wie Schmutz, und irgendwie hatte ich das Gefühl, daß sie sich mittlerweile auch so anfühlte. Wieder rief die Stimme in meinem Kopf um Hilfe.

Bibok schob mich beiseite und legte seine Hände auf die Calostas. Von ihren Fingern entströmte plötzlich ein eisiger Lufthauch. Die Stimme stieß einen letzten Schrei aus und blieb dann stumm.

Die ersten Tropfen Magique fielen in einen großen Tonbehälter.

»Ja, so stellen wir es her!« rief die Medizinfrau und klatschte in die Hände. »Jetzt müssen wir nur noch viel mehr Wasser hinzugeben, und schon haben wir aus einem kleinen Klumpen Magik eine ganze Tonne voll Magique hergestellt. Das füllen wir dann in kleine Fläschchen ab und machen so ein Vermögen.« Sie lächelte mich an. »Stellt Euch nur einmal vor, wieviel Magique wir erzeugen könnten, wenn Ihr Euch uns anschlösset. Ihr habt soviel zu geben, ich meine natürlich, zu investieren. Muß ja nicht gleich alles sein. Ein paar Tropfen, die Ihr gar nicht vermissen werdet, und schon seid Ihr ein gemachter Mann.« Sie zwinkerte mir zu. »Ich könnte Euch noch so viele Dinge zeigen.«

Ich wich vor ihr zurück. »Ich weiß genau, was Euer sogenannter Prozeß der Magik antut. Ihr verdünnt sie so sehr, daß sie daran zugrundegeht.«

»Zugrundegehen?« lachte sie hell. »Als ob Magik jemals gelebt hätte! Ach, lieber Kendar, Ihr könnt wirklich komisch sein.«

»Nun, dann will ich Euch einmal etwas sagen, das kein Witz ist: Ich bin an Eurem Angebot nicht interessiert. Ich will keinen Anteil an Eurem schurkischen Plan haben, der zu nichts anderem dient, als die Magik zu zerstören. Magik ist etwas ganz Besonderes. Ohne sie wäre Orbix nicht das, was es ist.«

»Na, was denn schon?« Bibok verzog den Mund. »Ein Planet mit tektonischem Schluckauf. Gegen unsere geologische Instabilität ist der St.-Andreas-Graben der Fels von Gibraltar. Ja, wir haben der Magik wirklich eine Menge zu verdanken, was?«

Sein Sarkasmus raubte mir die Beherrschung: »Das hat nicht Magik bewirkt, sondern die Menschen, die mit ihr Schindluder betreiben! Wie zum Beispiel Ihr beide gerade! Magik ist Bestandteil von Orbix und von mir. Vielleicht kann ich nicht sehr gut mit ihr umgehen, aber im Gegensatz zu Euch respektiere ich sie und weiß daher, daß Euer Tun verderblich ist!«

»Ich verspreche Euch, auf dem Weg zur Bank werden wir ein paar Tränen darüber vergießen«, höhnte der Mann. »Ach, ich habe ja ganz vergessen, daß es auf diesem gesegneten Hinterwäldlerplaneten so etwas wie Banken ja gar nicht gibt. Tja, dann wird's wohl leider nichts mit den Tränen.«

Wieder lachten mich beide aus. Ich wollte ihnen etwas entgegenschleudern, das sie verstummen und sich in den hintersten Winkel verkriechen ließe ... Und dann fiel mir ein Satz aus Raptura Eglantines Klassiker *Verwunde nicht den Wehrhamster* ein (sicher nicht ihr allerbestes Werk).

»Das werdet Ihr noch bereuen!«

Doch die Wirkung war anders als erhofft. Bibok schlug sich auf die Schenkel, und Calosta bog sich vor Lachen. Im Buch war der Schurke nach diesen Worten auf die Knie gefallen und hatte um Gnade gewinselt ...

»Komm, Scandal, wir haben hier nichts mehr verloren.«

»Was meinst du mit ›wir‹, weißer Mann? Ich gehe nirgendwo hin.« Er leckte der Medizinfrau am Ohr. »Wann gibt's was zu essen?«

»Scandal, jetzt ist nicht der rechte Zeitpunkt für dumme Witze ...«

»Wer macht hier Witze? Ich habe dir doch bereits gesagt, du Aushilfs-Merlin, daß ich es mir nicht länger leisten kann, bei dir zu bleiben. Nimm's nicht persönlich, Mann. Mach's gut, und vielen Dank dafür, nichts für mich getan zu haben. Kannst mir ja schreiben, wenn du mit der Magik etwas besser vorankommst. Und jetzt mach bitte die Tür von außen zu, ja, du ...«

Die Türglocke ertönte, und darin ging Scandals letztes Wort unter.

»Da ist er schon, pünktlich wie die Maurer«, lächelte Bibok. »Ich mag Männer, die zum festgesetzten Termin erscheinen, wenn sie bei mir ihr Geld loswerden wollen. Möchtest du aufmachen, Süßwimper?«

»Aber, Dummchen, das können wir doch viel einfacher haben.« Sie schnippte mit den Fingern. Ein Lichtblitz entstand, umgeben von rosafarbenem Rauch, und aus dem stieg ein Mann. Noch bevor er sich ausgehustet hatte, erkannte ich ihn schon wieder.

Zoltan.

»Ehrlich, Süßbraue, was habe ich dir über Gebrauchtrauch erzählt?« Bibok marschierte mit ausgestreckter Hand auf seinen besten Kunden zu. »Bürgermeister Bösherr, wie überaus entzückend, Euch hier zu sehen. Wie geht es der werten Gemahlin und den kleinen Bösherren?«

Doch Zoltan beachtete ihn gar nicht. Er starrte nur mich an und stürzte sich dann mit ausgestreckten Armen auf meinen Hals ...

KAPITEL 14

»Rattenklopper! Lieber, alter Rattenklopper! Mann, bin ich froh, dich hier zu sehen!«

Zoltan schlang einen Arm um meinen Hals und klopfte mir mit der anderen Hand auf den Rücken, als wollte er mich entstauben. Meine Magik verhielt sich passiv. Sie wird nur aktiv, wenn mir unmittelbare Lebensgefahr droht. Bislang war ich damit ganz zufrieden gewesen, doch jetzt kamen mir leise Zweifel.

Der Mann hier an meinem Hals war Zoltan Bösherr, mein eingeschworener Feind, der Mann, der versucht hatte, mich zu ermorden, der mit allen Mitteln die Magik von mir zurückzuerlangen trachtete, die Meister Thengor durch ein dummes Mißgeschick auf mich übertragen hatte; der Mann, der mir mit seinen finsteren Spießgesellen bei jeder Gelegenheit aufgelauert hatte, der sogar König Steffan angegriffen, Mutter Krötenhauch an den Galgen gebracht, meine ganze Familie bedroht und Scandal eins seiner neun Leben genommen hatte.

Dieser Zoltan küßte mich jetzt auf beide Wangen, lachte wie ein Hyäne und brabbelte unentwegt: »Mein alter Kumpel Rattenklopper. Mein Freund, mein Kumpan, mein Kollege, mein Jungendfreund, meine bessere Hälfte, Mann, wie tut das gut, dich wiederzusehen!«

»Hallo, Zoltan«, sagte ich zögernd. »Bitte nicht schlagen.«

»Ich dich schlagen?« Er warf den Kopf so weit in den Nakken, daß seine Bartspitze senkrecht zur Decke zeigte. »Guter alter Rattenklopper, immer noch der alte Scherzbold!« Und schon hämmerte er wieder auf meinen Rücken ein.

»Ich vermute, es wäre wohl ein wenig töricht, jetzt zu fragen, ob Ihr beide Euch von früher kennt«, bemerkte Bibok leicht mürrisch.

»Mann, Meister Bibok, dieser Hering hier und ich kennen

uns seit anno dunnemals«, antwortete Zoltan. Er riß mich an seine Seite, daß mir die Luft wegblieb. »Rattenklopper und ich haben Meister Thengors Akademie für Hochzauberei besucht.« Er malträtierte wieder meinen Rücken. Ein merkwürdiges Klingeln drang an mein Ohr. Zoltan trug noch immer das Gewand eines Zauberers, obwohl der Hohe Rat ihm doch alle Kräfte genommen hatte, und das Klingeln kam eindeutig von seinen Ärmeln.

Biboks Blick wurde steinhart, als er den Namen der Akademie vernahm. »Also alte Schulkameraden. Wie hübsch. Solche Freundschaften halten ja angeblich ein Leben lang. Und dieser Ausdruck, Rattenzopper oder so ähnlich, war das vielleicht sein Verbindungsname?«

»Hä?« machte Bösherr, was mich sehr freute, stand ich doch jetzt nicht mehr als der einzige begriffsstutzige Blödian da.

»Ein Begriff von der Ährrte«, erklärte Scandal schläfrig von Calostas Schulter. »Fragt lieber gar nicht erst, ihr Dumpfbacken würdet es ja doch nicht verstehen. Bei Verbindungen handelt es sich um einen Haufen von Jungs, die alle im selben Haus wohnen, viel trinken, Neue mit Paddeln auf den Kopf schlagen, Toilettenpapier an Bäume hängen, Sweatshirts tragen, auf denen griechische Buchstaben stehen wie I-DI-OT oder SA-UFK-OPF, und sich ständig und überall übergeben.«

Zoltan starrte mich an, und ich starrte ihn an. »Machen die das freiwillig?« fragten wir wie aus einem Mund.

»Ich möchte Eure Wiedersehensfeier ja nur ungern stören«, sagte Bibok mit schneidend scharfer Stimme, »aber wenn ich vorschlagen dürfte, Bürgermeister, daß wir zunächst das Geschäftliche hinter uns bringen, damit Ihr und Euer Freund Rattenmoppel woanders Eure Freundschaft begießen könnt. Habt Ihr das Gold mitgebracht?«

Zoltan eilte zu Bibok und hielt ihm einen Ärmel hin. Der Zauberer zupfte an einem Band, und sofort ergoß sich ein Strom von Münzen in seine ausgestreckte Hand. »Ja, das dürfte stimmen. Calosta, Süßstirn, gib dem Mann doch sein Magique.«

Die Medizinfrau holte einen ziemlich großen Krug und reichte ihn Bösherr. Der wog ihn und stieß einen anerkennenden Pfiff aus. »Seid Ihr Euch sicher, mir nicht zuviel gegeben zu haben?« (Wie? Zoltan war unwillens, mehr zu nehmen, als ihm vom Kaufpreis her zustand?)

»Wir haben ein besonders günstiges Sonderangebot. Gilt aber nur diese Woche«, erklärte Calosta ihm. »Die doppelte Menge für den halben Preis.«

»Ihr habt wohl mehr Wasser als sonst hinzugegeben?« Na bitte, da war er wieder, der alte Bösherr.

Die Medizinfrau zuckte die Achseln. »Nehmt einfach die doppelte Dosis.«

»Und wenn das nicht reicht?« fragte Zoltan, um sich gleich selbst die Antwort darauf zu geben. »Ich weiß, ich weiß, wenn ich das Kleingedruckte nicht sorgfältig lese und studiere, habe ich keinen Anspruch auf Schadensersatz.«

»Es ist immer wieder ein Vergnügen, mit einem richtigen Profi Geschäfte zu machen, Bürgermeister. Ihr kennt ja den Weg nach draußen. Und nehmt Euren alten Schulfreund gleich mit.«

»Ich gehe nicht ohne meinen Bruder!« beharrte ich.

»Das will ich doch sehr hoffen«, sagte Bibok. »Er paßt überhaupt nicht zum Dekor im Tatami-Zimmer.«

»Aber er ist erstarrt!«

»Dann entstarrt ihn doch. Ein Zauberer, der über soviel Magik verfügt wie Ihr, sollte doch ... Oh, ich erkenne an dem treudoofen Hundeblick in Eurem Akne-Antlitz, daß Euch das noch zu schwer sein dürfte. Calosta, Süßkinn, könntest du vielleicht ...«

»Nein«, entgegnete die Medizinfrau, die mindestens ebensoviel Spaß dabei zu empfinden schien wie er, mich zu quälen und zu verhöhnen. »Das würde ich niemals wagen. Wenn ich das tue, untergräbt das doch vollkommen sein Selbstbewußtsein und hätte verheerende Folgen für die Entwicklung seiner Persönlichkeit. Mein Therapeut hat mir dringend geraten, nicht mehr so übermäßig hilfsbereit zu sein, wenn ich je Kontakt mit meinem inneren Ich herstellen will. Davon abgesehen wäre das doch ein Fall von umgekehrtem Sexismus. Ich bin der festen Überzeugung, daß Meister Kendar uns noch dankbar dafür sein wird, eine solche Lernerfahrung gemacht zu haben.«

Bibok sah mich mit geheucheltem Mitgefühl an. »Frauen, ich sag's ja immer wieder. Nach außen freundlich, aber in ihrem Herzen steinhart. Wenn sie etwas unbedingt wollen, können wir sie nicht davon abhalten, und wenn sie nein sagen, können wir erst recht nichts dagegen tun. Ich fürchte, Ihr werdet Euch selbst um Euren Bruder kümmern müssen.«

»Gut, wenn Ihr es so haben wollt. Aber dann komme ich zurück und bringe ...«

»Nein, das werdet Ihr nicht«, unterbrach Bibok mich, und sein Lächeln war alles, nur nicht freundlich. »Ich schätze, wir haben genug von Euch gesehen. Das reicht bestimmt bis zum Maidenpokneifer-Fest.«

»Ihr könnt mich nicht daran hindern ...«

»O doch, wir sind schon mit ganz anderen fertiggeworden. Und das solltet Ihr mir glauben, oder steht Euch der Sinn nach einer schmerzlichen Erfahrung?«

»Ich an Eurer Stelle würde auf ihn hören«, fügte Calosta hinzu, während sie den Kater streichelte.

»Dann wende ich mich an den Rat!«

»Glaubt Ihr wirklich, der Hohe Rat würde für Euch auch nur einen Finger krumm machen?« Er senkte in gespielter Verzweiflung den Blick, als habe er ein besonders lernbehindertes Kind vor sich, und äffte dann meine Stimme nach: »›Ich bitte Euch, hohe Herren, wollt Ihr einem armen Zauberer nicht dabei helfen, seinen Bruder zu befreien? Einem Zauberer, der über mehr Magik verfügt als Ihr alle zusammen, aber damit nichts anfangen kann?‹« Er lachte, als wollte er das ganze Haus zum Erbeben bringen.

Nein, ich würde jetzt nicht in Tränen ausbrechen. Nein, ganz bestimmt nicht. Dad sagte, Jungs weinen nicht, und Mom sagte, daß ich für so etwas schon zu groß bin. Aber manchmal wurde ich so wütend, daß mir trotzdem heiße Tränen in die Augen kamen. So wie jetzt. »Ihr habt recht. Ich brauche den Rat nicht, um mir bei meinem Bruder zu helfen.

Und ich bin erst recht nicht auf jemanden angewiesen, der es nicht einmal auf Meister Thengors Akademie geschafft hat!«

Ich stampfte nach draußen und eilte zu meinem Bruder, als ich Schritte hinter mir hörte. Sofort preßte ich mich an die Wand. Vielleicht war es ja ein Fehler gewesen, Bibok diese Beleidigung entgegenzuschleudern und dann abzurauschen, aber wenn ich sie mir verkniffen hätte, wäre ich bestimmt in Tränen ausgebrochen. (Vielleicht hatte Tante Glucosia ja recht und ich habe tatsächlich einiges von einem Mädchen an mir.) Nun stand ich also an der Wand und spürte, wie die Magik in meine Hände rauschte. Ich hob sie, und …

Zoltan tauchte auf. Er riß seine Hände ebenfalls hoch, um meinen Angriff abzuwehren. Auch aus seinen Händen strömte Feuer, doch es verbreitete, wie das für Magique typisch ist, viel Rauch.

Dann erkannten wir uns und ließen die Hände sinken. Die Flammen erstarben augenblicklich. Meine, ohne eine Spur zu hinterlassen, seine, indem sie den Gestank von faulen Eiern verbreiteten. »Warum folgst du mir?«

»Ich bin nur gekommen, weil ich dir helfen wollte.«

»Ich kann mich noch gut an das letzte Mal erinnern, als du mir ›helfen‹ wolltest. Verschwinde.«

»Ich kann dir keinen Vorwurf daraus machen, so von mir zu denken. Und sicher glaubst du mir auch nicht, wenn ich dir erkläre, daß ich mich sehr verändert habe.«

»Gut, daß du es selber sagst, dann brauche ich es ja nicht mehr zu tun.«

»Aber ich bin wirklich ein anderer geworden, da kannst du jeden in Käseburg fragen. Ich habe aus diesem Dorf eine Kleinstadt gemacht, und wenn die Götter mir beistehen, schaffen wir es eines Tages noch zur Mittelstadt. In weniger als drei Jahren habe ich hier Springbrunnen bauen lassen, eine Müllabfuhr ins Leben gerufen, Verkehrsregeln eingeführt, Schulen gebaut, eine Bibliothek errichtet, und ochsenfreie Zonen eingerichtet …«

»Und die Steuern bis in den Himmel steigen lassen!«

»Na ja, die wackeren Männer, die genug Mut aufbringen, einen störrischen Ochsen fortzubewegen, sind nicht gerade billig.«

»Tut mir leid, Zoltan, aber ich bin ein Gangle, und wir Gangles vergessen niemals eine Todesdrohung.« (Mit Ausnahme vielleicht von Großonkel Morbus Embargo Gangle, der aus lauter Schusseligkeit seine ehemalige zweite Frau noch mal geheiratet hatte. Und die hatte dann auch nichts Eiligeres zu tun, als ihm ein Spezialpilzgericht vorzusetzen. Aber das mußte ich Bösherr ja nicht sagen.)

Zoltan seufzte. »Gut, ich verstehe. Aber darf ich dir wenigstens bei der Arbeit zusehen. Es ist nämlich schon ziemlich lange her, seit ich Magik zum letzten Mal in Aktion gesehen habe.«

»Ich kann es dir nicht verbieten.«

Ich streckte die Hände über Basehart aus und beschwor meine Kräfte. Wieder füllten sich meine Hände mit Feuer. Vielleicht war das ja die Lösung. Wenn jemand wie ein Eisklumpen erstarrt war, mußte Feuer doch die Lösung sein, oder?

Aber die Flammen verbrannten, und mein Bruder regte sich immer noch nicht. Lediglich sein Ärmel fing Feuer. Ich ließ rasch von meinem Versuch ab und löschte den Brand.

Ich sprach eine Beschwörungsformel. Basehart erbebte und erhob sich in die Luft. Ich beendete auch dieses Experiment, und mein Bruder krachte auf den Tisch zurück.

Allmählich beschlich mich der Verdacht, daß ich diesen Klotz auf dem Buckel hinaustragen mußte. Ich zog an seinem Arm, doch der Kerl ließ sich nicht von der Stelle bewegen. Als ich es an seinem Bein versuchte, erwartete mich das gleiche Ergebnis. Basehart war nun einmal ein kräftiger junger Mann.

»Rattenklop ... ich meine, Meister Kendar, darf ich einen Vorschlag machen?«

»Nein, darfst du nicht.«

»Ich wollte ja auch nur sagen, wenn du den Erstzauber für die Entstopfung von Latrinen sprichst«, er ratterte ihn so schnell herunter, daß ich kaum folgen konnte, »dann den

Spruch bringst, der unwillkommene Gäste das nächste Treffen vergessen läßt«, wieder perlten die Worte wie ein Sturzbach über seine Lippen, »und dann noch ein wenig Magik hinzugibst, dürftest du eigentlich mit dem Ergebnis höchst zufrieden sein.« Er setzte aber statt Magik Magique ein, und ...

»Du lausige, strohdumme, saublöde Nachgeburt eines Aushilfszauberers!« schimpfte Basehart und starrte mich wütend an. »Hat dir wohl Spaß gemacht, mich so erstarrt zurückzulassen, was? Ich sollte dir an die Ohren hauen, bis dir die Nase aus dem Gesicht fällt.« Er bewarf mich mit Briestückchen.

»So, so, Ihr seid also Zoltan Bösherr«, sagte Tante Glucosia. »Ich habe schon viel von Euch gehört, vor allem von Lucius und Abstemia.«

»Ja, hauptsächlich Sachen wie«, und Tante Carageena zählte eine lange Liste auf, bei der wir alle hochrot anliefen. »Aber wenn ich Euch jetzt so vor mir sehe, hat Euer Kopf doch nicht viel von einer Warzenkröte an sich«, schloß sie.

Wir saßen in einer Taverne rund um einen Tisch. Mysti hatte sich am Kopfende niedergelassen, ich saß ihr gegenüber. Links von mir hockten Basehart und die beiden Tanten, und rechts Zoltan und die Hexe Gicht.

»Kenne ich Euch nicht von irgendwoher?« fragte Bösherr Mysti.

»Vielleicht, vielleicht aber auch nicht.« Mysti schnitzte mit der Dolchspitze Linien in den Tisch. Wie stets präsentierte sie sich auch hier in ihrem Klinge-der-Gerechtigkeit-Kostüm.

»Hm«, machte Bösherr. »Die Stimme habe ich irgendwo schon einmal gehört, aber die Maske ... ich weiß nicht, wo ich die hinstecken soll.«

»Meine Identität tut hier nichts zur Sache«, entgegnete die Welfie. »Viel eher sollten wir uns mit dem befassen, was Meister Kendar über Euch berichtet hat. Allem Anschein nach dürfen wir Euch nicht über den Weg trauen.«

»Wenn ich ihm mißtrauen würde, säße ich immer noch wie festgefroren auf dem Tisch«, wandte mein Bruder ein.

»Basehart, du hast Zoltan niemals mißtraut oder vertraut«, widersprach ich. »Denn in deinem Zustand konntest du weder das eine noch das andere.«

»Und wenn ich mich auf dich verlassen hätte, säße ich nächstes Jahr noch dort!«

»Ist dir denn noch nicht aufgefallen, daß es sich bei diesem Mann um denselben handelt, der noch vor gar nicht langer Zeit unsere gesamte Familie ausrotten wollte?«

Mein Bruder kratzte sich am Hinterkopf. Manchmal vergaß er ja, was er am Morgen zum Frühstück gegessen hatte, aber man konnte ihn mitten in der Nacht aus dem Schlaf wecken, und er zählte einem gleich sämtliche siebenundfünfzig Methoden auf, wie man einen Hirschen häutete und ausnahm.

»Na ja, das mag schon sein, aber seitdem ist einige Zeit vergangen, nicht wahr?«

»Jetzt aber Schluß damit«, sprach Tante Carageena ein Machtwort. »Kendar, ich möchte mich ja nicht in dein Leben einmischen, jedenfalls nicht so wie es deine Mutter tut, aber nach dem, was ich hier von Zoltan zu hören und zu sehen bekommen habe, scheint er mir doch ganz nett zu sein. Wirklich beachtlich, wieviel Autorität ein so junger Mensch ausstrahlt. Und erst die politische Macht, die er in Händen hält. Und was er erst aus diesem Kaff hier gemacht hat. Mag er früher auch schlimme Sachen angestellt haben, ich meine, die sollten jetzt vergeben und vergessen sein. Und ich habe es schon immer so gehalten, jedem Menschen eine zweite Chance zu geben.«

»Das tut sie vor allem dann«, flüsterte Glucosia mir zu, »wenn der Betreffende uns freihält und alle Getränke bezahlt.«

Sie hatte mich aufmuntern wollen, aber ich konnte nicht lachen. Meine Gedanken kreisten die ganze Zeit über nur um Scandal. Was mochte der Kater gerade treiben? Ließ er sich mit Leckereien vollstopfen? Schnurrte er in Calostas oder in Biboks Schoß? Ließ er sich mit Rahm vollaufen, um dann im Zustand der Berauschtheit einen Fußschemel zu attackieren?

Oder hatten sie ihm bereits seinen Herzenswunsch erfüllt? Sie konnte es mit ihren Kräften bewirken, ihn nach Ährtte zurückzuschicken. Dort würde er zwar seine Fähigkeit zu sprechen verlieren, aber auf der anderen Seite gab es dort auch Dutzende von willigen Katzendamen, die nur auf ihn warteten. Ich hatte nicht einmal die Gelegenheit erhalten, mich richtig von ihm zu verabschieden.

»Genug!« brüllte ich plötzlich und schlug mit der Faust so fest auf den Tisch, daß alle im Schankraum sich zu uns umdrehten. »Jeder hier in dieser Runde will etwas von mir. Nein, ihr braucht es gar nicht abzustreiten. Klinge will Boffin, Gicht will Rache, und meine Tanten wollen mich vor allem Ungemach bewahren. Nun, dann will ich euch einmal etwas sagen: Ihr werdet nichts von all dem bekommen, wenn ihr nicht sofort anfangt, Zoltan zu trauen.«

»Wieso?« fragte Mysti und hackte eine Ecke vom Tisch ab.

Bösherr erhob sich von seinem Platz und breitete seine weiten Ärmel aus, bis er wie ein flugbereiter Rabe aussah. »Ihr müßt mir ganz einfach vertrauen; denn ich besitze die Kenntnisse und die Erfahrung, an denen es Meister Kendar gebricht. Er mag die Magik haben, und ich ...«

»Würde ihn dafür ermorden«, platzte es aus Mysti heraus.

»Zoltan und ich haben unseren Streit beigelegt«, erklärte ich, »und er hat recht: Ich kann Calosta und Bibok nicht allein bekämpfen.«

»Warum willst du sie überhaupt angehen?« fragte Carageena. »Ich meine, dieses saubere Pärchen ist doch allein Gichts Problem.«

»Das Problem würde gar nicht mehr bestehen, wenn auch sie vergeben und vergessen könnte«, fügte Glucosia hinzu. »Bibok mag zwar gut aussehen, aber Schönheit ist bei einem Mann nicht alles. Ich erinnere mich noch an meine Zeit im Dschungel von Plunj. Da gab es den Hohepriester des Götzen Delbert, und der war eher klein und rundlich, aber was der alles für Tricks draufhatte, und was er mit seinen Händen bewirken konnte ...« Und nun folgte eine Beschreibung, die eigentlich niemanden am Tisch interessierte. Als die Tante dies gewahr wurde, tätschelte sie die Hand der Hexe. »Du hast wirklich etwas Besseres als ihn verdient.«

Sie riß die Hand zurück, als litte Glucosia an einem schlimmen Ausschlag.

»Gichts Problem ist auch unser Problem«, erklärte ich. »Irgendwann muß ich mich Bibok und Calosta stellen, mir bleibt gar keine andere Wahl. Das Magique ist die Wurzel allen Übels, und diese beiden sind sozusagen die Wurzel des Magique.«

»Wenn Magique dafür verantwortlich ist, daß mir mein Boffin geraubt wurde, werde ich es vom Angesicht dieses Planeten fegen!« schwor Mysti und stieß ihren Dolch in den Tisch.

»Wenn Magique dafür verantwortlich ist, daß ich die Ehe nicht schließen konnte, stehe ich an deiner Seite!« brüllte Basehart und rammte seinen Dolch in das Holz.

»Wenn Magique dafür verantwortlich ist, daß irgendsoeine Dschungelkuh mir meinen Liebsten weggenommen hat, werde ich es unnachgiebig bekämpfen, und wenn ich mich dafür mit einem Schleimmahler verbünden müßte!« rief die Hexe und bohrte in Ermangelung eines eigenen Dolches das Käsemesser zwischen zwei Tischbretter.

Gleich eilte der Wirt herbei und räusperte sich diskret. »Es macht mir wirklich nichts aus, Leute, wenn Ihr mir die Einrichtung demoliert. Das läßt sich mit etwas Magique leicht beheben. Aber wenn Ihr Eure Debatte vielleicht woanders fortführen könntet ...«

Wir verlegten unsere Runde nach draußen auf die Straße, wo es bedauerlicherweise wenig gab, in das man zum Schwur sein Messer stoßen konnte (wenn man einmal von den Passanten absah).

Mysti fixierte Zoltan, bis diesem der Schweiß ausbrach und er nervös noch einmal fragte: »Sind wir uns nicht irgendwo schon einmal begegnet?«

»Mann nennt mich Klinge für die Gerechtigkeit. Manche sagen auch Klinge der Gerechtigkeit. Und wenn Menschen diesen Namen hören, veranlaßt sie das sofort zu voreiligen

Schlußfolgerungen ... zu falschen Schlußfolgerungen. Weil ich der festen Überzeugung bin, daß der Gerechtigkeit genüge getan werden kann, denken viele Leute, ich wäre so doof, an alles zu glauben. Aber da irren sie sich, und manchmal ist das letzte, was sie in ihrem Leben tun, diesen Irrtum zu bereuen.«

»Und was hat das alles mit mir zu tun?«

»Ihr wollt mich glauben machen, Ihr wärt nicht mehr derselbe Zoltan wie früher, der Zoltan, der alles in seiner Macht Stehende unternommen hat, um an Magik zu gelangen. Aber so doof bin ich nicht ... denn von Euch geht ein eigenartiger Geruch aus. Er erinnert mich an den von Meister Kendar, ist aber nicht derselbe.«

»Ihr habt eine feine Nase, Klinge, und ich sehe keine Veranlassung, Euch etwas vorzumachen. Ihr habt natürlich das Magique in mir wahrgenommen. Vor kurzem habe ich einen ganzen Krug davon absorbiert. Meine frühere Erfahrung mit Magik kommt mir dabei zugute. Ich trage das Magique nicht wie andere mit mir herum, sondern in mir.

Bis heute war ich der beste Kunde von Bibok und Calosta. Doch damit ist es nun vorbei. Hört Ihr dies?« Er hob einen Arm und ließ es klingeln. »Darin befinden sich Gabors und Ivanas in Hülle und Fülle. Ich habe sie vom Steuergeld genommen.«

»Ihr gemeiner Dieb!« beschimpfte ihn Glucosia. »Seit ich nach Käseburg gekommen bin, jammern mir alle Bürger die Ohren wegen der hohen Steuern voll. Habt Ihr sie deswegen so sehr heraufgesetzt, um Euch Magique kaufen zu können?«

»Damit ist nun Schluß. Meister Kendar hat mir freundlicherweise erläutert, welche Gefahren meinem geliebten Käseburg und seinen Einwohnern von dem Magique drohten. Als Bürgermeister dieser blühenden Gemeinde muß ich mit gutem Beispiel vorangehen, und ich habe für mich den Eid abgelegt, mir kein neues Magique bei den beiden zu besorgen, sobald der Vorrat in mir aufgebraucht ist.«

»Nett gesagt«, knurrte Mysti, »aber noch stinkt Ihr so sehr nach dem Zeugs, als würde es bis dahin sehr lange währen.«

»Wofür braucht Ihr überhaupt soviel davon?« fragte Glucosia. »Und erzählt mir jetzt bloß nicht, Ihr benötigtet es allein für friedliche Zwecke. Einer der Stellvertreter von Bah-Bah dem Unaussprechlichen hat das nämlich einmal versucht. Er häufte in seinem Zelt Speere, Pfeile, Schwerter, junge Krieger und Karten von Bah-Bahs Harem an. Der Unaussprechliche hörte davon und ging zu ihm. Das sei alles nur für friedliche Zwecke, beeilte sich der Stellvertreter zu erklären. Bah-Bah hat dann dafür gesorgt, daß der Mann seinen Frieden fand, und zwar für immer.«

Die anderen in unserer Gruppe fingen an, über diese Begebenheit zu diskutieren, und dabei wurde manch mißtrauischer Blick in Richtung Bösherr geworfen.

»Edle Damen und Herren!« rief Zoltan. »Ich bitte Euch, kommt alle mit in mein Haus. Die Straße ist kein Ort für ein solches Treffen.«

»Das will ich meinen«, schnaubte Carageena. »Wenn einer Eurer Steuerzahler zufällig mitbekommen hat, wofür Ihr die Steuergelder vergeudet, haben wir hier über kurz oder lang den schönsten Aufstand.«

»Bitte, kommt in mein Haus. Dort will ich Euch alles aufklären, und glaubt mir, Ihr werdet mit eigenen Augen sehen, mit welchen Problemen ich zu kämpfen habe.«

»Euch glauben!« knurrte Mysti. »Ich sag's Euch noch einmal, haltet mich ja nicht für doof!«

»Hilfe!« kreischte die Welfie und klammerte sich an die Lehne von Zoltans Sessel. »Errettet mich vor meinen Feinden!«

Bösherr, der auf seinem Bügermeistersessel hockte, sagte: »Dobi, was hat dein Papa dir über das Beißen von Gästen gesagt?«

Der Knabe schob trotzig die Unterlippe vor und trat seinen Vater ans Schienbein. »Ich will Nohr!« kreischte er.

»Was ist denn ein Nohr?« fragte Glucosia ihre Schwester. Die beiden hatten sich auf dem Kaminsims vor Zoltans Brut in Sicherheit gebracht.

»Ich glaube, er meint Ohr«, antwortete Carageena und zeigte auf die spitzen Ohren der Welfie. Vermutlich erweckten solche Ohren das Sammelinteresse von mißratenen und wahnsinnigen Kleinkindern.

»Nohr haben! Nohr haben!« schrie der Kleine und hämmerte mit einem Knüppel auf die Lehnen ein.

»Nein, nich nill Nohr!« ertönte das schrille und nasale Heulen seiner Zwillingsschwester Dibi. Sie verließ den hohen Schrank, den sie bis gerade mit Fußtritten bearbeitet hatte und griff Mysti von hinten an.

»Wedwel sei Dank, sie ist fort!« seufzte Basehart. Er hockte nämlich oben auf dem Schrank und konnte sich dort kaum rühren.

»Ist sie wirklich weg?« fragte Gicht gedämpft aus dem Schrank. »Sagst du das auch nicht nur so, Basehart, damit ich herauskomme und die Bestie sofort über mich herfällt, damit du dich dann still und leise in Sicherheit bringen kannst?«

»Nein, aber jetzt, da du das sagst, ärgert es mich doch, daß ich nicht selbst auf diese Idee gekommen bin.«

»Will Nohr! Nill Nohr!« plärrten die Rangen und rannten wütend um den Sessel herum. Mysti dankte allen Göttern dafür, daß Welfies so leichte Knochen hatten. So war es ihr nämlich möglich, oben auf der Lehne zu hocken, auch wenn sie dort aussah wie ein flügellahmer Papagei, der sich überfressen hat.

Ich allein hatte mich nicht in Sicherheit bringen müssen. Kaum hatten die Höllenkreaturen nämlich das Zimmer erstürmt, hatte mein Magik sofort höchste Lebensgefahr signalisiert und sich auf volle Schutzleistung eingeschaltet. Die lieben Kleinen kamen nicht in meine Nähe, und ich hütete mich davor, ihnen in die Quere zu geraten.

»Versteht Ihr nun, Freunde, wie es um mich bestellt ist?« sagte Bösherr und hob zum Zeichen seiner Hilflosigkeit die Arme. Dibi sprang und hängte sich an einen der Arme. Sie kletterte daran hoch und jammerte ihren Vater an, er solle ihr eines dieser spitzen Ohren besorgen, denn er habe sie doch viel lieber als den blöden Dobi, der außerdem stinke.

Dobi, nicht faul, sprang ebenfalls und bekam Mystis Stiefel zu fassen. Er war nicht stark genug, um sie herunterzuziehen, blieb deswegen in der Luft hängen und erfüllte den Raum mit seinem Geschrei.

»Ja! Ja!« rief Glucosia. »Wir verstehen jetzt vollkommen. Ihr benötigt jeden verfügbaren Tropfen Magique, um Euch und Eure Gesundheit vor diesen … diesen …«

»Kindern?« bot Carageena an.

»Das sind doch keine Kinder, Gee. Ich habe in meinem Leben schon einige Kinder gesehen. Bei diesen Monstern handelt es sich jedoch um ganz andere Lebensformen. Ach ja, es war mir schon immer klar, daß ich eines Tages für den Diebstahl des Auges von Delbert würde bezahlen müssen. Nun scheint diese Stunde gekommen zu sein. Diese beiden Ungeheuer sind gewiß der Fluch des Delbert.«

»Verzeiht bitte, meine Damen.« Zoltan erhob sich, und Dibi griff nach seinem Bart. »Diese lieben Geschöpfe – Autsch! – sind der Segen meines hohen Alters, falls ich jemals dieses Stadium erreiche. Zumindest erklärt mir das meine Gattin, die beste Ehefrau von allen, wieder und wieder.« Er schob sich Dibi unter den Arm und griff nach Dobi. Der Junge trat so hart zu, daß er dabei das Gleichgewicht verlor, was es seinem Vater, wenn auch mit schmerzverzerrtem Gesicht, erleichterte, ihn aufzuheben und ebenfalls unter den Arm zu nehmen. »Ich verwende Magique nicht, um mich vor meinem eigenen Fleisch und Blut zu schützen. Ich gebrauche es lediglich, um mir etwas Ruhe vor ihrem fröhlichen Lachen und ihren so überaus angenehmen Stimmen zu verschaffen und etwas Arbeit erledigen zu können.«

Bösherr wollte noch mehr sagen, aber in diesem Moment landeten die Zwillinge einen Doppeltreffer. Dibi stieß ihm einen Ellenbogen in die Rippen, und Dobis Fuß traf ihn in den Magen. Zoltan ließ sie fallen und brach zusammen. Das Geschrei, das die Kinder nun anstimmten, nachdem sie unsanft mit dem Fußboden Bekanntschaft geschlossen hatten, hätte selbst die Götter aus ihrem Schlummer gerissen.

Doch kein Gott ließ sich blicken (verarschen lassen die sich nämlich auch nicht).

»Zoltan, was habe ich dir über das Herumtollen mit den Kindern gesagt?« Ein Berg von einer Frau füllte den ganzen Türrahmen aus. Allem Anschein nach auch ein wütender Berg, am ehesten ein Vulkan, wenn man in Betracht zog, wie er zischte, rauchte und grummelte.

Zuerst schob sie ihren Bauch ins Zimmer, und erst nach einer Weile folgte der restliche Körper. Zu meinem grenzenlosen Erstaunen konnte sie sich tatsächlich bücken, die Kleinen aufsammeln und auch noch über ihren Bauch hieven.

»Sieh nicht zu ihr, Kendar!« Carageena legte mir sofort eine Hand über die Augen. »Sonst stellst du nur dumme Fragen.«

»Nun stell dich nicht so an, Gee«, sagte ihre Schwester. »Der Junge hat doch schon schwangere Frauen gesehen.«

»Ja, aber gleich so schwanger?«

Ich schob die Hand meiner Tante aus meinem Gesicht. »Ich werde keine Fragen stellen.«

»Ich hoffe, du kommst auch nicht auf merkwürdige Ideen«, murmelte sie.

»Auf Ideen kommen, der? Ha!« ertönte es von Mysti.

Zoltan ließ sich ächzend auf seinem Bürgermeistersessel nieder. Mit bleicher Miene und Schweiß auf der Stirn sagte er: »Bini, mein Täubchen, du kannst dich doch bestimmt noch an Meister Kendar erinnern, oder?«

»Bini?« ächzte ich. Die Frau war mindestens siebenmal so breit wie das Küchenmädchen, das zu heiraten der Hohe Rat Bösherr verdonnert hatte.

Aber dann lächelte sie, und ich erkannte sie wieder. »Gesegnet will ich sein, er ist es wirklich.« Sie versuchte, mich zu umarmen, ohne dabei die Zwillinge loszulassen, aber es gibt Dinge, die vermögen selbst Mütter nicht. »Das ist ja unser Rattenklopper. Wie ist es dir denn so ergangen. Gott, was bist du abgemagert! Velma hat immer zu mir gesagt: ›Bini, wenn dieser Kendar nicht bald etwas Speck auf die Rippen bekommt, ist er eines Tages so dürr, daß er, wenn er den Stock nimmt, um die Ratten zu vertreiben, feststellt, daß er sich selbst in der Hand hält.‹ Was führt dich denn nach Käseburg? Hast du gesehen, wie schön die Stadt geworden ist? Wie wunderbar, daß Zollie und du euch wieder versöhnt habt. Ich will das auch nicht haben, daß ihr euch noch mal wegen der blöden Magik in die Wolle kriegt. Du glaubst ja gar nicht, was für ein lieber, netter Mann aus Zollie geworden ist. Kommt mir wie eine halbe Ewigkeit vor, seit er eine Hinrichtung anberaumen wollte. Und das bloß, weil uns jemand unsere Schweine gestohlen hatte. ›Die Jugend von heute muß lernen, wieder Respekt vor der Obrigkeit zu haben‹, ja, das waren seine Worte, bevor er dem Pferd einen Klaps aufs Hinterteil gab und der arme Bursche am Seil baumelte. Allen haben die Tränen in den Augen gestanden, denn mein Zollie ist ja so ein guter Redner ...«

Ich hätte nicht gedacht, jemals für das nervenzerfetzende Geschrei der Zwillinge dankbar zu sein. Als sie es jetzt wieder anstimmten, war von Bini nichts mehr zu verstehen, auch wenn sie weiterhin den Mund wie ein Fisch auf dem Trockenen öffnete und schloß. Endlich schien sie zu bemerken, was mit ihrem Nachwuchs los war.

»Entschuldige mich bitte, aber die beiden brauchen jetzt ihr Nachmittagsschläfchen.« Sie rollte aus dem Zimmer, und kurz darauf hörten wir aus dem ersten Stock die Geräusche einer wilden Schlacht.

Alle kamen aus ihren Verstecken, nur der arme Basehart fiel bei dem Versuch, den Schrank zu verlassen, auf den Kopf. Wir drängten uns hinter Zoltans Sessel, für den Fall, daß die Zwillinge zurückkehrten.

»Meine Freunde«, sagte Bösherr, »ich war einmal der beste Student, der jemals Meister Thengors Akademie besucht hat. Mein grenzenloser Ehrgeiz und meine Gier haben mich allerdings zu dem gemacht, was ich heute bin. Einst gebot ich über Dämonen, heute versuche ich, sie mit Spinat zu füttern. Ich kenne über tausend Zaubersprüche, doch die Magik, die ich besitze, ist nicht der Rede wert. Bald wird meine liebe Bini einem weiteren Kind das Leben schenken. Sie ist nur viel dicker als beim ersten Mal, sehr viel dikker ... und manchmal wache ich nachts schreiend auf.«

»Wenn Ihr Euch ein wenig aufs Schwert versteht, dann kenne ich einen Hauptmann der Fremdenlegion, der mir noch einen Gefallen schuldet«, bot Glucosia ihm an. »Es ist eine gemeine, menschenunwürdige Schinderei, dort zu dienen, aber man kommt viel herum und muß erst dann wieder nach Hause, wenn man mit den Füßen voran getragen wird.«

»Danke, aber nein«, entgegnete er matt. »Ich glaube, ich bleibe lieber bei dem Plan, den Meister Kendar und ich ausgearbeitet haben.«

»Oho!« Alle Augen richteten sich auf uns.

»Wenn ich gegen Bibok und Calosta antrete, heißt es zwei gegen einen«, erklärte ich. »Sie haben ihre Magik zusammengeworfen, und sie kann daher nicht geteilt werden. Sie besitzen damit mehr Magik als ich, und was noch schlimmer ist, sie wissen auch damit umzugehen.«

»Doch wenn wir gemeinsam gegen das Pärchen kämpfen«, fügte Zoltan hinzu, »ist das Verhältnis ausgeglichen, und ich kenne genug Sprüche für drei Zauberer.«

»Aber Ihr besitzt doch gar kein Magik«, wandte mein Bruder ein.

Bösherr grinste nur.

»Ich gebe ihm etwas von meinem ab«, sagte ich.

»Natürlich erst, sobald ich ihm beigebracht habe, wie das geht«, ergänzte Zoltan.

»Ein hübscher Plan«, meinte Mysti, »er hat nur einen kleinen Schönheitsfehler.«

»Welchen?«

»Man kann einem Toten kein Magik übertragen!« Und damit stürzte sie sich mit ihrem Dolch auf Bösherr.

KAPITEL 15

»Verdammt, das war mein bester Dolch!« rief Mysti leicht gereizt und starrte auf die Metallache, die zu Zoltans Füßen schwamm.

»Na ja, wenn's einen interessiert, es war auch mein bester Kopf«, sagte Bösherr. »Und wenn Kendar nicht gewesen wäre, hättet Ihr ihn kaputtgemacht. Was hat Euch überhaupt dazu getrieben? Sprecht, sonst hole ich sofort Dobi wieder herunter.«

»Ich wollte Kendar damit beweisen«, Mysti knirschte mit den Zähnen, »daß er nicht auf die Hilfe von Euresgleichen angewiesen ist. Er hat den Dolch, ohne lange darüber nachzudenken, einfach aufgehalten und ruiniert.«

»Ja, das ist mir nicht entgangen«, murmelte Bösherr.

»Verstehst du jetzt endlich, Kendar. Wenn du aufhörst, dir darüber Gedanken zu machen, wie du deine Magik einsetzen kannst, und sie einfach benutzt, läuft doch alles wie von selbst.«

Ich schüttelte den Kopf. »Mir sind mit Magik schon zu viele Mißgeschicke widerfahren, Klinge. Daß es jetzt so gut geklappt hat, war blanker Zufall.«

»Ach, ich gebe auf!« Mysti kehrte mir den Rücken zu. »Bin ich denn der einzige, der je geglaubt hat, du könntest auf deinen eigenen zwei Beinen stehen und selbständig deine Entscheidungen treffen, ohne daß ein halbes Gremium hinter dir steht und dich mit Ratschlägen versorgt?«

»Seht Ihr, jetzt habt Ihr doch an etwas geglaubt«, murmelte Zoltan. »Vielleicht seid Ihr doch ein wenig doof?«

Ich aber entgegnete gerührt: »Das denkst du von mir?«

Mysti warf Bösherr einen vernichtenden Blick zu und wäre ihm am liebsten gleich wieder an die Gurgel gegangen. Doch dann wollte sie sich wohl keine Blöße geben und wandte sich an mich: »Mach nur so weiter, wie du es immer getan hast, Kendar. Solange du von so vielen Selbstzweifeln beherrscht wirst, kannst du meine Worte niemals verstehen. Und Ihr, Zoltan, habt Ihr es nicht eilig, endlich mit dem Plan zu beginnen. Wie heißt der erste Schritt: Wie ich einem Trottel seine Magik abnehme und er sie mir auch noch freiwillig aushändigt?«

»Nun, eigentlich hatte ich vor, Kendar als erstes darin zu unterrichten, Visionen zu beschwören. Ich bin nämlich darum gebeten worden.«

»Ja, stimmt, von mir«, sagte Basehart.

»Visionen?« fragte Gicht. »Warum hast du dich da nicht an mich gewendet, Kendar? Ich kann dir zu Visionen verhelfen.«

»Nein«, beschied Bösherr sie. »So geht das nicht. Er muß endlich lernen, so etwas selbst zu bewirken. Bringt mir eine Schüssel mit Wasser.«

»Ist dein Haus, warum holst du es nicht selbst«, gab die Hexe beleidigt zurück.

Etwas später standen Bösherr und ich vor einer Schüssel Wasser, die auf einem Tisch stand. Mein Nacken schmerzte, meine Schultern waren ganz steif, und meine Kehle fühlte sich an wie Sandpapier, weil ich so oft die Zauberformel für Visionen gesprochen hatte. »Es klappt eben nicht«, sagte ich schließlich.

Zoltan wischte sich den Schweiß von der Stirn. »Das überrascht mich nicht. Unter solchen Bedingungen kann man ja auch nicht unterrichten oder etwas lernen.«

»Woran liegt es denn, Lieber?« fragte Tante Glucosia. Sie stand so dicht neben mir, daß ich die Wasserschüssel nur zur Hälfte erkennen konnte. »Wir sind dir doch nicht im Weg, oder?«

»Tu einfach so, als wären wir gar nicht da«, fügte Tante Carageena hinzu. Ihr Kinn schien schon seit einer Weile auf meiner rechten Schulter festgewachsen zu sein. »Wir sind auch ganz bestimmt leise, nicht wahr, Schwesterherz?«

»Aber natürlich, liebste Gee. Habe ich dir eigentlich schon einmal erzählt, wie ich vor Jahren ...«

»Wann wird's denn endlich was mit der Vision?« Basehart,

der an meiner Seite keinen Platz mehr gefunden hatte, klopfte mir wuchtig auf den Rücken. »Komm schon, kann doch nicht den ganzen Tag dauern. Das Wasser wird ja noch schal, und dann ist Dulcetta sicher schon ganz vertrocknet, wenn wir sie endlich gefunden haben.«

»Ich dachte aber, er wollte zuerst eine Vision von Prinz Boffin erscheinen lassen!« widersprach Mysti.

»Ich hätte eine Doppelvision erschaffen können«, grummelte Gicht, die mir zusammen mit der Welfie direkt gegenüberstand. »Dann hätten wir Dulcetta und Boffin gleichzeitig sehen können. Aber hier scheinen ja einige Damen und Herren der Ansicht zu sein, das, was Hexen schaffen, tauge nichts, weil Hexen keine Magik benutzen. Diese Zeitgenossen pflegen auch gern darüber zu lachen, daß wir Hexen Kräuter und Ähnliches einsetzen. Dabei sind Kräuter sehr zuverlässig, vor allem die Petersilie, was man von der Magik nicht unbedingt behaupten kann, wie ich hier anmerken möchte.«

»Hast du deshalb vorhin auch das Büschel Gras in die Schüssel geworfen?« fragte Zoltan spitz.

»Das war nur mein Spezialmittel und sollte bewirken, daß Ihr nur halb so lange braucht. Ich wollte nur helfen.«

»Vielen Dank für deine Hilfe«, giftete Bösherr, »hör bitte auf damit. Sofort!« Er legte mir eine Hand auf die freie Stelle. »Und jetzt versuchen wir es noch einmal, Meister Kendar – wenn Ihr anderen nichts dagegen habt.«

Ich atmete tief ein und langsam wieder aus. Ich spürte aller Augen auf mir ruhen, aber noch viel schlimmer war das bohrende Nagen, das mich jedesmal befiel, wenn Zoltan mich Meister nannte. Irgendwie kam mir das nicht richtig vor und erzeugte in mir das Gefühl, jemand habe über mir einen Trog Pferdedung angebracht, der sich jeden Moment über mich ergießen konnte.

Warum befiel mich nur dieses Gefühl. Ich konnte mich nicht daran erinnern, jemals ein solches Unbehagen erlebt zu haben, wenn andere mir mit der Magik geholfen hatten. Ich hatte ein Hexenbuch zu Rate gezogen, das Zwölf-Punkte-Programm der Welfies befolgt und mich einer verzauberten Sauciere bedient – und manchmal war sogar ein Bote vom Rat heimlich zu mir gekommen, um mir einen Tip zu geben. (Das war Inivrias Werk gewesen, weil sie es satt gewesen war, daß ich es immer noch nicht gelernt hatte, ein verstopftes Klo zu richten.) Was war so anders an Zoltan Bösherr?

Er war eben Zoltan Bösherr. Als ich noch der dumme Rattenklopper gewesen war, war er der beste Schüler an der Akademie gewesen, den ich bewundert und verehrt hatte. Und es ist wohl nicht so einfach, wenn dein ehemaliges Idol an deiner Seite steht und darauf wartet, daß du es endlich kapierst.

»Meister Kendar, du konzentrierst dich nicht genug«, erklärte er jetzt. »Richte deine ganze Aufmerksamkeit auf das Wasser. Denk daran, was ich dir beigebracht habe: Wasser ist der Spiegel des Lebens. Laß die Nebel des Tages und der Nacht deine Diener und Boten werden. Wirf deine Magik wie ein Netz aus und fang mit ihm die Tropfen ein, die das Bild ergeben, das du zu sehen wünschst.«

»Und sorg dafür, daß es Dulcetta zeigt.«

»Nein, Prinz Boffin!«

»Ich könnte euch beide zeigen.«

Ich schloß die Augen und hielt meine Hände über das Wasser. Im Grunde wollte ich nur dem wenig beglückenden Gefühl entrinnen, das Zoltan in mir auslöste – und natürlich dem Gezänk meiner Gefährten, die alle etwas anderes von mir verlangten. Einige von ihnen, wenn nicht alle, würde ich zwangsläufig enttäuschen müssen. Scheitern und Versagen waren meine treuesten Freunde. Sie hatten mich noch nie im Stich gelassen.

Während ich immer niedergeschlagener wurde, hörte ich eine Stimme: Du bist jetzt ganz allein auf dich gestellt.

Das war richtig, und möglicherweise hatte Mysti ja recht, und ich mußte es allein versuchen, wenn ich wollte, daß aus mir und der Magik endlich etwas wurde.

Ich versperrte die Ohren und schloß die Augen, und in dieser schwarzen Stille gab es nur noch Magik und mich. Ein Licht tauchte vor mir auf, und ich schwebte darauf zu.

Hast ja wirklich lange gebraucht.

Hallo, wo bist du?

Überall. Nirgendwo. Orte spielen für mich keine Rolle. Schön, dich wiederzusehen. Hast dich ja wirklich prächtig herausgeputzt.

Wer bist du?

Junge, du bist ein paar Tage zu alt, um noch so dämliche Fragen zu stellen. Wir sind uns bereits begegnet.

Bist du vielleicht Magik?

Scheinst mir ja ein richtiger Blitzmerker zu sein. Ich sag's dir ja nur ungern, aber du bist deinem Bruder in mancherlei Hinsicht ähnlicher, als dir lieb sein dürfte.

Ich bin Magik. Wissen ist Macht, und ich bin das universelle Wissen. Manchmal weiß ich mehr, als ich überhaupt wissen will, aber ehrlich gesagt, das macht das Leben für mich erst interessant.

Ich wußte es doch! Ich wußte die ganze Zeit über, daß du lebendig bist.

Ja ja, wenn man das Leben nennen kann. Ich besitze alles Wissen des Kosmos und muß doch jedesmal springen, wenn irgendein Zauberer ›Spring‹ ruft.

Warum ist das so?

Tja, das ist so ziemlich die einzige Frage, auf die ich keine Antwort weiß. Vielleicht weil die Große Mutter, die diesen Teil des Universums erschaffen hat – es gibt nämlich mehrere Schöpfer, für jede Religion einen oder eine, ganz wie's beliebt –, nachdem sie diesen Müllhaufen zuwegegebracht hatte, sich einfach hingesetzt und gesagt hat: ›Das ist jetzt so. Wenn man sich zu lange über solche Fragen das Hirn zermartert, wird man entweder ganz dumm im Kopf oder Philosoph.

Aber wenn du lebst, dann haben Generationen von Zauberern nichts anderes getan als dich versklavt. Das finde ich nicht richtig. Ich werde mich sofort an den Rat der Zauberer wenden und …

Das wirst du hübsch bleiben lassen. Vergiß es, ich habe mich ohnehin längst daran gewöhnt. Mein Leben ist nämlich nicht so wie das deine. Du magst gerne versuchen, das zu verstehen, aber ich würde dir nicht dazu raten. Fang gar nicht erst an, darüber zu debattieren, wer auf dieser schönen Welt wem was antun darf und wer nicht. Oder hat es dich schon einmal gejuckt, über die Kuh nachzudenken, deren Fleisch du gerade zu verzehren im Begriff stehst. Oder hast du einmal über das Gras nachgedacht, das du mit deinen Quadratlatschen niedertrampelst. Ich dachte in diesem Moment tatsächlich darüber nach. Und die Erkenntnis ließ nicht lange auf sich warten …

Himmel, was habe ich getan?

Nichts hast du getan, mein Junge. Du hast dich nur des Vergehens schuldig gemacht, ein Lebewesen zu sein, und es hat ganz den Anschein, als seist du darauf noch nicht vorbereitet. Ich habe dich nämlich beobachtet. Du gehörst offenbar zu den Typen, die es tunlichst unterlassen, das Boot, in dem sie sitzen, zum Schaukeln zu bringen. Wenn man nicht an dem Boot ruckelt, kann es auch nicht kentern, aber man kommt auch nicht über den Fluß. Kennst du die Grunderkenntnis des Erwachsenwerdens, Kendar?

Mein Dad sagt mir immer: ›Das Leben ist nicht fair.‹

Dann ist dein alter Herr ein Dummkopf. Fair oder unfair, falsch oder richtig, gut oder böse – das alles stellt die zwei Seiten einer Münze dar, die in Wahrheit nur eine Seite hat. Das Leben ist einfach da. Du kannst es drehen und wenden, es zerteilen und zerlegen, am Ende kommst du immer nur zu einem Ergebnis, daß du viele Jahre älter geworden bist und dich jetzt für einen weisen Mann hälst. Nein, mein Junge, wenn du im Leben etwas erreichen willst, dann lebe es einfach. Warte nicht auf kluge Ratschläge oder auf das, was Philosophen, Theologen und der ganze Rest vom Verein dir darüber zu sagen haben. Das große Spiel des Lebens geht nämlich immer weiter, egal ob du nun mitmachst oder nicht.

Spiel einfach mit …

»Nicht schlecht«, lobte Zoltan. »Wirklich gut. Aber sag mir doch, Meister Kendar, von wem du eine Vision erschaffen wolltest, von Dulcetta oder vom Prinzen?«

Ich blinzelte wie jemand, der gerade aus dem Schlaf erwacht ist und starrte in die Schüssel. »Ich weiß nicht …«

Das Wasser zeigte das Häuschen von meiner alten Freundin. »Dort lebt die Hexe Krötenhauch«, erklärte ich.

»Hrrmph! Diese Schmalspurausgabe von einer Aushilfshexe«, grummelte Gicht. »Ich verstehe nicht, warum du unbedingt eine Vision von ihr haben wolltest. Die alte Kuh hält sich doch bloß Schwärme von Kröten, weil sie hofft, einer von ihnen sei ein verwunschener Prinz. Deswegen küßt sie die Biester auch unablässig. Wenn ihr mich fragt, ich weiß bessere Methoden, meine Zeit totzuschlagen.«

»Ja, zum Beispiel den ganzen Tag nichts anderes zu tun als mit mürrischer Miene herumzulaufen und finstere Rachepläne zu schmieden, weil deine Kröte dir davongehüpft ist.« Das war zwar nicht nett von Mysti, traf aber den Nagel auf den Kopf.

»Nun, zumindest hast du eine Vision erschaffen«, erklärte Bösherr. »Jetzt versuchen wir das noch einmal, und dabei stellst du dir die Braut von deinem Bruder vor. Sie hält sich doch noch hier in der Gegend auf, oder?«

»Das hat man uns zumindest gesagt.«

»Dann dürfte dir die Arbeit auch nicht schwerfallen. Mit den Visionen ist das nämlich immer so eine Sache. Wenn man ihnen wenigstens einen Hinweis geben kann, machen sie einem nur halb so viel Mühe.«

Diesmal gelang es mir schon erheblich leichter als vorhin. Ich sorgte mich nicht mehr wegen Zoltan. Ich stellte mir keine Fragen mehr, ob ich überhaupt das Recht besaß, Meister Thengors Magik zu benutzen. Und ich achtete auch nicht mehr auf das, was meine Gefährten von sich gaben …

»Das ist ja schon wieder das Häuschen von der blöden Hexe«, murrte Basehart und boxte mich auf den Arm. »Jetzt hör endlich mit den Spielchen auf.«

»Ich mache keine Spielchen. Ich habe die Magik gebeten, mir in einer Vision zu zeigen, wo Dulcetta sich aufhält, und das ist ihre Antwort.«

»Hm«, murmelte Zoltan. »Versuchen wir mal etwas anderes. Beschwör doch jetzt eine Vision vom Prinzen.«

Ich konzentrierte mich wieder und erhielt die Vision von …

Mutter Krötenhauchs Häuschen.

»Oh-oh«, machte Bösherr. »Ich weiß, daß ich dir die richtige Formel gegeben habe. Laß mich es mal probieren.« Er schob mich beiseite, was in diesem Gedrängel gar nicht so einfach war und krempelte seine Ärmel hoch. »Ich habe so etwas zwar noch nie versucht, halte es aber durchaus für möglich, auch mit Magique Visionen zu erzeugen. Habt ihr vielleicht ein Bildnis von den Personen dabei, die ihr sucht.« Mein Bruder reichte ihm das Miniaturportrait von Dulcetta, das er an einem Lederband um den Hals trug, und seufzte. Mysti zog einen Roman von Raptura Eglantine aus dem Wams.

Bösherr studierte kurz die beiden Bilder, preßte dann die Fingerspitzen an die Schläfen und hielt die Hände dann über das Wasser.

Übelriechender Qualm stieg auf und erfüllte den ganzen Raum. Die Welfie wedelte ihn mit ihrem Umhang, so gut es möglich war, fort. Als uns allen die Tränen nicht mehr in die Augen stiegen und wir wieder atmen konnten, erblickten wir in der Schüssel das Häuschen von Hexe Krötenhauch.

»Aus dem Weg!« Gicht stieß uns mit ihren sehr knochigen Hüften aus dem Weg – was wirklich recht schmerzhaft war. »Wenn ihr nichts dagegen habt, versuche ich es jetzt mit meiner Kräutermethode. Vielleicht bekommen wir dann ja etwas anderes als einen Haufen warziger Kröten zu sehen.«

Sie kippte einiges Grün ins Wasser und erhielt zum Ergebnis den Applaus meiner Tanten und eine Abbildung von Mutter Krötenhauchs Hexenhäuschen.

»Ist das Ding vielleicht kaputt?« Mein Bruder nahm die Schüssel vom Tisch, schlug sie dagegen und bespritzte sich dabei die Stiefel mit Wasser.

»Jetzt habt Ihr sie kaputtgemacht!« schimpfte Zoltan mit einem Blick auf die Scherben.

»Pah! Wir können nur von Glück sagen, daß Kendar Euch nicht im voraus bezahlt hat«, erwiderte Basehart.

»Na ja, eigentlich nicht ...« ertönte es leise von mir.

»Du hast doch nicht etwa ... Warte, bis unser Vater davon

erfährt. Jetzt sag bloß noch, du hast in meine Börse gegriffen, um diesen Luftikus ...«

Diesmal konnte ich reinen Gewissens verneinen.

»Aber du hast doch gar kein eigenes Geld!«

»Nun, ich habe ihn auch nicht mit Geld entlohnt.«

»Hä? Womit denn dann?«

Zoltan trat lächelnd vor und streckte die Hand aus. Ein Funken Magik tanzte über seine Finger.

»Kendar! Was hast du getan?« rief Mysti.

»So haben wir es abgemacht«, sagte ich. »Ein bißchen Magik für eine Unterrichtsstunde. Seht doch, all die Kräfte nutzen mir rein gar nichts, solange ich damit nicht umzugehen verstehe. Und mit dem bißchen, das ich Zoltan bislang überlassen habe, kann er wirklich nicht viel Schaden anrichten.«

»Bislang? Was soll das heißen?«

»Erregt Euch bitte nicht, edler Herr«, erklärte Zoltan rasch. »Meister Kendar hat mir nur ein winziges bißchen gegeben. Glaubt bitte nicht ...«

»Ich soll schon wieder etwas glauben? Ich habe Euch schon einmal gesagt, Ihr sollt mich nicht für doof halten! Und überhaupt ...«

»Allerwertester Herr, Meister Kendar hat nur eine Investition auf die Zukunft geleistet, sowohl auf die meine wie auch auf die Eure. Mit diesem Krümel Magik bin ich reicher als mit einem ganzen Kamin voller Gold. Mit dieser kleinen Menge kann ich wildfliegendes Magik ansammeln, denn wie sagen die Zauberer doch so schön? Freies Magik steht jedermann zu, der es einzufangen versteht.

Dennoch steht uns die entscheidende Auseinandersetzung noch bevor, und ich spreche hier von Kendar und mir. Wenn Ihr in einer Schlacht ganz allein einer Horde von Feinden gegenübersteht, wen würdet Ihr dann lieber an Eurer Seite wissen, einen erfahrenen Schwertkämpfer oder eine Maus mit einer Erbsenschleuder?«

»Die Maus«, knurrte Mysti, »denn der könnte ich eher trauen als Euch!«

»Irrtum, meine Liebe«, widersprach Tante Carageena, »denn die Maus würde alle Erbsen auffressen.«

»Haltet Ihr mich denn alle für doof?« schrie die Welfie. »Dieser Bösherr wird sich aller Magik bemächtigen, derer er habhaft werden kann. Schließlich hat ihm Kendar in seiner Blödigkeit die ideale Grundlage dafür geschaffen! Und dann haut er ab und läßt uns im Stich.«

»Welche Garantie kann ich Euch geben, daß dem nicht so sein wird?« fragte Zoltan mit höhnischem Grinsen. »Glauben wollt Ihr mir ja nicht. Oder schwebt Euch vielleicht vor, mich fürderhin an der Leine mitzuführen?«

»Wohin soll ich Euch denn an der Leine mitführen?«

»Na, zum Häuschen der Hexe. Die Visionen waren doch eindeutig.«

»Eindeutig war hier nur, daß Ihr Kendar bewußt etwas Falsches beigebracht habt, oder er es verschusselt hat!« Mysti mochte zwar glauben, daß ich auf meinen beiden Füßen stehen konnte, schien aber zu befürchten, daß ich schon bei den ersten Schritten über sie stolpern würde.

»Hütet Eure Zunge, wenn Ihr über meinen Bruder redet. Er mag zwar nicht halb so intelligent sein wie ich, aber er ist immer noch ein Gangle. Und wir Gangles sind berühmt für unseren Geist, besser gesagt, daß wir wissen, wo wir rasch jemanden mit Geist auftreiben können. Wenn in seiner Vision das Haus der Hexe zu sehen war, dann gehe ich für meinen Teil auch dorthin. Ich möchte mal sehen, wer mich aufhalten will.«

Er mußte sich nicht lange umsehen. Tante Glucosia hinderte ihn am Aufbruch. Sie löste ein langes Band von ihrem Gürtel, knotete das obere Ende zu einer weiten Schlinge zusammen und schleuderte diese über ihn. Dann zog sie sie zu, und Basehart riß es von den Füßen.

»Du kannst nicht einfach zum Hexenhäuschen losstürmen, Junge«, ermahnte sie ihn. »Vorher mußt du dich nach dem Weg dorthin erkundigen.«

»Ein Gangle fragt nie nach dem Weg.«

»Er muß ja auch gar nicht fragen«, warf ich rasch ein, »ich kenne nämlich den Weg. Wir brechen gemeinsam auf ...«

»Nein, geht Ihr mal nur allein. Aber berichte mir später, ob sich deine Vision bewahrheitet hat, Kendar. Würde mich ja doch irgendwie interessieren ...«

»Du kommst nicht mit?« fragte ich verblüfft.

»Nein.«

»Aber ich dachte ...«

»Du glaubst doch wohl nicht, daß ich das mit der Leine ernst gemeint habe«, grinste er und fügte leise hinzu: »Das wollte ich sie doch nur glauben machen.« Laut fuhr er dann fort: »Ich kann dir unterwegs keine weiteren Lektionen im Gebrauch der Magik erteilen. Dafür habe ich vor diesem geheimnisvollen Stoff viel zu viel Respekt.«

Ich brachte es nicht übers Herz, ihm mitzuteilen, daß ich seinen Nachhilfeunterricht nicht mehr benötigte, weil ich vorhin den besten aller Lehrer gefunden hatte – die Magik selbst.

»Aber willst du denn nicht verfolgen, wie wir Dulcetta und Boffin befreien, insofern sie wirklich dort sind?«

»Och, davon könnt ihr mir doch nach eurer Rückkehr berichten. Ich sehe keinen Grund, meine chiquen Designerschuhe abzuwetzen. Davon abgesehen bin ich der Bürgermeister von Käseburg und habe unendlich viele Pflichten zu erledigen. Ob Magik oder nicht, meine erste und vornehmste Loyalität gilt allein den Bürgern dieser Stadt.«

»Er hat nicht nur mit der Loyalität gelogen«, flüsterte Mysti mir ins Ohr. »Zoltan hat von dir bekommen, was er wollte, und jetzt möchte er uns aus dem Weg haben. Bösherr wird sofort aufbrechen und sich weitere Magik suchen, und wenn er sie wie ein Schwamm aufgesogen hat, wird er sich gegen uns wenden.«

»Ich glaube eigentlich nicht, daß er zu so etwas fähig wäre ...«

»Du besitzt immer noch Meister Thengors Magik. Und die will er an sich bringen. Niemand kennt sich in der menschlichen Natur besser aus als ich.«

»Du bist doch überhaupt kein Mensch, sondern eine Welfie«, wandte ich ein.

»Hältst du mich jetzt auch schon für doof?«

»Habe ich da gerade etwas gehört?« fragte Zoltan. Wenn zwei Menschen miteinander flüstern, dann vor allem zu dem Zweck, andere nicht mithören zu lassen. Der Erfolg bleibt aber aus, wenn alle anderen im Raum schweigen, und man mitten im selben steht und miteinander tuschelt.

Aber Mysti ließ sich nicht so leicht ins Bockshorn jagen. »Ich habe Kendar gerade eine Wette vorgeschlagen: Ich wette, daß Ihr uns schon verraten werdet, kaum daß wir aufgebrochen sind.«

»Wißt Ihr das, oder *glaubt* Ihr das nur?«

Ich konnte Mysti nur mit Mühe zurückhalten.

»Also gut«, wehrte Bösherr mit beiden Händen ab. »Wie lauten denn die Einsätze, teurer Klinge? Oder schließen Welfies ihre Wetten nur mit Worten ab. Ich meine, ein bißchen heiße Luft ist im Winter ja ganz willkommen, aber für meinen Geschmack dürfte es ruhig um etwas mehr gehen.«

»Habt Ihr denn da schon eine Vorstellung?«

»Wenn ich Meister Kendar hintergehe, biete ich Euch meinen Hals dar, auf daß Ihr ihn aufschlitzen dürft.«

»Und wenn Ihr wider Erwarten doch nicht Eure ganze Schlechtigkeit herauskehrt?«

»Dann werdet Ihr, mein junger Held, die Maske, die Stiefél, den Umhang und die Schwertscheide ablegen, und ich lasse Euch am nächsten Markttag in Frauenkleidern durch den Ort reiten.«

»Wenn Ihr Euch als ehrlich erweist, werde ich sogar nackt durch die Straßen reiten!« versprach Mysti.

Mein Stöhnen ging in dem lauten Klatschen des Handschlags unter, mit dem die beiden ihre Wette beschlossen.

KAPITEL 16

Als wir zu Mutter Krötenhauchs Haus aufbrachen, wirkte unsere Truppe wie eine kleinen Armee. Unsere Stiefel knallten machtvoll auf dem Kopfsteinpflaster, wir schwenkten die Arme vor und zurück, links, rechts, links, rechts, und unsere Mienen waren Studien grimmiger Entschlossenheit. Niemand wagte es, sich uns in den Weg zu stellen, und niemand getraute sich, uns zum Stehenbleiben zu zwingen.

Wir blieben von allein stehen.

»Ich glaube, das ist der richtige Weg«, sagte ich und deutete auf die Straße, in der sich eine große Pferdetränke zeigte. Wir befanden uns auf einem dieser öffentlichen Plätze, die seit meinem letzten Besuch in Käseburg wie Pilze aus dem Boden geschossen waren. Kurz gesagt, es gab einfach zu viele von ihnen, und sie sahen alle so verdammt gleich aus.

»Ist er nicht«, widersprach Gicht und zeigte in eine andere Straße. »Dorthin. Ich muß es wissen, schließlich lebe ich hier.«

»Und wie oft bist du in der letzten Zeit Mutter Krötenhauch besuchen gegangen?« wandte die Welfie ein. »Oder im letzten Jahr? Oder in den letzten zehn Jahren. Ich sage, es geht dort weiter.« Überflüssig zu erwähnen, daß sie eine dritte Straße für die richtige hielt. »Ihr Häuschen steht nämlich unweit des Welfie-Waldes, und als geborene Welfie spüre ich seinen Ruf auch aus großer Entfernung.«

»Dich ruft der Welfie-Wald?« entfuhr es mir fassungslos. »Dich hat dort doch alles so angewidert, daß du bei der ersten sich bietenden Gelegenheit abgehauen bist. Wenn du sagst, wir müssen dort entlang, dann liegt das Anwesen der Hexe garantiert dort.« Ich deutete in die entgegengesetzte Richtung.

»Ihr habt alle den Kopf voller Schafsköttel«, mischte sich

mein Bruder ein. »Ich bin mit jedem Wald auf du und du. Setzt mich irgendwo mitten in einem Gehölz aus, und ich finde hinaus, noch ehe ihr ›Katalysatorabgasabweichungsnormveränderungsrichtlinienüberarbeitungsverordnung‹ aussprechen könnt.«

»Warum streiten wir eigentlich?« fragte Carageena ihre Schwester. »Wenn wir nicht wissen, wo es weitergeht, soll Kendar doch einfach noch eine Vision heraufbeschwören.«

»Ach, Gee, jeder weiß doch, daß das nur mit einer Schüssel Wasser geht.«

»Warum benutzt er dann nicht seine Magik, um eine Schüssel Wasser herbeizuzaubern?«

Ich grummelte etwas Unverständliches, breitete dann aber gehorsam die Hände aus, erschuf eine Schüssel Wasser und verlangte von der Magik eine Vision über den richtigen Weg.

Die Schüssel zerschmolz in meinen Händen, und das Wasser formte sich am Boden zu den Worten: **Du fauler Sack, muß ich denn hier alles erledigen?**

»Oh, liebe Tanten, das geht leider nicht, weil dem ein zauberisches Geheimnis zugrunde liegt.« Bevor ich mich zu den anderen gesellte, zerrieb ich mit der Sohle rasch die Wasserschrift.

»Weißt du, Gee, ich mußte gerade daran denken, daß ...« begann Glucosia.

»Hör endlich auf, mich ›Gee‹ zu nennen! Du weißt, wie sehr ich das hasse!«

»Ach Blödsinn. Also, Gee, was ich gerade sagen wollte ...«

»Ja, was denn, ›Glucke‹?« entgegnete Carageena mit einem gehässigen Grinsen. »Oder wäre dir ›Gluck-Gluck‹ lieber?« Sie ahmte mit dem Daumen eine Trinkbewegung nach.

»Das vergesse ich dir nie, daß du diese widerlichen Ausdrücke aufs Tapet gebracht hast!«

»Zuerst aber werde ich dir die zweiundsiebzigtausendvierhundertsechsundfünfzig Male heimzahlen, bei denen du mich nicht bei meinem richtigen Namen genannt hast.

Oh, pardon, natürlich nur noch zweiundsiebzigtausendvierhundertvierundfünfzig. Die beiden letzten muß ich ja abziehen.«

»Du hast immer schon diese Unart besessen, dich über Nichtigkeiten aufzuregen, Gee.«

»Ach wirklich, Glucke? Tue ich das, Gluck-Gluck? Meinst du das wirklich Glucker-Glucke? Habe ich dich da richtig verstanden, Gluck-Gluck-Gluck, als du gemeint hast, ich würde mich über Nichtigkeiten aufregen, Putt-puttputt-Glucke?«

Wir anderen vergaßen unsere Differenzen und verfolgten lieber das Treiben der beiden. Glucosia zog ihren Rock hoch, um das Kettenhemd, das sie darunter trug, zu präsentieren. Carageena warf ihren Umhang zurück, und im letzten Licht des vergehenden Tages blitzte ihre Rüstung auf. Beider Hände bewegten sich zu den Schwertgriffen. Die ersten Käseburger blieben stehen, um sich dieses Schauspiel nicht entgehen zu lassen.

»Ich warne dich, Gee, ich habe einen Eid geschworen, niemals das Blut meiner Verwandten zu vergießen.«

»Nette Warnung, aber von dir habe ich sowieso nichts zu befürchten, Glucke!«

»Es verblüfft mich wirklich, dich darauf hinweisen zu müssen, daß man seinen Gegner auch kaltmachen kann, ohne dabei sein Blut zu vergießen.«

»Als ob es dir gelingen würde, mit deinen Wurstfingern auch nur in die Nähe meines Halses zu kommen. Vorher hat nämlich mein Stahl deinen dicken Bauch durchbohrt, und all das viele Gluck-Gluck läuft dann aus und sorgt hier für eine Überschwemmung.«

»So nahe brauche ich dir gar nicht zu kommen, Kartoffelnase. Denn ich besitze dies ...« Und schon blitzte das Auge des Delbert in ihrer Hand auf. Für eine Glaskopie sah es wirklich beeindruckend aus. Es war groß wie ein Kinderkopf, von flammendem Rubinrot und wies nur eine perlweiße Linie auf, die wie eine gespenstische Pupille wirkte.

Carageena keuchte. »Nein, das würdest du doch nicht tun! Nicht das Geheiligte Auge des Delbert!«

»Tut mir leid, aber gewisse alte Vetteln mit Blumenkohlohren lassen mir leider keine andere Wahl!«

»Das darfst du nicht. Du könntest mich mit dem Auge vernichten, aber dabei würde die halbe Stadt mit zerstört werden!«

Die Zuschauer stöhnten unisono auf und erbleichten.

»Zu spät«, knurrte Glucosïa. »Du hast meine Ehre beleidigt, und dafür wirst du bezahlen. Das mußte ich dem Hohepriester schwören. Und du weißt vielleicht, was es mit Schwüren auf sich hat.«

Die Käseburger machten sich aus dem Staub. Nur einer faßte Carageena am Arm. »Äh, Lady, könntet Ihr vielleicht in Erwägung ziehen, Euch bei ihr zu entschuldigen? Und wenn es geht, ziemlich schnell?«

Meine Tante sah ihn von oben bis unten an. »Das ist ausgeschlossen, denn sie hat meine Ehre als Schwertkämpferin besudelt. Wenn ich mich jetzt bei ihr entschuldige, zwingt mich meine Ehre, jeden zu erschlagen, der diese Schmach mitangehört hat. Es ist Euch doch hoffentlich klar, daß das Euch mit einschließen würde.«

»Oh. Äh. Ja. Also.« Das Männlein wollte sich dünnmachen, aber Carageena hielt ihn fest. »Und um sicherzustellen, daß niemand am Leben bleibt, der von dieser Schmähung berichten könnte, erschlage ich in solchen Fällen für gewöhnlich jeden, der mir während der nächsten drei Tage über den Weg läuft.«

»Ja, schön ... aber mir fällt gerade ein, daß ich dringend zu ...«

»Und ich lege, nur der Vollständigkeit halber, auch noch die ganze Stadt in Schutt und Asche.«

»Aber, aber, meine Dame. Es ist nicht mehr so wie in den alten Zeiten. Früher hättet Ihr uns ja einen großen Gefallen damit getan, dieses ganze Drecksnest abzufackeln, aber heute, mit all der Wasserversorgung, den schönen Schulen, dem Umstand, daß man kaum noch in Kuhfladen tritt, und nicht zu vergessen die Bilder, die jetzt alle gerade hängen – wollt Ihr das wirklich alles kaputtmachen?« Dem Mann standen Tränen in den Augen.

»Na ja, ich will ja kein Unmensch sein«, brummte Carageena.

»Und wenn man bedenkt, daß das alles nur passiert ist, weil wir uns über den Weg zu Mutter Krötenhauchs Häuschen nicht einig werden konnten«, fügte Glucosia hinzu.

»Was?« rief das Männlein. »Warum habt Ihr das denn nicht gleich gesagt? Da müßt Ihr nur die Straße dort entlang. Die, in der die Pferdetränke steht. Immer geradeaus, bis Ihr an den Teich gelangt. Und wenn Ihr dort in etwas Glitschiges, Weiches tretet, das ›Quack!‹ macht, seid Ihr angelangt.«

»Vielen lieben Dank, werter Herr.« Carageena ließ ihn los.

Glucosia bedankte sich ebenfalls und steckte das Auge des Delbert wieder ein. »Wollen wir, teure Schwester?« Die beiden hakten sich ein und marschierten los.

Aber ich stellte mich ihnen in den Weg. »Was sollte das denn eben? All die Drohungen von Tod, Massaker und Vernichtung?«

»Ach, du dummer Junge.« Carageena tätschelte meine Wange. »Nur so konnten wir doch den richtigen Weg erfahren.«

»Nein, diese Gangle-Männer«, lächelte Glucosia. »Was die immer für einen Aufstand machen müssen, wenn es um etwas so Harmloses wie den richtigen Weg geht.«

»Ist das hier auch richtig?« fragte mein Bruder, als das Hexenhäuschen in Sicht kam.

Im nächsten Augenblick flog im ersten Stock ein Fenster auf, und Dulcetta Gallimaufrey schob den Kopf hinaus.

»Sieht ganz so aus«, antwortete ich, und wir gingen alle im Vorgarten in Deckung, als Baseharts Braut einen markerschütternden Schrei ausstieß, der die Vogelnester aus den Bäumen fegte und Krötenhauchs Wachhecke an mehreren Stellen zusammenbrechen ließ.

»Beistand! Rettet mich! Ja, will denn niemand einer unschuldigen Maid Erlösung bringen?« Dulcetta war nicht mehr vom Brautschleier verhüllt und ließ ihr langes blondes Haar zum Fenster herab. Ihr dünnes Gewand zeigte mehr, als es verhüllte, und in diesem Moment beneidete wohl jeder meinen Bruder.

»Ach, Verzweiflung ist mein Los!« schrie Dulcie. Erst rang sie die Hände, dann legte sie die eine auf die Stirn und die andere an ihren Busen. »Weh mir, der Untergang steht mir bevor. In eben diesem Moment nähern sich die Höllenkreaturen des verderbten Unholds, der mich entführt hat, um mich in seine Arme zu nehmen und Schimpf und Schande über mich zu bringen. Rettet mich! Oh, hört mich denn niemand?«

»Bist du dir auch ganz sicher?« fragte mich Basehart.

»Tritt zurück«, gebot ich ihm und breitete die Arme aus. »Ich werde die Fassade dieses Häuschens wegsprengen und Dulcetta befreien!«

»Nein, das wirst du nicht.« Mysti fiel mir in den Arm. »Das ist Mutter Krötenhauchs Haus. Wir wissen ja noch gar nicht, was aus ihr geworden ist. Nicht auszuschließen, daß derjenige, der Baseharts Braut entführt hat, die Hexe gebunden und geknebelt in irgendeine Ecke geworfen hat. Wenn du die Fassade zerstörst, verletzt du womöglich auch sie!«

»Ich passe schon auf.«

»Seit wann beherrschst du denn solche Tricks? Zoltan hat dir doch erst eine Unterrichtsstunde gegeben, und wir wissen noch nicht, ob die auch was genutzt hat.«

»Ich würde meinen, das liegt nun wirklich auf der Hand. Ich habe nach einer Vision über Dulcettas Aufenthaltsort gefragt, und hier ist sie.«

»Du wirst es schön bleibenlassen, irgendwelche Feuerbälle auf meine Braut zu schleudern«, knurrte Basehart und fiel mir in den anderen Arm. »Sie hat nämlich eine sehr empfindliche Haut. Hat ihre Mutter jedenfalls gesagt. Und ich möchte in der Hochzeitsnacht das Bett nicht mit einer völlig verkohlten Braut teilen müssen.«

»Dein Bruder hat recht, Kendar«, sagte Glucosia. »Dies ist nicht die Stunde der Zauberkunststücke, sondern der Schwertkämpferinnen. Sollen wir, Gee?«

»Wir könnten aber etwas Zauberei gebrauchen, um uns von dieser Krötenplage zu befreien«, murrte ihre Schwester.

Sie hatte die Füße so eng wie möglich zusammengestellt und vermied es tunlichst, den Tierchen zu nahe zu kommen, und das war wahrlich keine einfache Aufgabe.

»Nein, das kann er nicht«, entgegnete Mysti, »denn dies sind Mutter Krötenhauchs Kröten. Eine von ihnen könnte doch der verwunschene Prinz sein, nach dem sie seit Jahren sucht. Die Mutter küßt sie, wann immer sie Zeit dafür findet, doch es ist ja wirklich schwierig, sie auseinanderzuhalten. Deshalb vergißt sie immer wieder, welches Tier sie schon geküßt hat und welches noch nicht. So bleibt ihr nichts anderes übrig, als alle zu behalten.«

»Die Frau braucht dringend ein System«, erklärte Carageena. »Vielleicht Kerbhölzer oder Wachstäfelchen oder ein Notizbuch oder ...«

In diesem Moment flogen sechs Kerbhölzer, ein Tintenfaß, sieben Notizbücher und vier Wachstäfelchen aus dem Fenster. Die Kröten sprangen entsetzt davon. Doch eine von ihnen war nicht schnell genug und wurde von dem steinernen Tintenfaß getroffen. Der Anblick war wirklich nicht sehr angenehm.

»Ich kann nur dringend hoffen, daß dies nicht das glückliche Tier war«, bemerkte Glucosia.

»Etwas, von dem nur Matsch übriggeblieben ist«, murrte Gicht, »würde ich kaum als glücklich bezeichnen.«

»Herbei zu meiner Rettung!« kreischte Dulcetta, die sich jetzt wieder am Fenster zeigte. »Gewährt mir Beistand und Erlösung, ich flehe Euch an! Die Feinde haben mich umringt! Oh, dieser schurkische, schuftige, schamlose, schreckliche Schelm! Ich fürchte, er will mir nichts Gutes! Und dennoch übt er eine unwiderstehliche Macht auf mich aus, die mich zu ihm hinzieht! Ich glaube, unter seiner gräßlichen Schale wohnt ein nobler Geist, dem ein schlimmes Schicksal widerfuhr. Weh mir, ich bin hin- und hergerissen!«

»Faß meine Braut ja nicht an!« brüllte Basehart und stürmte ins Haus, bevor jemand von uns ihn aufhalten konnte. Die Kröten machten ihm bereitwillig Platz. Und die unter ihnen, die nicht rasch genug beiseite hüpften, erlitten ein gräßliches Schicksal. Mein Bruder glitt zwar auf einer aus, doch er rappelte sich behende wieder auf und brach durch die Tür. Weder Riegel noch Bolzen sollten ihn in seinem gerechten Zorn aufhalten.

Doch die Tür war weder verrammelt noch verriegelt und schwang bei der ersten Berührung auf … Wir hörten Schreie, Geklirr und einen gewaltigen Knall.

Dulcetta hörte auf zu kreischen. Sie beugte sich aus dem Fenster. »O hallo«, rief sie, als sie unser ansichtig wurde. »Tut mir leid, daß ich Euch vorher nicht bemerkt habe. Das ist mir jetzt aber peinlich. Was müßt Ihr nur von mir denken, nachdem ich mich eben so aufgeführt habe. Schiebt einfach die Kröten beiseite und tretet ein. Oder wollt Ihr etwas verkaufen?«

»Dulcetta!« rief ich. »Kennt Ihr mich denn nicht mehr?«

»Kendar Gangle? Seid Ihr das? Aber wer sind denn die anderen?«

»Wir sind gekommen, um Euch aus den Klauen des verderbten Schurken und seiner teuflischen Helfershelfer zu befreien, die Euch gefangenhalten. Fürchtet Euch nicht länger. Sagt mir nur, wie viele Schufte Euch bedrängen. Muß nicht die genaue Anzahl sein, eine grobe Schätzung tut's auch.«

»Wo steckt denn Basehart?« fragte Dulcetta, statt mir eine Antwort zu geben.

»Schon im Haus!« rief ich zurück. »Wahrscheinlich wütet er in diesem Moment schon unter den Helfershelfern.«

»O nein, das glaube ich nicht. Ihr sagt das bestimmt nur, um mich zu beruhigen. Wahrscheinlich hockt mein Bräutigam zu Hause im schönen warmen Uxwutsch und knabbert an einem selbsterlegten Tier herum. Er interessiert sich doch gar nicht für mich. Für ihn bin ich nicht mehr als eine Mitgift auf Beinen.«

»Sind aber ziemlich hübsche Beine«, flötete Carageena, wohl um sie auf andere Gedanken zu bringen.

Mein Bruder kam jetzt aus dem Häuschen. Er war über und über mit Ruß, Essen und anderem Schmutz beschmiert. Etwas Klebriges lief an seinen Haaren hinab. Außerdem humpelte er, was daran lag, daß einer seiner Füße in einem irdenen Topf steckte.

Ein Tropfen der Masse rann in seinen Mund. »Hm, fehlt noch etwas Salz«, meinte er und kippte dann vornüber auf eine Schar Kröten.

Ich hatte ihn noch nicht erreicht, als Curio mit einem Monstrum von einem Messer aus der Tür stürmte. Ohne nachzudenken, schleuderte ich ihm Magik entgegen. Eigentlich wollte ich nur seine Klinge zerstören, aber der Umstand, daß ich mich nun auf den Gebrauch der Magik verstand, bedeutete noch lange nicht, daß ich damit auch schon ein Experte im Zielen geworden war. Die Zauberkraft traf das Model mitten zwischen die Augen.

Curios Haar zischte und verschleuderte Funken. Er verdrehte die Augen und fiel dann direkt auf Basehart.

»Großartig«, meinte Mysti, »jetzt hast du sie beide getötet.«

»Ich habe keinen von beiden umgebracht. Du solltest mir lieber dabei helfen, sie auf den Rücken zu drehen.« Ich zerrte hilflos am Arm des Models.

Die Welfie lehnte sich an die Wand und studierte ihre Fingernägel. Das war natürlich nur ein Trick von ihr, was ich daran erkannte, daß sie immer noch ihre ledernen Handschuhe trug. »Warum setzt du nicht Magik ein?« entgegnete sie.

Verärgert trat ich ein paar Schritte zurück und hob Curio vermittels meiner Kräfte hoch in die Luft, um ihn dann auf einer Holzbank abzulegen. Danach drehte ich meinen Bruder auf den Rücken. Eine rosafarbene Feder erschien vor seiner Nase. Sie bewegte sich leicht. Dem Himmel sei Dank, Basehart atmete noch.

Ich wollte diesen Test gerade bei dem Model wiederholen, als Dulcetta aus dem Haus gerannt kam. Sie entdeckte die beiden Ohnmächtigen, stieß einen spitzen Schrei aus und beugte sich dann sofort über Basehart.

»Ein gutes Zeichen«, erklärte ich Mysti.

»Sie soll damit aufhören, ihn abzuwischen«, schimpfte

die Welfie. »Die ganzen Kartoffelstückchen fliegen mir ja auf meine tollen neuen Stiefel!«

»Basehart! Liebster Basehart!« schluchzte die Braut und drückte seinen Kopf an ihre Brust. »Sei bitte nicht tot, mein Leben! Mami wird mich erschlagen, wenn die Hochzeit, für die sie und Papi schon bezahlt haben, doch nicht stattfindet!«

Mein Bruder strampelte wie ein Ertrinkender. »Ich krieg' ja keine Luft mehr!« ächzte er mit blau angelaufenem Kopf. Das störte Dulcetta nicht weiter, doch als sie ihn anlächelte, strahlte auch er.

Auch Curio regte sich wieder. Er richtete sich vorsichtig auf der Bank auf und hielt sich mit beiden Händen den Kopf, als fürchte er, dieser könne ihm von den Schultern fallen. Dann hielt er inne, als seine Fingerspitzen das berührten, was die Magik aus seinem Haar gemacht hatte. Die lange blonde Mähne, die man von so vielen Buchcovern kannte, hatte sich zu winzigen Löckchen zusammengezogen.

»Bei allen Göttern, was habt Ihr mir angetan?« jaulte er und griff sich in die Löckchen, als wollte er sich das Haar zerraufen.

Doch schon waren meine Tanten bei ihm, um ihm Trost zu spenden – zumindest behaupteten sie das später. »Ist doch gar nicht so schlimm«, sagte Carageena und ließ sich zu seiner Linken nieder.

»Sieht eigentlich sogar richtig gut aus«, meinte Glucosia und nahm rechts von ihm Platz.

Sie gurrten immer noch, spielten mit seinen Löckchen und rückten ihm so auf die Pelle, daß er sich wie zwischen Hammer und Amboß vorkommen mußte. Entschlossen baute ich mich vor dem Trio auf, denn schließlich gab es im Moment Wichtigeres zu tun, als das Model abzugrabschen. »Ruft sie zurück!« befahl ich ihm.

»Ruft Ihr sie doch zurück – sind schließlich Eure Tanten.« Er zeigte auf Carageena und Glucosia, die gerade bewundernd seine Armmuskeln abtasteten.

»*Die* meine ich doch nicht, sondern Eure teuflischen Spießgesellen.« Ich deutete auf Mutter Krötenhauchs Haus.

Eigentlich war es darin ziemlich still, wenn man davon ausging, daß dort eine Horde von Spitzbuben ihr Unwesen trieb. Aber bei solchem Gesindel weiß man nie, ob es sich nicht gerade verstellt oder eine neue Teufelei vorbereitet.

»Was verlangt Ihr da von mir?« fragte Curio mit der reinsten Unschuldsmiene. »Ich habe keine Helfershelfer oder Spießgesellen. Wendet Euch damit lieber an *die* da!« Er zeigte auf Dulcetta. »Sie rennt schließlich den ganzen Tag herum und schreit irgendwas von schurkischer Brut, Natterngezücht, Boten der Hölle und was weiß ich noch. Pah! Ich habe schon vom ersten Tag an die wahnwitzige Idee verflucht, mich in diese unsägliche Gefangenschaft zu begeben!«

»Geschieht Euch recht! Warum müßt Ihr auch ein armes, unschuldiges Mädchen entführen?« fuhr Mysti ihn an.

Der Mund des Models klappte nach unten, und es dauerte einen Moment, ehe er ihn wieder schließen und fragen konnte: »Was soll ich getan haben?«

»Oh, macht Curio bitte keine Vorwürfe!« rief Dulcetta. »Ihn trifft keine Schuld, außer vielleicht für die Wurst.«

»Er hat keine Schuld daran, Euch am Tag Eurer Vermählung aus Gut Uxwutsch geraubt zu haben?« entfuhr es mir ungläubig. »Wir sollen ihm keine Vorwürfe deswegen machen, Euch in diesem Häuschen gefangengehalten zu haben? Wer weiß, was er mit der eigentlichen Besitzerin angestellt hat? Und er hat keinen Anteil daran, daß Ihr Euch aus dem Fenster hängt und ›Hilfe! So helft mir!‹ schreit?«

»Was für eine Wurst?« fragte mein Bruder.

Aber Dulcetta legte nur die Stirn in Falten, und nach einem Moment huschte der Schimmer der Erkenntnis über ihr Antlitz. »›Hilfe!‹, ›Helft mir!‹ – Mann, das ist es!«

Damit sprang sie auf, schien den armen Basehart völlig vergessen zu haben, dessen Kopf auf den Boden knallte, stürmte ins Haus und warf die Tür hinter sich ins Schloß.

KAPITEL 17

»Was für ein Grauen!« stöhnte mein Bruder und betastete vorsichtig die Beule an seinem Schädel. Er hockte auf einem Schemel neben Mutter Krötenhauchs Feuerstelle und heulte wie ein Schloßhund. Wedwel sei Dank, daß unser Vater nicht zugegen war und ihm dieser Anblick erspart blieb.

»Aber, aber, mein Kleiner«, versuchte Carageena ihn zu trösten, »du wirst sicher eine andere finden. Gräm dich doch nicht, bloß weil diese hier jetzt nicht mehr richtig im Kopf ist.«

»Aber ich will keine andere. Nur Dulcetta, weil ich sie liebe.«

»Wo liegt denn eigentlich das Problem?« fragte Mysti. »Ich möchte jetzt endlich einmal wissen, wo das Problem liegt. Hat vielleicht irgendwer die Güte, mir mitzuteilen, worum es hier eigentlich geht? Hallo, hört mir überhaupt jemand zu?«

»Mein Problem besteht darin«, verkündete Curio vom Küchentisch, »daß ich nicht genügend Möhren für den Rindfleischeintopf habe.« Er hatte sich wieder mit seinem Messer bewaffnet und fuhr damit fort, Gemüse kleinzuschnippeln. Als Basehart hereingestürmt war, hatte er gegen den Tisch gestoßen und auch noch den Topf umgekippt. Das Model hatte ihn in diesem Moment wohl mit einem Büschel Suppengrün verwechselt und war deswegen mit dem Messer hinter ihm her (ein Irrtum, für den ich ihm kaum einen Vorwurf machen konnte).

»Die Möhren sind aber nicht unser Problem«, erklärte ich der Welfie, »sondern Dulcetta.«

»Alles ist ruiniert!« schluchzte mein Bruder. »Alles ist dahin!«

»Na, hört mal«, sagte Mysti, »so schlimm ist das doch

auch wieder nicht. Immerhin liebt sie Euch noch. Und sie ist auch weiterhin gewillt, Euch zu heiraten.«

»Ja, das hat sie gesagt«, schniefte Basehart.

»Nun ja, dieser kleine Urlaub, den sie sich kurz vor Eurer Vermählung gegönnt hat, hat doch eigentlich nichts zu besagen. Viele Bräute bekommen kurz vor dem Traualtar kalte Füße. Und in Uxwutsch glauben doch alle, ein Zauberer habe sie gegen ihren Willen entführt.«

»Ha!« machte Curio.

»Niemand braucht die Wahrheit zu erfahren«, fuhr Mysti fort. »Im Grunde konnte sie doch gar nichts dafür. Ist eben einfach so passiert. Kommt bei Frauen nun einmal vor, auch in den besten Familien.«

»Von mir wird niemand etwas erfahren«, sagte das Model und hackte mit dem Messer auf eine unschuldige Rübe ein. »Was für eine Demütigung! Wenn jemand davon erfährt, bedeutet das das Ende meiner Karriere. In allen sieben Königreichen würde ich dann zum Gespött. Und zu Hause darf ich mich nicht mehr blicken lassen.«

»Die Wahrheit würde ihre Eltern nur in Schande stürzen«, sagte Glucosia.

»Und Lucius und Abstemia müßten bis an ihr Lebensende in Sack und Asche herumlaufen«, fügte Carageena hinzu.

»Die Wahrheit?« rief Gicht, die gerade mit einem Korb voller Möhren in die Küche kam. »Die Wahrheit ist, daß Dulcetta Curio gezwungen hat, mit ihr durchzubrennen. Beiden ist dann speiübel geworden, als sie von der Wurst probiert haben, die hier hergestellt wird. Und seitdem hockt er hier unten in der Küche, während sie die ganze Zeit oben gewesen ist und ...«

»Sie wird das schlimme Wort aussprechen!« schrie mein Bruder, »das mit ›sch‹ ...«

»... hat geschrieben.«

In diesem Moment kam Dulcetta die Treppe herunter. Sie strahlte über das ganze Gesicht und war wunderbar anzuschauen. »Das war einfach großartig«, hauchte sie. »So gut ist es wirklich noch nie gewesen.« Sie hielt eine Wachstafel an ihren Busen gepreßt und seufzte: »Philiomina beugt sich aus dem Fenster, als Fürst Dagors finstere Gesellen sie bedrängen, und ruft: ›Zu Hilfe! Helft mir!‹ All das andere Zeugs, das ich mir vorher ausgedacht hatte, von wegen daß sie in ein Leben aus Schande gestürzt würde und so weiter, war überflüssiger Mist. Wieviel effektiver ist es doch, Scham und Entwürdigung zu zeigen. Auf diese Weise hat der Leser doch auch etwas davon, meint Ihr nicht?«

»Als Verfechter der Gerechtigkeit würde ich ihr einen ordentlichen Tritt in die Kehrseite verpassen«, brummte Mysti. »Auf der anderen Seite würde es mir aber durchaus gefallen, so etwas zu lesen.«

»Dies ist die Strafe, die ich mir selbst zugefügt habe«, stöhnte das Model. »Ich war zu ehrgeizig, zu gierig. Und seht nur, wohin mich das gebracht hat. Warum konnte ich mich nicht mit dem zufrieden geben, was mir geblieben war? Nun gut, ich war nicht mehr Raptura Eglantines einziger und erster Held, aber ich durfte immer noch hoffen. Ich hätte für andere, weniger bedeutende Bücher posieren können. Aber nein, das war mir ja nicht genug.«

»Und genug ist es auch für uns noch nicht!« rief die Welfie. »Wir wollen nämlich immer noch erfahren, was Ihr mit Prinz Boffin angestellt habt!«

»Da müßt Ihr mir aber erst versprechen, mich nicht abzustechen, nachdem Ihr die Wahrheit erfahren habt.«

»Ich kann und will Euch nichts versprechen.«

»Dann keinen Prinzen.«

»Dann Ihr ohne Ohren.«

Ich legte rasch eine Hand auf Mystis Schwertgriff. »Nein, hier wird niemand umgebracht. Wenn er tot ist, kann er uns nichts mehr über Boffin mitteilen.«

»Ich wollte ihn doch gar nicht abmurksen. Nur ein wenig an ihm herumschnippeln, bis er endlich bereit sein würde zu reden.«

»Ich dulde auch kein Herumschnippeln. Sieh nur, wir haben Dulcetta wiedergefunden, und genau so werden wir auch den Prinzen aufspüren.«

»Und wenn nicht?«

»Dann darfst du an mir herumschnippeln.«

»Ach, warum habt Ihr es nicht zugelassen, daß sie mich erschlägt«, jammerte das Model. »Ich weiß nicht, ob ich mit dieser Schande weiterleben kann. Was für ein Narr war ich doch! Ich weiß nur noch, daß ich mir sagte, nun ist es vorbei mit den erlesenen Speisen, den prächtigen Kleidern und dem guten Leben, an das ich mich so gewöhnt hatte – denn ich war nicht länger der teuer bezahlte Körper, nach dem die Leserinnen von Raptura Eglantines Romanen lechzten. Ich war nur noch ein Körper.«

»Den sollten wir mal genauer in Augenschein nehmen.« Carageena stieß ihrer Schwester in die Seite.

»Womit sollte ich mir meinen Lebensunterhalt verdienen«, seufzte Curio weiter, »wenn diesen Körper erst einmal der Hauch des Alters gestreift hätte? Wer wollte dann diesen Körper überhaupt noch?«

»Ich!« rief Mysti. »Um an ihm Rache dafür zu nehmen, was Ihr Prinz Boffin angetan habt.«

»Ja, ja, erschlagt mich nur. Vernichtet mich. Zerstört mich. Verwüstet mich. Bringt meine Frisur in Unordnung. Schadet meinem makellosen Teint. Nichts von alledem kann dem Leiden gleichkommen, das ich hinter mir habe. Wenn Boffin seinen Job verloren hätte, wäre er immer noch Prinz gewesen. Ich aber stand vor dem Ruin. Und wenn Boffin nicht gewesen wäre, wäre über kurz oder lang ein anderer erschienen, der mich von meinem Platz verdrängt hätte.

So sagte ich mir: Curio – Ihr müßt wissen, ich duze mich –, du solltest dir einen neuen Job suchen, bevor man dir endgültig den Stuhl vor die Tür setzt. Eine Arbeit, bei der es nicht auf dein fabelhaft gutes Aussehen ankommt und bei der du in Ehren alt, grau und runzlig werden kannst. Und wo du all die leckeren Sachen essen darfst, die deine traumhafte Figur ruinieren. Und wenig später überkam mich die Erkenntnis: Ich werde Schriftsteller!« Er streckte vor Begeisterung die Arme aus und wartete auf Beifall.

»Eure Möhre tropft!« beschied ihn die Welfie.

»Seht nur, diese tropfende Möhre, ist sie nicht ein Sinnbild für meine Existenz? Sie vermag mit ihren Tränen mehr zustande zu bringen als ich, der ich noch nicht eine vernünftige Zeile zu Papier zu bringen vermochte. Wie oft habe ich es versucht, nur um immer wieder aufs neue zu scheitern.«

»Kannst du wohl aufhören, uns mit deiner Möhre zu nerven?« schimpfte die Hexe. »Vielleicht hast du es nur falsch angefangen. Es heißt, man soll über das schreiben, worin man sich auskennt.«

»Das habe ich ja versucht. Alles, worüber ich Bescheid weiß, ist die Romantik, das Wunder, das sich zwischen Jüngling und Maid tut. Das Verlangen, das sich zur Extase steigert. Das Verlangen, das zur unersättlichen Gier wird. Die Qualen, die Leidenschaft, die Wonne und den Schmerz ...«

»Erzählt doch weiter«, flötete Carageena.

»Es war so traurig«, sagte Dulcetta. »Curio hat so viele Ideen, aber wenn es darum geht, sie in Worte zu fassen ...« Die beiden sahen sich an, als trügen sie ein schlimmes Geheimnis mit sich herum.

»Woher weißt du eigentlich so viel über die Ideen von diesem Klotzkopf?« fragte mein Bruder, dem die Wendung, die dieses Gespräch genommen hatte, überhaupt nicht gefiel.

»Ist eigentlich eine ganz komische Geschichte.« Seine Braut fing an zu kichern.

»Finde ich überhaupt nicht.« Basehart erhob sich und verschränkte die Arme vor der Brust.

»Ich wollte immer schon schreiben«, sagte Dulcetta. »So wie meine Eltern mich aufgezogen haben – ich wurde immer in meinem Zimmer eingesperrt, wenn männlicher Besuch eintraf oder die Diener bei brütender Hitze mit freiem Oberkörper ihre Arbeit verrichteten oder unsere Haustiere rollig wurden –, blieb mir kaum etwas anderes zu tun übrig, als zu lesen und zu schreiben.«

»Was war denn mit den Stickereien?« fragte Carageena. »Deine Mutter schien darauf doch großen Wert zu legen.«

»Mom hat mich ja auch nicht großgezogen. Das hat Huletta besorgt. Meine Mutter meinte immer, Kinderaufzucht sei nur etwas für Barbaren oder die Mittelklasse. Doch sie sei nun eine Gallimaufrey, und wehe dem, der das je vergessen sollte. Deswegen hat sie mich gleich nach meiner Geburt Huletta übergeben. Sie stammte aus Nebenstadt ...

Ihr wißt doch, der Ort, über den die großen Schwierigkeiten gekommen sind, weil alle Eltern ihre Töchter dort in die Schule geschickt haben. Nun denn, Huletta konnte lesen und schreiben und hat mir beides beigebracht. Außerdem besaß sie in ihrem Zimmer auch noch kistenweise Bücher – und ein paar Kartons mit Stickereien. So verbrachte ich viele Stunden mit ihren Büchern, und wann immer Mom vorbeischaute, habe ich ihr ein Zierdeckchen oder einen Schemelschoner präsentiert, den ich vorher aus einem der Kartons genommen hatte. Dann ist sie stets zufrieden wieder abgerauscht, und ich konnte in Ruhe weiterschmökern.«

Basehart trat gerührt zu ihr und nahm ihre Hand. »Da du es mir freiwillig und vor der Ehe erzählt hast, will ich dir großmütig vergeben.«

»Was vergeben?« wollte Gicht wissen.

Mein Bruder sah sie erstaunt an. »Ja, hast du denn nicht zugehört? Sie hat zugegeben, Bücher gelesen zu haben!«

»Sie schreibt sie auch noch«, fügte das Model leise hinzu.

»Paßt ja auf, was Ihr über meine Braut in die Welt setzt!« Basehart hielt Curio eine Faust unter die Nase. »Bloß weil sie mal irgendwas hingekritzelt hat, bedeutet das noch lange nicht, daß sie ganze Bücher füllt!«

»Aber ich habe Bücher geschrieben, Liebster«, klärte Dulcetta ihn auf. Der Ausdruck auf dem Gesicht meines Bruders war so grauslich, daß er mich wohl mein Lebtag verfolgen wird.

»Auch das ist meine Schuld«, gestand das Model. »Nach der Verlorbungszeremonie bemerkte ich nämlich, wie Eurer Braut etwas aus den Schleiern fiel. Galant wie ich bin, eilte ich sofort hin, um es aufzuheben und ihr zurückzugeben. Dabei habe ich dann festgestellt, daß es sich bei diesem Gegenstand um ein …«

»Buch handelte.« Dulcetta nahm den Faden wieder auf. »Na ja, eher ein Entwurf, ein paar Notizen.«

»Es war ein Meisterwerk.«

Die junge Gallimaufrey kicherte blöde. »Ach, Ihr, was Ihr immer redet. War doch bloß mein erster Versuch, so etwas wie eine romantische Geschichte zu Papier zu bringen. Ich habe das Buch *Der Lüsterne Hexenmeister* betitelt.« Basehart gab gurgelnde, erstickte Geräusche von sich. Dulcetta tätschelte seine Hand. »Du hast ja recht, Teuerster, so richtig hat mir der Titel auch nicht gefallen.«

»Ich konnte nicht anders«, fuhr Curio fort, »ich mußte einfach einen Blick hineinwerfen. Schon nach den ersten Seiten wurde mir klar, daß ich das Werk eines wahren Genies vor mir hatte ... Und in jenem Moment begann sich die vermaledeite Idee in meinem Kopf zu formen. Ich näherte mich also der Lady, gab ihr das Buch zurück und fragte sie diskret, ob sie jemals daran gedacht habe, den Berufsweg einer Schriftstellerin einzuschlagen.«

»Natürlich war ich schockiert!« rief Dulcetta mit einer Empörung, die ihr keiner abnahm. »Aber Curio hat es dann doch irgendwie verstanden, mich zu überreden. Er meinte auch, er kenne viele Menschen, die nach solchen Liebesgeschichten geradezu lechzen würden. Und Raptura Eglantine könne gar nicht schnell genug schreiben, um den Lesehunger dieser Leute zu stillen. Denn schließlich sei das Zeugs, das die Wandersänger im Reich verbreiteten, ungefähr so romantisch wie der Kuß einer Fledermaus. Na ja, weil er mich so nett bestürmt hat, konnte ich doch nicht nein sagen, oder?

Was sollte ich tun, Liebster? Mummy hat mir immer erklärt, die einzigen drei Dinge, die die Gangles respektierten, seien sehr viel Geld, haufenweise Geld und unverschämt viel Geld. Und ich wollte doch so sehr, daß du mich respektierst, wenn wir erst einmal verheiratet sind. Und das konnte ich mir nur verdienen, indem ich genau das tat – viel Geld verdienen. Außerdem hatte ich mit deinen Tanten gesprochen, und auch die haben Karriere gemacht. Aus ihrem Mund klang das wirklich toll und großartig.«

Carageena starrte leise pfeifend zum Himmel, und Glucosia fiel ein, daß sie ihre Stiefelspitzen noch gar nicht ausgiebig betrachtet hatte.

»Und so ... und so ... und so habe ich mich schließlich von Curio überreden lassen ...«

»Habt Ihr da nicht noch eine Kleinigkeit vergessen?« bohrte Mysti nach.

»Welche denn?«

»Nun, während der Hochzeitsfeier heimlich von Gut Uxwutsch zu verschwinden.«

Dulcetta stieß ein Lachen aus, als habe sie nie eine dümmere Frage gehört. Mysti ballte schon die Fäuste und machte sich darauf gefaßt, im nächsten Augenblick mit dem Wort ›doof‹ konfrontiert zu werden. »Ihr erwartet doch nicht ernsthaft, daß man an einem so unromantischen Ort wie Gut Uxwutsch eine schöne Geschichte schreiben könnte.«

»Ganz davon zu schweigen, dort zu heiraten«, warf Gicht mürrisch ein.

»Was weißt du denn schon von solchen Dingen?« wies Carageena sie zurecht.

Dulcetta ließ sich von keinem Einwand beirren und fuhr fröhlich fort: »Ich habe Curio dann überredet, mit mir an einen Ort zu reisen, an dem man eher auf eine Inspiration hoffen darf. Zuerst sträubte er sich, doch dann habe ich einen Weg gefunden, ihn zu überzeugen.«

»Ach, tätsächlich?« Basehart lief vor Zorn rot an.

»Ja, natürlich, ich habe es gleich hier.« Sie faßte sich in den Ausschnitt.

»Dulcetta!«

»Was hat er denn?« fragte sie und zog ein Fläschchen aus dem Dekolleté.

»Wir haben uns dann aus der Halle geschlichen«, nahm das Model den Faden auf, »und sind hinauf in mein Zimmer, wo sich meine Schreibutensilien befanden, die ich ihr gerne geben wollte. Die ganze Zeit über beschwerte sie sich bei mir, wie außerordentlich wenig das Herrenhaus zum Schreiben geeignet sei. Ich hielt dagegen, daß ein guter Autor überall seine Geschichten zu Papier bringen könne.«

»Und diejenigen, die das nicht können, schreiben Buchkritiken oder halten Literaturvorlesungen ab«, warf mein Bruder ein.

»Während er Stifte, Blocks und Wachstafeln zusammenpackte«, übernahm Dulcetta wieder, »habe ich mich in seinem Zimmer umgesehen und das hier entdeckt.« Sie hielt das Fläschchen hoch. »Ich dachte, es sei Parfüm, und füllte etwas davon in dieses Gefäß.«

»Als ich bemerkte, was sie da tat, war es schon zu spät!« erklärte das Model düster. »Ich beschwor sie, die Flüssigkeit wieder zurückzugießen, aber wie so oft hörte sie mir gar nicht zu und schwärmte nur davon, an einen romantischen Ort zu gelangen, wo sie nach meinen Ideen Bücher schreiben könne, die ich dann auf den Markt bringen sollte. Über kurz oder lang würden wir stinkreich, und sie könnte endlich zu ihrem geliebten Bräutigam zurückkehren und sich ihm als starke Frau präsentieren, die es zu etwas gebracht hatte, auf daß er sie ewig liebe und respektiere.«

»Und für ihren selbsterworbenen Reichtum bewundere«, fügte Dulcetta hinzu.

»Ich weiß nicht, was sie mit starker Frau meint«, brummte Basehart. »Ich kann nur hoffen, daß es nicht das ist, was *ich* meine. Wenn man von den starken Frauen, die ich kenne, gehauen wird, tut es nämlich echt weh.« Nachdenklichkeit umwölkte sein Antlitz, doch dann hellte sich seine Miene auf. »Natürlich kann man starke Frauen auch gut dafür gebrauchen, erlegte Hirsche auf dem Buckel nach Hause zu tragen, wenn das Pferd sich etwas schwach auf den Beinen fühlt.«

»Ich habe ihr noch einmal erklärt, daß das, was sie beabsichtigt, unmöglich ist«, fuhr das Model fort. »Aber da war es schon zu spät. Beim Umfüllen war Magique auf ihre Hände getropft, und als sie die nun flehentlich nach mir ausstreckte, befiel mich eine unüberwindliche Macht, und ich konnte nicht anders, als ihr zu gehorchen. Ich bewegte mich wie im Traum, und als ich wieder aufwachte, war ich hier. Mehr weiß ich nicht.«

»Ich denke, ein wenig mehr wißt Ihr schon!« fuhr Mysti ihn an. »Wie zum Beispiel, was Ihr meinem Prinzen angetan habt.«

»Ein lästiger Wicht«, flüsterte die eine Tante der anderen zu.

»Laß mich das übernehmen«, erklärte ich der Welfie.

»Nun, Curio«, begann ich, »sagt uns endlich, was aus Boffin geworden ist, und dann soll Euch nichts geschehen.«

»Nein«, entgegnete er nur.

Ich beschloß, eine etwas härtere Gangart einzulegen. »Seid kein Narr, oder wollt Ihr, daß ich Euch der Rache der Klinge anheimgebe?«

»Ich glaube nicht, daß er dein Typ ist, oder, Klinge?« lächelte Carageena.

»Das würde ich nicht unbedingt sagen«, antwortete Mysti. »Jetzt, da er Locken trägt, sieht er tatsächlich ein wenig wie Boffin aus. Vielleicht sollte ich dem Alten nicht mehr hinterhertrauern und etwas Neues versuchen.«

Sie näherte sich dem Model, legte ihm einen Arm um die Schulter und erklärte ihm mit verführerischer Stimme: »Wir könnten mit einem Kuß beginnen, du großer, starker Junge, und dann sehen, wie sich die Dinge weiterentwickeln.«

Curio machte einen Satz, wie ich ihn noch nie bei einem ausgewachsenen Mann gesehen habe. »Ich will alles gestehen. Ihr sollt alles erfahren!« schrie er. »Ich habe bislang geschwiegen, weil ich nichts zu sagen weiß. Das Magique auf Dulcettas Händen hat mich in einen Zustand versetzt, in dem ... Wie nennt man eine Person, die zwar lebt und herumläuft und dabei eine Menge Dinge tut, ohne zu wissen, daß sie sie tut?«

»Bis vor kurzem noch haben wir einen solchen Menschen Kendar genannt«, antwortete Basehart. Ich schleuderte einen Magikblitz auf sein Hinterteil und erklärte Curio: »Wir sagen dann, diese Person befindet sich in Trance. Aber fahrt nur fort.«

»Wohin soll ich fahren?«

»Ihr sollt uns weiter berichten.«

»Na ja, seit ich hier angekommen bin, weiß ich nicht mehr, was aus dem Prinzen geworden ist.«

»Dann erzählt uns doch einfach, was mit ihm war, als Ihr ihn zum letzten Mal gesehen habt.«

»Also, er hielt sich auf Gut Uxwutsch auf. Ich gebe es zu, ich habe Magique eingesetzt, um den lästigen Rivalen loszuwerden. Doch ich habe ihm nicht den Tod an den Hals gewünscht, sondern nur gewollt, daß er für eine Weile verschwindet. Nicht, daß mein Lebensglück davon abhängt, weil ich wieder für die Romane von Raptura posieren könnte, ich würde ihn ja gern wieder zurückholen, allein ...«

»Warum fragst du nicht meinen oberschlauen Bruder, ob er ihn für dich finden kann?« meinte Basehart und rieb sich das Hinterteil. »Mal sehen, ob er Visionen von etwas anderem als dieser Müllkippe hier beschwören kann.«

»Das hier ist keine Müllkippe!« empörte sich Dulcetta. »Sondern Mutter Krötenhauchs Frühstückspension. Na gut, das Frühstück muß man selbst mitbringen, aber trotzdem.«

»Kochen tut Ihr doch auch nicht«, murrte Curio.

Dulcetta, ganz Dame, beachtete diesen Einwand nicht. »Ich bin gewillt, alle kleinen Unannehmlichkeiten auf mich zu nehmen, wenn ich nur an diesem Ort verweilen darf. Schon als ich zum ersten Mal einen Blick auf dieses zauberhafte, romantische und charmante Häuschen werfen konnte, wußte ich, daß dies die perfekte Arbeitsstätte für eine Schriftstellerin sein würde.«

»Kröte lebt nicht gerade an einer vielbefahrenen Kreuzung«, sagte Gicht. »Wie bist du denn auf dieses Knusperhäuschen gestoßen?«

»Ein junges Pärchen in Käseburg hat es uns empfohlen.«

»Laß mich raten«, erklärte die Hexe. »Er ist groß, blond, gutaussehend, sie hingegen ist rappeldürr, sieht überaus billig aus, riecht aus dem Mund ...«

»Eigentlich war sie ganz attraktiv«, widersprach Dulcetta und ignorierte Gichts sich verfärbendes Antlitz. »Die beiden erklärten, sie hätten einen ganz wunderbaren Plan entwikkelt und den mit einigen Einwohnern von Käseburg durchgesprochen. Das Pärchen arbeitet nun als Ferienwohnungsagenten und erhält für jede erfolgreiche Vermittlung eine kleine Bearbeitungsgebühr.«

»Eine kleine Bearbeitungsgebühr?«

»Nun, sie vermieten Häuschen an Personen, die gern mal für ein paar Wochen etwas anderes sehen möchten, und der eigentliche Besitzer zieht dann so lange in das Heim dieser Personen. Die beiden meinten, die Geschichte habe sich großartig angelassen, und bislang seien keine Probleme aufgetreten. Na ja, bis auf eine ältere Frau, die vergessen hatte, wo ihr richtiger Wohnsitz war.«

»Ich hoffe, damit ist nicht Mutter Krötenhauch gemeint«, merkte ich an.

»Ich hoffe das schon«, murrte Gicht.

»Nein, absolut nicht.« Dulcetta zog ein zusammengefaltetes Pergament aus der Tasche und reichte es mir. »Das ist das letzte, was wir von ihr gehört haben.«

Ich las laut vor: »Der Urwald von Plunj ist zu dieser Jahreszeit einfach unbeschreiblich, und meine Ferienwohnung ist ein wahrer Traum – abgesehen vielleicht von dem Umstand, daß die Skorpione hier ihren Betriebsausflug abzuhalten scheinen. Norris, mein getreuer Oktopus, erholt sich prächtig. Allerdings ist er bei unserem letzten Tempelbesuch vom Hohepriester ausgeschimpft worden, weil er unbedingt das Auge des dortigen Götzen stehlen mußte. Er heißt Delbert und gilt dort als heilig. Doch nachdem ich der angeschlossenen Sonntagsschule eine größere Geldschenkung angewiesen hatte, meinte der Hohepriester, wir dürften Delberts Auge ruhig als Souvenir mitnehmen, er habe noch mehr als genug davon.

Und wie steht's bei Euch? Ich hoffe, Ihr habt es in meinem Häuschen gut angetroffen. Ach so, wenn Ihr frische Handtücher sucht, die findet Ihr im Keller neben den Totenschädeln und unter den Schlangenhäuten. Wenn es Ärger mit der Toilettenspülung geben sollte, dann wendet Euch vertrauensvoll an die Stadthexe von Käseburg, Miss Gicht. Ihr werdet sehen, sie ist eine wahre Perle.

Alles Gute

Eure Mutter Krötenhauch.«

Ein Wechselbad der Gefühle spielte sich auf Gichts Miene ab, und lange Zeit konnte man nicht entscheiden, welche Emotion gerade die Oberhand innehatte. »Sie hat mich wirklich die Stadthexe von Käseburg genannt ...«

»Ja, so etwas haben wir auch gerade vernommen«,

bemerkte Mysti spitz. »Sieht ganz so aus, als habe die Fehde zwischen euch nur in deinem Kopf stattgefunden.«

»Jetzt schäme ich mich aber richtig. Nach all dem, was ich über sie gesagt und in der ganzen Stadt verbreitet habe. Was bin ich nur für eine Närrin gewesen. Ich bin wirklich eine …«

»Idiotin.« Basehart erachtete es als Selbstverständlichkeit, einer Dame in Not sofort beizustehen.

Gicht war aber anscheinend noch nicht vollkommen von ihrer Boshaftigkeit kuriert; denn ihre Finger fuhren blitzschnell in ihren Beutel und besprühten meinen Bruder mit einem grünen Pulver. Er schrumpfte vor unseren Augen zusammen und verwandelte sich in eine Kröte. Dies erkennend, hüpfte er gleich zu seinen neuen Artgenossen.

»Und sie hat mich eine echte Perle genannt«, säuselte Gicht völlig unberührt von ihrem Tun.

»Das ist mehr als das, was ich von diesem Stück hier behaupten kann«, grummelte Glucosia und betrachtete ihr Exemplar vom Auge des Delbert mit scheelem Blick.

»Aber, meine Liebe, daraus kannst du doch immer noch einen hübschen Briefbeschwerer machen«, versuchte ihre Schwester sie aufzumuntern.

»Ich bin Schwertkämpferin. Was in drei Wedwels Namen soll ich mit beschriebenem Papier anfangen!«

»Ich schreibe meinen neuen Gegnern immer gern ein paar Zeilen, in denen ich ihnen ankündige, was ich mit ihren Extremitäten anfangen werde. Dann gehe ich auf den Kopf über und ende schließlich bei den Eingeweiden …«

»ICH WILL ENDLICH MEINEN PRINZEN WIEDERHABEN!« veschaffte Mysti sich brüllend Aufmerksamkeit. »ICH WILL SOFORT WISSEN, WO ER IST. MICH INTERESSIEREN WEDER MUTTER KRÖTENHAUCH NOCH FRISCHE HANDTÜCHER NOCH IRGENDWELCHE AUGEN VON IRGENDWELCHEN HEILIGEN! HABE ICH MICH VERSTÄNDLICH GENUG AUSGEDRÜCKT?«

»Ein wenig unbeherrscht, was?« bemerkte Gicht und setzte sich an aller Ruhe an den Küchentisch, wo sie sich daran machte, das Gemüse zu putzen.

»Habt Ihr nicht eine Kleinigkeit vergessen?« fragte ich sie und deutete auf meinen Bruder.

»Ach das. Bloß eine Bagatelle. Der einfachste Zauberspruch im ganzen Buch. Wenn ich es ihm wirklich hätte besorgen wollen, hätte ich ihn in einen Grashüpfer oder einen Straßenpantomimen verwandelt. So etwas ist nämlich nur sehr schwer wieder rückgängig zu machen. Aber das da? Kein Problem. Diejenige, die den Fluch über ihn gebracht hat, muß ihn küssen. Ersatzweise reicht auch der Mensch, den das Opfer am meisten liebt.«

Dulcetta machte erste Anzeichen deutlichen Widerwillens. »Dann kannst *du* es ja tun«, forderte sie die Hexe auf.

»Ja, könnte ich schon, tue ich aber nicht. Schließlich hat er mich beleidigt. Früher hätte ich vielleicht darüber hinwegsehen können, aber da ich jetzt die offizielle Stadthexe von Käseburg bin, verbietet es mir schon meine Amtsautorität, Schmähungen meiner Person zu dulden. Wenn du ihn also wiederhaben willst, mußt du dich schon selbst bemühen.«

Dulcetta sah Basehart an und wurde im Gesicht fast so grün wie er. Mein Bruder quakte. »Muß ich ihn dazu auch anfassen ...«

»Ach ver- herrje!« schimpfte Mysti und nahm die Kröte in die Hand. »Schließ die Augen und dann durch.«

Dulcetta preßte die Lider fest zu und stieß mit den vorgestülpten Lippen so fest zu, daß Basehart aus der Hand der Welfie flog. Zu seinem Glück galt das als gegebener Kuß. Noch bevor mein Bruder auf dem Boden ausgerollt war, hatte er sich schon zurückverwandelt. Er machte eine finstere Miene, aber als seine Braut ihn nun mit Küssen überschüttete, schmolz er dahin (im übertragenen Sinn natürlich).

Inzwischen bemühte ich mich um eine Vision vom Prinzen. Ich stellte einfach die Verbindung zur Magik in mir her, und schon strömte die Kraft mit einer Selbstverständlichkeit aus meinen Händen in die Wasserschüssel, als hätte ich seit Jahren nichts anderes getan.

Wieder zeigte sich mir auf dem Wasser Mutter Krötenhauchs Häuschen.

»He!« rief ich.

He mich nicht an. Ich vermittle nur Visionen, stelle sie aber nicht her. Du hast nach einem Aufenthaltsort gefragt, hier, bitte, hast du ihn.

»Eins muß man dir lassen, Meister Kendar«, sagte Mysti, die mir über die Schulter sah. »Wenn du etwas anfängst, bleibst du dabei. Du bist zwar nicht gut in deinem Job, aber wenigstens beharrlich.«

»Klappe!«

»Was steht da: Du bekommst nur, wonach du fragst.«

»Wonach ... ich ... frage ...«

Ich schloß die Augen. »Verschaff mir eine Vision von Prinz Boffin.«

Die habe ich dir doch gerade gegeben.

»Nein, vorhin wollte ich seinen Aufenthaltsort erfahren. Jetzt möchte ich ihn selbst sehen. Ich vermute, daß man ihn verzaubert hat, und ich will wissen, in was.«

»Ich hoffe, nicht in eine Möhre«, murmelte Mysti mit einem besorgten Seitenblick auf Gichts Schälmesser.

Gute Wahl. Sobald du weißt, in welcher Form er sich jetzt befindet, suchst du hier alles ab, bis du auf ihn gestoßen bist, nicht wahr?

»Ja.«

Es gibt immer eine Hoffnung, auch für dich, Kendar. Tatsächlich besteht für dich sogar großer Anlaß zur Hoffnung.

Dann bekam ich ihn zu sehen, und alles Blut wich aus meinem Gesicht.

»Er ist zu einer Kröte geworden!« rief Mysti, noch bevor ich etwas sagen konnte. »Aber hier treiben sich Hunderte von diesen Viechern herum.«

»Ja, ich habe mich gleich gewundert, Curio«, bemerkte Dulcetta, »warum Ihr so ein Aufhebens wegen einer Kröte gemacht habt. Aber dann fiel mir ein, was meine Mutter immer über Fremde und ihre Eßgewohnheiten gesagt hat.«

»Könnt Ihr mir vielleicht verraten, welches von diesen allerliebsten Tierchen mein Prinz ist?« verlangte die Welfie von dem Model zu erfahren.

Curio machte ein ziemlich dummes Gesicht. »Für mich sehen die alle gleich aus.«

»Ich weiß es«, erklärte ich ihr.

»Was für ein Glück, daß wir unseren Kendar dabeihaben!« jauchzte Tante Glucosia.

»Er ist die Kröte, auf die Dulcetta das Tintenfaß geworfen hat.«

»Oh!« machte Glucosia nur, und ihr Lächeln verging abrupt.

KAPITEL 18

»Auf Wiedersehen, Boffin! Guten Tag, Krieg«, flüsterte die Welfie.

Wir alle hatten uns um das Tintenfaß und das versammelt, was darunter lag. Das Wurfgeschoß hatte den Prinzen am Hinterkopf getroffen.

»Ich wollte ihn nicht töten«, jammerte Dulcetta. »Ich war doch nur so unglücklich, weil mir die Rettungsszene einfach nicht von der Hand gehen wollte! Ich muß mir wirklich fest vornehmen, mein Temperament zu zügeln. Doch auf der anderen Seite – ich bin schließlich Künstlerin.«

»Künstlerin, hä?« Mysti verzog den Mund.

»Wahrscheinlich nur deswegen, weil Ihr ›dummes Miststück‹ nicht buchstabieren könnt.«

Dulcetta brach in Tränen aus. Basehart nahm sie gleich in die Arme und schleuderte einen zornigen Blick auf Mysti. »Laßt sie endlich in Ruhe. Sie hat gesagt, es ist nicht ihre Schuld gewesen, und das sollte Euch genügen. Jeder, der nur ein Stückchen Hirn sein eigen nennt, weiß doch, daß Künstlerinnen sehr sensibel sind, zu Temperamentsausbrüchen neigen und gern mit Sachen um sich schmeißen!«

»Ich möchte mal sehen, was sie schmeißen wird, wenn Boffins Vater erfährt, daß sein Sohn von einem Tintenfaß dahingemeuchelt wurde«, erwiderte die Welfie.

»Ihr seid wirklich ein harter Bursche, mein lieber Klinge«, sagte Glucosia. Da mußte ich ihr recht geben. Ich hatte wenigstens mit ein paar Tränen gerechnet.

»Was hat es für einen Sinn, jetzt zu heulen und zu wehklagen«, entgegnete Mysti mit Grabesstimme. »Tot ist tot.«

Gicht, die neben der Kröte kniete, erklärte: »Und lebendig ist lebendig.«

»Wie?«

»Er atmet noch.«

Ich fiel sofort neben ihr auf die Knie. Und tatsächlich, die Brust des Prinzen hob und senkte sich. Nicht sehr deutlich und nicht sehr oft, aber immerhin. Ich nahm die Kröte vorsichtig in die Hand.

»Iiiiiiihhhhhh!« heulte Dulcetta. »Er hat sie angefaßt!«

Behutsam entfernte ich das Tintenfaß von Boffins Kopf. Allerdings schloß ich dabei die Augen, denn diesen Anblick wollte ich mir wirklich ersparen. Dulcetta würgte ungebremst an Baseharts Brust.

Während ich mich noch dazu zwang, wenigstens ein Auge einen Spalt breit zu öffnen, stieß Gicht mich in die Seite. »Du kannst sie wieder aufmachen, du Großmeister des Mutes. Er ist noch heil und in einem Stück, wenn auch ein wenig platter als vorher. Ich muß schon sagen, kleine gedrehte Löckchen scheinen ja doch für etwas gut zu sein.«

Ich sah hin und wandte mich dann an das Model. »Und für Euch sehen sie alle gleich aus?«

»Ich bin es nicht gewöhnt, Kröten auseinanderzuhalten.«

»Nicht einmal dann, wenn eine von ihnen eine blonde Lockenpracht trägt?«

Und dem war tatsächlich so. Selbst als Kröterich war Boffin mit seiner Mähne gesegnet. Die dichten Locken hatten wie ein natürliches Kissen den Aufprall des Tintenfasses gedämpft. Er hatte zwar das Bewußtsein verloren, war sonst aber vollkommen unbeschädigt. Ich trug ihn zu der Bank vor der Haustür, und alle folgten mir.

»Ich hole Wasser«, sagte Mysti und verschwand.

»Dieser Klinge ist schon ein außergewöhnlich standfester Jüngling. Den haut so leicht nichts um«, bemerkte Glucosia.

»Wenn du wüßtest ...« murmelte ich.

»Die ganze Zeit über hat er soviel Aufhebens um den Prinzen gemacht, und jetzt, da wir ihn gefunden haben, tut er so, als sei nichts gewesen.«

»Das erinnert mich an einen alten Spruch, Schwesterherz: Das Herz wird von Gründen bewegt, die der Verstand niemals auszuloten vermag und von denen er auch rein gar nichts wissen will, und wenn du versuchen solltest, sie ihm zu erklären, wird er dir die Tür weisen, also spar dir lieber deinen Atem, und nutze ihn eher dazu, deine heiße Suppe abzukühlen.«

»Von dieser Weisheit habe ich noch nie etwas gehört, Gee.«

»Sie ist auch nicht sehr verbreitet.«

Mysti kehrte mit einem Becher Wasser zurück, und ich sprenkelte Tropfen davon über den Kröterich. Boffin regte sich und öffnete die Augen.

»Wir sind hier, Eure Hoheit, um Euch zu helfen«, erklärte ich ihm. »Ein Kuß von Eurer Liebsten, und Ihr seid wieder ganz der Alte.«

Mysti hockte sich neben mich auf die Bank. »Reich ihn rüber, damit wir es hinter uns bringen können.« Sie zögerte nicht eigentlich, aber aus ihrer Stimme sprach auch kein besonderer Eifer. Der Kuß, den sie dem Kröterich verabreichte, war fast so kurz und rauh wie der, den Dulcetta Basehart gegeben hatte.

Und der Kröterich blieb ein Kröterich.

Carageena faßte unser aller Empfindungen in Worte. »Er ist ja immer noch so ein Tier!«

»Versuch es noch einmal«, forderte ich die Welfie auf. Dieses Mal ließ sie ihre gespitzten Lippen ein wenig länger auf der Kröte verweilen.

»Warum klappt das denn nicht?« fragte ich Gicht. »Liegt es vielleicht daran, daß es sich hier um eine Kröte und nicht um einen Frosch handelt?«

»Nein, er könnte ein Frosch, eine Kröte, eine Unke oder ein Wassermolch sein«, antwortete sie. »Dieser Zauber umfaßt alle Arten von Amphibien und andere niedere Lebensformen.«

»Liegt es dann vielleicht daran, daß der Zauber nicht mit Magik, sondern mit Magique bewirkt wurde?«

»Ich habe bei deinem Bruder weder das eine noch das andere benutzt.« Sie nahm mir den Prinzen ab. »Ganz gleich, welche Kraft eingesetzt wurde, dieser Fluch kann immer vom Kuß der oder des richtigen aufgehoben werden.«

Der oder des richtigen. Der Kuß mußte von dem Menschen kommen, den der Prinz zutiefst liebte. Und wenn Mystis Lippen nichts bei ihm ausgelöst hatten, konnte das nur eines bedeuten ...

»Ach, Ihr armer, armer Jüngling«, erbarmte sich Carageena und nahm die Welfie in die Arme.

»Tja, so etwas widerfährt leider jedem von uns einmal.« Glucosia schloß von der anderen Seite die Arme um sie.

»Ihr seid noch so jung«, fügte Carageena hinzu. »Es ist besser, einmal wirklich geliebt zu haben, als gesagt zu bekommen, man sei ein Trottel und werde von seiner Mutter komisch angezogen.«

»Im großen Teich der Liebe schwimmen noch ungezählte andere Fische.«

»Wollt Ihr mich endlich wieder zu Atem kommen lassen!« Mysti löste sich sacht aus der Doppelumarmung. »Ich weiß auch, daß ich nicht Boffins große Liebe gewesen bin. Warum sollte ich auch? Er hat mir einmal das Leben gerettet, und seitdem habe ich mich bemüht, mich ihm dankbar zu erweisen.«

»Ach, du Ärmster, und wir dachten ...«

»Wir haben doch nur angenommen ...«

»Wir alle haben doch nur angenommen ...«

»Na, Ihr wißt doch, wie die Leute so reden ...«

»Zwei junge, hübsche Männer, die ständig beisammen sind ...«

»Und in der heutigen Zeit ...«

»Nicht, daß wir etwas dagegen hätten ...«

»Aber es gibt immer wieder Menschen ...«

»O ja, und unter diesen einige ...«

»Zuerst ist es ja immer nur ein Gerücht ...«

»Dummes Gerede ...«

»Aber wenn Ihr und er nie miteinander ...«

»Wer sagt denn, daß wir es nie miteinander getrieben haben?« ereiferte sich Mysti.

»Wirklich ...«

»Ganz ehrlich ...«

»Es geschah in der Nacht des Maidenpokneifer-Festes.

Die Hotels waren überfüllt. Wir mußten uns ein Bett und eine Decke teilen.«

»Oh …«

»Oh …«

»Na ja, in einer Maidenpokneifernacht ist es immer ziemlich kalt …«

»Und die Menschen trinken dann mehr, als ihnen guttut …«

»Deswegen haben wir es ja auch mehr als nur einmal miteinander getan«, erklärte die Welfie. »Nachdem wir wieder nüchtern waren, wollten wir ganz einfach feststellen, ob wir es wirklich miteinander getrieben haben.«

Diesmal schwiegen die Tanten endgültig.

»Jetzt habt Ihr uns Eure halbe Lebensgeschichte erzählt, Klinge«, murrte Gicht. »Doch das hilft diesem armen Wesen hier kein Stück. Wenn Euer Kuß ihn nicht befreien kann, muß eben der ihn mit seinen Lippen berühren, der diesen Fluch über ihn gebracht hat.«

Wenig später, während Gicht und die anderen versuchten, Curio dazu zu bewegen, vom Dach herunterzukommen, um seine Pflicht an dem Kröterich zu tun, näherte ich mich Mysti und sagte leise: »Warum mußtest du meine Tanten so schockieren?«

»Weil ich ihr scheinheiliges Getue über hatte. Sie taten so, als wäre das Verhältnis zwischen Boffin und mir für sie etwas ganz Normales, und da wollte ich einmal überprüfen, wie weltoffen sie wirklich sind.«

Ich sah mich rasch nach den Gefährten um – die Hexe suchte nach einer Leiter, die Tanten bedrohten das Model mit wirklich schlimmen Schimpfwörtern, und Basehart und Dulcetta waren ins Haus gegangen, um nach einer Luke zu suchen, durch die man aufs Dach gelangen konnte –, ehe ich fragte: »Stimmt das denn, was du über den Prinzen und dich erzählt hast?«

»Was kümmert's dich?«

»Hast du ihn wirklich geliebt?«

»Was interessiert's dich?«

»Tut es dir sehr weh?«

»Was schert's dich?«

»Warum beantwortest du jede meiner Fragen mit einer Gegenfrage?«

»Warum nicht?«

»Ich möchte nur wissen, ob Boffin und du tja-äh-nun ... du weißt schon, was ich meine.«

»Und ich möchte nur wissen, warum das für dich so wichtig ist. Als wir verheiratet waren, hat es dich doch auch nicht gestört, ob ich mit jemandem tja-äh-nun gemacht habe. Am allerwenigsten, ob du derjenige warst.«

»Ich weiß. Ich habe damals auch noch eine Menge anderer Fehler begangen.«

»Fehler?« Sie klang ehrlich überrascht, und ich beglückwünschte mich im stillen, so aufmerksam die Romane meiner Schwester gelesen zu haben. Man konnte ja doch etwas aus ihnen lernen. Davon abgesehen war es mir aber absolut ernst mit dem, was ich vorbrachte.

Sie legte eine Hand auf die meine. »Kendar, meinst du das wirklich ... daß du ... Fehler begangen hast?«

Ich nickte mit gesenktem Haupt. »Es war grundfalsch, dich so zu behandeln, wie ich es damals getan habe, dich zu ignorieren und dir fernzubleiben, wenn ich doch eigentlich nichts lieber wollte, als in deiner Nähe zu sein; so zu tun, als seist du gar nicht vorhanden, wenn ich doch in Wirklichkeit jedem deiner Atemzüge lauschte.«

»Aber warum hast du das denn getan?«

»Magst du es, wenn du zu unangenehmen Dingen gezwungen wirst? Selbst wenn es sich dabei um Dinge handelt, die du eigentlich gern tun würdest?«

»Jetzt beantwortest du meine Frage mit einer Gegenfrage.«

»Also gut, bei deiner nächsten Frage gebe ich dir eine richtige Antwort.«

»Einverstanden.« Sie atmete tief durch und ratterte dann los: »Kendarliebstdumichwirklich?«

»Ob ich ... Puh ... Du willst eine ... ehrliche Antwort?« Ich wußte, ich wollte ihr meine Liebe eingestehen, aber ich hatte eine richtige Scheißangst davor. Schließlich spricht ein

Zauberer Worte der Macht nicht leichtfertig dahin. Und das, was Mysti von mir verlangte, waren die mächtigsten Zauberworte überhaupt. »Ja«, erklärte ich schließlich mit heiserer Stimme. »Ja, ich liebe dich wirklich.«

Und danach ging eigentlich alles wie von selbst. Ich hörte mich sagen, wie sehr ich sie vermißt hatte, nachdem sie mit Boffin auf und davon gelaufen war. Und ich erklärte ihr, wieviel sie mir immer bedeutet hatte, und das ungebrochen von unserer ersten Begegnung an bis heute. Und ich gestand ihr noch vieles mehr, darunter allerdings auch, daß es mich immer gewurmt habe, daß sie mich zur Ehe gezwungen hatte, daß sie mich nur geheiratet hatte, um möglichst schnell dem für sie unerträglichen Leben im Welfiewald zu entfliehen. »Du hast mich mißbraucht.«

»Ja, irgendwie.«

»Irgendwie?«

»Du warst schließlich nicht das einzige männliche Wesen, das an diesem Tag in unseren Wald gekommen ist.«

»Du meinst Grym?« Er war mein Barbarenfreund gewesen, der mittlerweile auf eine erfolgreiche Anwaltskarriere zurückblicken konnte. Irgendwann war ihm nämlich aufgegangen, daß sich mit der Rechtsberatung wesentlich mehr verdienen ließ als mit Plündern, Morden und Sengen.

»Ich spreche ganz bestimmt nicht von Scandal«, lächelte sie. »Wenn es mir nur darum gegangen wäre, aus diesem Wald herauszukommen, hätte ich mir den erstbesten alten Mümmelgreis schnappen können. Aber das habe ich nicht getan.«

»Soll das etwa heißen ...«

»Verwandle dich in einen Frosch, Kendar.«

»Was?«

»Du sollst endlich die Klappe halten und dich in einen Frosch verwandeln. Das kannst du doch, oder? Gicht sagte, es wäre einer der einfachsten Zauber.«

»Hör mal, Mysti ...«

»Jetzt.«

Ich gab nach. Der Zauber ging tatsächlich außergewöhnlich leicht vonstatten. Von einem Moment auf den anderen wurde rings um mich herum alles größer. Während ich noch versuchte, mich zu orientieren, nahm Mysti mich in die Hand und küßte mich.

»Wow!« rief ich einen Augenblick später und war wieder ganz der Alte. »Das war ja noch besser als in Rapturas Büchern!« Ich riß sie in meine Arme, und wir machten uns an Kapitel zwei.

»Ähem«, räusperten sich meine Tanten.

»Wir wollten gar nicht stören ...«

»Aber wir dachten, es würde euch interessieren, daß wir Curio endlich vom Dach herunterhaben ...«

»Gicht versucht gerade, ihn zu überzeugen, daß überhaupt nichts Schlimmes dabei ist, wenn ein Mann einen andern Mann küßt ...«

»Vielleicht könntet Ihr, Klinge, ihr ja zur Hand gehen ...«

»Ihr scheint ja auf diesem großen Gebiet Erfahrung zu haben ...«

»Aber, Tante Glucosia, Tante Carageena, ich ... ich ... ich ...« Ich wußte nicht mehr weiter. Doch dann ritt mich das gleiche Teufelchen, das vorhin über Mysti gekommen war. »Wir helfen beide, nicht wahr, Klingelchen?« Ich legte ihr einen Arm um die Hüfte.

»Für dich doch immer, Kendar, mein Großer«, näselte Mysti.

Als wir ein paar Schritte entfernt waren, hörte ich Carageena ihrer Schwester zuraunen: »Das kann er nur von der angeheirateten Seite der Familie haben ...«

Das Model hockte auf einem Stapel Feuerholz. Basehart hatte sich neben ihm aufgebaut, und Dulcetta stand dicht hinter ihm. Mein Bruder hielt einen kräftigen Knüppel in den Händen. Curio hatte den Mund so fest zusammengepreßt, daß man die Lippen nicht mehr sehen konnte. In diesem Moment sah er noch mehr wie eine Kröte aus als Boffin.

Die Hexe hatte ihn an die Hand genommen und versuchte ihn mit warmen Worten davon zu überzeugen, daß es doch gar nicht so schlimm sei, einen Mann zu küssen. Vielleicht hätte sie damit Erfolg gehabt, wenn mein Bruder seine unaufhörlichen gehässigen Bemerkungen unterlassen hätte. Als Basehart es schließlich zu arg trieb, nahmen meine Tanten ihn beiseite und flüsterten ihm etwas ins Ohr. Er wurde weiß wie eine Wand, starrte abwechselnd Mysti und mich an und schwieg.

Aber das Model blieb verstockt. Gicht gab wirklich ihr Bestes, allein, er ließ sich nicht erweichen.

»Wenn jemand darüber redet, werden die Leute sich die Mäuler zerreißen«, erklärte er schließlich kläglich.

»Dann lege ich einen Fluch über jeden, der darüber ein Wort verliert. Ich verstehe mich wirklich auf Flüche. Ist so etwas wie eine angeborene Begabung.«

»Curio, Ihr müßt den Kröterich küssen«, schaltete ich mich schließlich ein.

»Nein, muß ich nicht. Soll ihn doch seine große Liebe küssen.«

»Das hat doch nicht geklappt.«

»Das liegt bloß daran, weil er für Klinge nicht viel empfindet. Sollen seine Eltern doch eine Art Test abhalten und alle Jungfrauen des Reiches zusammenrufen, damit sie den Prinzen küssen. Unter ihnen wird sich doch wohl *eine* finden, für die sein Herz entflammt – und dann ist er wieder ein Mensch.«

»Oh, wie romantisch!« entzückte sich Dulcetta und klatschte vor Begeisterung in die Hände.

»Curio, eine Kröte ist nicht dasselbe wie ein gläserner Schuh. Das geht doch nicht, daß alle Maiden seines Reiches ihm einen Kuß aufdrücken. Davon könnte er krank werden. Wedwel allein mag wissen, wo sie sich vorher herumgetrieben haben. Außerdem werden seine Lippen ganz wund sein, noch ehe er die Hälfte der Jungfrauen durch hat.«

»Kröten haben keine Lippen.«

»Genau, und deswegen müßt Ihr ihn küssen.«

»Und wenn ich mich weigere?«

»Dann verwandle ich Euch in eine Unke, und Ihr müßt warten, bis Prinz Boffin Euch küßt.«

»Das würdet Ihr nicht wagen!«

Ich tat so, als hätte ich ihn nicht gehört. »Stellt Euch nur einmal vor, der Prinz küßt Euch, und es gefällt ihm sogar ...«

»Ach, ich liebe Hochzeiten!« jauchzte Dulcetta.

Mit einem Fluch, der selbst meinen Tanten die Schamröte ins Gesicht trieb, schnappte sich das Model die Kröte und drückte ihr einen dicken Schmatz auf. Und schon hatten wir unseren Boffin wieder. Doch dieser warf einen angeekelten Blick auf Curio, spuckte aus und rieb sich ungezählte Male mit dem Handrücken den Mund ab.

»Danke gleichfalls«, murrte das Model.

»Ist ein Wind aufgekommen, oder bilde ich mir das nur ein?« fragte ich Mysti, als wir nach Käseburg zurückliefen.

»Nein, muß an dir liegen.«

»Ich habe dir doch gesagt, du sollst dir einen Pullover anziehen«, ermahnte mich Tante Glucosia.

Ich zitterte am ganzen Leib. »Warum ist mir bloß mit einemmal so kalt?«

»Weil du nicht auf deine Tante Glucosia hören wolltest«, tadelte mich Tante Carageena.

»Nein, Unsinn!« rief Mysti unvermittelt. »Seht Euch doch mal um. Kendar läuft ganz allein. Vorher befand er sich stets inmitten unserer Gruppe. Deshalb hat er auch nie einen Lufthauch gespürt.«

Ich sah mich um. Tatsächlich, ich konnte zum ersten Mal ungehindert auf die Straße vor uns blicken. Bis auf die Tanten und die Welfie waren alle in Mutter Krötenhauchs Häuschen geblieben. Dulcetta wollte ihren Roman zu Ende schreiben. Curio kochte das Essen und gab ihr Tips. Basehart blieb lieber in der Nähe, damit das Model nicht auf die Idee kam, ihr mehr als gute Ratschläge zu erteilen. Boffin hatte keine Lust, nach dem, was er gerade hinter sich hatte, schon wieder zwei Zauberern gegenüberzutreten. Und Gicht wollte dafür sorgen, daß der Prinz einen netten, langen Brief nach Hause schrieb, in dem er seinen Eltern versicherte, daß es ihm gutgehe und der Krieg gegen Oberseite abgesagt werden solle.

»Wenn wir in Käseburg alles erledigt haben, verspreche ich dir, sieben Pullover überzustreifen«, sagte ich, um die Tanten zu beschwichtigen. »Seid ihr jetzt zufrieden?«

»Zufrieden?« schnaubte Glucosia. »Wann soll ich nur die Zeit finden, dir sieben Pullover zu stricken, du gieriges Kind. Da komme ich ja überhaupt nicht mehr dazu, mich im Schwertkampf zu üben. Wenn ich in der nächsten Schlacht falle, bloß weil ich mein Training vernachlässigt habe, wird es dir bestimmt leid tun, aber dann ist es zu spät!«

»Kendar, sieh doch!« rief die Welfie.

Eine jämmerliche Gestalt schleppte sich uns entgegen. Der Kopf hing nach unten, und der Schwanz schleifte durch den Straßenstaub ...

»Scandal!« schrie ich und rannte schon zu ihm hin. Als ich ihn erreichte, brach er zusammen.

Sein Fell sah aus, als hätte man damit nach einem Fest den Boden aufgewischt, seine Schnurrbarthaare waren geknickt, und die Sohlen unter den Pfoten sahen rot und aufgerissen aus. »Mr. de Mille, ich bin jetzt bereit für die Totale«, sagte der Kater noch, ehe er endgültig das Bewußtsein verlor.

KAPITEL 19

»Hat sich sein Zustand schon gebessert?« fragte Mysti und warf einen langen Blick über meine Schulter. Wir hatten Scandal zwischen ein paar Büsche am Straßenrand getragen. Carageena hielt Wache, und Glucosia hatte sich auf den Weg gemacht, Wasser zu besorgen. Ich versuchte, ihn mit Magik zu heilen, und die Welfie sah mir dabei zu.

»Nun, sein Fell ist schon etwas glänzender geworden«, sagte ich in Ermangelung einer anderen Antwort.

Das Heilen gehört zu den schwierigsten Aufgaben eines Zauberers, wie ich hier feststellen mußte. Dummerweise war ich auf der Akademie nie dazu gekommen, Kurse in Angewandter Heilkunst und Chaostheorie der Heilkunst zu belegen.

»Heil ihn doch«, murmelte ich dem Magik in mir zu und hoffte, eine große, blitzende Wolke würde hier entstehen, aus der Scandal dann heil und munter heraustreten würde.

Ihn heilen? Wovon denn? Und wie soll ich das tun? Und wo soll ich, bitte sehr, anfangen?

Weißt du das denn nicht?

Weiß der Hammer, auf welchen Nagel er schlagen soll? Weiß die Säge, wo sie das Brett durchsägen soll? Für solche Angelegenheiten hat man die Zimmerleute erfunden.

Magik hatte natürlich recht. Das ist ja auch einer der Gründe dafür, daß Zauberer sich in ihrem Gewerbe üben und vervollkommnen müssen. Also blieb mir nichts anderes übrig, als hier nach dem Maßnahmeplan der Hexe Acerbia vorzugehen, der da lautet: eins nach dem anderen und nicht hudeln. Und so hatte ich den Kater in eine Magikhülle gelegt und behob einen Schaden nach dem anderen.

»Das geht viel zu langsam vonstatten«, murrte Mysti.

»Wofür zu langsam? Wir haben doch keine Verabredung in Käseburg. Ich werde erst Scandal heilen, und ich werde alles richtig machen. Erst dann begeben wir uns zu Zoltans Haus, tun uns mit ihm zusammen und rücken dann gegen Bibok und Calosta vor.«

»Glaubst du, diese beiden haben das dem armen Katerchen angetan?« fragte Carageena.

»Keine Ahnung. Aber warum sollten sie?« Schließlich schienen sie ganz begierig gewesen zu sein, ihn zu behalten, und er hatte sich in ihrer Gesellschaft mehr als wohl gefühlt.

»Vielleicht ist ihnen ja auch etwas zugestoßen«, meinte die Welfie.

»Was denn zum Beispiel?«

»Zoltan.«

Zuerst wollte ich ihr entgegnen, daß sie nicht recht bei Trost sein könne. Aber ich schwieg lieber. Dem Kater war etwas Schlimmes zugestoßen, und zuletzt hatte ich ihn im Haus der beiden Magique-Händler gesehen. Während wir den Visionen gefolgt waren, hatte Bösherr mehr als genug Zeit und Gelegenheit gehabt, etwas zu unternehmen. Magik zieht Magik an. Ich hatte ihn mit einem ersten Vorrat versorgt, und was lag da näher, als daß er sich auf die Suche nach mehr gemacht hatte.

»Er sieht schon etwas besser aus«, bemerkte Glucosia, die jetzt mit einem Ledereimer voll Wasser zurückkehrte. »Was glaubst du, wann er aufwacht?«

»Das weiß ich leider nicht.« Die Magik hatte seine Schnurrbarthaare gerichtet und seine Pfoten geheilt, aber immer noch regte er sich nicht.

Glucosia beugte sich über ihn und kniff die Augen zusammen. »Ich fürchte, ich muß mich aufs Altenteil zurückziehen, Gee. Ich werde mein Schwert an den Nagel hängen und nur noch Plätzchen backen.«

»Wenn ich an deine letzten Plätzchen denke, Schwesterherz, solltest du dir damit noch viel Zeit lassen. Warum willst du denn nicht mehr?«

»Wegen meiner Augen. Wenn eine Schwertkämpferin nicht mehr richtig sehen kann, weiß sie ja nicht, wen sie gerade niedermetzelt. Es mag den einen oder anderen Fürsten geben, der ein solches Schauspiel ganz lustig findet, aber trotzdem ... Ich kann den armen Kater kaum noch erkennen. Er sieht irgendwie verschlissen aus.«

»Das bist wieder typisch du«, verbesserte Carageena sie. »Katzen können nicht verschlissen aussehen. Du scheinst Katzen mit Kissen zu verwechseln ...«

Während die beiden sich wieder stritten, sah ich zum ersten Mal genauer hin. Bis jetzt hatte meine Sorge um Scandal mich davon abgehalten.

»Mit deinen Augen ist alles in Ordnung, Tante Glucosia«, erklärte ich schließlich. »Er sieht wirklich verschlissen aus.«

»Wahrscheinlich hat man ihn gebleicht«, erklärte Carageena, die nicht so leicht aufgeben wollte. »Alles wird verschlissen, wenn man es bleicht, auch Katzen.«

»Das arme Tier sieht ja aus wie ein Geist!« Glucosia schlug die Hände über dem Kopf zusammen.

»Buh!« machte Scandal.

»Du bist wieder okay!« rief ich, nahm ihn aus der Magikhülle und drückte ihn an meine Brust. Er fühlte sich komplett an, auch wenn er mehr oder weniger durchsichtig aussah.

»Ich soll okay sein!« empörte sich der Kater. »Sieh mich doch nur an. Tut mir leid, Mr. Carroll, aber meine Mutter hat mich nicht großgezogen, damit aus mir eine Cheshire-Katze wird!«

»Wie ist das geschehen?« wollte ich wissen. »Warum hast du Calosta und Bibok verlassen? Woher wußtest du, wo du mich finden kannst. Wann ...«

»Okay, ich nehme ›Dumme Fragen Zweihundert‹.« Der Kater streichelte mich mit einer Pfote an der Wange. »Tut gut, dich wiederzusehen, Buana. Du hast dich kein bißchen verändert. Und geduscht hast du in letzter Zeit wohl auch nicht. Orbix ist wirklich eine Reise wert, man sollte aber immer nur einatmen.«

»Du hast dich auch nicht verändert.« Mysti kraulte ihn hinter den Ohren. »Es wird dich sicher freuen zu erfahren, daß wir Dulcetta und Prinz Boffin gefunden haben. Beide sind wohlauf.«

»Das soll mich freuen? Wo stecken sie denn?«

Wir berichteten ihm, was vorgefallen war. Als wir an der Stelle anlangten, an der Curio Boffin küssen mußte, wäre der Kater vor Lachen fast aus meinen Armen gefallen.

Dann wurde er übergangslos ernst. »War richtig von dir, Boss, die Truppe zurückzulassen. Wenn du siehst, was mittlerweile in Käseburg los ist, wirst du froh sein, dich nicht mit überflüssigem Ballast beladen zu haben.«

»Was ist denn dort geschehen?«

»Wart's ab.« Er glitt aus meinen Armen und trottete so rasch los, daß wir Mühe hatten, zu ihm aufzuschließen.

»Geht's um Calosta und Bibok?« wollte ich wissen, als ich ihn erreicht hatte.

»Sprich mich bloß nie wieder auf diese beiden Möchtegern-Yuppies an. Haben, haben, haben, mehr, mehr, mehr, meins, meins, meins – das ist alles, was sie von sich geben können. Für sie zählt Quantität statt Qualität, und deswegen werden sie immer Neureichs bleiben.«

»Ich verstehe nicht ganz ...«

»Verstehen gehört nicht zu deiner Arbeitsplatzbeschreibung. Lauf lieber weiter.«

»Würdest du gern einen Auszug aus *meiner* Arbeitsplatzbeschreibung hören, Kater?« knurrte Mysti, packte ihn am Nacken und riß ihn hoch.

»Mann, ich bibbere jetzt schon?« höhnte Scandal.

»Das wird dir noch leid tun.«

»Mysti, nicht!«

»*Mysti?*« fragten meine Tanten wie aus einem Munde.

»Wir unterbrechen nun für einen wichtigen Hinweis unseres Sponsors, den Huch-Productions«, grinste der Kater.

»Uhmähhh ...« begann ich. »Nun, wißt ihr, Klinges Augen haben doch diesen wunderbaren Nebelhauch ...«

»Denk dir was Besseres aus, Kendar«, sagte Glucosia.

»Ähem, na ja, Klinge ist eine Welfie, und Welfies tragen doch Geheimnamen, und ...«

»Welfies haben schon lange keine Geheimnamen mehr«, wandte Carageena ein. »Während meiner Ausbildung zur Schwertkämpferin habe ich einige Zeit unter den Welfies verbracht. Gehörte zum Testprogramm, um festzustellen, ob man einen starken Magen hat. Wer nämlich das ständige Herumtollen und Gequassel der Welfies überstand, ohne sich laufend übergeben zu müssen, war bereit für Massaker und Blutbäder. Damals besaßen diese Wesen tatsächlich geheime Namen der Macht. Aber da sie sie immer wieder vergaßen, haben sie die schließlich mit ihren Taschenmessern in Bäume geritzt. Das war natürlich nicht ganz der Sinn der Sache, und so sind sie schließlich dazu übergegangen, sich mit geheimen Taschenmessern auszustatten.«

»Das stimmt«, bestätigte Mysti. »Wir haben zwar immer noch Geheimnamen, aber die sind längst nicht mehr so wirksam wie ehedem.«

»Aber immer noch stark genug, um diesen armen Tropf hier in eine Ehe zu locken«, merkte Scandal an, der immer noch an ihrer Hand baumelte.

Mysti zog ihr geheimes Taschenmesser heraus. »Dies hier ist meine geheime Klinge, und ich hätte nicht übel Lust, die Schärfe ihrer Schneide an jemand Bestimmtem vorzuführen. Nun, dies ist ein zaubermächtiges Messer. Es stammt von meinem Vater Testosterel, oder, in Kleinsprech, Scherzkeks. Es verfügt über einen Korkenzieher, eine kleine Taschenlampe, eine Weltuhr ...«

»Ist ja wirklich sehr hübsch, Klinge«, unterbrach Carageena sie rasch, »aber jetzt ist es ja kein Geheimnis mehr. Aber lassen wir das. Was hat es nun damit auf sich, daß Kendar dich Mysti genannt hat?«

»Verdammt, beim Stuhlgang der Voondrabs!« fluchte Mysti und riß sich die Maske vom Gesicht.

»Große Güte!« rief Carageena.

»Gute Größe!« stöhnte Glucosia.

»Ist ja wieder typisch Frau«, bemerkte Scandal. »Läuft nie ohne Maske herum, trägt aber trotzdem Lidschatten. Ja, du bist wirklich eine echte *Brigitte*-Welfie.«

»Fällt es Euch jetzt leichter zu akzeptieren, daß ich eben Kendar geküßt habe?«

»Ihr habt euch *geküßt!*« Der Kater, der immer noch in der Luft hing, streckte alle viere aus, als habe er einen Stromschlag erhalten.

»Was geht es dich eigentlich an«, fuhr ich ihn an, »wenn Mysti und ich uns wieder versöhnt haben? Zumindest hat sie mich nicht verraten wie gewisse andere ...«

»Na gut, immerhin bin ich mit Prinz Boffin durchgebrannt«, schränkte die Welfie ein. »Aber dafür hatte ich meine Gründe.«

»Siehst du, sie verrät mich nicht, und sie ist auch noch ehrlich.« Ich blickte den Kater herausfordernd an.

»Und ich liebe ihn«, fügte Mysti hinzu.

»Sie verrät mich nicht, ist ehrlich und liebt mich«, erklärte ich mit einem bekräftigenden Kopfnicken.

»Ganz davon abgesehen hat sie einen Vorbau, bei dem Sly Stallone Brigitte Nielsen nie auch nur eines Blickes gewürdigt hätte.«

»Und ich verstehe alles, was sie sagt«, schloß ich.

»Ich kann mich irgendwie des leisen Eindrucks nicht erwehren, daß du irgend etwas auf dem Herzen hast, Verehrtester. Komm, leg dich auf die Couch, und erzähl Onkel Sigmund alles. Könnte es sein, ich meine natürlich, nur hypothetisch, daß du ein klitzekleines bißchen sauer auf mich bist?«

»Es geht mich ja nichts an«, mischte sich Glucosia ein, »aber die Tatsache bleibt bestehen, daß du den armen Kendar im Stich gelassen hast. Und zwar für Luxus, Schlemmen bis zum Abwinken und zwei Trottel, die dich hemmungslos verwöhnen.«

»Ich habe spioniert«, erklärte der Kater.

»Soll das etwa heißen, du hast Kendar verraten, um Bibok und Calosta auszukundschaften?« fragte Carageena.

»Mein Name ist Bond«, entgegnete Scandal. »James Bond. Und ich mag meinen Martini geschüttelt, nicht gerührt.«

»Hast du denn irgend etwas in Erfahrung gebracht?« Meine Zweifel waren noch nicht ausgeräumt.

»Zum ersten, daß man nie einer Frau den Rücken zukehren darf, gleich, welcher Spezies sie angehört. Bibok war kein Problem. Ein bißchen schnurren, ein bißchen den Kopf an seiner Hand reiben, und schon war er Wachs in meinen Händen. Mit Calosta war es leider anders, wie ich fast zu spät feststellen mußte. Diese Medizinfrau sollte wirklich ein halbes Dutzend Warnschilder auf ihrer Stirn tragen ...«

»Komm zur Sache!« forderte ich ihn streng auf.

»Tja, fast hätte ich dort mein Leben ausgehaucht. Ein außerordentlich glücklicher Umstand, Holmes, daß Sie mich gefunden haben. Ich habe dich nicht gesucht, ich wollte nur soweit wie möglich fort von dieser verschlagenen Schlange, bevor sie sich noch einmal über mich beugen und flöten konnte: ›Ich will doch nur ein kleines bißchen von deiner Magik, du süße kleine Schmusekatze.‹«

»Sie hat dir deine Magik genommen?« Ich mußte mich festhalten. Wäre ich auch so transparent wie Scandal geworden, wenn Zoltan damit Erfolg gehabt hätte, mir Meister Thengors Magik zu entreißen?

»Calosta hat es versucht, ich habe es aber nicht zugelassen. Konnte mich mit letzter Kraft gegen ihre feindliche Übernahme wehren.«

»Hör mal, Katerchen«, sagte Glucosia. »Wenn du sie hast abwehren können, wie ist es dann *dazu* gekommen?« Sie deutete auf seinen halb durchsichtigen Körper.

»Hört mal, Leute, ich habe nicht die Zeit, mir hier den Mund fusselig zu reden. Schlimme Dinge gehen in Käseburg vor. Erinnert ihr euch noch an den großen Krieg der Zauberer, in dessen Folge sich dieser traurige Planet hier in ein Gebilde verwandelt hat, das andauernd seine Form ändert? Nun, gegen das, was sich gerade in der Stadt tut, war das nicht mehr als eine Kissenschlacht.«

Wir alle machten betretene Gesichter. Wer erinnerte sich nicht an den Großen Zaubererkrieg? Seitdem veränderte Orbix immer wieder seine Gestalt – von flach, über klumpig bis rund oder gar zu Eieruhrform. Beide Zauberer waren damals zugrunde gegangen. Und ehe der letzte sein Leben aushauchte, hatte er seinem toten Gegenüber noch zugeraunt: »Laß dir das eine Lehre sein!«

Seitdem findet man diesen Spruch bei jedem Zauberer am Kaminsims. Mittlerweile schmückten auch Neureiche und andere Wichtigtuer ihr Heim mit diesen Worten, auch wenn ich bezweifeln möchte, daß ihnen der tiefere Sinn bekannt war.

»Kämpfen denn Bibok und Calosta gegeneinander?« fragte Mysti.

»Ha! Woher denn? Die beiden sind immer noch wie Turteltauben und können gar nicht voneinander lassen.«

»Aber wer ...«

»Ich gebe dir einen Hinweis, Vorbaufrau: Hast du in der Sesamstraße schon die Folge gesehen, in der der Buchstabe Z an der Reihe ist? Nun, da gibt es einen Herrn, dessen Name fängt mit Z an und hört mit oltan auf.«

»Das ist doch unmöglich!« rief ich.

»Ein wirklich lieber Junge, dieser Kendar, nicht wahr?« sagte der Kater zu Mysti, ehe sie ihn durchschütteln konnte. »Als das Gehirn verteilt wurde, hat er vergessen, ›Hier!‹ zu rufen, aber sonst ist er wirklich ein braver Bursche.« Dann ließ er sich dazu herab, mich wieder anzusprechen. »Was ist los mit dir? Hast du deinen Verstand bei der Pfandleihe abgegeben? Wir reden hier über Zoltan Bösherr, den Burschen, der vor einiger Zeit mit allen möglichen fiesen Tricks versucht hat, dir deine Magik abzunehmen. Warum fällt es dir so schwer zu glauben, daß er jetzt andere Opfer gefunden zu haben scheint?«

Mysti legte mir die freie Hand auf die Schulter. »Ist es denn wirklich so schwer zu begreifen? Schließlich hast du immer schon viele Fehler begangen. Hast du schließlich selbst zugegeben.«

Ich schüttelte ärgerlich ihre Hand ab. »Ich wollte Zoltan glauben, als er mir versicherte, er habe sich verändert. Aber wie hat mein Vater schon uns Kindern immer gepredigt: Das Leben ist nicht fair, und traut niemandem, außer vielleicht eurer Familie, doch auch die solltet ihr stets im Auge behalten!«

»Das war ein guter Ratschlag, Kendar«, bestätigten meine Tanten.

»Warum muß man denn sein Leben lang vor allem und jedem auf der Hut sein?« jammerte ich. »Kann sich denn ein

Mensch, der sich einmal eines Vergehens schuldig gemacht hat, nicht ändern?«

»Nun, er könnte das Messer, mit dem er dich hinterrücks erstechen will, statt in die Rechte in die Linke nehmen«, erklärte Carageena.

Ich schüttelte den Kopf. »Jetzt hör mir mal zu, Scandal. Calosta wollte dir ans Leder, nicht Zoltan, und trotzdem schimpfst du auf ihn und nicht auf sie.«

»Weil sie nie über mich hergefallen wäre, wenn er die beiden nicht in Bedrängnis gebracht hätte. Das Pärchen saß so in der Klemme, daß Calosta dringend nach etwas Extra-Magik suchte, und das glaubte sie, bei mir zu finden.«

Als wir die äußeren Stadtbezirke erreichten, war auf den Straßen kein Mensch zu sehen. Und wenn mich mein Gedächtnis nicht trog, war uns auch schon auf dem Weg nach Käseburg niemand begegnet.

»Wo sind sie denn alle hin?« fragte ich die Welfie.

»Pst«, machte sie. Mysti hatte wieder die Maske aufgesetzt und sich in die Klinge für die Gerechtigkeit zurückverwandelt.

»Tu, was sie sagt, Boss«, flüsterte Scandal, der auf meiner Schulter hockte, mir zu. »Warte nur, bis du ins Stadtzentrum kommst. Dann erfährst du noch früh genug, was hier los ist.«

»Und wo finde ich das Stadtzentrum?«

»Gute Frage. Laß mich herunter, dann führe ich euch.«

Mir wurde mit jedem Schritt unheimlicher zumute. Alle Häuser wirkten verlassen oder waren verrammelt. Irgendwo fing ein Baby an zu schreien und wurde rasch ruhiggestellt. Unsere Schritte hallten wie Donnerschläge vom Kopfsteinpflaster wider.

Nein, eigentlich nur meine. Meine Tanten verstehen sich als Kriegerinnen aufs lautlose Anschleichen. Und Mysti macht als Welfie beim Gehen ohnehin keine Geräusche. Und Scandal – nun, ich glaube, nichts kann sich so leise bewegen wie eine Katze.

Scandal blieb an der nächsten Straßenecke stehen. »Sag mal, Boss, könntest du das Getöse deiner Stiefel nicht auf Lärmniveau absenken. Wir sind bald da, und unser Plan sieht doch eigentlich so aus, daß wir uns anschleichen, beobachten, was dein bester Freund in seinem Übermut so treibt, und dann nach einer Möglichkeit suchen, ihn von hiiiiii ..«

»Wir mögen es nicht, wenn irgend jemand unseren Herrn, Meister Zoltan, von hinten anfallen will«, erklärte der grüne, schuppige und mit langen Zähnen bewehrte Dämon, der Scandal am Schlafittchen gepackt hatte.

Offenbar gibt es auf Orbix doch Wesen, die sich noch geräuschloser als eine Katze bewegen können.

KAPITEL 20

»Woher sollte ich denn wissen, daß das Ding so weit davonhüpft.« Tante Glucosia wies jede Schuld von sich, während sie mit einem Bündel Blätter, das sie aus einem Blumenkasten an einer Fensterbank gerupft hatte, das gelbe Blut von ihrem Schwert wischte.

»Es rollt immer noch«, bemerkte Mysti. »Da, jetzt ist es an einem Pferdetrog zum Stehen gekommen.«

»Wenn die Straßen hier nicht schon wie leergefegt wären, würde der Anblick eines abgeschlagenen Dämonenhaupts die Menschen schneller aus der Stadt treiben als die Neujahrsansprache des Bundeskanzlers«, bemerkte Scandal.

Tante Glucosia lächelte unzufrieden. »Ich denke, der Zeitpunkt fürs Plätzchenbacken ist doch gekommen. Früher wußte ich genau, wo der Kopf eines Gegners hinrollen würde, nachdem ich ihn abgeschlagen hatte. Wenn der Feind ziemlich groß ist, kann so ein abgetrenntes Haupt beim unkontrollierten Herumhüpfen großen Schaden anrichten.«

»Ganz zu schweigen von den kopflosen Körpern dieser Feinde«, sagte Scandal und stolzierte zu dem immer noch blutenden Rumpf. »Brauchst du Hilfe für einen Levitations-Zauber, Boss?«

»Nein, danke«, ächzte ich und bewegte den grünen schuppigen Leib ein Stück in die Höhe. Ich kroch unter ihm hervor, doch als ich aufzustehen versuchte, verweigerte mir das rechte Bein den Dienst. Es schien gleichzeitig an der Hüfte, am Knie und am Knöchel einzuknicken. Ich konnte nur stöhnen. Die Schmerzen waren zu groß, um zu schreien.

»Was ist mit dir, Liebster?« fragte Mysti besorgt, als sie mich auffing und unter den Achselhöhlen hielt.

»Mein Bein ... ich weiß nicht, ob es gebrochen, ausgerenkt oder nur voller Beulen und Schrammen ist.« Als ich noch einmal mein Gewicht darauf verlagerte, belehrten mich die Schmerzen, das unter keinen Umständen noch ein drittes Mal zu versuchen. »Ich glaube, es spielt jetzt keine Rolle, welches davon zutrifft.«

»Setz dich doch, und heile dich selbst.«

»Mysti, warum sind Zauberer keine Krieger?«

»Weil sie Feiglinge sind.«

»Würden sie dann Dämonen beschwören?«

»Weil sie zu faul sind, sich im Schwertkampf zu üben?«

»Wären sie faul, würden sie dann ihr Leben lang Forschung und Studien betreiben, um endlich, am Ende ihrer Tage, die Stromrechnung lesen zu können?«

»Weil sie kein Blut sehen können?«

»Meister Thengor hat den Anblick von Blut geliebt, solange es nicht sein eigenes war. Außerdem hatte er ein gutes Dutzend Heiler an seinem Krankenlager versammelt. Was meinst du wohl, warum er sich nicht selbst geheilt hat?«

»Aber mit deiner Magik hast du doch auch den Kater wieder auf die Beine gebracht.«

»Ja, meine Magik kann andere heilen, aber nicht mich.«

»Wieso?«

»Weil es sich um *meine* Magik handelt.«

Zugegeben, meine Antwort fiel etwas patziger als beabsichtigt aus, aber deswegen hätte Mysti mich nicht beleidigt loslassen müssen.

»Hör zu, Täubchen«, sagte Scandal zu ihr, während ich mich am Boden wälzte und Laute wie: »Au-oh-uh-verdammt-au-oh-uh!« von mir gab. »Kendar versucht dir gerade zu erklären, daß bei ihm *Catch* 22 zutrifft. Das heißt, man kann mit Magik die tollsten Tricks bewirken, aber leider nicht alles. Hast du je davon gehört, daß ein Zauberer einen Toten wieder zum Leben erweckt hat?«

»Das vermögen nicht einmal die weisen Männer meines Volkes«, entgegnete die Welfie.

»Ich meine, irgendwo muß es eine Grenze geben, nicht wahr? Manches geht mit Magik, anderes eben nicht. Einiges kann man mit Magik bei anderen bewirken, aber nicht bei sich selbst. Schließlich ist Magik nicht allmächtig.«

»Das will ich meinen«, sagte Carageena. »Es gibt nur eine allmächtige Kraft im Universum, und das ist Wedwel der Allmitleidige Zerstörer.«

»Bei Eurem Wedwel hat mich immer eine Frage interessiert«, meinte Mysti, die als Welfie natürlich an die Nektarspenderin und ihre Tochter Nektarine glaubte. »Wenn Wedwel wirklich so allmächtig ist, kann Er dann einen Fels erschaffen, der zu schwer ist, als daß Er ihn zu heben vermöchte?«

»Ja, das kann Er. Und sobald Er das getan hat, wird Er ihn gemäß den alten Prophezeiungen auf den Kopf der Welfies fallenlassen, die sich für oberschlau halten und sich nicht entblöden, so alte Witze wieder herauszukramen.«

»Hätte vielleicht jemand die Güte, sich um mein Bein zu kümmern?« jammerte ich.

Meine Tanten knieten neben mir nieder, und mir wurde ihre jahrzehntelange Erfahrung auf den Schlachtfeldern zuteil. Unter ihren wissenden Fingern und Griffen wurde mir schwarz vor Augen.

»Du hast dir nichts gebrochen, Lieber. Nur dein Knie und dein Knöchel sind verstaucht. Ist alles meine Schuld. Ich habe nur darauf geachtet, daß der Kater nicht von dem Dämon zerquetscht wird ...«

»Besser Kendar als ich«, bemerkte Scandal.

»Warte, ich besorge dir eine Krücke«, kündete Carageena an.

Während Glucosia mein Bein verband, näherte sich ihre Schwester mit gezücktem Schwert dem Leib des Dämonen. Sie hieb und hackte in das grüne Fleisch, und mehrere Stücke klatschten gegen die Wände der umstehenden Häuser. Ein Brocken flog durch ein geöffnetes Fenster. Wir hörten einen schrillen Schrei, dann kam der Klumpen zurückgeflogen.

Carageena tauchte wieder neben mir auf und hielt mir ein längliches gelbliches Objekt hin. »Hier, Lieber, etwas Besseres konnte ich auf die schnelle nicht auftreiben. Ist einer der Oberschenkelknochen des Ungeheuers. Siehst du, unten, da habe ich es flachgeschlagen, damit du dich sicher aufstützen kannst.«

»So etwas Widerliches fasse ich nicht an. Da hängen ja immer noch Fleischfetzen dran.«

»Abstemia hat immer gesagt, du seist ein besonders zickiges Kind«, sagte Carageena und machte sich daran, mit ihrem Dolch die Fasern abzuschneiden, um sie sich dann in den Mund zu schieben.

»Tante!« schrie ich entsetzt.

»Was ist denn jetzt schon wieder? Ist doch schon eine Weile her, seit wir zum letzten Mal was gegessen haben. Dämonenfleisch ist nämlich sehr nahrhaft. Es macht einen satt, ohne daß man davon zunimmt. Das hängt damit zusammen, daß Dämonen von einer anderen Existenzebene stammen.«

»Gib mir was!« verlangte Scandal. Er verschlang ein Stück und leckte sich dann das Maul. »Hm, schmeckt wie Hähnchenfleisch. Erzähl bloß keiner Bibok und Calosta was davon, sonst packen sie das Zeugs zwischen ein paar Lasagne-Schichten und verkaufen es als ultimative Diät.«

Nun wurde es für mich Zeit, die Krücke auszuprobieren. Ich lief ein paar Schritte und machte noch mehr Krach als vorher. »So können wir uns nie an Zoltan heranschleichen.«

»Hier«, sagte Mysti und breitete ihren Umhang vor mir aus. »Kannst du dich noch daran erinnern, wie du mit Magik einen Teppich zum Fliegen gebracht hast? Müßte doch eigentlich auch mit Umhängen funktionieren.«

Wenig später schwebte ich leise durch die Straßen. Das Cape bot nur Platz für eine Person, aber die anderen verstanden sich ja darauf, sich geräuschlos zu bewegen. Scandal lief uns voraus und schnüffelte mit seiner phänomenalen Nase nach zweierlei: nach Zoltan und nach weiteren Dämonen, die mein ehemaliger Kommilitone uns entgegenschicken mochte.

Wir waren ein Stück weit gekommen, als der Kater stehenblieb. »Er ist ganz in der Nähe. Scharf nach links abbiegen und dann immer geradeaus, dann kannst du bald auf ihn spucken.«

»Aber sieht er uns denn nicht?«

»Dann mach uns doch einfach unsichtbar.« Manchmal können Welfies tatsächlich praktisch denken.

»Ja, aber was ist mit seinen Kreaturen?« wandte Scandal ein.

»Da hat der Kater nicht ganz unrecht«, erklärte Carageena. »Dämonen haben andere Sinne als wir. Das macht sie höchst unberechenbar. Und um das Ganze noch schlimmer zu machen, die Sinne von einem zum anderen sind verschieden. Was der erste Dämon nicht wahrnimmt, bekommt der zweite durchaus mit.«

»Das finde ich aber höchst unsportlich von ihnen«, beschwerte sich Mysti.

»Tja, Dämonen haben mit Sportsgeist und Fairneß nicht viel im Sinn«, informierte meine Tante sie. »Ich hatte mal einen Kameraden, der hatte sich für die Schlacht bei einer alten Zigeunerin einen Unsichtbarkeitshelm mit Wirkgarantie besorgt. So gewappnet, schritt er offen auf unsere Feinde, eben Dämonen, zu, wähnte er sich doch in Sicherheit. Als er einen von ihnen erreichte, drehte er sich zu mir um und rief: ›Toll, was, Gee, dieser Fleischklops kann mich nicht seeeeeee –‹ Der Dämon verschlang ihn mit Haut und Haaren und spuckte nur den Helm wieder aus. Ich brachte ihn zu der Zigeunerin zurück und verlangte Schadensersatz. Sie aber wies mich darauf hin, daß sie in einem solchen Fall nur bei *hundertprozentiger* Wirkgarantie regreßpflichtig sei. Und was lernen wir daraus? Mein Kamerad hätte eben das Kleingedruckte lesen sollen.«

»Und wenn man soviel redet wie du«, fügte Glucosia spitz hinzu, »nützt einem die ganze Unsichtbarkeit nichts.«

»Tatsächlich? Von dir hätte ich einen solchen Hinweis am allerwenigsten erwartet.«

»Das heißt also«, sagte ich, »wir dürfen uns nicht auf meine Magik, sondern müssen uns auf uns selbst verlassen.«

»Auf uns selbst, deine Magik und unsere Schwerter«, erklärte Glucosia. »Man sagt uns Schwertfrauen nach, daß wir einen Hang zum Philosophischen haben, aber deswegen sind wir noch lange keine Trottel.«

»Wenn wir uns nicht auf Tricks verlassen dürfen«, fragte ich, »wie sollen wir denn dann an Zoltan herankommen?«

»Typisch du«, entgegnete Scandal. »Von oben natürlich.«

»Wie?«

»Nun, zurück willst du sicher nicht, einfach nach vorn ist dir sicher zu unsicher, und nach links oder rechts dürfte wohl auch ausscheiden.«

»Wie wäre es denn mit unten?« wollte Carageena wissen.

»Dann verlieren wir die Bowlingpartie gegen die Dämonen und landen garantiert sechs Fuß tief unter der Erde. Ich schlage vor, wir begeben uns in eines dieser Häuser hier, steigen bis unters Dach und haben von dort eine prima Aussicht auf Bösherr und sein Treiben.«

»Das machen wir«, sagte ich, humpelte zur erstbesten Tür und klopfte mit der Krücke an. Niemand machte auf, obwohl ich hätte schwören können, von drinnen Getuschel zu hören.

»Sag ihnen, daß wir in friedlicher Absicht kommen!« – »Sag ihnen, daß wir ihnen nur helfen wollen!« rieten mir die Tanten.

»Sag ihnen lieber, daß wir keine Staubsauger im Angebot haben und auch nicht mit dem *Wachturm* kommen«, forderte der Kater mich auf.

»Laß mich mal!« Mysti drängte sich nach vorn. Sie hämmerte kurz an die Tür und rief: »Hallo, alle miteinander, ich bin eine Welfie, und wenn ihr nicht sofort aufmacht, fange ich an zu singen.«

Sekunden später fanden wir uns in der Dachkammer des Hauses wieder. Der Hausherr zeigte uns, durch welches Fenster man die beste Sicht hatte (es war gleichzeitig das einzige Fenster in diesem Raum), verzog sich dann rasch und sperrte hinter uns ab.

Scandal sprang sofort aufs Fensterbrett. »Wie geht das denn auf?«

»Ich fürchte, dieses Fenster läßt sich nicht öffnen«, sagte Glucosia. »Es handelt sich hier allem Anschein nach um eine Glasscheibe, die man lediglich in die Wand eingelassen hat.«

»Sei nicht dumm, Schwester. Wozu sollte denn ein Fenster gut sein, das sich nicht öffnen läßt?« Sie klopfte mit dem Griff ihres Dolchs an, und schon zersprang das Glas in Dutzende von Scherben. »Siehst du, schon ist es auf.«

Der Kater glitt durch die Öffnung. »Ja, perfekt«, bemerkte er, als er in die Dachkammer zurückkehrte. »Man kann den großen Platz ziemlich gut sehen. Komm schon, Kendar, steck deinen Kopf raus, und sag mir, wer von uns beiden in puncto Zoltan recht hatte.«

Ich schlug mit dem Dämonenoberschenkelknochen die letzten Scherben aus dem Rahmen. Wenn ich mich auf dem gesunden Bein auf die Zehenspitze stellte, mich so weit hinausbeugte, daß ich mich mit beiden Händen festhalten mußte und auch noch mit dem Oberkörper eine ziemlich weite Linksdrehung vollführte, konnte ich tatsächlich den großen Platz erkennen.

Zoltan saß dort auf seinem Bürgermeistersessel, den er allerdings ziemlich verändert hatte. Der Thron befand sich auf einer hohen Plattform, die sogar die Wasserstrahlen des Springbrunnens überragte. Man konnte dem Möbel nicht mehr ansehen, daß sich Dibi und Dobi darüber hergemacht hatten. Es war vollkommen vergoldet, auf mindestens die doppelte Größe angewachsen und am Rücken mit zwei riesigen edelsteinbesetzten Adlerschwingen versehen. Wenn mir meine Einbildungskraft keinen Streich spielte, bewegten sich die Flügel.

Zoltan selbst wirkte am allerprächtigsten. Er hatte sich in der offiziellen Zaubererkluft gewandet, komplett mit spitzem Hut und funkensprühendem Zauberstab. Ungefähr ein Dutzend Monster umgaben ihn. Einige hatten es sich am Rand des Springbrunnens bequem gemacht, andere fläzten sich auf den mit einem roten Teppich ausgelegten Stufen zum Thron, und zwei von ihnen hielten, bewehrt mit sehr unangenehm aussehenden Speeren, links und rechts von ihrem Meister Wache.

Während ich noch hinsah, erschien ein weiterer Dämon auf dem großen Platz. In seinen Klauen hielt er eine kreischende und zappelnde Frau. Ich wollte sie schon mit einem Magikblitz von ihm befreien, als er sie unbeschädigt vor dem Thron absetzte.

Als Zoltan entdeckte, wen seine Kreatur ihm da angeschleppt hatte, rieb er sich voller Freude die Hände. »Ah,

Mistress Loosestrife, da seid Ihr ja endlich. Ich hatte gehofft, daß wir uns heute sehen würden.«

»Hä?« machte die Alte und setzte eine mißtrauische Miene auf.

»Ich bin ehrlich froh, daß Ihr mir diese Frage gestellt habt; denn wisset, mir ist zu Ohren gekommen, daß Ihr seit kurzem bei der Herstellung Eurer phänomenalen Würste Magique einsetzt.«

»Tu ich nie nicht!« Sie schob trotzig die Unterlippe vor.

»Oh, ich wollte Euch ja auch nicht unterstellen, diese Substanz regelmäßig hinzuzugeben. Aber in Eurem Originalrezept findet sich kein Hinweis auf Magique.«

»Könnte sein, daß ich mal 'ne winzige Prise Magique drübergestreut habe, aber mehr nicht. Nee, mehr niemals nicht. Und was sollte daran schon schlimm sein. Hilft doch nur, die Würste haltbarer zu machen. Und seit wann gehört es zu den Aufgaben des Bürgermeisters, seine behaarte Nase in meine Würste zu stecken?«

»Ich stimme Euch absolut zu, gute Frau«, erklärte Bösherr. »Was die Käseburger verkaufen, einkaufen oder essen, geht mich nichts an. Hauptsache, es bleiben genug Bürger übrig, damit ich bei der nächsten Wahl wiedergewählt werde. Wie heißt es doch hier so schön: ›Man gibt sich einer Wurst von Mutter Loosestrife hin, und schon gibt man sich auf‹.«

»Soll das heißen, Ihr wollt keine von meinen Würsten?«

»Der Himmel bewahre!« Zoltan schüttelte sich bei der Vorstellung. »Nach Euren Würsten verlangt mich wirklich nicht, aber nach dem Magique, das in ihnen steckt.«

»Na, hört mal, ich habe das Zeugs ehrlich erworben und teuer genug dafür bezahlt.«

»Magique ist nämlich nicht eßbar und darf daher Eßwaren nicht zugefügt werden. Im weitesten, nein, im allerweitesten Sinne fallen Eure Würste jedoch unter die Genußmittel. Magique ist daher eine Fremdsubstanz, und als Bürgermeister von Käseburg werde ich zum Wohle meiner Wähler nicht dulden, daß Fremdstoffe eine Eßware verunreinigen.«

»Oh, so habe ich das noch nicht gesehen. Fremde Substanz, sagt Ihr? Nun, ich habe Fremden noch nie über den

Weg getraut, weder den Substanzen noch den anderen. Gut, Herr, was verlangt Ihr denn nun von mir?«

»Ich möchte, daß Ihr mir Euer Magique aushändigt, und zwar alles und gleich hier auf der Stelle.«

Zoltan machte eine Handbewegung, und schon erschien vor der Alten ein Tisch, auf dem eine rote Decke lag. Darauf stand ein merkwürdiger Apparat, der wie ein Bierfaß aussah, aber ganz aus Glas gemacht war. In ihm schwamm eine blaue Flüssigkeit, und von ihm gingen zwei bewegliche Röhren ab, die in einen Trichter mündeten.

»Die Sache ist viel einfacher, als sie aussieht, Mistress Loosestrife«, erklärte Bösherr. »Ihr nehmt den Trichter an dem roten Schlauch und gebt all Euer Magique hinein. Dann nehme ich den blauen Schlauch und absorbiere das Magique.«

»Ihr absorbiert es?« Die Alte war eine gerissene Geschäftsfrau und spürte gleich, wenn es irgendwo etwas zu verdienen gab.

»Gibt es denn eine bessere Möglichkeit, um sicherzustellen, daß die böse Fremdsubstanz unter Kontrolle gerät, und zwar unter meine höchstpersönliche?«

»Na ja, Herr, wie ich bereits erwähnte, mußte ich eine stolze Summe dafür hinlegen. Das Magique erleichtert mir die Wurstmacherei doch sehr; vor allem hilft es mir bei Fleisch, das schon leicht grünlich angelaufen und irgendwie klebrig geworden ist – ganz zu schweigen davon, wie das erst am nächsten Tag aussieht. Wenn ich Euch mein Magique abgebe, muß ich wieder viel härter arbeiten. Ihr könntet mir die ganze Plackerei doch ein wenig erleichtern.«

»Ihr könnt haben, was Ihr wollt«, gestattete der Bürgermeister mit einem sardonischen Grinsen. Und gleich umringten vier seiner Kreaturen die Wurstmengerin. »Ihr dürft aber nur einen Wunsch äußern. Nun, was ist Euch das wichtigste auf der Welt?« Die Dämonen fletschten die langen Zähne.

Drei weitere Ungeheuer gesellten sich zu ihnen, und alle sieben machten den Eindruck, als würden sie gern vor dem Verschlingen mit der Beute herumspielen.

Die Alte ächzte und stammelte dann: »Ich glaube ... ich will ... Ich möchte am allerliebsten mit heiler Haut nach Hause kommen!«

»Das sei Euch gewährt«, grinste Zoltan, »selbstredend erst, nachdem Ihr Euer Magique abgeliefert habt.«

Die Alte zog eine mittelgroße Flasche aus ihrer Schürze und schüttete den Inhalt in den roten Trichter. Goldfarbene Flüssigkeit rann in das Glasfaß. Blau und Gold vermischten sich zu Grün, bis es sich schließlich unter viel Rauch wieder trennte und das Gold oben schwamm.

Bösherr schwang kurz den Zauberstab, und schon schwebte der blaue Schlauch zu ihm heran. Er setzte den Trichter an Mund und Nase und atmete tief ein. Das Gold wurde abgeschöpft und rann den Schlauch hinauf, um im Bürgermeister zu verschwinden.

»Ah, das hat gutgetan«, sagte Zoltan. »Nun laßt die gute Frau ziehen.« Die sieben Kreaturen machten ihr Platz, und Mistress Loosestrife sauste wie ein geölter Blitz davon. »Wie viele müssen wir uns jetzt noch vornehmen, Jungs?«

Ein zotteliger, orangefarbener Unhold trat vor. »Ein paar.«

»Geht es nicht etwas genauer?«

Der Orangefarbene zuckte die Achseln. »Nun, mehr als wenige, und weniger als viele. Habt Ihr nicht eben gesagt, daß wir die meisten bereits gemolken haben? Das müßte doch reichen, oder?«

»Es reicht erst, wenn ich den letzten Tropfen Magique, der sich in Käseburg befindet, aufgesogen habe.«

»Das ist den beiden aber sicher nicht recht.«

»Die beiden haben im Moment andere Sorgen. Meine erste Amtshandlung als wiederhergestellter Zauberer bestand schließlich darin, sie von einer Horde Dämonen belagern zu lassen. Danach habe ich den Rest von euch herbeigerufen, um die braven Bürger der Stadt zu einer Spende zu bewegen – auch wenn das mit einigen Umständen verbunden war, weil sie sich bei eurem Anblick in ihre Häuser verkrochen haben.«

(Danke, Schicksal, oder verehrte Autorin, daß die Schurken immer im rechten Moment in einem Vortrag all das zusammenfassen, was der Leser, der unwissende Held oder beide zusammen noch nicht wußten.)

»Ich will mich ja nicht beschweren, Herr«, entgegnete der Zottelige, »und die Arbeit war ja auch nicht schwer. Schließlich sind die Käseburger unserer freundlichen Einladung gern gefolgt.«

»Das war ja auch ihre Pflicht und Schuldigkeit ihrem geliebten Bürgermeister gegenüber. Davon abgesehen habe ich ihnen versprochen, alle Dämonen fortzujagen, sobald alles Magique bei mir angelangt ist.«

Der Orangefarbene kratzte sich am Schädel. »Aber Ihr wart es doch, Herr, der uns überhaupt erst hergerufen hat.«

»Und was willst du mir damit sagen?«

»Daß Ihr verdammt klug seid.«

»Eigentlich brauchte ich nur halb so klug zu sein, weil die Käseburger so furchtbar blöde sind. Trotzdem muß man sie für diese liebenswürdige Eigenschaft gern haben. Wie schön außerdem für mich, daß es nicht viel Magik bedarf, um auf eure Ebene zu gelangen. Dort unten findet man doch wirklich die besten Bibliotheken.«

»Tja, aber keine Kataloge.«

»Macht nichts. Ich wußte schließlich, wonach ich suchen mußte. So fand ich bald die Formel, wie man Magik aus Magique extrahiert. Danach war alles ganz einfach.«

»Das einzige Problem stellte sich, als Euer Weib und Eure Kinder aufkreuzten. War allerdings eine echte Meisterleistung von Euch, wie Ihr Eure verehrte Gattin dazu bewegt habt, wieder nach Hause zu gehen. Die Kleinen hingegen ... Was meint Ihr, wie lange Lippi noch durchhalten kann, wo er doch auf die ...«

»Ich würde sie an deiner Stelle nicht Monster nennen, Schumi. Meine Zwillinge mögen ja etwas lebhaft sein, aber sie sind immer noch meine Kinder, und ich liebe sie von ganzem Herzen. Sorg dich nicht um Lippi, er wird seine Aufgabe schon meistern.«

In diesem Moment ertönte aus der Ferne ein langgezogener Schrei, dem nichts Menschliches anhaftete.

»Nun aber wieder frisch ans Werk. Die meisten Bürger

Käseburgs haben sich als folgsam erwiesen. Aber es gibt immer ein paar, die sich verstockt geben. Ich möchte, daß ihr auch die überredet ...«

»Gibt es einen bestimmten Grund für die Eile, Herr?«

»Ich möchte einem alten Freund von mir eine Überraschung bereiten. Zur Zeit befindet er sich nicht in der Stadt, doch wenn er zurückkehrt ...«

»Genug gehört, Kendar?« fragte Mysti.

»Mehr als das.« Ich kehrte in die Kammer zurück und stützte mich auf die Krücke. »Nun, dort auf dem Platz halten sich dreizehn Dämonen auf. Und noch einige mehr streunen durch die Straßen ...«

»Nicht zu vergessen diejenigen, die das Haus von Bibok und Calosta belagern«, wandte Scandal ein. »Ich kann Euch sagen, das war nicht angenehm, als sie unangemeldet aufgetaucht sind – fast so, als wenn die Avon-Beraterin vor der Tür steht. Calosta ist richtig in Panik geraten und hat mir das hier angetan.«

»Großartig, das wird bestimmt aufregend«, freute sich Glucosia. »Ich habe seit Eselsgedenken keinen Dämonen mehr erschlagen. Nein, Moment, wenn ich genauer darüber nachdenke, war es eigentlich ein Esel, den ich nur für einen Dämonen hielt. Ehre seinem Angedenken ...« Die Tanten fingen an, alle überflüssige Kleidung abzulegen und sich in voller Kampfmontur zu präsentieren.

Die Welfie überzeugte den Hausherrn davon, uns wieder nach unten zu lassen (sie trat einfach die Dachluke ein), und wenig später befanden wir uns unten auf der Straße. Mysti und die Tanten eilten gleich davon. Unser Plan sah so aus, daß sie sich in Deckung begeben und dort bereithalten sollten, um im rechten Moment zuzuschlagen, während ich vor Zoltan Bösherr treten und so tun sollte, als sei ich ganz allein ...

»Und was wird aus mir?« fragte der Kater. »Ich komme natürlich mit dir.«

So humpelte ich also in Scandals Begleitung auf den großen Platz. Der Krach, den ich dabei veranstaltete, war nicht mehr wichtig; denn von nun an würde ich mich offen zeigen.

Wenig später schwärmten die Ungeheuer auf mich zu. Zoltan rief sie zurück. Ich hatte ihn noch nicht erreicht, als er schon aufsprang und »Kendar!« rief. Er ruderte mit den Armen, und die Adlerschwingen äfften seine Bewegungen nach.

»Hallo, Zoltan, anscheinend bist du gerade sehr beschäftigt.«

»Ich hatte nicht so früh mit deiner Rückkehr gerechnet.«

»Das glaube ich dir sogar. Was hattest du geplant? Sollten deine Dämonen sich am Wegesrand verstecken, auf uns warten und dann mit dem Ruf herausspringen?«

»ÜBERRASCHUNG!«

Neun der Ungeheuer explodierten. Die verbliebenen vier erstarrten. Der Thron breitete die Schwingen aus und flog eiligst davon, wobei Zoltan das Pech hatte, herunterzukullern und auf den Stufen zu landen.

Es regnete Monsterfetzen vom Himmel. Als das letzte Stück klatschend gelandet war, setzte Totenstille ein.

Dann erschienen Bibok und Calosta Hand in Hand aus einer Seitenstraße.

»Habt Ihr Spinner noch nie was vom Anklopfen gehört?« schimpfte Scandal und reinigte sein Fell von gelblichgrünen Fleischfetzen.

KAPITEL 21

Bösherr drohte dem Pärchen mit der Faust. »Was habt Ihr meinen Freunden angetan?«

»Was habt Ihr unserem Unternehmen angetan?«

»Euer Unternehmen hatte zum Ziel, diese Stadt in den Untergang zu treiben. Es hat Euch doch einen Dreck interessiert, welchen Schaden das Magique angerichtet hat, solange die Bürger es nur bei Euch kauften!«

»Nun hör sich mal einer diesen Moralapostel an«, mokierte sich die Medizinfrau. »Bis vor kurzem war er noch unser größter Abnehmer. Hört, Zoltan, wenn Ihr bloß auf einen Preisnachlaß scharf wart, warum habt Ihr dann nichts gesagt? Dann hättet Ihr das hier doch gar nicht gebraucht.« Sie deutete auf den Apparat.

»Doch, denn diese Anlage dient einem bestimmten Zweck«, schaltete ich mich in das trauliche Zwiegespräch ein. »Dieses Faß mit den Schläuchen dient nicht bloß dem Einsammeln von Magique, sondern der Extraktion der darin befindlichen Magik. Ihr kennt Zoltan genausogut wie ich. Ihm ist es immer nur um Macht, Macht und noch mehr Macht gegangen!«

»Aber Kendar!« rief Bösherr und wirkte ehrlich beleidigt.

»Wag es ja nicht, das abzustreiten!« schrie ich ihn an. »Du hast doch früher schon auf jede erdenkliche Weise versucht, mich zu erledigen, um an Meister Thengors Magik zu gelangen. Nun, da habe ich eine unangenehme Überraschung für dich: Es ist nicht länger Thengors Magik, sondern meine! Ich habe endlich gelernt, sie zu gebrauchen, und ich hätte nicht übel Lust, dir das vorzuführen.«

»An Eurer Stelle würde ich glauben, was der Junge sagt«, feixte Calosta.

»Haltet Ihr Euch da raus! Ihr seid doch keinen Deut besser als er. Wenn Ihr beiden nicht so hinter dem Geld hergewesen wärt, hätte nie ein Anlaß bestanden, Eure Magique-Produktion zu stoppen.«

»Niemand hat die Käseburger gezwungen, unsere Ware zu kaufen«, wandte Bibok ein. »Schließlich verstößt Magique nicht gegen das Gesetz.«

»Das tun Leggings und Radlerhosen auch nicht«, meinte Scandal, »und trotzdem gehören sie verboten.«

»Selbst wenn Magique legal sein sollte, ist es damit noch nicht gut und edel!« rief ich. »Sobald ich Gelegenheit dazu finde, trete ich vor König Steffan und bitte ihn, ein Gesetz zu erlassen, das Eurem Treiben ein Ende setzt.«

»Oweia!« entfuhr es Bibok, und er schob sich in gespieltem Entsetzen die Faust in den Mund. »Ich fürchte, der junge Mann meint es ernst.«

»Aber natürlich tut er das, Liebster«, flötete Calosta. »Unser Kendar weiß doch immer alles besser als alle anderen. Aber auch daraus wird er noch lernen.«

»Hoffentlich wird er dann auch erkennen«, Bibok war mit einemmal ernst geworden, »daß wir nicht seine Feinde sind. Ich weiß, es ist nur schwer zu glauben, aber wenn wir hier genug verdient haben, ziehen wir an einen warmen und tropischen Ort und schlürfen dort den ganzen Tag Cocktails. Du weißt schon, die mit den hübschen Schirmchen und lustigen Plastiktieren.«

»O ja, die gefallen mir auch so gut!« Calosta klatschte in die Hände.

Bibok wandte sich wieder an mich: »Wir belästigen dann nie wieder jemanden in Käseburg und sonstwo in diesem Reich. Der einzige Grund für uns, möglichst schnell möglichst viel Geld zu machen, besteht nämlich darin, nie wieder die Gerüche Käseburgs einatmen zu müssen. Zoltan aber geht es nur um Macht, und ich habe noch nie gehört, daß einer davon jemals genug bekommen hat.«

»Du glaubst ihnen doch nicht etwa, Kendar!« rief Bösherr. »Du bist gerade erst hier angekommen und kannst daher nicht wissen, was ich getan habe.«

»Doch, ich habe dich von da oben beobachtet und belauscht«, ich zeigte mit dem Dämonenoberschenkelknochen auf das Haus. »Ich weiß nicht, wieviel Magique du bislang den Käseburgern abgeluchst hast, aber sicher kommst du mit der daraus gewonnenen Magik noch nicht an die Menge heran, die mir innewohnt. Zuerst werde ich mich um dich kümmern, dann um diese beiden dort.«

Der Kater zog an meinem Hosenbein. »Verzeihen Sie bitte, Euer Hochwohlgeboren, aber ist es nicht reichlich dämlich, dem Gegner vorher mitzuteilen, was man beabsichtigt?«

»Sei still, Scandal!« Ich wandte mich an den Bürgermeister: »Ergib dich, Zoltan, dein Spiel ist aus.«

»Du forderst mich heraus, Kendar, und das, ohne mich vorher wenigstens angehört zu haben?«

»Ich habe alles gehört, was ich wissen muß.« Magik durchströmte mich.

»Ich bin doch dein Freund!«

»Das hast du schon damals, in Meister Thengors Palast, behauptet. Und einen Moment später hast du versucht, mich zu ermorden. Die Magik, die du absorbiert hast, ist noch nicht lange genug in dir, um Teil deiner selbst zu werden. Also, setz sie frei!«

Bösherr bot einen jämmerlichen Anblick. Sein Zauberstab war mit dem Thron entschwunden, seine Robe war zerknautscht, und der spitze Hut saß ihm schief auf dem Kopf. Und dennoch sah er immer noch mehr nach einem Zauberer aus als ich. »Wenn ich meine Magik wirklich freisetze, was hindert die beiden dann daran, sie sich zu nehmen? Du müßtest es ganz allein mit Ihnen aufnehmen.«

Fast hätte ich ihm entgegengeschleudert, daß ich nicht allein war, aber der Kater bohrte mir rechtzeitig seine Krallen in die Wade. »Darauf will ich es gerne ankommen lassen«, entgegnete ich daher. »Sei kein Narr, Zoltan, ich habe dich schon einmal besiegt, und ich werde es wieder tun.«

»Wenn ich das täte, könnte ich genausogut zugeben, ein Verräter zu sein. Das tue ich natürlich nicht, und deswegen sage ich nein.«

Ich schleuderte ihm durch die Krücke einen Magikblitz entgegen. Die Zauberkraft formte sich zu dem Ungeheuer, zu dem der Oberschenkel einst gehört hatte. Es warf sich mit gefletschten Fängen und ausgestreckten Klauen auf seinen ehemaligen Herrn. Die vier verbliebenen Dämonen stellten sich schützend vor den Bürgermeister. Mein Monster traf den ersten in der Brust und bohrte ein gezacktes großes Loch in seinen Oberkörper.

Zoltan bewegte unmerklich die Hand, und schon schwebte der rote Trichter auf mein Magikungeheuer zu. Ein kurzes saugendes Geräusch ertönte, und das Monster verschwand im Trichter, rutschte durch den Schlauch und landete im Glasfaß. Bösherr bediente sich des anderen Trichters, atmete tief ein und lächelte.

»Danke, Kendar. Du hast wirklich einiges über den Gebrauch von Magik gelernt, vor allem, wie man es weitergibt.« Ein goldblitzender Funke erschien auf seiner Fingerspitze. »Doch auch ich will großzügig sein. Als Zeichen meines guten Willens gebe ich dir etwas von deinem Geschenk zurück.« Der Funke verwandelte sich in einen Schmetterling und flog auf mich zu.

Scandal sauste um meine Beine herum. »Faß das ja nicht an, Boss. Du weißt nicht, wo der Schmetterling vorher gewesen ist!«

»Ich fürchte mich nicht mehr«, erklärte ich und streckte eine Hand aus. Der Schmetterling landete darauf. Ich atmete den Funken ein und erfreute mich an der Wärme, die die Magik in mir erzeugte.

»Siehst du?« sagte Zoltan. »Ich habe dir reine Magik zurückgegeben. Ich würde dein Vertrauen doch niemals mißbrauchen, Kendar. Nun erinnere auch ich mich sehr wohl an die Vergangenheit, und ehrlich gesagt, ich könnte es sogar verstehen, wenn du Schwierigkeiten hättest, mir zu vertrauen.« Er warf dem Pärchen einen finsteren Blick zu. »Aber ich muß dich warnen, vertraue diesen beiden nur für einen Moment, und du verlierst alles, was du dein eigen nennst.«

»Kann er Euch so weit vertrauen, daß Ihr Eure Dämonen zurückhaltet, wenn wir jetzt in Verhandlungen treten?« rief Bibok.

»Was für Verhandlungen?« fragte Bösherr voller Argwohn.

»Wir mit dem Jungen. Er hat Gründe genug, sich weder auf Eure noch auf unsere Seite zu schlagen. Und seine Macht ist so groß, daß wir es nicht auf einen Kampf ankommen lassen dürfen, ohne hier alles in Schutt und Asche zu legen.«

»Das werde ich niemals erlauben!« empörte sich der Bürgermeister. »Diese Stadt baut auf mich. Ich werde sie mit allen mir zur Verfügung stehenden Mitteln verteidigen.«

»Dann laßt uns mit dem Jungen reden. Ohne Störungen.«

»Ein Waffenstillstand also? Meinetwegen.«

Calosta war schon an meiner Seite. »Habt Ihr ihn gehört, junger Herr? Glaubt meinem geliebten Bibok, wenn er versichert, daß wir beide nur genug Geld verdienen wollen, um uns ein Leben in Saus und Braus zu ermöglichen, und daß wir danach auch ganz bestimmt nie wieder hierher zurückkehren werden. Wenn Ihr uns verbietet, weiterhin mit Magique Handel zu treiben, hören wir auf der Stelle damit auf. Ganz großes Ehrenwort. Wir können auch in einer anderen Stadt unser Glück machen. Aber der da ...« Sie warf einen finsteren Blick auf Zoltan.

»He! Wie kommt es, daß ihr zwei urplötzlich bereit seid, das zu tun, was Kendar sagt?« wollte der Kater wissen, und sein Schwanz schlug hin und her. »All dieses Getue stinkt für mich wie vier Tage alter Fisch. Vor gar nicht so langer Zeit habt ihr ihn noch Trottel, Bengel und Doofmann genannt!«

Ich schuf einen Schutzschirm um uns drei, behielt Bösherr aber trotzdem im Auge. Dann erklärte ich der Medizinfrau: »Scandal hat recht. Ich wäre tatsächlich ein Trottel und Doofmann, wenn ich mich auf Euch einließe. Und überhaupt, was habt Ihr meinem Kater angetan?«

»Ich?« Calora versuchte auf beleidigte Unschuld zu machen, was ihr aber nicht gelang. Dann verlegte sie sich darauf, in Verschwörermiene mit mir zu flüstern: »Große Gefahr drohte uns vom Bürgermeister, junger Herr, und wir suchten nach Mitteln und Wegen, uns selbst und unseren Besitz zu schützen. Und ist es in Krisenzeiten nicht die vornehmste Pflicht eines jeden Wesens, das auf Besuch weilt, alles zu unternehmen, um das Haus zu schützen? So haben wir den Kater zu unserer Verteidigung eingesetzt. Schließlich mußten wir nach seinem Verhalten ja davon ausgehen, daß er bei uns sein weiteres Dasein fristen wollte. Wir ahnten ja nicht, wie sehr er uns damit getäuscht hat.« Sie wischte sich eine Träne aus dem Augenwinkel.

»Wenn Ihr mich fragt«, sagte Bibok, der zu uns getreten war, »dann hat Scandal an ein paar schlimmen Komplexen zu knabbern, die sich vor allem dann äußern, wenn er es mit Menschen zu tun hat, die es gut mit ihm meinen. Ein guter Rat unter Freunden, Kendar: Eine Therapie wäre für den Kater angebracht.«

Ich gab ihm auch einen Rat und zwar folgenden: er könne sich seinen Ratschlag dorthin stecken, wo der Dickdarm das Loch gelassen habe.

»Gott! Ich sehe, daß Ihr unter noch viel schlimmeren Problemen leidet. Muß eine ziemlich schreckliche Kindheit gewesen sein, oder?«

Ich antwortete, daß ich ihm gern an seiner Gurgel vorführen würde, was die anderen Kinder früher mit mir angestellt hätten. Er schwieg, doch in meinem Innersten war ich froh, daß er sich außerhalb des Schutzschirms befand.

»Junger Herr, Ihr sollt es verstehen.« Calosta legte mir eine Hand auf den Arm. »Ich will Euch zeigen, was wir mit Scandal getan haben.«

Ich schloß den Schirm enger, so daß er sich nur noch um den Kater und mich schloß und die Medizinfrau draußen stand.

Sie lächelte nachsichtig und seufzte. »Wie schlimm muß es Euch in Eurem jungen Leben ergangen sein, wenn Euch soviel Mißtrauen innewohnt. Doch sei's drum.« Sie pfiff auf den Fingern.

Ein Schwarm Katzen rannte auf den Platz. Insgesamt zählte ich sieben, und sahen alle wie Scandal aus. Kaum hatte er sie entdeckt, da hüpfte er schon wie verrückt auf und ab.

»Da sind sie, Boss! Ergreif sie! Fang sie! Wirf ein Netz über sie! Ruf den Tierschutzverein! Laß sie bloß nicht wieder fort!«

»Was sind das für Wesen? Dämonen?«

»Sie sind ich!«

»Hä?«

»Meine Leben, du trübe Tasse! Die siebeneinhalb Ersatzleben, die mir noch zur Verfügung standen. Als Calosta und Bibok mitbekamen, was Zoltan ihnen antun wollte, haben sie wie richtige Yuppies gehandelt. Für die ist es nämlich wichtig, immer das Beste zu bekommen, aber noch viel schöner ist es, wenn ein anderer dafür bezahlt. Warum sollten sie ihre eigene Magik einsetzen, so sagten sie sich, wenn sie sich genausogut der meinen bedienen konnten? Also haben sie sich mir genähert und sich das genommen, was sie brauchten.«

Plötzlich wurde mir alles klar. »Als sie dir die Magik genommen haben, hat sich mit jeder Schicht eines deiner Leben gelöst!« Ich warf den beiden einen bitterbösen Blick zu. Calosta machte ein Gesicht, als habe man sie beim Griff in die Keksdose ertappt.

»Wir mußten doch glauben, daß er froh sein würde, seinen Beitrag zur Verteidigung seines neuen Heims zu leisten«, entschuldigte sie sich, ohne es wirklich ernst zu meinen.

»Wie, habt ihr das etwa immer noch geglaubt, als ich ›Aufhören! Gebt mir das wieder!‹ geschrien habe?« empörte sich der Kater.

»Jetzt mach mir auch noch Vorwürfe, mir, einer armen, zu Tode geängstigten und hilflosen Frau!«

»In deinem Fall trifft ›hilflos‹ wohl genauso zu wie auf einen Politiker die Bezeichnung ›ehrlich‹. Bei dir muß man ja sogar einen Schwarm Piranhas bedauern, der dir zu nahe kommt!«

»Du wirst sicher stolz sein zu erfahren, daß deine Leben sich hervorragend geschlagen haben«, meldete sich Bibok zu Wort. »Zoltan sandte uns neun Dämonen entgegen. Calosta und ich haben je einen von ihnen erledigt, und deine Leben den Rest.«

»Ehrlich?« Scandal schien das gern zu hören. »Wie habe ich das denn angestellt?«

Bibok studierte seine perfekt manikürten Nägel. »Ohne uns wäre dir das wohl kaum gelungen. Wir haben deinen Leben gesagt, sie sollen die Stelle des Körpers ausfindig machen, wo die Dämonen am empfindlichsten sind, und dort kräftig zubeißen. Das haben sie dann getan, und schon war es mit der Bedrohung vorüber.«

»Und wo befindet sich die Achillesferse der Dämonen?« wollte der Kater erfahren.

»Das mußt du schon selbst herausfinden. Wenn du dich nicht gegen Zoltan auf unsere Seite stellst, rufen wir später vielleicht ein paar eigene Dämonen herbei. Warum sollten wir dir dann verraten, wie sie sich vernichten lassen?«

»Zoltan ist mir doch schnurzpiepe, ich will nur meine Leben zurückhaben.« Der Kater sah mich an. »Wirst du dich nun gefälligst darum kümmern?«

»Mit dem größten Vergnügen.«

»In diesem Fall kannst du dir deine Dämonen an die Backe kleben«, erklärte Scandal. »Ich stehe nämlich auf der Seite von unserem Houdini hier.«

Ich beugte mich zu ihm hinab: »Hör mal, warum sehen die alle so solide aus, während du ...«

»Himmel, Arsch und Wolkenbruch, Einstein, weil sie komplette Leben sind! Die beiden Gierschlunde haben mir alles genommen, was sie nur kriegen konnten. Aber ich habe mich gewehrt, und so haben sie nur siebeneinhalb Leben aus mir herausgeholt. Deswegen bin ich nur noch halb, klar? Ist immer noch besser als gar nichts.«

Die Katzen hatten sich um Calosta und Bibok versammelt. Sie sahen genau so aus wie Scandal, unterschieden sich aber in einem entscheidenden Punkt von ihm: Sie wirkten gehorsam, diensteifrig und respektvoll. Das waren gar keine richtigen Katzen mehr!

»Ich zähle nur sieben von ihnen. Was ist denn aus der anderen geworden?«

»Keinen Schimmer. Vielleicht war er nicht lebensfähig ...«

»Aber ganz im Gegenteil«, erklärte Bibok und setzte sein höhnischstes Grinsen auf. Mir fiel erst jetzt auf (ich wußte gar nicht, was mit mir los war, ständig übersah ich Sachen), daß er sich wie Zoltan ebenfalls in die hochoffiziellen Zaubererklamotten geworfen hatte – dabei stand das weder dem einen noch dem anderen zu. Bibok hatte sogar noch mehr getan: Seine Robe zierte rechts über der Brust ein magisches Zeichen, das mir unbekannt war. Es sah einem Drachen ähnlich, der allerdings keine Flügel aufwies. Dafür bog sich sein langer Schwanz zum Kopf hin, erreichte ihn fast ...

Ich habe mich immer schon gefragt, wo richtige Zauberer kleine unverzichtbare und notwendige Dinge wie zum Beispiel ein Taschentuch unterbringen; denn das Gewand hat keine Taschen. Bibok klärte mich jetzt auf, indem er tief in einen seiner Ärmel griff und ein kleines miauendes Fellbündel herauszog.

Scandal stieß ein wütendes Knurren aus und warf sich gegen den Schutzschirm. Er prallte natürlich ab und ließ seinen Unmut dann an mir aus. »Laß mich raus, Boss! Laß mich raus! Er hält meine andere Hälfte in der Hand. Ich muß sie beschützen, muß sie retten!«

»Ganz ruhig, Katerchen.« Bibok streichelte das Kätzchen in seiner Hand. »Wir würden diesem Kleinen nie etwas zuleide tun. Sobald Zoltan besiegt ist, geben wir dir deine Leben zurück, das haben Calosta und ich uns schon überlegt. Aber dieses Kleine hier wollen wir behalten. Es ist einfach so süß.«

»Sie ist wirklich goldig«, fügte Calosta hinzu. »Als wir Scandal seine Leben genommen hatten, stellten wir verblüfft fest, daß eines fehlte. Und so waren wir dann ziemlich überrascht, als wir sie hier erhielten.«

»Ihr wart überrascht? Was meint ihr denn, was ich war?« brummte Scandal.

»Aber warum wirkt es so solide, wo doch Scandal wie ein durchsichtiger Schatten aussieht?« wollte ich wissen.

»Die Magik hat sich eben so entschieden? Wer vermag schon ihre Wege zu verstehen?«

»Ich nehme an«, ergänzte Bibok, »daß es deswegen auch so klein geworden ist.«

»Ähh«, machte Scandal, »ich hätte da mal eine ganze bescheidene Frage. Ihr redet immer von ›sie‹ – wollt ihr das noch korrigieren, oder wartet ihr lieber auf die Grammatikpolizei?«

»Sieh selbst«, meinte der Zauberer und hielt das Kätzchen so, daß wir den kleinen Unterschied genau erkennen konnten.

»Aber das kann doch gar nicht möglich sein!« entfuhr es Scandal. »Das ist eines von meinen Leben, und ich bin ein voll funktionsfähiger *Kater,* und das können euch in Kalifornien mindestens zwei Dutzend Katzendamen bestätigen!«

»Zweifelst du etwa an deinen Augen?«

»Es geht hier nicht um meine Augen. Dem Halben da fehlt doch etwas ganz anderes.«

»Wie steht es denn bei den anderen sieben ... sind darunter etwa auch ...«, fragte ich.

»Sie sind alle männlich.« Bibok schien seinen Spaß an unserer Verwirrung zu haben. »Jedes Lebewesen besitzt eine männliche und eine weibliche Seite. So verhält es sich eben mit der Natur. Yin und Yang. Aber woher sollen das Leute wissen, die nie von diesem Hinterwäldlerplaneten weggekommen sind?«

»Es ist mir gleich, wie Ihr diese Welt oder diese Stadt bezeichnet, und es trifft mich auch nicht, wenn Ihr mich Bengel, Jüngling oder Doofkopf nennt. Aber Ihr solltet Scandal besser seine Leben wiedergeben, wenn Euch Euer eigenes lieb ist!«

»Glaubst du etwa, du könntest es mit uns allen gleichzeitig aufnehmen ... Knirps?« Bibok lachte sich über die in seinen Augen gelungene neue Beleidigung halb scheckig.

»Gegen mich muß er nicht antreten!« wandte Bösherr rasch ein.

»Haltet die Klappe! Respektiert unsere Verhandlungen!«

»Nicht, wenn einer der Verhandlungspartner lügt!« Zoltan wedelte mit den Fingern. Die Erde tat sich auf, und ein weiterer Dämon erschien.

Bibok ließ das Kätzchen wieder in seinem Ärmel verschwinden und gab einem von Scandals Leben ein Zeichen. Der Kater sprang dem Ungeheuer sofort an die Oberschenkel. Alles ging viel zu schnell für mich. Der Dämon stieß im selben Moment einen spitzen Schrei aus und verging in Rauch und Feuer.

»Macht das nicht noch einmal, Zoltan!« Bibok drohte ihm mit dem Zeigefinger. »Ein Mann, der den Frieden einer Verhandlung stört, scheut auch nicht davor zurück ... nun, jeden zu hintergehen.«

Bösherr schäumte, hielt sich aber mit weiteren Aktionen zurück.

»Hm«, machte Scandal, »das ist also die Achillesferse ...«

»Du hast es gesehen?«

»Klar, Boss. Jetzt weiß ich, wo ein Dämon verwundbar ist. Laß mich in deine Gedanken, dann werde ich es dir in aller Vertraulichkeit darlegen.«

»O ja!« rief Calosta und nahm einen der sieben Kater auf. »Laßt ihn in Eure Gedanken, damit wir alle etwas davon haben. Scandal brauchte gar nicht hinzusehen, er hätte es auch so von seinen Leben erfahren können. Diese Verbindung besteht übrigens nach beiden Seiten.«

»Calosta, du blöde Kuh! Warum konntest du nicht deine Klappe halten? Wer weiß, was wir in den Gedanken des Jungen alles hätten entdecken können?«

Das war meines Wissens das erste Mal, daß Bibok seine Angebetete beschimpfte. Sie schob auch gleich die Unterlippe vor. »Tut mir leid, aber ... aber ich dachte, du wärst nicht darauf angewiesen, dir einen unfairen Vorteil zu verschaffen. Und warum wolltest du überhaupt in seine Gedanken eindringen? Meister Kendar ist doch unser Verbündeter, oder?«

»Ja, natürlich.« Bibok senkte den Blick und strich ein paar Falten gerade. »Tut mir leid, daß ich dich so angefahren habe, Süßjochbeinchen, kannst du mir noch einmal verzeihen?« Er wandte sich an mich. »Selbstverständlich seid Ihr unser Freund. Wie kann ich Euch davon überzeugen, daß wir es ehrlich meinen?«

»Macht meinen Kater wieder komplett.«

»Ist das alles?«

»Nein, der Anfang. Danach sehen wir weiter.«

»Ihr seid ja ein zäher Verhandlungspartner. Also gut. Aber wir können nichts tun, solange Euer Schirm unsere Magik abhält.«

Ich schaltete ihn ab, und Zoltan stieß einen Wutschrei aus. Ich richtete gleich die Krücke auf Bibok.

»Ihr werdet im Leben nie Freunde gewinnen«, sagte er, »wenn Ihr nicht endlich lernt, anderen zu vertrauen, Kni- ... Meister. Liebste, möchtest du uns die Ehre erweisen?«

Calosta klimperte mit den Wimpern und rief mit einem Pfiff die Kater herbei. Scandal sah mich fragend an. »Geh ruhig zu ihnen«, erklärte ich ihm, ohne den Blick von dem Pärchen zu wenden.

Er stolzierte mit hocherhobenem Schwanz auf die sieben zu. Und binnen Sekunden war von ihnen nur noch ein wildes Knäuel aus Pfoten, Schwänzen, Fell und Schnurrbarthaaren zu erkennen. Ich befürchtete schon, sie wären über Scandal hergefallen, beruhigte mich aber rasch, als das für solche Kämpfe typische Fauchen und Jaulen ausblieb. Sie drehten sich wie ein Wirbel, und kleine Magikfunken stiegen hoch. Der Anblick war so faszinierend, daß ich für einen Moment ganz vergaß, auf den Zauberer und seine Lebensabschnittsgefährtin zu achten. Ich drehte mich rasch zu ihm um und bedachte ihn mit einem Wag-das-ja-nicht-Blick. Aber er machte ganz auf Unschuld.

»Laß es gut sein, Boss. Wenn er dich kaltmachen wollte, hätte er das längst erledigt.«

»Scandal!« rief ich. »Du bist wieder du!«

»Na ja, minus eine Hälfte, aber sonst ist alles wieder dran.«

»Rückt die letzte Hälfte heraus«, wandte ich mich an den Zauberer.

»Ihr behandelt uns ja, als wären wir Eure Untergebenen statt Eure Partner«, entgegnete er entrüstet. »Wenn Ihr uns nicht vertraut, warum sollten wir dann Euch vertrauen? Das

Kätzchen bleibt bei uns, bis Ihr uns einen Beweis Eurer Vertrauenswürdigkeit geliefert habt.«

Das versetzte mich ins Grübeln. Wenn ich mich auf die Seite von Bibok und Calosta schlug, würden sie an einen anderen Ort ziehen und hier kein Magique mehr in Umlauf bringen – das hatten sie versprochen. Wenn ich mich aber mit Zoltan zusammentat, würde der vielleicht in der Hitze der Schlacht den günstigsten Moment abwarten, um mir in den Rücken zu fallen. Wenn ich mich aber mit keinem von ihnen verbündete, besaß ich keinerlei Gewißheit, es mit allen dreien aufnehmen zu können.

Aber war ich denn wirklich ganz allein? Sobald einer der drei, ganz gleich wer von ihnen, den ersten Schlag gegen mich führte, würden sofort Mysti, Carageena und Glucosia mit wehenden Haaren, wüstem Geschrei und gezückten Schwertern herbeigestürmt kommen. So etwas ist kein schöner Anblick, vor allem für die Gegenseite nicht, das können Sie mir ruhig glauben.

Andererseits konnten auch die wildesten Schwertweiber nicht viel gegen Magik ausrichten. Sie würden wie Heldinnen sterben, wären danach aber genauso tot wie ein Feigling.

Ich durfte ihr Leben nicht in Gefahr bringen und mußte eine Entscheidung fällen. Bibok und Calosta konnte ich kaum trauen, aber noch weniger Zoltan ...

»Tante Glucosia! Tante Carageena! Kommt heraus, und zeigt euch!«

»Was treibt Ihr denn da, Meister Kendar?« wollte die Medizinfrau wissen.

»Ich rufe meine Verbündeten aus ihren Verstecken.«

»Habe ich da richtig gehört? ›Tanten‹?« Bibok hielt sich eine Hand vor den Mund, um nicht laut herauszuplatzen. »Ich muß schon sagen, da habt Ihr aber eine formidable Streitmacht um Euch geschart.«

»So kann nur ein Mann sprechen, der seine Tanten noch nicht erlebt hat«, sagte Scandal. »In Fachkreisen nennt man sie auch ›Besteck des Todes‹!«

»Sie scheinen darüber hinaus auch noch unsichtbar zu sein«, kicherte der Zauberer.

Ich rief meine Tanten noch einmal und sehr viel lauter. Zoltan trat nervös von einen Fuß auf den anderen.

»Warum rufst du sie überhaupt?« wollte er von mir wissen.

»Kennt Ihr die Ladies etwa?« fragte Bibok ihn.

»Sie genießen in Schwertkämpferkreisen einen tadellosen Ruf. Und was hast du zu antworten, Kendar?«

»Ich habe sie gerufen, weil sie irgendwo in Deckung liegen, um, falls ich in Gefahr gerate, sofort herausgestürzt zu kommen.«

»So, so, die lieben alten Damen zücken dann wohl ihre Käsemesser, kitzeln damit den Gegner und rufen ›Buh! Du bist tot‹, damit dieser ihren armen Neffen in Ruhe läßt.« Bibok grunzte breit. »Ein genialer Plan, mein lieber Kendar. Wißt Ihr, Meister, eigentlich schätze ich Überraschungen nicht sehr.«

»Deswegen rufe ich sie ja auch aus ihrem Versteck. Dies ist nämlich meine Geste des guten Willens, nachdem Ihr vorhin Scandal seine Leben zurückgegeben habt.« Mysti verschwieg ich ihm jedoch. Wenn das Pärchen das Kätzchen einbehielt, behielt ich eben die Welfie für mich.

»Ihr tauscht also schon Garantien aus?« rief Bösherr. »Nun, ich würde meinen, damit ist die Verhandlung abgeschlossen. Und was dich angeht, Kendar, so muß ich dir sagen, daß du mich tief enttäuscht hast. Aber des Menschen Wille ist sein Himmelreich, und wer bin ich denn schon, nur ein armer Bürgermeister, dessen Verdienste niemand würdigen will und den man nicht einmal der Freundschaft für wert hält. Wie gut, daß das meine arme Mutter nicht mehr miterleben muß, läge sie nicht schon unter der Erde, würde sie das bestimmt ins Grab bringen ...«

»Zoltan, ich ...« Was war denn bloß los mit mir? Wollte ich mich tatsächlich bei ihm entschuldigen? Es ist sicher nicht angenehm, wenn andere ständig Entscheidungen für einen treffen, aber ich hätte mir nie vorgestellt, daß es so schmerzlich sein kann, *selbst* Entscheidungen fällen zu müssen.

Doch Bibok rief: »Haltet ein, Zoltan, wenn Euch das Schicksal dieses Sumpflochs von Stadt lieb ist. Der Junge, ich meine natürlich Meister Kendar, ist noch nicht unser Bundesgenosse.«

»Bin ich nicht?«

»Tut mir leid, junger Herr.« Calosta hatte die unangenehme Eigenschaft, immer dann neben einem aufzutauchen, wenn man am wenigsten mit ihr rechnete. »In den Urwäldern von Plunj ist es Sitte, daß ein Vertrag mit einem Schwur besiegelt wird. Ich muß leider darauf bestehen, daß wir es auch hier und jetzt so handhaben. Wer weiß, mag sein, diese kleine Zeremonie beeindruckt Zoltan so sehr, daß er seinen Irrtum einsieht und seine Magik freiwillig herausrückt.«

»Klar, und ich belle die ganze Nacht und laufe Stöckchen hinterher«, murmelte Scandal.

»Erwartet Ihr etwa, daß ich diesem Treiben tatenlos zusehe?« fragte Bösherr.

»Ihr könnt während dieser Minuten tun und lassen, was Euch beliebt, solange Ihr nur die Vertragsruhe einhaltet.«

»Er könnte zum Beispiel ein gutes Buch lesen«, bemerkte der Kater. »Oder bei der Stadtkasse eine Steuerprüfung vornehmen. Oder ein paar neue Dämonen kreieren. Was ist eigentlich mich euch allen los? Hat man euch vielleicht irgendwas ins Wasser getan? Ständig schickt ihr Karten hin und her, auf denen ihr euren Feinden beschreibt, was ihr als nächstes zu unternehmen gedenkt.«

»Wir pflegen so etwas ›zivilisiert‹ zu nennen«, klärte Bibok ihn auf.

»In L. A. haben wir dafür einen anderen Ausdruck: Weichbirne.«

»Wenn Ihr uns einen Wunsch zugesteht«, wandte Bibok sich an Zoltan, »dann würden wir die Kampfstätte lieber an einen Ort verlegen, der möglichst weit von Käseburg entfernt liegt.«

»Einverstanden«, erklärte der Bürgermeister und fügte mit einem gehässigen Grinsen hinzu: »Auf Meister Thengors Akademie für Hochzauberei habe ich gelernt, daß

Schlachten zwischen Zauberern für Passanten und andere Unschuldige selten angenehme Begleiterscheinungen mit sich bringen.«

Seine Worte verfehlten ihre Wirkung nicht. Als Bibok den Namen der Anstalt hörte, an der er abgewiesen worden war, verfärbten sich seine Gesichtszüge.

»Nun bringt endlich die Zeremonie zu ihrem Ende«, drängte Zoltan. »Vertraut mir, ich werde Euch nicht stören, aber dennoch meine Zeit zu nutzen wissen.«

Bibok nickte und wandte sich an mich: »Wir brauchen dazu nur drei Dinge: erstens den heiligen Altar des Delbert.« Ein Würfel von den Ausmaßen unseres tragbaren Familienaltars erschien. »Zweitens je ein Unterpfand unseres guten Willens ... Wo bleiben eigentlich Eure Tanten, Kendar?«

»Hier sind wir, mein lieber Junge!« Glucosia erschien schnaufend auf dem großen Platz, und Carageena folgte ihr leicht humpelnd.

»Wir wären ja gern früher gekommen, aber ich hatte doch einige Mühe, von meinem Aussichtspunkt herunterzusteigen. Und Gee ist leider unglücklich aufgetreten. Wir werden langsam wohl doch etwas zu alt für diesen Job, was, Gee? Da heißt es für uns, wir ziehen uns aufs Altenteil zurück und schlagen uns nur noch mit dem Plätzchenteig herum.«

»Aber, aber, meine Damen.« Bibok schwebte zu ihnen und gab beiden einen Handkuß. »Von Alter kann in Ihrem Fall doch überhaupt keine Rede sein. Ihr seht aus wie ein strahlender Frühlingstag. Mehr noch, wie Blumen, die eben noch eine Knospe waren und sich nun zur Blüte öffnen ...« Meine Tanten senkten die Lider und falteten entzückt die Hände, während sich mir bei soviel Süßholzraspeln der Magen umdrehte.

Dann wandte sich Bibok wieder an mich und fuhr mit der Zeremonie fort: »Und nun, da beide Seiten ihren guten Willen demonstriert haben, müßt Ihr Eure Hände auf dieses Buch legen. Es handelt sich um das *Minichillibohni*, die gesammelten heiligen Schriften des Delbert. Und auf dieses

Werk schwört Ihr, niemals Eure Magik gegen Eure Freunde und Verbündeten einzusetzen.«

»Wenn das alles ist, einverstanden.« Ich legte beide Hände auf das Buch und begann: »Ich schwöre bei der Ehre der Familie der Gangles und bei Wedwel, dem Allmitleidigen Zerstörer, daß ich meine Magik niemals gegen meine Freun ...«

»Halt, Kendar!« schrie Glucosia. »Das ist nicht das heilige Buch des Delbert. Es gibt von diesem Heiligen überhaupt keine Bücher. In den Tropen ist es viel zu schwül und feucht für Papier. Wenn sie dort etwas schriftlich festhalten wollen, meißeln sie es in die Tempelmauern oder tätowieren es auf Antilopenflanken. Sie haben dich in eine Falle gelockt!«

»Da hat Eure Tante recht, Kendar«, sagte Calosta, die wieder neben mir aufgetaucht war. »Und wißt Ihr, was so schwierig daran ist, etwas von einer Antilopenflanke zu lesen?«

Ich konnte nur den Kopf schütteln.

Die Medizinfrau breitete die Arme aus, und um meine Tanten bildete sich ein Magikkäfig. Ich wollte zu ihnen, kam aber nicht fort, weil meine Hände mit leuchtend goldenen Handschellen an das Buch gefesselt waren.

»Es zu lesen, ehe die Flanke als Keule aufgetischt wird«, flüsterte Calosta mir mit triumphierenden Grinsen zu.

KAPITEL 22

»Junge Frau, im Namen Delberts, Ihr laßt uns auf der Stelle frei«, verlangte Glucosia.

»Glaubt Ihr im Ernst, allein die Nennung seines Namens ließe mich erbeben, alte Vettel? Delbert ist doch nichts als ein Popanz, dazu geschaffen, kleine Kinder zu erschrecken, die nicht artig sein wollen.«

»Da hat mir Euer Hohepriester aber etwas ganz anderes erzählt«, widersprach meine Tante.

»Ja, und wahrscheinlich hat er Euch währenddessen auch wohin gefaßt. Darin ist er ganz groß, und dann glaubt man ihm einfach alles.«

Bibok und Calosta prusteten so sehr, daß sie sich aneinander festhalten mußten.

»Vielleicht hättest du ihnen mit Wedwel drohen sollen«, sagte Carageena. »Da Er der einzige wahre Gott ist, hätte das sicher mehr Wirkung gezeigt.«

»Ich beweise dir, was am meisten Wirkung zeigt.« Glucosia holte mit ihrem Schwert aus und schlug damit gegen die Gitterstäbe. Natürlich nutzte das wenig, aber die Magikstäbe gaben ein so durchdringendes Vibrieren von sich, daß meine Tanten auf die Knie fielen und sich die Ohren zuhielten.

»Laßt sie sofort frei!« herrschte ich den Zauberer an.

»Schweigt, Bube«, befahl er und gab mir eine Backpfeife. »Ihr habt hier gar nichts mehr zu verlangen.«

»Ihr seid ein gemeiner Betrüger und ein elender Lügner.« Ich erhielt einen Schlag auf die andere Wange. Er holte gerade aus, um mir eine weitere Ohrfeige zu verpassen, und sei es auch nur aus dem Grund, weil aller guten Dinge drei sind, als er unvermittelt innehielt und einen Schrei ausstieß, der dem des Dämonen vorhin sehr nahe kam.

Scandal sprang auf den falschen Altar. »Soll ich dir mal

was verraten, mein Alter? Da, wo die Dämonen ihre verwundbare Stelle haben, tut es Männern auch ziemlich weh. Zu schade, daß Bibok nicht explodiert ist.« Er zerrte an meinen Fesseln. Eine Magikentladung ließ ihn die Pfote hastig zurückziehen. »Mist. Höchste Zeit für Plan B.«

»Wie lautet Plan B?«

»Denk dir schnell einen Plan C aus.«

Ein sonderbares Gefühl beschlich mich. Die Handschellen waren durchsichtig geworden, und etwas strömte durch sie wie vorhin bei Zoltans gläsernem Faß.

»Boss, alles okay mit dir?« Die Stimme des Katers schien sich von mir zu entfernen, und alles um mich herum wurde irgendwie unscharf. Und dann hörte ich noch eine Stimme ... **Nein! Du darfst mich ihm nicht wegnehmen! Ich will ihn nicht verlassen. Mir gefällt es hier bei ihm.«**

»Möge der Fluch der tausend Götter über Euch kommen!« brüllte Bösherr. »Was treibt Ihr da mit ihm?«

»Kümmert Euch um Eure eigenen Angelegenheiten«, gab Bibok barsch zurück.

»Behandelt Ihr so etwa Eure Bundesgenossen?« empörte sich der Bürgermeister.

»Wozu sollten wir Bundesgenossen benötigen?« entgegnete Calosta zuckersüß. »Bibok und ich sind zusammen so stark, daß wir diesen ganzen Witz von einem Planeten auseinandernehmen könnten.«

»Ihr beraubt ihn ... seiner Magik!« entfuhr es Zoltan.

»Ihr seid ein Blitzmerker«, höhnte Bibok. »Da Ihr uns so raffiniert auf die Schliche gekommen seid, warum lauft Ihr jetzt nicht nach Hause und erzählt Eurem Weib und Euren Kindern davon?«

»Das dürft Ihr nicht tun. Die Magik wohnt ihm schon zu lange inne. Damit tötet Ihr ihn.«

»Ach, Männer, ich sag's ja immer wieder.« Calosta schüttelte den Kopf. »Bei jeder Kleinigkeit müßt ihr Alarm schlagen. Haben wir den Kater umgebracht? Nein, haben wir nicht. Seht Ihr? Wir zapfen den Jungen bloß ein wenig an, damit er keine Gefahr mehr darstellt. Eigentlich sollte die Öffentlichkeit uns dankbar dafür sein. Ist nicht gut für so einen Bengel, über zuviel Magik zu verfügen. Schadet seinem Anstand. Ich habe so etwas oft genug erleben müssen. Erst entdecken sie, daß sie über genügend Magik verfügen, um ein Reich plattmachen zu können, und im nächsten Moment weigern sie sich, den Müll nach draußen zu bringen.«

Ich bekam von dem Disput immer weniger mit. Eine angenehme Wärme breitete sich in mir aus, und ich spürte die Schmerzen im Bein kaum noch. Ob Bibok und Calosta mich vielleicht heilten? War doch wirklich nett von ihnen ...

Dann brüllte Zoltan: »Ich befehle Euch, hört damit auf!« und ich dachte: »Spielverderber!« Doch bevor ich tiefer in den Dämmerzustand hinabsinken konnte, wurde ich schon wieder gestört. Scandal kratzte mich am Arm.

»Schlaf jetzt bloß nicht ein, Boss. Komm schon, reiß dich zusammen!«

»Zammen ...« murmelte ich.

»Das war ja wirklich wortgewaltig von Euch.« Bibok lachte Zoltan aus. »Und nun habt bitte die Güte, Euch von hier zu entfernen. Mit Euren Dämonen. Wir geben Euch zehn Minuten!« Er starrte auf einen goldenen Armreif, der mit einem merkwürdigen gläsernen Ornament versehen war.

»Und was wird aus unserer Schlacht?«

»Seid Ihr noch bei Trost?« entgegnete der Zauberer. »Wozu denn jetzt noch die Klingen kreuzen? Der einzige, der hier Stunk gemacht hat, war doch der Bengel dort. Jetzt, da wir ihn in seine Schranken verwiesen haben, können wir drei doch wieder wie normale, zivilisierte Menschen miteinander verkehren. Ihr besitzt jetzt Magik und wißt auch, wie Ihr Euch noch mehr davon besorgen könnt. Was hält Euch eigentlich noch in diesem Kaff? Wenn wir uns zusammentun, steht uns ganz Orbix offen!«

»Nun, da gibt es immer noch den Hohen Rat.«

»Ach, diese alten Knacker«, wehrte Calosta mit einer müden Handbewegung ab. »Das sind doch bloß ein paar Zausel, die sich in niedliche alte Brummbären verwandeln, wenn man sie nur tüchtig schmiert.«

Doch dann sagte Zoltan etwas, womit wohl keiner von uns gerechnet hatte.

»Magik allein reicht nicht.«

Die beiden Magique-Händler sahen sich mit großen Augen an. »Habe ich richtig gehört?« – »Ja, er scheint wirklich noch gieriger zu sein als wir.« – »Nicht gierig, Schatz, sondern nach oben hin flexibel.«

»Das sollte sich die NASA mal zum Motto nehmen«, bemerkte der Kater.

»Ich habe damit nicht gemeint, daß ich noch mehr Magik haben will«, erklärte Bösherr, »sondern daß es auf Orbix Dinge gibt, die wertvoller sind als alles, was Magik uns verschaffen kann. Als ich noch jünger war, habe ich genauso gedacht wie Ihr, aber seitdem bin ich weiser geworden.«

»Ihr seid in unserem Alter, unterlaßt es also, Euch alt zu nennen.« Bibok nahm den spitzen Hut ab, fuhr sich vorsichtig durch die Frisur, suchte nach ausgefallenen Haaren und fand tatsächlich eins.

»Er meinte damit nicht, Liebster, daß er alt an Jahren geworden ist, sondern daß ihn gewisse Umstände vorzeitig haben altern lassen.«

»Ja, richtig, ich habe seine Rangen kennengelernt.«

»Heute weiß ich«, fuhr Bösherr unbeirrt fort, »daß Magik zwar große Macht verheißt, aber was fängt man mit einer Macht an, die einen leer und unerfüllt zurückläßt. Nehmt alle Magik zusammen, die sich auf Orbix finden läßt – wenn man sie nicht richtig zu nutzen weiß, besitzt man nicht mehr als heiße Luft.«

»Politiker verbreiten auch heiße Luft«, sagte Scandal, »und trotzdem werden sie gewählt.« Dann wandte er sich leise an mich: »Ich hoffe nur, der alte Zoltie quatscht ihnen noch eine Weile die Ohren voll. Dann sind sie nämlich abgelenkt, und die Magik strömt nicht mehr so rasch aus dir heraus.«

»ir-raus«, murmelte ich.

»Ihr verschwendet nur Eure und unsere Zeit«, beschied ihn Bibok. »An Eurer Stelle würde ich den Schwanz einziehen und zusehen, daß ich Land gewinne. Wir lassen Euch großzügigerweise Eure Magik und erweisen Euch darüber hinaus noch den Gefallen, Euch von Eurem einzigen Feind zu befreien – zu mehr habt Ihr es ja nicht gebracht.«

»Kendar ist nicht mein Feind!« rief Zoltan rasch. »Und ich lasse nicht zu, daß Ihr ihn umbringt.«

Bösherr breitete die Arme aus, und seine Finger verwandelten sich in Krallen. Gelber Rauch umgab ihn.

»Was ... tut ... er ... da ...?« fragte ich Scandal.

»Der Gute scheint hier einen Pantomimen zu geben. Im Moment führt er gerade vor, wie er eine unsichtbare Kiste hebt.«

Zoltan schien tatsächlich etwas zu heben, oder ein großes Gewicht hatte sich auf ihn gelegt. Er keuchte, sein Gesicht war rot angelaufen, und sein Hals schwoll auf die doppelte Dicke an.

»Mann, scheint aber eine ziemlich große Kiste zu sein«, bemerkte der Kater. »Ich hoffe nur, er hebt sich keinen Bruch.«

Jetzt erkannte ich, daß Bösherr etwas aus einer anderen Welt herüberzuziehen schien, das offenbar keine Lust dazu hatte und sich wohl in seinem Mittagsschläfchen gestört zu fühlen schien. Ein wahrhaft widerlicher Gestank erfüllt jetzt die Luft. Scandal machte »Puuuuh!« und erbrach sich dann auf dem Altar. Meine Tanten im Käfig kehrten einander den Rücken zu und würgten.

Und was machten Bibok und Calosta? Sie hatten sich sonderbare Masken aufgesetzt. Merkwürdige Gebilde, mit denen sie wie Ameisenbären aussahen.

Zoltan grunzte ein letztes Mal, und sein Werk war vollbracht. Ich wußte später nicht mehr zu sagen, wer von uns beim Anblick dessen, was er herübergeholt hatte, wie von Sinnen schrie und wer wie erstarrt dastand.

Der Dämon überragte leicht das höchste Haus am großen Platz. Um eine genauere Vorstellung zu geben, er durchbohrte mit einer seiner Klauen einen der vier übriggebliebenen Unholde und spießte ihn auf wie ein Insekt.

Die Wärme wurde deutlich schwächer, und die Handschellen kühlten ab. Scandal bemerkte das ebenfalls und griff noch einmal nach den Fesseln.

»Was ist geschehen?« fragte ich, noch halb benommen.

»Die beiden haben eine Scheißangst. Eine bessere Ablenkung konnten wir uns gar nicht wünschen.«

Und dem war tatsächlich so. Zum ersten Mal sahen Bibok und Calosta so aus, als habe sie das Glück verlassen. Die Medizinfrau zitterte, als sei sie in einen Winterwind geraten.

Bibok entdeckte, daß ich freigekommen war, wußte aber auch diesen Umstand zu seinem Vorteil zu nutzen. »Seht her, Zoltan, mein Freund. Wir haben den Jungen freigelassen. Nun könnt Ihr doch Euren Spielkameraden wieder nach Hause schicken.«

»Was soll das heißen, ihr habt ihn freigelassen, lausiges Lügenmaul!« schimpfte der Kater.

Bösherr schwankte noch von der Anstrengung. Mit heiserer und brüchiger Stimme antwortete er: »Ich schicke ihn erst fort, wenn Ihr Kendar das zurückgebt, was Ihr ihm gestohlen habt.«

»Ihr beliebt zu scherzen«, grinste Bibok. Aber nicht lange ...

»Wollt Ihr es wirklich herausfinden?« Der Bürgermeister hob die Arme in Richtung des Dämons.

»Aber, aber, mein allerbester Zoltan, vielleicht habt Ihr uns mißverstanden. Wir haben dem Jungen doch nur seine Magik genommen, um es Euch als Geschenk zu überreichen. Dauert nur einen klitzekleinen Moment, dann ist sie Euer. Stellt Euch nur vor, was Ihr damit alles anfangen könnt.«

Bösherr gab einem seiner kleineren Ungeheuer ein Zeichen. Diese schlurfte zum nächsten Haus, schlug ein Loch in die Wand und zerrte einen Sessel heraus, den es seinem Meister hinstellte.

»Ich bin nicht wie Ihr, Bibok«, erklärte Zoltan dann. »Ich bin nicht einmal mehr der, der ich einst gewesen bin. Was soll ich mit Kendars Magik. Hier in Käseburg findet sich keine Verwendung für noch mehr davon, und an diesem Ort gefällt es mir so gut, daß ich gar nicht mehr weg will.«

»Euch gefällt es hier?« fragte Bibok, als habe man ihm gerade etwas besonders Widerliches gezeigt. »HIER?«

»Meine Familie lebt in dieser Stadt. Mein Haus steht hier. Und deswegen ist hier auch mein Platz. Ich habe meine Bestimmung gefunden. Doch Kendar muß seine noch suchen. Deswegen gebt ihm seine Magik zurück, damit er sie finden kann. Und wenn Ihr das getan habt, schicke ich den Dämon zurück.«

»Kendar besitzt immer noch mehr Magik, als er je brauchen wird. Ist doch so, oder, mein Junge?«

Ich rieb gerade meine eingeschlafenen Handgelenke und hatte seine Frage gar nicht richtig mitbekommen. »Was soll ich haben?«

Calosta erschien wieder an meiner Seite. »Um der Barmherzigkeit willen, sagt Zoltan, daß Ihr noch genug Magik in Euch habt. Ihr seid früher ohne Magik ausgekommen, und Ihr werdet Euch auch ohne wieder zurechtfinden.«

Ein Leben ohne Magik? Sollte ich wieder der alte Rattenklopper werden? Ich schüttelte heftig den Kopf.

Und jetzt erhielt ich sie, die dritte Backpfeife.

Bibok zog Calosta mit sanfter Gewalt von mir fort. »Beschmutz deine Hände nicht an diesem törichten Knaben, Süßgrübchen. Er hat doch überhaupt nicht unsere Klasse.« Die beiden kehrten mir den Rücken zu.

Ich wußte, daß ich nicht mehr erwünscht war. »Komm, Scandal, unser Platz ist an der Seite unseres wahren Freundes.« Wir marschierten zu Zoltan, direkt zwischen den turmartigen Beinen des Dämons hindurch. Irgendwie hatte ich das beruhigende Gefühl, daß es uns nichts tun würde.

Bösherr hockte wie ein nasser Sack auf seinem Behelfsthron. Als er uns kommen sah, hob er müde den Kopf und lächelte matt.

»Bist du endlich doch noch dahintergekommen, daß du mir vertrauen kannst.«

»Tut mir leid, Zoltan. Ich hoffe, du kannst mir vergeben. Calosta hatte wohl recht, als sie mich einen Trottel nannte.«

»Ach was, du bist nur ein Mensch«, bemerkte Scandal.

»War sicher nicht der erste Fehler, den du begangen hast, was?« murmelte Bösherr.

»Nein, bestimmt nicht.« Ich mußte unwillkürlich an Mysti

denken. Und jetzt stellte sich mir auch die Frage nach ihrem Verbleib. Ich sah mich so gründlich um, daß Zoltan sofort einen Schrecken bekam. »Was ist los? Was hast du entdeckt? Sag es mir!«

»Ach, nichts«, sagte ich. »Ich hatte nur für einen Moment den Eindruck, unsere Feinde bereiteten eine neue Teufelei vor.«

»Ich glaube nicht, daß sie noch einen Versuch unternehmen«, meinte der Kater.

»Du scheinst dir da sehr sicher zu sein.«

»Tja, die Böse Hexe des Westens und der Zauberer von Oz dort drüben wissen genau, daß dein Riese sie zu Brei tritt, wenn sie dich nur einmal scheel ansehen. Auf der anderen Seite haben sie immer noch Kendars Tanten in ihrer Gewalt. Dann verwandeln sie den Käfig sicher in eine eiserne Jungfrau.«

»Was ist denn eine eiserne Jungfrau?« wollte Bösherr wissen.

»Stell dir mal ein Sandwich aus Eisenscheiben vor, und statt Gurken nimmt man ein paar scharfe, lange Spitzen. Man belegt die Scheiben mit den Tanten und klappt das Ganze dann zusammen. Senf nach Belieben.«

»Wir wollen doch eigentlich gar keine Schlacht«, sagte ich. »Stell dir nur vor, was dann aus Käseburg würde.«

Zoltan betrachtete für einen Moment die Kontrahenten. Schließlich seufzte er. »Ihr habt wohl beide recht. Und wozu führt uns das?«

Bibok und Calosta starrten ihn finster an. Sie bewegten sich auf den Tempel zu, doch Bösherr umschloß ihn sofort mit einem Zauberschirm. Ein ziemlich schwacher Schutzschild, der flackerte und immer neue Löcher aufwies. Doch er reichte aus, daß die beiden sich eines Besseren besannen.

»Ich hoffe, sie geben bald auf, Kendar«, sagte Bösherr. »Ich kann diesen Schirm nämlich nicht mehr lange aufrechterhalten. Wieviel Magik haben sie dir gelassen?«

Ich horchte in mich hinein. »Äh, nichts.«

»Das kann nicht sein. Dann wärst du nämlich tot.«

»Ich werde dich bei so etwas doch nicht belügen.« Entrüstet stieß ich die Krücke in den Boden. Ein Magikfunke flog hoch. Fasziniert hämmerte ich den Knochen mehrere Male aufs Kopfsteinpflaster.

»Sie ist da drin!« rief Scandal.

Ich strich über die Krücke. »Tatsächlich, ich kann sie spüren.« Ich schloß die Augen und ließ sie in mich zurückströmen.

Besser gesagt, ich versuchte es, aber es wollte nicht klappen.

»Wie raffiniert von den beiden!« schimpfte Bösherr.

»Ja, wir sind ganz schön gerissen, nicht wahr?« triumphierte Calosta. »Ich habe Euch doch gesagt, daß wir dem Jungen nicht alle Magik genommen hätten. Ich habe lediglich verschwiegen, wo sich der Rest befindet. Man kann sie nur mit Magik aus dem Knochen lösen, aber der arme Bengel hat ja nichts mehr davon in sich. Wie jammerjammerschade!«

»Seht das Ganze als eine Art Fundus an, alter Mann!« höhnte Bibok. »Und vergeßt nie, Junge, den Knochen mit beiden Händen festzuhalten. Denn wenn Ihr ihn loslaßt, fallt Ihr auf die Fresse.«

»Wartet«, ächzte der Bürgermeister. »Mal sehen, ob ich Euch nicht etwas von meiner Magik abgeben kann ...« Er streckte die Hände aus, doch die Funken, die an seinen Fingerspitzen entstanden, erloschen sofort wieder. »Tut mir leid ... hat keinen Zweck ... Diesen Dämon herbeizurufen ... hat all meine Kraft aufgebraucht ...«

»Eure ganze Magik ist aufgebraucht?« fragte ich sehr leise. Ich wußte nicht, ob er mich verstand, aber ich wollte auf keinen Fall, daß die beiden zuhören konnten.

»Ist noch genug da ... um diesem Monster zu befehligen ... aber nicht mehr sehr lange ...«

»Ich bin nicht unbedingt ein Militärberater«, sagte der Kater, »aber wenn ihr mich fragt, dann wird es jetzt höchste Zeit, auf den roten Knopf zu drücken. Mit anderen Worten, laßt sofort Operation Dämon anrollen, ehe der gute Zoltan ihn nicht mehr bändigen kann. Sonst macht er aus uns noch Hackfleisch und aus Käseburg eine ziemlich flache Pizza.

Oder aber er zieht weiter, und unsere Freunde auf der anderen Seite des Platzes machen Pizza aus uns. Verdammt, ich bin ein Kater und habe keine Lust, eine Peperoni zu werden.«

»Aber wenn Bösherr den Dämon einsetzt, werden Bibok und Calosta zuerst meine Tanten vernichten.«

»Das tut mir echt leid, mein Junge, ganz ehrlich. Sie haben zwar ihre Schrullen, sind aber auch Kriegerinnen. Und jeder Schwertschwinger weiß, daß es nicht immer gut ausgehen kann.«

Nein, das konnte ich nicht zulassen. Es mußte einfach eine andere Lösung geben.

»Wie sieht's aus, Zoltan?« rief der Zauberer. »Haben Kendar und Ihr Eure kleine Wiedersehensfeier beendet? Kann es endlich losgehen? Oder wollt Ihr lieber darauf warten, bis wir an Staub und Spinnweben zugrunde gegangen sind?«

»Ich glaube, ich habe eine Idee«, erklärte ich dem Bürgermeister. »Versucht, sie zu beschäftigen und abzulenken.«

Zoltan nickte matt, und schon fing der Dämon an zu brüllen. Das Getöse war so gewaltig, daß die kleineren Ungeheuer anfingen, die Straße aufzureißen, um sich unter der Erde in Sicherheit zu bringen. Plötzlich krachte es zwischen den Dächern: Der Adlerschwingenthron, der sich zwischen den Giebeln versteckt hatte, verlor dank der heftigen Vibrationen seinen Halt. Alle Federn fielen ihm aus, und er schoß wie ein Stein zu Boden, wo er in tausend vergoldete Holzsplitter zerschellte.

»Na, das nenne ich aber mal eine Ablenkung«, bemerkte Scandal. Bibok und Calosta hielten sich aneinander fest und starrten den Dämon an wie das Kaninchen die Schlange.

Während das Pärchen vor lauter Bibbern auf nichts anderes mehr achten konnte, humpelte ich auf meiner Krücke zu dem Käfig, in dem die Tanten steckten.

Als sie mich hinter sich entdeckten, rissen sie kurz den Mund auf, gaben ansonsten aber keinen Laut von sich – dafür waren sie viel zu erfahrene Kriegerinnen.

Der Dämon hörte auf zu brüllen und fletschte seine langen Zähne. Schaum troff aus seinem Maul und klatschte wie

Eimerladungen voller Seifenwasser auf das Kopfsteinpflaster.

Ich betrachtete die Gitterstäbe eindringlich, konnte aber nirgends ein Schloß oder eine Tür entdecken – bis Scandal mich auf die andere Seite rief. Hier wies eine Stange in der Mitte eine flache Stelle auf. Ich sah den Kater an und fragte mit meinem Blick: »Ist das das Schloß?« – »Ich würde mal dran rütteln«, antworteten mir seine Augen.

Ich versuchte, auf einem Bein zu stehen. Wenn ich die Magik in dem Dämonenknochen dazu benutzte, den Käfig zu öffnen, mochte mich das den letzten Rest meiner Kräfte kosten. Mir wurde ganz schön mulmig zumute; denn ich wollte noch nicht sterben.

Ich sah die Tanten an. Sie hatten dem Tod mindestens hundertmal ins Auge geschaut. Doch das machte es beim hundertunderstenmal auch nicht einfacher. Ich traf meine Entscheidung, auch wenn es mir wie eine Ewigkeit vorkam, bis ich zu ihr gefunden hatte. Die Spitze der Krücke berührte die flache Stelle. Magik blitzte auf, und ich teilte ihr mit, was sie tun sollte.

Die Stäbe versanken im Boden, und der Rest flog in einem Wirbel in den Himmel. Carageena und Glucosia zückten ihre Schwerter.

»Bravo, junger Mann!« rief Bibok und klatschte mit den Fingerspitzen der linken Hand auf den Ballen der rechten. Calosta fing an zu kichern und zeigte auf mich, was sie noch mehr zum Prusten brachte. Die beiden befanden sich unter einem ziemlich großen Schutzschirm, versorgt mit dem Luxus eines Tisches, zweier Fernsehsessel, einer Hausbar und einiger Platten mit erlesenen Leckereien. Sie schlürften Wein, ruhten auf Unmengen von Kissen und fütterten sich gegenseitig mit kleinen Häppchen. Meine Tanten mußten nur einen Blick auf den Magikschild werfen, um ihre Schwerter sinken zu lassen.

»Ihr habt doch wohl nicht ernsthaft geglaubt, dieses Ding da«, Calosta zeigte auf den Dämon, »könne uns Angst einjagen. Wir haben doch vorhin nur so getan, als würden wir schlottern; denn manchmal ist es strategisch weise, sich so zu verhalten, wie es der Gegner von einem erwartet. So erfährt man nämlich, welche Feuerwerkskörper die andere Seite noch im Ärmel hat.«

»Es hat allerdings den Anschein, mein Süßstirnfältchen, als habe unser Freund Zoltan nicht einmal mehr ein Streichholz in seinem Ärmel.« Wieder kicherten die beiden hämisch.

Bösherr hatte seine letzten Kräfte verbraucht. Er hing nur noch in seinem Sessel und glitt einen Moment später wie ein nasser Aufnehmer vom Polster. Eine Magikwolke schwebte über ihm, genau wie damals bei Meister Thengor, als dessen letztes Stündlein gekommen war.

»Zoltan!« rief ich und wollte zu ihm, aber meine Tanten hielten mich zurück.

»Kendar«, sagte Glucosia, »ich möchte dir ja nicht mehr als unbedingt nötig auf die Nerven gehen, aber bevor du zu deinem Freund eilst, solltest du etwas anderes in Augenschein nehmen.«

»Aber er stirbt! Was könnte wichtiger sein, als einem sterbenden Freund zu helfen?«

»Nun, zum Beispiel das eigene Leben zu retten.« Sie deutete mit den Augen nach oben.

Ich folgte ihrem Blick. Der Riesendämon stand vor uns und starrte auf uns herab. Nein, eigentlich hatte ich den Eindruck, sein tückischen Augen blickten direkt auf mich. »Wenigstens sabbert er jetzt nicht mehr«, war das einzige, was mir in diesem Moment einfiel.

»Wart's nur ab«, meinte Scandal, »ihm läuft schon das Wasser im Mund zusammen.«

KAPITEL 23

»Ich hasse das! Oh, wie sehr ich das hasse!« schimpfte der Kater. »Möchte jemand vielleicht erfahren, wie sehr ich das hasse?«

Glucosia tat ihm den Gefallen: »Was haßt du denn, kleiner Mann?«

»Gegen Riesendämonen kämpfen zu müssen. Na gut, ich komme aus L. A. und bin es von daher gewohnt, gegen haarige Wesen mit nacktem Schwanz zu kämpfen. Aber Haare sind etwas ganz anderes als Schuppen. Seit ich mich unserem Kendar angeschlossen habe, der Unheil und Mißgeschicke anzieht wie ein Magnet, frage ich mich immer häufiger, ob mein Sternzeichen nicht vielleicht doch der Pechvogel ist, mit Aszendent Unglückswurm. VERDAMMT, AUCH KATZEN KÖNNEN ENTMUTIGT WERDEN!«

»Halt die Klappe, Scandal«, murmelte ich, ohne ihn anzusehen. Ich war gerade damit beschäftigt, den Dämon anzustrahlen. Irgendwie dachte ich mir nämlich, das Ungeheuer würde mich schon nicht fressen, wenn ich es lieb anlächelte. Dabei hatte mich die Erfahrung das Gegenteil gelehrt. Wenn ich den Jagdhunden meines Vaters freundlich begegnete, bissen sie mir zum Dank ins Bein.

»Zerbrich dir mal nicht den Kopf, Junge«, sagte Glucosia. »Deine Tante Gee und ich werden das Kind schon schaukeln. Wir haben schon früher Dämonen den Garaus gemacht.«

»Na ja«, merkte Carageena zögernd an, »die waren meistens aber auch nicht größer als wir, und einige von haben sind uns gerade mal bis ans Knie gereicht.«

Sie zückten die Schwerter und gingen in Kampfposition. Natürlich war das nicht besonders klug von mir, aber ihr Anblick riß mich so mit, daß ich die Krücke hob, um damit auf den Unhold einzuschlagen. (Dabei hatte ich nämlich völlig vergessen, daß man, auf einem Bein stehend, nicht sehr weit mit einer Keule ausholen darf – unsere Sagen berichten nur ausgesprochen selten von Helden, die, auf einem Bein hüpfend, einen Drachen bezwungen haben.) Der Dämon betrachtete mich einen Augenblick lang und verzog dann das Maul, als würde er mich auslachen.

»Mann! Was stinkt der Kerl!« beschwerte sich Scandal. »Weiß dieses Ungeheuer denn nicht, daß man schon vor einiger Zeit das Deodorant erfunden hat? Wer so üble Gerüche verbreitet, hat eigentlich sein Recht zu leben verwirkt, es sei denn, er versteht sich darauf, Videorecorder zu programmieren.«

»Lauf los«, erklärte ich dem Kater. »Such Mysti, und sag ihr, sie kann sich die Mühe sparen, uns zu Hilfe zu eilen.«

»Aber klar doch. Und inzwischen verputzt euch der Riese hier als Happen für den kleinen Hunger zwischendurch. Wir brauchen jede Hilfe, die wir nur kriegen können, Mann! Dieses Monster wird hier alles zu Püree verarbeiten, mit Ausnahme vielleicht von den beiden Yuppies in ihrem wasserlosen Aquarium dort.«

»Mach dir keine Sorgen, Scandal. Sobald der Dämon uns vernichtet hat, werden sie ihren Schirm abschalten und ihn zerstören. Das kostet zwar eine Menge Magik, aber sie haben ja mehr als genug davon.«

Des Dämonen Tatze sauste auf mich zu. Eigentlich nicht direkt sausend, sondern eher gemächlich, so als wolle er sich einen Spaß machen und feststellen, was passieren würde, wenn er mich antippte (es hätte mich unzweifelhaft aus dem Gleichgewicht gebracht). Ich schlug ihm zur Strafe auf die Finger und ... landete auf dem Hinterteil. Das Monster riß sich die Tatze vor den Mund, aber nicht, um auf die wehe Stelle zu pusten, sondern um dahinter zu kichern.

Ich rappelte mich mühselig auf und setzte die Krücke wieder als Krücke ein. »Scandal, du bist ja immer noch hier!«

»Äh, Sahib, ich seh' etwas, was du nicht siehst.«

»Was denn jetzt schon wieder?«

»Es ist grün, sieht aus wie Jade und enthält eine Menge Magik.«

»Das weiß ich doch. Zoltan hat einen Sperrschild darüber gelegt ...«

»Den kannst du vergessen. Mit seinen Zauberkräften kann er nicht einmal mehr eine Briefmarke festkleben.«

Ich warf einen kurzen Blick auf den Kasten. Tatsächlich, der Schirm war fort. Wenn ich es schaffe, dorthin zu gelangen und meine Magik wieder in mich aufzunehmen ...

Aber wenn ich nur einen Schritt dorthin machte, würden Bibok und Calosta sofort aktiv werden. Selbst wenn ich kein kaputtes Bein gehabt hätte, wären sie dank ihrer Magik schneller als ich. Und sie brauchten nicht einmal den Dämon zu fürchten, konnten sie sich doch unter einer beweglichen Schutzglocke zu dem Kasten begeben.

Bibok reichte seiner Angebeteten gerade Weintrauben und Käse. Das Pärchen hatte es sich unter dem Schutzschild bequem gemacht. Sie genossen das Schauspiel, als befänden sie sich auf einem Familien-Picknick und schauten dem Treiben ihrer Kinder zu. Sie flüsterte ihm jetzt etwas ins Ohr und deutete dabei auf mich und die Tanten. Danach hielt sie sich vor Lachen den Bauch, und er klopfte sich auf die Schenkel.

Wie kam ich nur an meine Magik heran?

»Scandal, wie komme ich nur an meine Magik heran?«

»Jetzt bin ich an der Reihe, dir zu sagen, du sollst die Klappe halten. Ich habe da eine Idee. Du mußt nur abwarten und auf mein Zeichen lossprin ... äh, loshumpeln.«

Er spreizte die Beine, warf den Kopf in den Nacken und stürzte sich mit dem Zauberwort: »Banzai!« auf den Dämon.

Es mußte sich dabei um ein sehr machtvolles Zauberwort aus seiner Heimatwelt handeln, denn der Unhold hielt für einen Moment inne, während der Kater zwischen seinen Beinen verschwand. Der Dämon bückte sich, um festzustellen, wo das kleine Fellbündel hinwollte.

Meine Tanten nutzten die Gunst des Augenblicks, trennten sich und griffen das Monster von den Flanken an. Carageena hatte Glück und hieb dem Ungeheuer ein Stück aus dem langen, spitz zulaufenden Ohr. Der Unhold riß jaulend den Kopf hoch, und eine eklige braune Flüssigkeit rann ihm den Hals hinab. Meine Tante brachte die Trophäe rasch an sich und hielt sie wie einen Schild.

»Angeberin«, bemerkte Glucosia verschnupft.

»Neidhammel«, gab Carageena zurück.

Meine Tanten kämpften wie ein eingespieltes Team. Die eine stürmte vor, hackte dem Monster mit der langen Klinge ein Stück aus dem Bein und zog sich dann rasch zurück. Im nächsten Moment griff die zweite von der anderen Seite an. Und so ging es in einem fort. Der Dämon wußte bald nicht mehr, wohin er fassen sollte, so viele Wunden hatten sie ihm beigebracht.

»Hübsche Darbietung, meine Damen!« Bibok hob in gespielter Anerkennung seinen Weinkelch. »Eine ebenso simple wie unelegante Taktik. Ich kann nur für Euch hoffen, daß Ihr einen besonders stupiden Dämon vor Euch habt. Wenn er nur über ein bißchen Grips verfügt, läßt er sich das nämlich nicht lange bieten, und dann seid Ihr die Angeschmierten. Dann erweist sich Eure Taktik als reichlich *dämlich*, meine *Damen*!« Er lachte, beugte sich zu seiner Geliebten hinab. »Hast du gehört? *Dämlich*, meine *Damen*!« Diesmal klatschte sie sich auf die Schenkel und hielt er sich den Bauch.

Sein Höhnen ließ mich erkennen, was meine Tanten in Wahrheit beabsichtigten. Der Kater mußte sie verständigt haben, denn ihre Taktik diente allein dem Zweck, unsere ungebetenen Zuschauer abzulenken und mir so eine Möglichkeit zu verschaffen, unbemerkt an den Jadewürfel zu gelangen.

Wo steckte Scandal überhaupt? Vorhin war er zwischen den Beinen des Monsters verschwunden ... Dann entdeckte ich ihn. Er hangelte sich gerade an einer Hauswand hoch, gelangte auf einen Balkon, balancierte zwischen Topfpflanzen hin und her und rief: »Recht so, Ladies. Gebt mir Rükkendeckung ... Awuaaahawuaaah! Hier kommt Tarzan!«

Noch ein mächtiger Zauber, der den Kater befähigte, mit ausgestreckten Krallen durch die Luft zu segeln und auf dem Rücken des Ungeheuers zu landen, beziehungsweise dort, wo selbiger endet – und es machte Krawumm! Jeder,

der sich vom Getöse eines berstenden Riesendämons nicht ablenken ließ, mußte entweder tot sein oder gerade einen Versicherungsvertreter bei sich zu Besuch haben. Bibok und Calosta gehörten jedenfalls weder zu der einen noch der anderen Gruppe. Sie sprangen vor Schreck so hoch, daß sie mit den Schädeln an die Schutzglocke krachten und dieser wie eine Eierschale zerbrach.

Doch ich durfte nicht länger zusehen. Während es Dämonenfleischklumpen und braunes Blut auf den großen Platz regnete, humpelte ich, so rasch ich konnte, zu dem Jadekasten. Ich hörte nur noch, wie Calosta sich bitterlich bei ihrem Geliebten beschwerte, daß das widerliche Dämonenblut ihre Frisur und ihr Modellkleid ruiniere und ob er nicht endlich gedenke, etwas dagegen zu unternehmen.

Endlich erreichte ich den Kasten. Ich ließ die Krücke fallen und landete mit beiden Händen auf dem falschen Altar. Schon spürte ich die Wärme der Magik, die sich danach sehnte, mit mir wiedervereinigt zu werden.

Doch was meine Hände da ertasteten, war kaum Jade. Dieser Stoff fühlt sich nämlich kühl und glatt an, und in keiner Chronik steht verzeichnet, daß es über Finger verfügt.

»Warum habt Ihr denn so lange gebraucht?« fragte Bibok. Seine Hände ruhten zwischen dem Kasten und den meinen. Meine Vermutung vorhin hatte sich als richtig erwiesen. Ich konnte den beiden nicht zuvorkommen.

»Aber, mein Kind, Ihr dürft nicht so rennen, wenn Ihr ein wehes Bein habt.« Calosta stand, wen wundert's, wieder an meiner Seite. »Ihr hättet böse stürzen können.«

»Was meinst du, mein Süßohrläppchen, sollten wir dem Ganzen hier nicht ein Ende bereiten? Wir haben lange genug unseren Spaß gehabt.« Er winkte fröhlich meinen Tanten zu, die bis zum Hals in Dämonenaas standen und sich nicht von der Stelle rühren konnten. Scandal lag ausgestreckt neben ihnen. Seine mutige Tat hatte ihn völlig erschöpft.

»Was immer du sagst, mein Schatz«, entgegnete die Medizinfrau. »Möchtest du diesen Haufen Magik hier haben, oder soll ich ihn mir nehmen?«

»Normalerweise würde ich ja sagen, Ladies first, aber das

wäre sicher sexistisch, und außerdem habe ich bald Geburtstag.« Er griff nach meiner Krücke. Ich hielt sie verzweifelt fest, bis ich begriff, daß er sie mir nicht wirklich wegnehmen wollte. Dem Mann gefiel es einfach, mich noch ein wenig zu quälen.

»Das melde ich dem Hohen Rat«, drohte ich den beiden. »Und auf ganz Orbix gibt es nicht genug Bestechungsgeld, damit Ihr Euch da wieder herauswinden könnt!«

»Wer braucht denn dann noch Bestechungsgeld?« Bibok lachte schallend. Sobald wir Eure Magik an uns gebracht haben, besitzen wir so viel von dem Zeug, daß die Mitglieder des Hohen Rats auf den Knien zu mir gekrochen kommen und mich zu bestechen versuchen.«

»Uns!« erklärte Calosta spitz. »Sie werden zu *uns* gekrochen kommen.«

»Aber selbstredend, mein Süßohrmuschelchen. Natürlich kommen sie zu *uns*. Schließlich ist das doch das Geheimnis unseres Erfolges. Wir sind eine Zweiheit, die zu einer Einheit verschmolzen ist. Wir sind eine wahre Partnerschaft eingegangen, in der keine Seite die andere bevormundet oder unterdrückt. Jeder von uns kann tun und lassen, was er oder sie will, und keiner von uns nimmt es dem oder der anderen krumm. Aber so etwas tun wir ja gar nicht erst, weil wir in einer Weise harmonieren, wie das im ganzen Kosmos nicht in zweites Mal zu finden ist. Und auf ganz Orbix gibt es nicht genug Magik, um auch nur einen Keil zwischen uns zu schieben.«

»Auf ganz Orbix gibt es nicht genug Magik, um Eure Worte halbwegs zu verstehen«, murmelte ich.

»Habt Ihr etwas geäußert, Zwergnase?«

»Genauso sehe ich das auch, mein Geliebter. Meine Liebe zu dir ist so groß, daß nichts sie je beeinträchtigen könnte, daß es im ganzen Universum keine Kraft gibt, die mich je an dir zweifeln lassen könnte. Dir würde ich alles verzeihen, wenn es nur irgend etwas gäbe, das zu verzeihen ich jemals Anlaß hätte, denn du ...«

»Bibok! Mein toller Hengst! Meine Erfüllung! Mein König der Nacht! Habe ich dich endlich gefunden!«

Mit wallendem goldblonden Haar und einem Nichts an Kleid, das ihre Rundungen mehr ent- als verhüllte, schwebte Mysti aus einer Seitenstraße heran und warf sich Bibok an die Brust. Ihre Arme umschlangen ihn, und ihre Lippen preßten sich so heftig auf die seinen, daß er sich nicht befreien konnte und blau anlief. Ihr Aufprall ließ ihn rückwärts taumeln und brachte ihn aus der Reichweite des Jadekästchens.

Calosta stand nur da. Während sie krebsrot anlief, fragte sich der Rest des Verstandes, der ihr in diesem Moment noch geblieben war, ob hier vielleicht irgendein schäbiger Trick vorlag.

»Wow!« rief Scandal. »So einen Ringkampf habe ich nicht mehr seit dem letzten Sommerschlußverkauf gesehen!«

Ich wollte mich nicht darum kümmern, was er damit schon wieder meinte, sondern beugte mich sofort über die Kiste und umarmte die darin enthaltene Magik so innig wie Mysti den Zauberer. Doch im Gegensatz zu ihm war meine Zauberkraft willig und stürmte mit Freude und Jubel in mich zurück.

Währenddessen schienen in Calosta die Instinkte über den Verstand die Oberhand gewonnen zu haben. Offenbar fand sie Mystis Auftritt überhaupt nicht lustig.

»Du elendes Miststück!« kreischte die Medizinfrau.

Bibok gelang es für einen Moment, einen Arm hochzureißen und die neuerliche Kußlawine der Welfie ins Leere gehen zu lassen. »Ganz richtig, Süßhälschen, sie ist eindeutig ...«

»Ich meine *dich*!« schrie Calosta aus Leibeskräften und stürmte auf das verschlungene Pärchen zu.

»Mich?« Bibok konnte es kaum glauben. Um ihm die Situation zu verdeutlichen, trat die Medizinfrau ihm mit aller Kraft gegen das Schienbein.

»Jetzt weiß ich, wo du dich herumgetrieben hast! Ich habe mich oft gefragt, warum du immer das Haus verlassen mußtest. Oder warum du die ganze Magique-Herstellung mir überlassen hast. Ich durfte meinen Schweiß vergießen und mich abrackern, bis mir das Blut unter den Fingernägeln hervorgespritzt ist. Und ständig haben wir zur Herstellung meine Magik benutzt, nie aber deine! Du hast mir erzählt, du gehst Kunden besuchen oder neue anwerben. Wenn ich daran denke, daß ich dir das geglaubt habe, wird mir ganz schlecht! Statt dessen hast du mit diesem Flittchen unser Geld verjubelt!«

Mysti ließ Bibok los und schob empört die Unterlippe vor. »Aber, meine Dame, ich bitte Euch, tadelt ihn doch nicht so, das hat er wirklich nicht verdient!«

»UND WARUM NICHT?« Ich glaubte in diesem Moment wirklich, Rauchwolken aus Calostas Kopf aufsteigen zu sehen. »Wenn er mich betrügt und hintergeht, habe ich ja wohl ein Recht, ihn zu tadeln. Und ich werde noch mehr mit ihm tun. Wenn Ihr ihn das nächste Mal seht, wird er seine Nahrung aus der Schnabeltasse zu sich nehmen!«

»Aber, Süßgesichtchen, Süßzähnchen, Süßzüngelchen, das ist alles ein großes Mißverständnis. Ich habe diese Frau in meinem ganzen Leben noch nie gesehen.«

»Da hat er sogar recht«, sagte Mysti.

»Wie?« Ich konnte nicht unterscheiden, wer von Calosta und Bibok in diesem Moment das dümmere Gesicht machte.

»Heute sieht er mich zum ersten Mal wirklich. Im Schlafzimmer haben wir nämlich nie Licht gemacht.« Calosta knirschte mit den Zähnen, bohrte die Fingernägel in die Handflächen und stieß ein Knurren aus, das aus den tiefsten Tiefen ihres Bauches kommen mußte. Mysti aber legte sich eine Hand auf den Ausschnitt (die einzige Möglichkeit, ihre Brüste vor dem Herausrutschen zu bewahren) und fuhr in gespielter Naivität fort: »Auch in der Straße, in der wir uns das erste Mal begegnet sind, war es dunkel. Und dennoch verspürten wir beide sofort ein unstillbares Verlangen, und uns beiden war klar, daß wir uns nicht dagegen wehren sollten.«

»Auf was für einer Straße?« fragte Bibok.

»Ich wette, du willst jetzt auch noch behaupten, du wärst nie in einer Straße gewesen!« Flammen schossen aus Calostas Mund.

»Die Nacht war so dunkel, und die Wolken hielten die

ganze Zeit über den Mond verborgen«, fuhr die Welfie mit Verzücken in der Stimme fort. »Ich lief ziellos durch den Ort, fühlte mich so allein und hilflos, als mich vor einer Taverne seine starken Arme auffingen.«

»Aha!« schnaubte die Medizinfrau.

»Was aha?« Bibok glotzte blöde.

»Dort trafen sich unsere Blicke. Im trüben Schein der Straßenlaterne konnten wir kaum mehr als unsere Umrisse erkennen. Während unsere Blicke sich ineinander versenkten, entfachte sich in uns ein Sturm der Leidenschaft. Er riß mich mit seinen starken Armen an sich, und ich schwaches Weib konnte mich gegen seine Muskeln nicht wehren. Und schon sein erster Kuß raubte mir die Sinne. Ehe ich zu Boden sinken konnte, nahm er mich in seine Arme und trug mich in die Taverne und hinauf in ein Zimmer, wo er mich aufs Bett legte und gleich damit begann ...«

»Nein, das habe ich nicht getan!« Bibok versuchte gar nicht mehr, Mysti zu widersprechen, denn er wußte, daß es jetzt um sein Leben ging. Schließlich war Calosta eine voll ausgebildetete Medizinfrau der Dschungelbewohner und er nur jemand, der an Meister Thengors Akademie abgewiesen worden war. Sie hatte viel mehr Magik in ihre Beziehung eingebracht als er. Ich wußte nicht, über wieviel Zauberkraft sie verfügte, aber Bibok war anzumerken, daß er ziemlich gut darüber unterrichtet war.

»Er verleugnet unsere Liebe!« heulte die Welfie jetzt und hielt sich den freien Handrücken an die Stirn. »Weh mir, mir schwinden bei soviel Perfidie die Sinne. Wie kannst du nur, Geliebter? Was zwingt dich dazu, mich so fortzustoßen?« Sie ließ sich gegen ihn fallen, wohl in der Hoffnung, daß er sie wieder in die Arme nahm, doch für eine solche Anstrengung zitterten ihm viel zu sehr die Hände.

»Ich will Euch sagen, was ich verleugne!« rief Bibok rasch und wischte sich dicke Schweißperlen von der Stirn. »Ich bin Euch weder in irgendeiner Straße begegnet, noch habe ich Euch je in irgendein Zimmer getragen, und Ihr könnt mir nichts von alledem nachweisen!«

Mysti rang die Hände und wandte den Kopf ab. Nur ich

konnte ihr Gesicht noch sehen, und in ihren Augen stand zu lesen: ›Das glaubst aber auch nur du!‹

Unvermittelt vergingen die Schwindelanfälle der Welfie, und sie baute sich kerzengerade vor dem Zauberer auf. »Und was ist das hier, mein lieber, hinterhältiger Bibok? Beweist das etwa nichts?« Sie hielt eine Hand hoch, und am Ringfinger glitzerte ein mächtiger Klunker.

»Du ... hast ... ihr ... einen ... Verlobungsring ... geschenkt?« Die rasende Wut in ihr ließ Calosta nur stokkend sprechen.

Und einen Moment später schoß von der Stelle, an der die Medizinfrau eben noch gestanden hatte, eine Flammensäule in den Himmel.

»Oh-oh!« machte Bibok.

Und Scandal rief: »Deckung, Leute, jemand hat auf den roten Knopf gedrückt!«

Keinen Moment zu früh, denn schon donnerte es aus der Säule: »*Und mir hast du immer gesagt, du wärst noch nicht reif für eine Ehe! Daß du das Ganze für eine antiquierte Einrichtung hältst! Daß zwei Menschen, die sich liebten, nicht auf so törichte Dinge wie ein Stück Papier, Ringe, Hochzeitstorten und das wunderbare Norma-Kamali-Nachthemd, das ich so gerne haben wollte und das bei Bloomingdale's zwanzig Prozent heruntergesetzt war, angewiesen sind! Und du hast auch noch die Stirn gehabt, mir ins Gesicht gesagt, daß du mich nicht durch eine Vermählung ans Haus fesseln wolltest. Daß du mir nicht meine Karriere und meine Zukunftschancen verbauen wolltest. Daß ich an deiner Seite alle Vorzüge einer emanzipierten Frau genießen sollte. Jetzt sehe ich erst, welche Vorzüge du wirklich gemeint hast. Da brauche ich nur den Blick über den Vorbau dieses Flittchens wandern zu lassen!*«

»Jetzt reg dich doch bitte nicht so auf ...« Noch ein Versuch von Bibok, die Medizinfrau zu beruhigen. Aber wie beruhigt man einen Sturm? Vor allem einen, der gerade so richtig in Fahrt kommt?

Die Flammensäule erlosch, und Calosta stand wieder vor ihm. Dennoch wäre es mir, der ich eigentlich völlig unbeteiligt war, in diesem Moment lieber gewesen, sie hätte sich weiterhin als Feuerspeer präsentiert. Ich konnte dem dringenden Verlangen nicht widerstehen, den weiteren Verlauf der Ereignisse hinter der Deckung des Altars zu verfolgen.

»Du Wurm!« herrschte sie Bibok an.

Seine Kleider sanken zu Boden, und aus einem Ärmel krochen das Kätzchen und ein Wurm.

Mysti entfernte sich lieber ein paar Schritte.

»Du Kröte!«

Der Wurm verfärbte sich grün und entwickelte sich zu einem Frosch, der davonzuhüpfen versuchte.

»Du Ratte!«

»Oh, es ist angerichtet!« rief Scandal und jagte hinter dem Nager her. Bald waren beide verschwunden.

Doch damit war Calostas Zorn noch lange nicht verraucht. Sie wandte sich an die Welfie. Mysti tastete nervös ihr Gewand ab, so als habe sie dort irgendwo eine Waffe verborgen, auch wenn ich das bei einem so gewagten Kostüm kaum für möglich hielt.

»Und was Euch angeht«, begann die Medizinfrau.

»Mylady, zügelt auf der Stelle Euer unziemliches Gebaren«, rief Glucosia, arbeitete sich aus den Dämonenabfällen frei und schritt auf sie zu.

»Ich habe einige Zeit im Urwald von Plunj verbracht und dabei Euer Volk und Eure Sitten kennengelernt. Die Menschen Eurer Art sind freundlich, großzügig und vor allem gastfreundlich. Ich muß feststellen, daß Ihr Schande über Euer Volk bringt. Mein lieber Freund, der Hohepriester, mag es für einen gelungenen Scherz gehalten haben, mir dieses Objekt hier zu überreichen«, sie zog das Auge des Delbert aus ihrer Gürteltasche, »und es als echt auszugeben. Aber wenn er jetzt hier wäre, würde er das echte Auge nehmen und es Euch so entgegenhalten, wie ich das jetzt tue, damit Delbert Euch erblicken und bestrafen kann.«

»Delbert ist doch nichts als Schwindel. Ich hingegen bin eine echte Medizinfrau und verfüge über mehr Macht, als Ihr Euch vorstellen könnt. Was sollte dieses Kinderspielzeug mir schon antun können?«

»Hm, das weiß ich auch nicht.« Glucosia runzelte die

Stirn. »Ehrlich gesagt, ich habe nie gesehen, wie der Hohepriester das Auge benutzt hat.«

Meine Tante zuckte die Achseln und riß dabei die Arme hoch. Sie war von oben bis unten mit Dämonenblut verschmiert. Meistens ist eine solche Masse ziemlich klebrig, aber wie wir schon erfahren haben, darf man sich bei Dämonen auf gar nichts verlassen.

Das Auge des Delbert flog aus Glucosias Hand und traf Calosta mitten auf die Brust.

Diesmal gab es keinen Knall, sondern nur ein leises, rauchbegleitetes Verpuffen. Von der Medizinfrau war nichts mehr zu sehen, und dort, wo sie gerade noch gestanden hatte, lag die Glaskugel – zusammen mit einem Zettel. Meine Tante nahm die Kugel auf, Mysti den Zettel und las laut vor: »Laßt Euch das eine Lehre sein. Herzlichst Euer Delbert.«

Während ich zu dem Sessel eilte, um zu sehen, was ich für Zoltan tun konnte, hörte ich Glucosia sagen: »Was sagt man dazu? Da hat mir dieser liebe Mensch doch tatsächlich das echte Auge geschenkt. Und damit kann man sogar ungezogene Medizinfrauen vernichten.«

KAPITEL 24

Ich hatte vor einem Riesendämonen gestanden.

Ich war mit einer Flammensäule konfrontiert worden.

Ich hatte mindestens ein dutzendmal dem Tod ins Angesicht geschaut.

Doch dies alles war nichts im Vergleich zu dem, was mich jetzt erwartete. So grauenhaft und entsetzlich, daß einem das Blut in den Adern gefror.

»Warum braucht Ihr nur so verdammt lange, um endlich fertig zu werden?« wütete Lady Teluria an der Tür. »Basehart und Dulcetta warten auf Euch, auf Eure Schwester und dieses hirnlose Weib, das Ihr Eure Ehefrau nennt, damit wir endlich mit der Vermählungszeremonie fortfahren können. Wenn Dulcetta wieder davonrennt, weil es ihr zu lange dauert, werden hier Köpfe rollen. Zuerst der Eure, dann der der Leute vom Partyservice.«

Sie hielt mir die Spitze ihres Schwerts unter die Nase. Während unserer Abwesenheit hatte sie die alten Angewohnheiten ihrer Jugend wieder aufgenommen. Leute mit ihrem Schwert zu bedrohen war zu einer ihrer Lieblingsbeschäftigungen geworden.

»Natürlich, Mylady«, stammelte ich. »Wir haben noch ein paar Schwierigkeiten mit Mystis Kleid. Dauert aber nur noch einen winzigen Moment, dann sind wir unten.«

Dann schlug ich ihr rasch die Tür vor der Nase zu, damit sie sich nicht nach der Ursache dieser Schwierigkeiten erkundigen konnte.

»Ärger mit den Angeheirateten, Boss?« fragte Scandal, während ich mir den Schweiß von der Stirn wischte. Ich rannte zur Schlafzimmertür und hämmerte dagegen.

»Mysti, bist du noch nicht fertig?«

»Recht so, Buana«, sagte der Kater, »mach mal ein bißchen

Dampf. Sonst steht gleich wieder einer dieser weiblichen Schlachtkreuzer wieder in der Tür.«

»Bin gleich soweit. Lucy hilft mir nur noch mit diesen vermaledeiten Bändern.« Ihrem Ruf folgten gedämpfte Flüche, viel Knurren und: »Mann, ich hasse Kleider!«

»Beeil dich bitte, Mysti. Lady Teluria war gerade hier, und ...«

Die Tür öffnete sich, und meine Schwester steckte den Kopf heraus: »Sie ist erst dann fertig, wenn sie fertig ist, Kendar. Warum gehst du nicht schon ohne sie nach unten?«

»Ich ... dafür fürchte ich mich zu sehr.«

»Mein Bruder, der große Meister Kendar, hat Angst?« Lucy zog die Brauen hoch. »Wovor denn?«

»Zoltan ist unten.«

»Du fürchtest dich vor Zoltan? Der ist doch nicht mehr dein Feind. Mom und Dad haben ihn doch vor allem deswegen eingeladen, weil er euch in Käseburg so geholfen hat.«

»Ja, aber er hat seine Familie mitgebracht. Bist du je seinen Kindern begegnet?«

»Oh«, machte meine Schwester und schüttelte sich. »Warte, hier ist etwas, das dich davon abhalten wird, uns die ganze Zeit bei der Arbeit zu stören.« Sie schob mir einen Stapel Bücher in die Hände.

»He, das ist aber kein Titel von Raptura Eglantine«, erklärte ich, als ich erkannte, daß *Alles und noch mehr für die Liebe* obenauf lag. »Wer ist denn diese Verbena Clynchworth?«

Lucy schnaubte. »Das ist natürlich Dulcetta, Dummchen. Melkum ist wirklich ein Genie, wenn es darum geht, Manuskripte schnell auf den Markt zu bringen. Offen gesagt, ich wäre überrascht, wenn dieser Titel genug einbringt, um die Druckerschwärze und das Papier zu bezahlen. Dulcetta hat einfach keinen Stil, ihr Plot ist primitiv, und ihre Charaktere zeichnen sich vor allem durch mangelnde Tiefe aus. Aber für den ersten Schreibversuch von jemandem, der über kein Talent verfügt, ist das Ergebnis gar nicht einmal so schlecht.«

»Du bist ja eifersüchtig!«

Sie kicherte schrill. »Eifersüchtig? Ich? Was für ein

Unsinn. Künstler neiden einander nie den Erfolg. Uns geht es nur um die Kunst. Und wenn ihr Roman sich besser verkauft als die meinen oder wenn jemand ein Buch auf den Markt bringt, das mehr Erfolg hat als ihr Werk oder meines, was für einen Grund habe ich dann, mich zu beschweren?« Ihre letzten Worte waren kaum zu verstehen, weil sie so laut mit den Zähnen knirschte.

»Und was haben wir hier?« fragte ich beim nächsten Buch. Es handelte sich nicht um einen Liebesroman, sondern um ein Werk, das in aller Munde war. Es hieß sogar, König Steffans Mimentruppe habe sich mit seinen Hundetrainern zusammengetan, um daraus ein Theaterstück zu machen und damit auf Tournee zu gehen.

»Wie ist denn das darunter geraten?« Lucy riß mir *Das Juppheidi-Häuschen: Die Geschichte einer Kröte* aus der Hand und warf es aus dem Fenster. Das Lachen war ihr vergangen. »Ich kann einfach nicht verstehen, daß jemand sich einen solchen Mist antut. Eine Geschichte über eine Horde Kröten, die sich wie Menschen benehmen. Der reinste Kinderkram.«

»Dem König hat es aber gefallen.«

»Ja und?«

»Raptura Eglantine mag er aber lieber.«

»Wedwels Segen über ihn. Ich habe ja immer schon gesagt, daß unser Herrscher über einen ausgezeichneten Geschmack verfügt.«

»Wo wir gerade über Geschmack reden, Leute«, mischte sich der Kater ein, »ich würde ungern die Hochzeitstorte verpassen, bloß weil ich vorher an Altersschwäche eingegangen bin.«

Lucy machte »Phh!« und verschwand aber wieder im Schlafzimmer.

Während ich die restlichen Bücher durchging, die allesamt aus der Feder meiner Schwester stammten, fragte Scandal: »Ich möchte mal wissen, warum deine Welfie so lange braucht.« Er ließ sich auf dem Samtkissen nieder, das meine Mutter ihm als Körbchen zur Verfügung gestellt hatte.

Ich bedauerte, daß Lucy das Krötenbuch aus dem Fenster

geworfen hatte, aber ich wußte auch, was sie zu dieser Reaktion verleitet hatte. Der Titel verkaufte sich besser als alle ihre Romanzen zusammen – dabei war Prinz Boffin doch gar nicht auf dieses Einkommen angewiesen.

Ich hielt gerade *Wenn in der Finsternis der Drache kommt* in der Hand, als sich eine warme Hand auf meine Schulter legte.

»Das ist aber zauberhaft«, sagte Mysti, »daß du gerade den Titel in der Hand hältst, der mich auf die Idee gebracht hat, wie man Calosta und Bibok vernichten kann.«

»Aus einem Schundroman?« rief Scandal entgeistert.

»Es hört sich sicher eigenartig an«, gab die Welfie zu, »aber ich hielt mich in einem der Häuser am großen Platz versteckt. Die Bewohner mußten es fluchtartig verlassen haben, als Zoltans Dämonen aufgetaucht sind. Während ich noch überlegte, wie ich in einem kühnen Angriff das Blatt wenden konnte, fiel mein Blick auf ein Exemplar dieses Titels. Da ich nichts Besseres mit meiner Zeit anzufangen wußte, schließlich war der rechte Moment zum Zuschlagen noch lange nicht in Sicht, fing ich an, darin zu blättern, und plötzlich kam mir die Erleuchtung.« Sie berichtete nun, wie der Plan sich in ihrem Kopf geformt hatte, und ging dabei genauso knapp und präzise vor wie Mom, wenn sie mir darlegt, unter welchen Mühen und Schmerzen sie mich zur Welt gebracht hat.

Scandal grinste. »Gute Idee. Puppe. Bibok und Calosta haben so viel Aufhebens darum gemacht, wie gut sie sich verstehen und daß nichts sie trennen kann, da mußte einfach etwas faul dran sein. Wer etwas so betont, bei dem kann irgendwas nicht stimmen. Und du bist auf den Clou gestoßen.«

»Ich wäre ja gern noch früher gekommen, aber es hat so elendig lange gedauert, bis ich diesen Fummel übergestreift hatte. Schließlich konnte ich ja nicht als Klinge für die Gerechtigkeit auftreten.«

»Dann hätte Calosta aber bestimmt noch dümmer aus der Wäsche geguckt«, warf der Kater ein und fragte: »Wie bist du denn auf die Idee mit dem Ring gekommen. Ich dachte immer, hier auf Orbix sei diese Sitte unbekannt.«

»Eigentlich wollte ich sie ja auch nur mit einem teuren Geschenk ärgern. Ich hoffte, sie würde sich furchtbar darüber giften, aber ich hatte keine Ahnung, daß er für sie noch etwas ganz anderes bedeutete.«

»Auf jeden Fall hast du erreicht, daß Bibok nun den Rest seines Daseins als Ratte fristen darf. Allerdings verfügt er noch über ein wenig Magik, und ich weiß nicht, ob er sich damit nicht seine frühere Gestalt zurückgeben kann ...«

»Äh, Boss, sagt dir der Ausdruck ›überflüssige Frage‹ etwas?«

»Scandal, du hast doch nicht etwa ...«

»Na ja, erst habe ich ihn nur gejagt ... und dann habe ich ihn gefangen ... und dann habe ich ihn losgelassen ... und dann habe ich ihn wieder gefangen ...«

Mysti packte ihn am Nackenfell und zog ihn von seinem Kissen. »Du bist hier nicht der einzige, der ein Stück von der Hochzeitstorte abhaben will, Kater. Hast du Bibok nun gefressen oder nicht?«

Scandal spielte den Unschuldigen. Fast wären wir darauf hereingefallen, wenn er nicht hätte aufstoßen müssen.

»Ist ja widerlich!« entsetzte sich die Welfie.

»Ekelerregend!« fügte ich hinzu.

»Nein, eigentlich nicht. Schmeckt ein bißchen wie Hähnchen. Wie dem auch sei, irgendwer mußte doch seine Magik an sich bringen.«

»Biboks Magik?«

»Ja, war sogar 'ne ganze Menge.«

Mysti, die ihn immer noch am Schlafittchen hielt, fragte vorsichtig: »Wieviel genau?«

»Möchtest du es herausfinden?« grinste der Kater.

Lucy platzte aus dem Schlafzimmer. »So, jetzt können wir nach unten gehen, und ... Stimmt irgend etwas nicht?«

»Scandal hat einen Zauberer verschlungen und dessen ganze Magik in sich aufgenommen«, erklärte Mysti.

»Nun macht euch mal nicht ins Hemd«, sagte der Kater.

»Ich habe nicht vor, damit herumzuexperimentieren. Ich will es nur zu einem Zweck nutzen.«

Die Welfie setzte ihn ab, und er kehrte zum Kissen zurück.

»Miau«, machte das Kätzchen.

»Dein halbes Leben!« rief ich. »Warum hast du es nicht wieder in dich aufgenommen?«

»Aus dem Es wird einmal eine richtige Sie, Boss. Zumindest mit all der Magik, die ich ihr geben will.«

»Aber sie ist doch du.«

»Stimmt, und ich habe sie auf den Namen Yin getauft. Weißt du vielleicht eine bessere Möglichkeit, wie ein nichtsexistischer Kater mit seinem weiblichen Ich kommunizieren kann? Da wäre nur noch ein kleines Problem, Boss.«

»Heraus mit der Sprache.«

»Ich hätte gern, wenn die junge Dame auch reden könnte.«

»Bist du dir da auch wirklich sicher?« fragte meine

Schwester. »Viele Männer würden Wedwel weiß Gott was dafür geben, eine stumme Ehefrau zu haben.«

»Wenn sie Katzen wären, würden sie das ganz anders sehen«, gab Scandal ungerührt zurück.

Ich nahm Yin in meinen Schoß. »Wir können es zumindest einmal versuchen.« Der Kater schloß lieber die Augen. Bald schwärmte seine Magikwolke über dem Kätzchen. Ich fügte etwas von meiner Kraft hinzu. Yin miaute ängstlich, doch dann fing sie an, sanft zu schnurren.

Lucy und Mysti sahen mich erwartungsvoll an.

»Hallo?« sagte der Kater zu dem Kätzchen. Keine Reaktion. »Wie geht's, wie steht's? Bon jour? Hello?«

»Tut mir leid, Scandal. Hat nicht geklappt. Ich weiß auch nicht, warum sie nicht sprechen kann.«

»Wer sagt denn, daß ich es nicht kann?« entgegnete das Kätzchen.

»He, toll!« rief Scandal. »Warum hast du denn eben nichts gesagt?«

»Na, hör mal, ich bin ein kleines Kätzchen und kein Moderator auf einer Butterfahrt!«

»Liebling!« rief der Kater. »Siehst du, Boss, manche Ehen werden doch im Himmel geschlossen ...«

Es donnerte an der Tür. Gicht stieß sie auf, ohne auf ein »Herein!« von uns zu warten. »Ich wollte euch nur darüber informieren, daß Lady Teluria mir ein hübsches Sümmchen im voraus bezahlt hat, damit ich euch alle in Kröten verwandle, wenn ihr nicht auf der Stelle bei der Feier auftaucht.«

Lucy sah mich empört an. »Kendar, da siehst du, was du wieder angerichtet hast.« Sie rannte aus dem Zimmer.

Mysti schüttelte den Kopf. »Diese Männer. Ständig müssen sie herumtrödeln.« Sie sauste mindestens ebenso schnell wie meine Schwester nach unten.

Ich hockte wie betäubt neben dem Samtkissen.

»Kendar!« schrie meine Mutter vom Treppenabsatz. »Du kommst sofort in die Halle. Sie haben schon angefangen, Wedwels heiligen Altar mit Würstchen und Pudding zu belegen. Und Basehart jongliert mit den geweihten Hamstern ... ohne Sicherheitsnetz!«

Ich erhob mich, setzte Scandal auf meine Schulter und nahm Yin in die Hand. »Ich komme, Mom!«

»Mach doch! Sie bewerfen die Braut schon mit Zwiebeln!«

»Zwiebeln?« fragte der Kater. »Ich muß auf Hochzeiten immer weinen. Jetzt weiß ich wenigstens, warum.«

»Faszinierend, Captain«, piepste Yin, »aber vollkommen unlogisch.«

Unten trafen wir meinen Bruder an, der sich gerade beim Hüter von Wedwels heiligen Hamstern entschuldigte; und meinen Vater, der von oben bis unten mit den braunen Nagern bedeckt war; und Dulcetta, die sich inmitten der herumfliegenden Zwiebeln Notizen für ihren nächsten Roman machte ...

Und Mysti. Zum ersten Mal hatte ich Gelegenheit zu sehen, wie hübsch sie sich für die Trauung zurechtgemacht hatte. Sie sah so wunderbar aus, daß ich gar nicht anders konnte, als den Raum zu durchqueren und zu ihr zu gehen. Ihre Nähe erfüllte mich mit mehr Wärme, als Magik sie mir je gegeben hatte.

»Faszinierend«, flüsterte ich, als ich ihre Schönheit in mir aufnahm.

»Aber vollkommen unlogisch«, bemerkten Kater und Kätzchen.

»Ihr könnt ja gerne versuchen, Logik zu küssen«, entgegnete ich und zeigte ihnen auf der Stelle, was genau ich damit meinte.

Während einer kurzen Pause, in der meine Sinne sich halbwegs wieder einstellten, vernahm ich Scandals Worte: »Es gibt doch noch Hoffnung für dich, Boss. O ja, gib nicht auf, es gibt auch für dich Hoffnung.«

ENDE

Band 20 274

Esther Friesner

Scandal im Wingdingo Land

Deutsche Erstveröffentlichung

Die gegenwärtige Inkarnation von Orbix, der seltsamsten aller Welten, schien bisher eigentlich recht stabil zu sein. Ruhe war eingekehrt nach den Zeitaltern der Sehr Spitzen Tiere, des Verkehrs und Geschubses und der Halbstarken-Balladen. Doch plötzlich regnet es Geflügel, die Natur ist in Aufruhr. Das scheint an einem politischen Skandal im Wingdingo-Land zu liegen, wo ein Ursupator sein Unwesen treibt. Der gute König Steffan aus Gladderadatsch schickt in einem solchen Fall natürlich nur seine besten ›Männer‹, um nach dem rechten zu sehen: Kendar Gangle, Meistermagiker, und Scandal, seine magische Katze.
Auf ihrem gefahrvollen Weg nach Wingdingo werden sie, Wedwel sei Dank, begleitet und beschützt von Rhett, dem Seher, Klinge, dem Rächer (einem ›echten‹ Zorro-Typen) und Anisella, einer atemberaubenden Blondine, die allerdings einen männermordenden Fehler hat: Sie ist allergisch – gegen Kleider ...

BASTEI LÜBBE

Sie erhalten diesen Band im Buchhandel, bei Ihrem Zeitschriftenhändler sowie im Bahnhofsbuchhandel.